Thomas Raab
Der Metzger bricht das Eis

Zu diesem Buch

Eisig ist es in dem Park. Trotzdem wird es Willibald Adrian Metzger heiß und kalt. Denn vor den Augen ihrer bestürzten Mutter droht ein Mädchen zu ersticken. Erst ein rotbärtiger Obdachloser rettet der Kleinen das Leben. Während er aber noch »Jetzt geht das Sterben wieder los, es geht wieder los« murmelt, ist er zwischen den Sträuchern verschwunden. In derselben Nacht schon scheint er mit seiner Prophezeiung recht zu behalten: Eine Frau springt in den Abgrund, ein Mann erfriert in einer Busstation. Dem Metzger wird angesichts kopfzerbrechender Ermittlungen von seiner fürsorglichen Danjela ein Zwangsurlaub verordnet – klarerweise genau dort, wohin die einzige Spur führt: in ein idyllisches Skiörtchen. Von Idylle kann allerdings keine Rede sein. Denn alles, was es für den Metzger dort zu holen gibt, ist der Tod.

Thomas Raab, geboren 1970, lebt als Sänger, Komponist und Autor in Wien. Mit dem Restaurator Willibald Adrian Metzger schuf er nicht nur einen der originellsten Ermittler der Krimiszene, sondern auch einen der erfolgreichsten: Nominiert für den Friedrich-Glauser und den Leo-Perutz-Preis eroberten alle Metzger-Bände die österreichischen Bestsellerlisten. Bisher erschienen »Der Metzger muss nachsitzen«, »Der Metzger sieht rot«, »Der Metzger geht fremd«, »Der Metzger holt den Teufel«, der mit dem Buchliebling ausgezeichnet wurde, und zuletzt im Piper Verlag »Der Metzger bricht das Eis«.

Thomas Raab

DER METZGER BRICHT DAS EIS

Kriminalroman

Piper München Zürich

Mehr über unsere Autoren und Bücher:
www.piper.de

Von Thomas Raab liegen bei Piper vor:
Der Metzger sieht rot
Der Metzger geht fremd
Der Metzger holt den Teufel
Der Metzger bricht das Eis

MIX
Papier aus verantwor-
tungsvollen Quellen
FSC® C083411

Ungekürzte Taschenbuchausgabe
Oktober 2013
© 2012 Piper Verlag GmbH, München
Umschlaggestaltung: Artwork Cornelia Niere, München
Umschlagabbildungen: Rene Spalek/Agentur Bilderberg (Hintergrundwand),
iStockfoto (Skier)
Satz: Fotosatz Ammann, Aichstetten
Gesetzt aus der Minion Pro
Papier: Munken Print von Arctic Paper Munkedals AB, Schweden
Druck und Bindung: CPI – Clausen & Bosse, Leck
Printed in Germany   ISBN 978-3-492-30288-3

*Morgenrot
mit Regen droht.*

Alte Bauernregel

1

Manchmal ist das Leben einfach ganz schön kompliziert, manchmal ist es ganz einfach schön, ja und manchmal, manchmal ist es auch ganz schön einfach.

Da zeigt dann der Himmel auf Erden sein simples Gesicht, kommt auf Gummireifen ums Eck und katapultiert den Menschen zum Gipfelpunkt seiner Glückseligkeit: der erste eigene Wagen.

Er gibt es ja nur ungern zu, der Metzger, aber in seinem Innersten regt sich ein ungewohnter, bisher streng unter Verschluss gehaltener Gefühlszustand: Stolz.

Und wirklich recht ist ihm das nicht, denn der Stolz und ein Unkrautvernichter, die haben nicht selten ähnliche Wirkung, das eine Pflänzchen richten sie auf, die anderen zugrunde. Nur was soll er machen, als Steuermann dieses Gefährts heben sich sein Kinn und seine Brust gleichermaßen wie von selbst, festigt sich sein Gang, breitet sich ein Lächeln aus in seinem Gesicht. Allerdings ist es nicht das Lächeln eines Erstzulassungsbesitzers, denn weder der Wagen noch der Inhalt gehören ihm, lediglich die Verantwortung.

Entsprechend vorsichtig bewältigt er also die Gehsteigkante, hebt behutsam die Vorderräder, lässt sanft die Hinterräder hinuntergleiten, überquert die matschige Straße und erreicht sein Ziel. Zeitgleich erreicht ihn auch ein Anruf.

Und das versteht sich von selbst, seit Willibald Adrian Metzger diese einzigartige Lenkerberechtigung erteilt wurde, ist er ein Paradebeispiel an Abrufbereitschaft.

Aktuelle Kontaktaufnahme seiner Herzdame Danjela Djurkovic: »Bist du schon in Park?«, dröhnt es dem Metzger in der von ihm so geliebten akzentreichen Aussprache ins Ohr.

»Ja, Danjela. Stell dir vor, es ist mir gelungen, diese eine kaum befahrene Straße unfallfrei zu überqueren. Du darfst mir gratulieren!«

»Na, dann gratuliere. Passt du jetzt bitte gut auf, meine Held, auf eisige Weg und auf Schnee, was fällt runter von Äste und Dächer.«

Letzter Anruf seiner Herzdame Danjela Djurkovic, vor circa zehn Minuten: »Hast du gut eingepackt in Overall, Schlafsack und Decke, weil kommt heute nix raus Sonne?«

Vorletzter Anruf seiner Herzdame Danjela Djurkovic, vor circa zwanzig Minuten: »Hat Lillimaus Flasche getrunken leer und schlaft schon. Wenn ja, dann ist Zeit für Spaziergang!«

Selbst der mit noch so großer Abkürzungs-Verunmöglichungs-Absicht ausgewählte Vorname ist vor Verlängerung nicht gefeit. Lillimaus also, immer noch besser als Lillifee, weiß der Metzger mittlerweile, tatsächlich aber: Lilli Matuschek-Pospischill, Tochter der Witwe Trixi Matuschek-Pospischill und des Kommissars Eduard Pospischill, Willibalds verstorbenem Freund. Ein Vater, den die kleine Thronfolgerin zu Lebzeiten niemals wird kennenlernen dürfen, obwohl sie bereits jetzt schon nicht verleugnen kann, wer ihr Erzeuger ist. Zu übereinstimmend sind die Babyfotos in den Alben zweier Generationen. Im Grunde ist bei näherer Betrachtung des Säuglings einzig der Vater zu erkennen, als hätte sich der Kommissar auf diesem Weg zurück ins Leben geschummelt.

Und wenn sie nicht quietscht, dann schläft sie oder trinkt sie oder schaut sie nur. Und wenn sie schaut und der Metzger kommt auf sie zu, dann lächelt sie. Und weil sie das tut und weil der Metzger so große schaufelartige Hände hat, in die ihr Kopf so schön hineinpasst, und so starke Arme, in die ihr Körper so schön hineinpasst, und so eine Engelsgeduld, in die ihre Neugierde so schön hineinpasst, weil das eben alles so schön ist und einfach so passt, hat Lilli Matuschek-Pospischill die Erlaubnis, sich gelegentlich nur von Willibald Adrian Metzger durchs Leben wiegen oder tragen oder schieben zu lassen. Zu diesem Anlass kommt Mama Trixi Matuschek-Pospischill mindestens einmal pro Woche zeitig morgens in der Werkstatt vorbei, verlautbart: »In spätestens zweieinhalb Stunden bin ich wieder da. Ich dank dir so!«, und lädt daraufhin während der Pilates-Stunde im Fitnesscenter ums Eck ihre Batterien auf, was bedeutet: Sie braucht sich nicht sorgen, der Metzger darf sorgen, und die Djurkovic macht sich Sorgen. Abermals läutet es: »Hast du geschaut in Windel und wenn notwendig gewechselt, weil is nix gut, kalte Wetter und nasse Hose?«

»Melde gehorsam: Vor dem Füttern in die Windel geschaut, Windel gewechselt, wieder angezogen. Alles gut.«

Und genau das stimmt nicht. Denn seit Lilli wohlbehalten auf dieser Erde angekommen ist, fühlt es sich für Danjela Djurkovic schlichtweg nach Einzelhaft an, wenn sie dank ihrer Festanstellung als Hausmeisterin einer Schule, also Schulwartin, in puncto Zeiteinteilung nicht über dieselbe Flexibilität verfügt wie ihr selbstständiger Restaurator und Lebensmensch Willibald Adrian Metzger.

Kein Wunder, wenn sich da ihr Gesamtzustand trotz der eben erst ausgeklungenen Feiertage schwer in Richtung Urlaub entwickelt hat.

Genau den soll sie bald bekommen.

Es sind immer dieselben Gesichter, denen der Metzger im Park und auf dem Spielplatz begegnet, mehrheitlich vom selben Geschlecht, denn alle anwesenden Hunde und Kinder werden bis auf eine einzige Ausnahme von Frauen betreut. Diese einzige Ausnahme ist hier sozusagen der Hahn im Korb. Ausgestattet mit einem derartigen Wissen würde es Danjela Djurkovic natürlich noch erheblich schlechter gehen.

Von Herumturteln kann allerdings nicht die Rede sein, nicht einmal von Rede. Der Metzger spaziert nur, schaut nur und grüßt nur freundlich. Mehr ist auch gar nicht notwendig, denn allein die Art und Weise, wie sein Spazierengehen wahrgenommen und sein Gruß erwidert wird, lässt ihn erkennen: Ich bin hier gern gesehen. Und richtig wohl fühlt er sich dabei nicht, der Willibald. Ob einem anwesenden Mann ein derart wohlwollender Gruß zuteilwird, hängt nämlich, wie so oft im Leben, auch hier von seinem Wagen ab.

So kommt es also, dass sich in diesem Park regelmäßig die Wege zweier Herren kreuzen: einer ausgestattet mit Kinderwagen, folglich gern gesehen, der andere mit Einkaufswagen, folglich nicht gern gesehen, schon gar nicht in der Nähe des Kinderspielplatzes. Einer besucht den Park, der andere bewohnt ihn.

Als wüsste er über diese Umstände Bescheid, spaziert der andere auch heute wieder am Metzger vorbei, lässt das geschlechtersolidarisch gemeinte »Guten Tag!« unbeantwortet, brummt stattdessen vor sich hin, blickt starr über die Vorderkante des scheppernden, mit unzähligen Plastiksäcken, Decken, Kartons und anderem Krimskrams gefüllten Gefährts, an dessen Front ein altes Stoppschild baumelt, zieht sich die Kapuze seines zerschlissenen Mantels noch eine Spur tiefer ins Gesicht, kratzt sich seinen rothaarigen Vollbart und setzt unbeirrt einen der beiden ausgetretenen roten Moonboots vor den anderen. Dann folgt ein ums andere Mal dasselbe Ritual: Der kleine Pavillon inmitten der Wiese wird angesteuert, ein Teil der Plastiksäcke ausgeräumt, akribisch wird auf der dort einzigen vorhandenen Bank zuerst eine Plastikplane, dann ein großer Karton, dann ein Schlafsack ausgebreitet und schließlich in Decken gewickelt darauf Platz genommen. Eine Zeit lang blickt der Mann murmelnd ins Leere, schließlich kramt er eine Thermoskanne, einen Block und einen Bleistift heraus und beginnt zu schreiben. Seite für Seite, ohne Unterbrechung, jedenfalls solange der Metzger hier seine Runden dreht, vielleicht aber auch, bis sie schläft, die ganze Stadt.

Lilli schmatzt leise vor sich hin, wie auf Schienen rollt der Wagen über den Weg, der Schnee knirscht unter den Winterstiefeln, dann taucht der Spielplatz auf. Ein unauffälliger Kontrollblick, wer ist heute alles da, wer sitzt bei wem, wer unterhält sich mit wem, wer füttert wem was, wie ist die Stimmung, ein selbstbewusstes Zurechtrücken der Decke im Inneren des Kinderwagens, ein freundliches Heben der Hand, ein leichtes Heben der Brust, ein kurzer Anflug des Stolzes. Schön kann es sein, das Leben.

Drei bis vier gemütliche Runden legt er hier regelmäßig zurück, der Metzger, was sich tragischerweise keinen Millimeter auf seine eigenen Rundungen auswirkt.

Runde eins bleibt heute ohne nennenswerte Besonderheiten. Lediglich die frisch über den verschneiten Weg gestreuten Kieselsteine fallen ihm auf.

Im Laufe von Runde zwei registriert er die bereits bezogene Bank im Pavillon und ortet leichte Unruhe auf dem Spielplatz. Ein dritter, groß gewachsener, kräftiger Mann mit verspiegelten Gläsern, Schirmkappe, hoch geschlossener Skijacke und übergestreifter Kapuze ist aufgetaucht, zückt eine Kamera mit auffällig großem Teleobjektiv und beginnt zu fotografieren: Vögel und deren Futter, Hunde und deren Besitzer, Mütter und deren Kinder, den Obdachlosen und seinen Einkaufswagen. Der Mann wirkt, als stünde er nicht mit Kamera vor dem Sicherheitszaun eines Kinderspielplatzes, sondern mit Pistole vor dem Sicherheitsglas eines Auszahlungsschalters. Das kann er eben, der Winter, Landschaften und Menschen bis zur Unkenntlichkeit verwandeln.

Ein wenig beobachtet der Besucher die Kinder, dann schickt er einen schrillen Pfiff durch den Park. Keiner der durch den Schnee jagenden Hunde zeigt eine Reaktion, einzig die Korbschaukel verliert an Schwung. Ein größerer Junge, der bisher vorsichtig, aber beherzt dem Gejohle eines Mädchens Anstoß verliehen hat, steht mit hängenden Schultern hinter dem Holzgerüst, während die Kleine schweigsam auspendelt. Eine der anwesenden Mütter kommt von hinten mit einem Rucksack zu ihm, legt ihre Hände tröstend auf seine Schultern, stoppt die Korbschaukel und hebt das Mädchen heraus. Dann stehen die drei umarmt im Schnee. Ein neuerlicher Pfiff, gefolgt von einem strengen: »Berni, her da!«, löst auch diese Idylle auf. Der Junge ergreift seinen Rucksack, die Zerrissenheit steht ihm ins Gesicht geschrieben, wenig später nimmt der stämmige Mann den Buben grob an der Hand und der Metzger die dritte Runde in Angriff, und es ist eine anstrengende dritte Runde, zumindest emotional. Da kommt ihm nämlich gleich die Erinnerung an seine eigene Kindheit, an die eigene Verzweiflung ob der plötzlich veränderten Normalität. Vom Kind zum Scheidungskind, zum alleinerzogenen Kind, zum Halbwaisen trotz lebender Erzeuger, das geht für die uneingeweihte Brut oft dermaßen rucki-zucki, da kann ein Zeugungsakt nicht mithalten.

Ebenso rucki-zucki sind sie weg, der Junge und der Mann, der vielleicht sein Vater ist. Was auch immer in dieser Familie für Verhältnisse vorherrschen, unschwer ist für den Metzger zu erkennen, es sind Verhältnisse, die ein Kind verhalten werden lassen.

Entsprechend nachdenklich absolviert er also seine dritte Runde, an deren Ende die Dinge ihren Lauf nehmen. Und es sind seltsame Dinge. Alles beginnt mit einer Lektion hinsichtlich kommender Erziehungsaufgaben, die dem Metzger unmissverständlich verdeutlichen: Die dafür nötigen Zutaten beginnen alle mit Be: Bedrohen, Belügen, Belohnen, gegebenenfalls Bestrafen.

»Mein Gott, kaum passt man einmal nicht auf die Kinder auf! Jakob! Gehst du bitte runter von der Anna, die mag keinen Schnee essen! Im Schnee kann alles Mögliche sein, Hundelulu, Vogelgagsi, Spucke, pfui ist das, da kann man sterben, und das tut weh. Geh, Hanni, kannst du deinem Bub nicht ein bisschen die Leviten lesen!«, lässt nun jene Mutter von sich hören, die gerade den großen Jungen mit seinem Rucksack auf den Weg geschickt hat.

»Jako-hob, hast du die Maria gehört, runter von der Anna, oder soll ich dem Papa erzählen, dass seine Fischerl im Aquarium nicht irgendwelche Bakterien umgebracht haben, sondern zwei Geschirrspüler-Tabs. Runter! Deinen

Schokopudding kannst du heute jedenfalls vergessen. Hundertprozentig!«

»A-ha-na. Wenn du dem Jakob immer so wild die Haube runterziehst, brauchst du dich aber wirklich nicht wundern, wenn er dir... Komm jetzt her. Anna, kommst du. Kommst du bittehe! Sag, wenn du nicht gleich... Bekommst auch ein Gummibärli. Brav. Setz dich. Mein Gott, nicht in den Schnee, da wird die Hose patschnass, auf die Bank natürlich, zu mir. Wozu schlepp ich eigentlich die Schaumstoffunterlagen mit. Na geh, blöd, ich glaub, die Bärlis hab ich jetzt dem Berni mitgegeben. Bleibst trotzdem ein bisserl bei mir sitzen, jetzt, wo du schon da bist, gell, und isst schön brav dein Obst. Annnna, nein! Finger weg, das ist nur was für Erwachsene, das gehört der Tante Hannelore. Geh Hanni, was lässt du das auch so offen herumstehen!«

Dann toben nicht nur die Kinder, sondern auch die Mütter:

»Maria, ganz ehrlich, wenn der Anna deine braunen Apfel- und Bananenscheiben nicht schaden, die da in dem Tupperware-Behälter vor sich hin gären und die dir wahrscheinlich nicht einmal der Sandler dort hinten abnehmen würde, wird sie an dieser einen Nuss auch nicht zugrunde gehen!«

»Na klar, die Frau Berger reicht ihrem eigenen Kind als Zwischensnack täglich ein paar Nüsse, in diesem Fall Wasabinüsse – Anna, Nein hab ich gesagt, hörst du mich –, außerdem sieht mir das gewaltig nach Milchschnitte aus, mit dem du deinen Jakob alle dreißig Minuten mästest, bis er platzt. Tipp: Frag ihn mal, was ihm lieber ist, dein japanisches Dosenfutter und das kohlensäurefreie Nobelmineralwasser oder mein Obst und der Apfelsaft?«

»Und das Gummizeugs, mit dem du deine Tochter gefügig machst. Ernährungstechnisch auch nicht gerade ein überzeugendes Gesamtpaket. Abgesehen davon ist das ja auch meine Jause und nicht die von Jakob.«

»Deine Jause! Ist ja auch wirklich notwendig, sich als Mutter für die Zeit am Spielplatz einen eigenen Imbiss einzupacken!«

»Willst du jetzt auf meine Figur anspielen? Lieber etwas Hüftspeck und Freude am Essen als spindeldürr und hoffen wie die Geier, dass das eigene Kind ein paar faulige Apferl übrig lässt!«

»Anna, jetzt setzt's aber was, spuck das sofort aus! Hanni, schau, jetzt hat's die Nuss im Mund, Herrgottszeiten! Anna Anna, nicht schlucken! Ahanna! Anna?«

Der Metzger ist überzeugt, dieses Schauspiel würde wahrscheinlich noch ein Weilchen so weitergehen, im schlimmsten Fall mit Todesfolge, wenn dem nicht ein anderes umwerfendes Ereignis dazwischenkäme.

Anna öffnet den Mund, beginnt zu röcheln, greift sich an die Gurgel, verdreht die Augen und kippt um. Ein paar Krähen sind zu hören, das Brüllen der auf ihr Kind zustürmenden Mutter, die verzweifelten Hilferufe, während sie ihre regungslose Tochter durchrüttelt, und die Stimme eines Zaungastes: »Man muss die Rettung rufen!«

Die Rettung ist sofort da. Vom Pavillon kommt sie über die verschneite Wiese gestürmt, muss dabei kurz dem Höllentempo und den ausgelatschten roten Moonboots Tribut zollen, fällt in den Schnee, rappelt sich hoch, stolpert weiter, springt über den Holzzaun auf den Kinderspielplatz, beugt sich fortwährend murmelnd über das Mädchen, registriert den Atemstillstand, zieht es hoch, umklammert es von hinten und drückt es fest zu sich. Wie ein Laubfrosch hüpft die Wasabinuss im hohen Bogen heraus aus dem Kindermund und hinein in den Schnee. Ein paar Ladungen Sauerstoff vom bärtigen zum Kindermund reichen, dann geht es wieder selbstständig auf und ab mit Annas Brustkorb. Nur die Augen bleiben geschlossen. Und wieder springt sie auf, die Rettung, eilt zum Tisch, nimmt die beiden Schaumstoffsitzunterlagen, legt diese neben das Mädchen in den Schnee, dreht den Körper in die stabile Seitenlage hinauf auf die Liegestätte, all das, ohne für einen Moment mit dem Murmeln aufzuhören, und all das beobachtet von Annas Mutter Maria, Hannelore Berger samt ihrem Jakob, Willibald Adrian Metzger samt seiner schlafenden Lilli, den am Spielplatzzaun aufgereihten Zuschauern und ganz am Ende auch unter den geöffneten Augen Annas. Aus dem Zuschauerraum ist ein Raunen zu hören, Applaus setzt ein, ein euphorisches »Bravo« verirrt sich aus Hannelore Bergers Mund.

Langsam weicht der Obdachlose von Anna zurück. Mit großen Augen starrt sie ihn an. So auch Annas Mutter, als wäre sie Zeugin einer Erscheinung, eines Wunders, und gleichzeitig steht ihr etwas unfassbar Sanftes, fast Liebevolles ins Gesicht geschrieben. Kurz trifft sich ihr Blick mit dem des Obdachlosen. Aus dem Niemand ist ein Jemand geworden.

Ein Jemand, der dem ganzen Gehabe nach zu urteilen nur noch eines will: zurück in seine Einsamkeit. Mit großen Schritten flüchtet er den Hang hinauf Richtung Pavillon. Wenig später übernimmt die eingetroffene Berufsrettung.

Schaurig, fast eisig sieht es dann aus, das durch die weiße Stadt davonfahrende Blaulicht.

Auch die Reihen der Zuschauer lichten sich, manche stecken ihre Köpfe zusammen, tuscheln sich etwas zu, manche beginnen zu telefonieren, und auch Lillis Kinderwagen setzt sich wieder langsam in Bewegung. Irgendwie besorgniserregend und irritierend klingen sie dem Metzger nach, die wenigen verständlichen Wortfetzen des mittlerweile verklungenen fortwährenden Gemurmels aus dem Munde von Annas Lebensretter: »Jetzt geht das Sterben wieder los, es geht wieder los!«

2

Nach so einem Ereignis ändert sich schlagartig die Wahrnehmung. Nicht, dass der Metzger in Zukunft auf seine wöchentliche Spazierfahrt verzichten möchte, mit einem aber ist es für die nächste Zeit erst einmal vorbei: mit dem unbekümmerten Blick hinein zu seinem Fahrgast. Ab jetzt wird er zuallererst wissen wollen: Hat sie noch rote Backen, sind die Händchen auch schön warm, hebt und senkt sich der Bauch. Es will ihm einfach nicht mehr aus dem Kopf, dieses Bild des erstickenden Mädchens im Schnee und des wie aus dem Nichts auftauchenden Retters. Nichts im wahrsten Sinn des Wortes, denn ein Mensch ohne Dach über dem Kopf, ohne Hab und Gut besitzt nicht nur nichts, oft nicht einmal eine Perspektive, sondern ist, was die Sichtweise der anderen betrifft, auch noch ein Nichts. Zumindest diesbezüglich hat das Leben vorhin für einen flüchtigen Moment den Deckel dieser selbst gemachten fensterlosen Schachtel namens Norm hochgehoben, allen Insassen wie dem Kasperl in der Kiste einen Blick hinaus gewährt und sie erkennen lassen, dass so ein Nichts mit einem Mal nach ganz schön viel aussehen kann, direkt nach Mitmensch.

»Ich muss mit ihm reden«, beschließt der Metzger also, da liegt Lilli bereits wohlbehalten und aufbruchbereit inmitten des Gewölbekellers in den Armen ihrer Mutter. Glühend rot sind die weiblichen Backen, bei der einen war es die frische Luft, bei der anderen die Pilates-Stunde und der Anblick des knackigen dunkelhäutigen Vorturners in seiner hautengen Adjustierung. Nur wegen des Fettabbaus allein ist es eben verdammt schwer mit der Regelmäßigkeit.

Und weil der Willibald dem durchaus schön anzusehenden Erholungszustand der beiden Damen kein abruptes Ende setzen will, erspart er Trixi Matuschek-Pospischill den tatsächlichen Reisebericht und schickt ihr nur ein: »So brav war sie, unsre kleine Prinzessin« hinterher.

Auch bei Danjela Djurkovic, die adjustiert mit blauem Mantel und Wischmopp gerade ihre Fitnesseinheit im Stiegenaufgang eines humanistischen Gymnasiums absolviert, wird telefonisch jeder Grund für zusätzliche Nervenstrapazen vermieden.

»Ist wieder gut zurück in Werkstatt, Lillimaus?«, lautet der Inhalt ihres Kontrollanrufs, entsprechend besänftigend fällt die Antwort aus:

»Du, ich bin wegen der vielen Arbeit heut einfach früher zurück. Lilli wollte noch ein wenig schaukeln und kommt dann nach!«

»Brauchst du mich nix verschaukeln, weil gibt sonst zu Hause wirklich viele Arbeit und kannst du übernehmen auch noch Abendgassirunde mit Edgar!«

Weil ich ja nie mit dem Hund geh!, denkt sich der Metzger, schließt trotzdem wohlwollend ab mit: »Wir sehn uns, wenn es dunkel ist, Geliebte!«, schlüpft in sein Wollsakko, seine Winterstiefel und überquert erneut die Straße. Diesmal weitaus weniger gemütlich als zuvor mit Lilli, allerdings nicht weniger vorsichtig. Ein Park hat eben so seine Tücken. Eine noch so großzügig angelegte Hundezone bedeutet ja nicht gleichzeitig, dass das, wofür sie angelegt wurde, auch darin abgelegt wird, von Wegräumen ganz zu schweigen. So ein Hunderl wäre in gewisser Weise ja lernfähig genug, sind ja keine Idioten, die Vierbeiner – was von deren zweibeinigen Besitzern nicht unbedingt flächendeckend behauptet werden kann. Dass sich beispielsweise als Mitbewohner im Familienverband oder als Streicheltier am Kinderspielplatz eventuell ein freundlicheres Exemplar anböte als ein Pitbullterrier oder Rottweiler, verleugnet so mancher Tierliebhaber ja selbst noch vor dem Grabstein des kleinen Jonas, drei Jahre, diesem dummen Jungen, der eben nicht verstanden hat, dass das Viecherl in Wahrheit ja nur spielen wollte. Ausschließlich am Besitzer hapert es also, wie auch hier im Umkreis der Hundezone deutlich zu erkennen ist. So ist sie eben, die Menschheit: ins eigene Wohnzimmer scheißen, niemals, ins Wohnzimmer der anderen, das ist schon ganz etwas anderes.

Zwei Ausnahmen gibt es:

Menschen, die intelligenterweise unter Wohnzimmer auch jenen von ihnen frequentierten Lebensraum verstehen, der über die eigenen vier Wände hinausgeht, also ihre Umwelt; oder Menschen, die bedauerlicherweise gar keine eigenen vier Wände besitzen und folglich ihre Umwelt zwangsweise als eigenes Wohnzimmer verstehen müssen. In beiden Fällen gilt auch hier: ins eigene Wohnzimmer scheißen – niemals.

Und so muss der durch den Park manövrierende Metzger jetzt gar nicht erst den Pavillon und den dort geparkten Einkaufswagen ansteuern, um das Ziel seines Spazierganges zu erreichen.

»Liegen lassen, überall, den Dreck liegen lassen, den Kot, den Unrat, den Menschen, einfach liegen lassen. Gut gemacht Nummer 22 – hopp, hopp hinein in die gute Stube, weg vom Weg. Weg, weg, sonst weckt es den Eiligen, hopp, hopp. Ja, ja, gleich Nummer 23, gleich kommst du an die Reihe, hinein zu den anderen. Und patsch. Patsch macht es, wie ein Stück Topfenstrudel hinein in die Vanillesoße. Geht es dir gut, Mutter, Kaiserin des Topfenstrudels, patsch, geht es dir gut!«

Hektisch läuft der Mann mit Vollbart und ohne Meldezettel durch den Park, einen Plastiksack in der einen, eine als Schaufel zweckentfremdete Zeitung in der anderen Hand, und räumt vor sich hin murmelnd den Weg. Ohne den Metzger eines Blickes zu würdigen, widmet er sich dem nächsten Hundehaufen.

»Schwups, Nummer 23 – hinauf auf die Zeitung. Zeitung, Zeit und Dung, dreckige Geschichten. Überall liegt er, der Dreck, überall, darunter und darüber. Darüber ist wichtig, das verbirgt das Darunter, wichtig. Dreck als Tarnung für Dreck, Menschen als Vorwand für Menschen. Und Patsch Nummer 23, hinein in die gute Stube, geschafft, geschafft, geschafft, geschafft!«

»Hallo, dürfte ich Sie kurz sprechen …!«

Der Metzger tritt zwecks Kontaktaufnahme einen Schritt näher, was sein Gesprächspartner zum Anlass nimmt, sich ruckartig zu erheben und weiterzulaufen. Schneller wird seine Gangart, undeutlicher die Worte, der Restaurator muss ein für ihn ungewohntes Tempo einschlagen, um überhaupt mithalten zu können. Offenbar hat sich nun die Aufgabenstellung geändert, denn Nummer 24, 25, 26 werden ignoriert, unterwegs verschwindet der Plastiksack in einem Mistkübel, es geht vorbei an Nummer 27, was den Metzger betrifft nur haarscharf, gerade noch kann er einen letzten rettenden Haken schlagen. Auch der Vordermann ändert unvermutet die Richtung. Blitzartig geht es hinein in die kniehoch verschneite Wiese. Und da kommt nun die Größe des gebückt gehenden Herrn so richtig zur Geltung, denn nur wegen einer schlampigen Haltung werden ja schließlich die Beine nicht kürzer. Mit gewaltigen Schritten springt er überraschend leichtfüßig durch den hohen Schnee hinauf in Richtung Pavillon, abwechselnd blitzen die roten Moonboots auf, links ein Leuchten, rechts ein Leuchten. Gleichzeitig vernebelt ein Schnaufen die Luft, und ein Rufen dröhnt durch den Parkt: »Bitte warten Sie doch, ich möchte mit Ihnen reden!«

Da sitzt der Obdachlose längst schon entspannt auf der Bank, erreicht schließlich auch der Metzger völlig außer Atem sein Ziel. Überraschend geräumig ist es unter dem Pavillon. Im Sommer als Schattenspender gedacht, wünscht man sich hier im Winter nichts anderes als Wärme. Gut, wenn einen Erdenbürger schon das Leben nicht vor Niederschlägen bewahren kann, kann es vielleicht das vorhandene Dach – das ist dann aber schon alles. Eisig pfeift der Wind durch die Holzsäulen, kalt wie der Flaschenhals all jener perfekt temperierten Schaumweine, mit denen vor Kurzem erst das neue Jahr begrüßt wurde, ist der gusseiserne Rahmen der Parkbank, und frostig die Begrüßung. Ohne den Metzger eines Blickes zu würdigen, murmelt der Bärtige weiterhin in monotonem Tonfall und in einem Höllentempo vor sich hin:

»Der Mann mit dem anderen Wagen, mit dem anderen Wagen. Kinderwagen. Kind oder nicht Kind, das ist hier die Frage, egal wie edel im Gemüt, man weiß es nicht, man sieht es nicht, wenn man nicht hingeht und hineinsieht, weiß man es nicht. Vielleicht ein Kinderwagen ohne Kind, so wie ein Einkaufswagen ohne Einkauf, so wie mein Einkaufswagen. Der Mann mit dem anderen Wagen. Was restauriert ein Metzger, ein Metzger gegenüber in der Werkstatt, totes Fleisch ist totes Fleisch, es gibt kein Zurück, was restauriert ein Metzger. Tote Kinder sind tote Kinder, es gibt kein Zurück, kein Zurück. Null ist Null ist eine natürliche Zahl, jede natürliche Zahl hat einen Nachfolger, nur Null ist kein Nachfolger einer natürlichen Zahl. Null ist der Anfang. Ich bin eine Null, ich bin am Anfang, nicht am Ende, Punkt. Am Nullpunkt ...«

»Darf ich mich zu Ihnen setzen?«, unterbricht der Metzger diesen unentwegten Fluss der Worte und nimmt Platz. Kurz hält der Angesprochene inne, dann geht es weiter:

»Nächster bitte. Bitte setzen, auch wenn er schon sitzt, egal, bitte setzen. Ausweis bitte, hat er ansteckende Krankheiten, Krankheiten, die sich fortpflanzen, ruckzuck, Neid, Gier, Hass, Unrecht, ansteckende Krankheiten, hat er das, hat er das und weiß es nicht, noch schlimmer: Hat er das und weiß es. Hat er ein eigenes Bett, so wie dieses, so warm wie dieses, so frei wie dieses, hat er etwas zu essen, wuff wuff, zu essen, so wie dieses, wuff, hat er ...«

Die offene Dose Hundefutter zu Füßen des Mannes ist dem Metzger bereits beim Hinsetzen aufgefallen. Um 17 Uhr wandert im Supermarkt die Armut mit brauchbarem Hundefutter bei der Vordertür hinaus in die Kälte, ab 19 Uhr wandert die zumindest bis zum Ladenschluss noch brauchbar gewesene Ware bei der Hintertür hinein in die von Eisengittern und Vorhängeschlössern umgrenzten Mülltonnen – es ist, wie es ist, sagt die Liebe.

Ein Klumpen, der beim Gedanken an die eigenen Küchenabfälle nicht kleiner wird, liegt dem Restaurator im Magen. Winzig kommt er sich vor in Gegenwart dieses heruntergekommenen Mannes, winzig und belanglos. Wie alt wird er wohl sein, geht es ihm durch den Kopf. Sicher, Schmutz, Müdigkeit, Alkohol, Unterernährung und ein Vollbart machen nicht jünger, auf mehr als vierzig Jahre schätzt er seinen Sitznachbarn aber trotzdem nicht. Regungslos blickt dieser auf seinen Block und füllt Zeile für Zeile. Schlecht in Mathematik war der Metzger ja nie, zumindest im Vergleich zu seinen Mitschülern, von all den hier notierten Zahlen und Zeichen versteht er allerdings nichts. Nicht einmal ansatzweise.

Abermals beginnt er das Gespräch, diesmal eingeleitet von einer auf die Bank gelegten Visitenkarte.

»Das bin ich, Metzger mein Name. Mit wem hab ich denn das Vergnügen?«

Unbeirrt wird weiter aufs Papier gekritzelt.

Daran ändert sich auch nichts, obwohl der Metzger wiederholt höflich um Auskunft bittet und den Vorschlag offenbart, beim Würstelstand ums Eck ein Abendessen und ein Bier ausgeben zu wollen. Einzige Antwort: »Alkohol, nein danke, Atomkraft, nein danke, Menschen, nein danke.«

»Einen guten Überblick hat man von hier …!«, nutzt der Metzger die neuerliche Gesprächigkeit seines Sitznachbarn aus.

»Nicht vorgesehen, ein guter Überblick, nicht vorgesehen, nicht gesund. Bevor man weise wird, wird man Vollwaise.«

Nun unterbricht auch der Metzger: »Sie haben gerade einem Kind das Leben gerettet. Es ist so unglaublich ...«

»So unglaublich ist alles, wirklich alles, unglaublich. Das Wasser, die Ölpest, der Backfisch, der Schnee, der Klimawandel, die Schneeglöckchen, der Hefeteig, das Töten, die Hände, das wohltemperierte Klavier, alles. Unglaublich ist alles. Unglaublich, wie ein dummes Menschhirn, ein dummes, kleines Menschhirn behaupten können will, zu wissen, woran man glauben soll, wenn doch alles so unglaublich ist, viel zu unglaublich. Nur Klauben ist sinnvoll, Obst und Nüsse unter Bäumen, Menschen von der Straße, nur Klauben ist sinnvoll. Die Menschen glauben einander zu viel und klauben einander zu wenig auf. Überflüssig und anmaßend, das Glauben, überflüssig. Hat er ein eigenes Bett, so wie dieses, so warm wie dieses, so frei wie dieses, hat er? Oder eines wie Anna? Hat er? Annas Bett ist nicht gemacht, noch nicht gemacht. Sie wird sterben, aber nicht jetzt, vielleicht in siebzig Jahren, aber nicht jetzt, nicht vor mir, bitte nicht vor mir.« Dann verstummt er. Plötzlich sind die von seinem angenagten Bleistift am Papier hinterlassenen Zeichen deutlich dunkler und dicker.

»Was meinten Sie vorhin mit: ›Jetzt geht es wieder los das Sterben, es geht wieder los!‹?«, hakt der Metzger nach. Doch vergeblich. Schlagartig ist Schluss mit den Notizen, der Obdachlose blickt starr ins Nichts. Endlos scheint dem Metzger die Stille. Schließlich wendet sich langsam der Kopf seines Nachbarn, aus dem Mund unter dem dichten rothaarigen Vollbart kommen flüsternd unverständliche Worte hervor, unheimlich klingen sie, dann heben sich die dichten rötlichen Augenbrauen, und tiefe, fast schwarze Pupillen heften sich an den erstaunten Blick des Metzgers. Kein Wort bringt er heraus, der Willibald, sieht hypnotisiert in diese tiefgründigen, traurigen und zugleich gütigen Augen, sieht keine Frage darin, nur eine sonderbare Abgeklärtheit, und sieht den Blick schließlich wieder unter den Augenbrauen verschwinden. Behäbig breitet sich der Mann auf seinem Karton aus, schlüpft in seinen Schlafsack und umhüllt sich mit einer Decke. Seine Schuhsohlen berühren die Oberschenkel des Restaurators, und nur schwer kann er sich lösen, der Metzger, durchströmt von einer seltsamen Verbundenheit.

»Guten Tag«, meint er zum Abschied, und es erscheint ihm wie eine Verhöhnung. Was soll an einem Tag ohne Dach über dem Kopf schon gut sein.

3

Ping – so klingt er heutzutage, der betörende Gesang der Sirenen: vorbeisegeln unmöglich.

Kussbereit sind seine Lippen geformt, allerdings nicht um der Liebkosung willen, sondern rein zum Zweck der Tonabgabe. Jeder hat eben so seine Macken, der eine zwinkert hoch frequentiert, der andere saugt sich ständig lautstark in Westernheldenmanier die Speisereste aus den Zahnzwischenräumen, was ihm noch eine Spur widerlicher erscheint als permanentes Geräusper, ja, und er pfeift, von klein auf, nicht laut und schrill, sondern dezent und mit viel Luft. »Fly me to the moon«, zwitschert er beschwingt, vor allem aus Freude über die Reibungslosigkeit des gegenwärtigen Informations- und Datenaustausches. Neugierig wendet er sich seinem Laptop zu.

»Ping« lautet er also, der unwiderstehliche Lockruf seines Posteingangs. Ein paar Klicks, und die zu ihm weitergeleiteten Fotos füllen den Bildschirm. Vögel, Hunde, Frauen mit Kindern, ein dicker Mann mit Kinderwagen, ein Obdachloser mit Einkaufswagen. Ein bisschen Zoomen, ein Blick auf die Details, und schon hat er, wonach er sucht: »Ja, schau dich einer an!«, nimmt er die unerwiderte Zwiesprache mit dem Computerbild auf.

Stimmt es also, was ihm da kürzlich zu Gehör gekommen ist, wurde er vorgeführt wie ein Zweijähriger von einem Siebenjährigen mit Zauberkasten, einfach unglaublich.

»Du bist tot, mausetot!«, erklärt er dem gepixelten Antlitz.

Das wird ein Heidenspaß, langsam und endgültig den Strick zuzuziehen, dieser Bagage beim Zappeln zuzusehen. Ein Weilchen braucht es, bis er sich beruhigt hat, bis er Herr über sein Hohngelächter wird. Zugegeben, er kann nicht viel, eines aber kann er, und das kann er richtig gut: den andern anständig einheizen und selbst dann nicht aufhören, wenn sie ohnedies schon gewaltig ins Schwitzen gekommen sind.

Die Reise kann losgehen.

4

Durchgefroren und betroffen macht er sich auf den Rückweg, der Metzger, den kleinen Hügel hinunter und am Spielplatz vorbei. Ungehetzt, wie es seinem Naturell entspricht, ist sein Tempo, leicht gebückt, wie es seiner schlechten Haltung entspricht, ist sein Gang, nachdenklich zu Boden gerichtet ist sein Blick. Kein Wunder also, wenn ihm da in Kombination mit seiner unaufgeregten Beobachtungsgabe wie einem Bussard im Vorbeiflug genau jene Dinge ins Auge stechen, die in der üblichen Betriebsamkeit sonst unbemerkt bleiben – und zwar genau dort, wo kurz zuvor noch das Mädchen beinah erstickt wäre.

Im Inneren des mittlerweile verlassenen Spielplatzes umtänzeln ein paar Krähen die verwaist im Schnee liegende Dose Wasabinüsse. Unweit davon entfernt nähert sich nun auch der Metzger dem Boden und hebt ein kleines, buntes Umhängetäschchen auf. Rosa ist es, gefertigt aus Baumwolle, bestickt mit einer feenhaften Gestalt, allerlei Blümchen und dem Schriftzug »Anna«. Im Zuge des Abtransportes auf der Krankenbahre wird dieses Besitztum der Kleinen wohl aus der Jacke heraus in den Schnee gepurzelt sein.

Er weiß es zwar, der Willibald, so etwas gehört sich nicht, unerlaubt in fremde Portemonnaies zu äugen, und nein, es besteht auch kein Unterschied in der Bedeutung dessen, was ein Erwachsener oder ein Kind darin verborgen mit sich herumträgt. Trotzdem kann der Metzger nicht widerstehen und öffnet vorsichtig den Reißverschluss. Zwei kleine, runde Steine lachen ihm entgegen, ein unförmiges Stück Holz, eine Miniausgabe einer Packung Gummibärchen, eine bunte Kette, zwei Haarspangen, zwei Euro-Münzen, drei Buntstifte und ein kleiner Block.

Behutsam nimmt er Letzteren zur Hand und durchblättert vorsichtig die Seiten. Und da staunt er jetzt nicht schlecht, der Metzger: Wenn diese Zeichnungen tatsächlich von der etwa vierjährigen Anna stammen, dann können sich so manche Machwerke in den Schauräumen diverser zeitgenössischer Kunstsammlungen schon gewaltig am Wandhaken festklammern. Jede Seite ein anderes Tier, und auch ohne viel Phantasie sind diese Tiere eindeutig ihren realen Abbildern zuzuordnen: Seite 1 ein Frosch, Seite 2 ein Elefant, Seite 3 eine von ausgewachsener Handschrift eilig notierte Einkaufsliste, das ist eben ein Segen, wenn die Kinder immer etwas zu schreiben dabeihaben, Seite 4 ein Fisch, Seite 5 eine Giraffe, Seite 6 wieder eine schlampige Notiz, diesmal eine Zahlenreihe, wahrscheinlich eine Telefonnummer, so geht es weiter.

Eines steht für den Metzger in der Sekunde fest: Er will den Fund der rechtmäßigen Besitzerin zurückgeben, denn wie gesagt, es besteht kein Unterschied in der Bedeutung dessen, was ein Erwachsener oder ein Kind mit sich herumträgt. So blättert er also zur Telefonnummer, zückt sein ausschließlich für den privaten Gebrauch gedachtes Mobiltelefon und startet einen Anrufversuch.

»Hallo!«, meldet sich nach mehrmaligem Läuten eine Frauenstimme.

»Ja, hallo. Ich hoffe, Sie können mir helfen. Es geht um...!«

»Wer spricht da?«, wird er abrupt unterbrochen.

»Verzeihung. Mein Name ist Willibald Adrian Metzger. Ich ruf wegen eines Mädchens namens Anna an. Kennen Sie...?«

»Wer hat Ihnen meine Nummer gegeben?«

»Niemand. Die hab ich in Annas Täschchen gefunden. Sie hat es verloren, und ich würd es ihr gerne...«

Und aus, die Verbindung wurde unterbrochen. Der nächste Anrufversuch beginnt wie der erste, es läutet mehrmals, nur diesmal hebt keiner ab, nicht einmal die Sprachbox.

Etwas sonderbar empfindet er das, der Willibald, als wolle jemand mit voller Absicht nicht mit ihm sprechen, marschiert zurück in die Werkstatt und wählt zwecks Portemonnaie-Rückgabe die einzig sich ihm noch bietende Möglichkeit.

Ohne Rücksicht auf die Zartheit der hauchdünnen Telefonbuchseiten arbeitet sich der Restaurator mit angespeicheltem Zeigefinger lautstark und zügig durch das Kleingedruckte bis zur gewünschten Position vor, vorgebeugt versteht sich, denn wer kurzsichtig, zittrig und mit trockener Mundhöhle ausgestattet ist, kann so ein Telefonbuch sowieso nur mehr zum Einheizen verwenden: »B – B – Be – Be – Ber – Berger: Hier haben wir es«, hallt es durch den Gewölbekeller: »H – H – Ha – Ha – Han – Hanil – Hannah – Hannelore. Hannelore Berger« – die Wasabimama.

Drei davon gibt es, zumindest namentlich. Beim zweiten Versuch erwischt er auch kulinarisch die Richtige:

»Hier Metzger, Willibald Adrian Metzger. Verzeihen Sie die Störung, aber waren Sie vorhin zufällig auf dem Spielplatz, mit Ihrem Sohn Jakob? Bin ich da richtig?«

»Warum wollen Sie das wissen?«

»Ich bin der Herr mit dem Kinderwagen und war ebenfalls Zeuge dieser schrecklichen Geschichte…«

»Ja, wirklich schrecklich. Mir ist immer noch ganz übel. So entsetzlich, da wär die kleine Anna doch glatt an meinen Nüssen erstickt, ich hab so ein schlechtes Gewissen!«

Und dann befreit es sich schwallartig, das Rede- und Rechtfertigungsbedürfnis der Hannelore Berger. So erfährt der Metzger aus erster Hand, dass Frau Berger Wasabinüsse rein aus Gründen der Gewichtsreduktion als Snack konsumiert, das heizt sozusagen dem Körper ein, fördert die Verdauung, unerwünschte Bakterien lernen das Fürchten und, und, und. Des Weiteren erfährt der Metzger, dass der brave Jakob im Gegensatz zur kleinen Anna ja niemals ohne sie zu fragen irgendetwas essen würde, und schließlich erreicht ihn auch die eigentlich wichtige Information:

»Morgen darf Anna wieder heim. Die Maria hat mich gerade angerufen! Ich fahr sie jetzt noch besuchen, das gehört sich einfach!«

»Wirklich, das trifft sich gut, ich hab am Spielplatz Annas Geldbörse gefunden. Kann ich Ihnen die vorbeibringen?«

Zögern auf der Gegenseite.

»Vorbeikommen wollen Sie? Wäre es nicht geschickter, Sie geben das gleich im Spital ab? Die Maria ist ja eh die ganze Zeit dort. Station D, Dr. Norden.«

Und recht hat sie, die Frau Berger.

Wenig später sitzt er mit der um einen Gegenstand angereicherten kindlichen Geldbörse im nächstbesten Taxi, denn was erledigt ist, ist erledigt. Diese Haltung dürfte dem Taxifahrer fremd sein. Für die ihm gebotene gemütliche Stadtbesichtigungsrunde fehlen dem Metzger allerdings schnell die Nerven: »Ich wohn hier und kenn die Gegend, Sie können also ruhig schneller fahren!«

Nachdem die Bemerkung keinerlei Wirkung zeigt, setzt Willibald Adrian Metzger nun schon deutlich bestimmter hinterher: »Entweder Ihr Tacho ist kaputt, oder Sie fahren tatsächlich nur dreißig – und verwechseln mich mit einer Milchkuh!«

Nun wird reagiert. Suchend blickt der Fahrer zum Fenster hinaus: »Melken. Wo Milchkuh?«

»Ja, melken!«

»Gut Milch, trinken Frühstück, gut Milch, gut Butter!«

Gut, das ist sinnlos, sieht der Metzger nun ein, schämt sich ein wenig und meint: »Ja, gut. Milch ist gut.«

Es dauert also, bis das Taxi vor dem Spital in zweiter Spur, leicht versetzt direkt vor einem eingeparkten silbernen Familyvan, zu stehen kommt. Willibald Adrian Metzger steigt aus, ein hinter dem Steuer sitzender junger Mann mit zu einem Zopf gebundenen Dreadlocks lächelt freundlich durch die Windschutzscheibe, und wie er dann nach Übergabe der acht Euro Fahrtkosten samt den zwei Euro Trinkgeld auch noch in das überglückliche Gesicht seines Lenkers sieht, erfüllt ihn direkt ein wenig die Scham über seine vorangegangene Unhöflichkeit.

So steht er also gerührt vor den Toren des Kinderspitals, der Willibald, kündigt seiner Danjela fernmündlich eine berufsbedingte Verspätung an, und genau das hat er nun mit der Stimme in seinem Rücken gemeinsam. Auch der Taxler telefoniert.

»Sicher, Kurti, kein Problem, dann eben erst morgen Nachmittag! Ist mir eh lieber als in der Früh, bei mir wird's spät heute. Nachtschicht, weißt eh! Dumpfbacken und Besoffene kutschieren. Super, oder?« Dann steigt er aufs Gaspedal, winkt dem Metzger zu und ruft:

»Ja, gut! Ist gut Milch.«

Völlig vor den Kopf gestoßen rührt sich der Metzger ein Weilchen nicht vom Fleck, dann betritt er aufgewühlt die

Klinik und landet in Räumlichkeiten, die ihm nichts von seiner Anspannung nehmen, ganz im Gegenteil. Denn hat man das Erdgeschoss und somit die restlos überfüllte 24-Stunden-Ambulanz ungeschoren hinter sich gebracht, was klarerweise nur funktioniert, wenn sie bereits alle zu Gast waren, die Masern, Mumps, Scharlach, Röteln, Windpocken und wie sie sonst noch alle heißen, landet man in den einzelnen Abteilungen dieses Hauses. Und egal wie farbenfroh die Wände sind, egal wie viele Girlanden, Lampions und Tierposter herumhängen, egal wie freundlich sich die Angestellten auch geben, die meisten der Patienten in ihren bunten Pyjamas haben sichtlich mit dem Lachen so ihre Schwierigkeiten, manche haben zur Zeit auch ihre Schwierigkeiten mit dem Leben, und manche haben Schwierigkeiten mit dem Leben, ohne jemals erlebt haben zu dürfen, wie unbeschwert es sich anfühlen kann. An einigen Ecken ist sie einfach nur gottverlassen, diese Welt, kann sich der Metzger nicht gegen seinen Eindruck erwehren.

Station D, das ist sein Ziel. Unangenehm ist ihm das jetzt, kurz nach Ende der offiziellen Besuchszeit durch die Gänge eines Kinderspitals zu schleichen.

Aus manchen Zimmern dröhnt ein Weinen auf den Gang, irgendwann muss hier eben jede Mama oder jeder Papa nach Hause, außer natürlich die Zusatzversicherung finanziert ein Extrabett. Betreten bleibt er stehen, es geht ihm alles sehr zu Herzen, dem Willibald, dann zuckt er erschocken zusammen.

Ein Zwicken war es, in seiner rechten Gesäßhälfte, kein sanftes, sondern eines der Art, von der ihm seine Herzensdame Danjela Djurkovic konsequent einreden möchte, es spräche die Sprache der Liebe.

»Ahhh«, stöhnt der Metzger, reibt sich sein Hinterteil, dreht sich um und sieht größenmäßig eine Etage tiefer in ungewöhnlich große graugrüne Augen. Sehr zart und melodiös klingt die dazugehörige Stimme:

»Hast du dich verlaufen oder träumst du?«

»Hallo. Du, das hat aber jetzt ganz schön wehgetan!«

»Nicht so weh wie das da!« Der feingliedrige Junge zieht einen Ärmel seines blauen Pyjamas hoch und deutet auf die vielen blau, grün, gelb umrandeten Einstichstellen in der Armbeuge.

»Die trifft nicht sehr gut, die Schwester Jelena!«

Jetzt lacht er, der Bursche, strahlt übers ganze Gesicht, und wie Taschenlampen leuchten zwei Augen dem Metzger entgegen. So ungewöhnlich groß wirken sie vor allem deshalb, weil das sehr schmale Gesicht des Knaben von keinerlei Haarwuchs begrenzt wird. Blass ist seine Haut, sein Kopf, sein ganzer Körper.

Mit auffordernder Blick setzt er fort:

»Du hast dich verlaufen, stimmt's?«

»Ich muss zu einem gewissen Doktor Norden, Station D. Das ist doch hier die Station D, oder?«

»Ich kenn mich hier aus, und auf D gibt es keinen Norden, nur im Süden, Station E, da scheint den ganzen Tag die Sonne, auch wegen der Schwester Gabi. D ist die Onko.«

Und wieder lacht er.

»Und du gehst ein wenig spazieren?«, will der Metzger etwas unbeholfen wissen.

»Ja, spazieren geh ich und gute Nacht sagen zum Felix und zum Sebastian, die liegen da hinten. Das sind meine Freunde, und mit denen spiel ich Schule. Die sind genauso oft da wie ich. Bist du auch der Papa von jemandem hier?«

Schrecklich, wie es den Metzger jetzt drückt. Es sind nur ein paar Schritte, und man landet direkt von der Straße, wo oft bereits alles zu haben, inklusive der Gesundheit, noch lange nicht genug ist, im zweiten Stock der Kinderkrebsabteilung. Seltsam kommt es ihm vor, da sucht der Mensch in Gotteshäusern vergeblich nach seiner verlorenen Demut vor dem Leben, und genau dort, wo die Welt zeigt, wie gottverlassen sie sein kann, ist sie zu finden.

»Peter!«, dröhnt in diesem Moment eine Frauenstimme über den Gang.

»Uiuiui, die Schwester Jelena, ich muss zurück.«

Im Hintergrund nähert sich eiligen Schrittes eine schlanke, für dieses Umfeld ungewöhnlich herausgeputzte Krankenschwester. Stechend ist der Blick aus ihrer stark geschminkten Augenpartie.

»Peter, nicht schon wieder. Du musst jetzt liegen bleiben. Jedes Mal dasselbe, wirklich!«

»Aber ich kann ja auch beim Felix und beim Sebastian liegen!«

»Nein, das kannst du nicht, du liegst auf Klasse und hast dein eigenes Zimmer, sogar mit Fernseher! Andere reißen sich darum! Kommst du jetzt.«

»Aber ich brauch kein Klassezimmer. Mein kleines Klassenzimmer mag ich. Ich kann ja auch beim Felix und beim Sebastian liegen!«

»Nix aber, verstanden! Und jetzt dalli.«

Resignierend senkt der Junge den Kopf, dreht sich um und flüstert:

»Sie fahren jetzt hinauf auf E? Grüßen Sie die Schwester Gabi, ja? Vom Peter. Versprochen?«

»Versprochen!«, entgegnet der Metzger.

»Und kommen Sie mich wieder einmal besuchen, ja? Versprochen?«

Dann hat sie ihn schon am Oberarm, die Schwester Jelena.

5

Schon von Weitem sieht der Metzger Hannelore Berger mit Annas Mutter Maria vor einem der Krankenzimmer stehen.

Laut Türschild heißen die beiden hier liegenden Patientinnen Anna Kaufmann und Melinda Jakobi. So nimmt der Metzger also mit: »Guten Abend, Frau Kaufmann!« neben der Zweiergruppe Aufstellung, erzählt von seinem Fund und zückt den besagten Gegenstand.

»Das ist aber lieb von Ihnen, da wird Ihnen wer dankbar sein«, stellt Maria Kaufmann mit einem irgendwie abwesenden Gesichtsausdruck fest, blickt auf die Uhr und zeigt keinerlei Anstalten, die Geldbörse zu übernehmen. »Geben Sie Ihr das ruhig selbst, Anna wird sich freuen. Hanni, gehst du mit rein, dann geh ich schnell auf ein Sprüngerl hinauf eine rauchen!«, lautet zur Verwunderung des Metzgers die mütterliche Weisung. Dann schultert sie ihre getigerte Handtasche, hängt sich in den Windschatten eines vorbeispazierenden Pflegers und verschwindet im Treppenhaus.

Kurz dauert der Besuch. Anna übernimmt mit einem sehr aufgeweckten »Dankeschön« das Täschchen, leert es sofort vor sich auf der Bettdecke aus, so als wollte sie den Inhalt auf seine Vollständigkeit überprüfen, hält einen Gegenstand hoch und meint: »Das gehört mir nicht!«

»Jetzt schon!«, erklärt Willibald Adrian Metzger. »Du magst doch Tiere – aber ja nicht in den Mund nehmen!«

Ein wissendes Lächeln legt sich auf die Lippen des Mädchens, bläulich schimmert ein kleiner gläserner Elefant zwischen ihren Fingern. Nach mehr als vierzig Jahren darf so ein Viecherl schon einmal den Setzkasten verlassen, der einst vom Metzger noch mit Kinderhand gefüllt und mittlerweile in eine Ecke der Werkstatt verbannt worden ist.

»Den mag ich, der hat zwei verschieden große Ohren, wie der Hund von unserer Nachbarin Frau Kwatal!«

»Das freut mich und natürlich auch den Elefanten. So, du tapfere junge Dame, ich lass dich jetzt wieder allein. Und pass schön auf dich auf!«, beendet der Metzger seinen Besuch und weiß gar nicht, welch grausame Wirklichkeit in seinen Worten steckt.

Kurz darauf spaziert er ein paar Abteilungen weiter, denn einen weiteren Besuch in diesem Spital hat er ja noch zu erledigen.

»Der Peter richtet mir Grüße aus? Mein Gott, so ein lieber Junge. Ich werd ihn später noch besuchen, versprochen«, erklärt Schwester Gabi, und ja, das kann er völlig nachvollziehen, der Willibald, da hätte er sich als Junge wahrscheinlich auch ein wenig verliebt. Eine korpulente, mit wunderbar weichen weiblichen Formen ausgestattete Person, die eine derart gütige Ausstrahlung und eine so sanfte Stimme an den Tag legt, wenn das keine Einladung zum Hineinkuscheln ist. Lange ist dem Restaurator dieser wunderbare Anblick aber nicht vergönnt, denn Schwester Gabi steht mit dem Rücken zum Fenster, was bedeutet: Der Metzger sieht bei diesem Fenster hinaus. Und erquickend sind die Aussichten nicht, da hilft die wunderschönste Südseite nichts.

Schuld dran sind nicht die Krähen, die sich, als hätten sie eine schaurige Vorahnung, plötzlich im Innenhof des Spitals von der düsteren Fassade lösen und unter dem bewölkten Himmel ihre Kreise ziehen. Schuld ist ein anderes Flugobjekt. Nur weil ein Tiger nicht fliegen kann, gilt das eben noch lange nicht für ein entsprechend gemustertes Accessoire.

»Hopsala, da ist jetzt was runtergefallen.«, entfährt es dem Metzger. »Ganz schön riskant da oben auf der Raucherterrasse.«

»Ich sag's ja immer wieder: Rauchen kann die Gesundheit gefährden!«, erwidert Schwester Gabi. Und weil auch sie sich zum Fenster dreht, sind es nun zwei Augenpaare, die mit ansehen müssen, wie sich die Handtasche nur als Vorhut und Schwester Gabis Spruch auf höchst makabre Weise als zutreffend erweisen.

Augenkontakt hat trotzdem nur der Metzger, und diesen kurzen Blick wird er sein Lebtag nicht mehr vergessen. Sich völlig ergebend sieht sie ihn an, die Frau Kaufmann, der Rock schlägt ihr vor die Brust, ihr Mantel flattert im Wind, wie in Zeitlupe rudern ihre Arme haltlos durch die Luft, ihre Wangen sind seltsam verformt, ihre Lippen leicht geöffnet. Kein Schrei ist zu hören, als wüsste sie um die Sinnlosigkeit dieses Hilferufs. Dann taucht sie mit wehendem Haar am unteren Rand des Fensters ab. Dröhnend und dumpf zugleich hallt der Aufprall durch den Innenhof.

Schwester Gabi allerdings gibt sich nicht mit der Erkenntnis zufrieden, ein Schrei wäre vergebens. Und da staunt er jetzt nicht schlecht, der Willibald, zu welcher Urgewalt so eine zarte Stimme imstande ist. Vorbei ist es mit der Ruhe auf Station E und wenig später auch im OP. Denn dort, wo zuerst die tigergemusterte Handtasche mit sanften Pfoten gelandet war, als Katze auf dem weißen Blechdach, hat auch Maria Kaufmann ihren Abdruck im Schnee hinterlassen. Dank der unwiderstehlichen Herausforderung, die so ein regungsloser zertrümmerter Körper für den chirurgischen Ehrgeiz darstellt, wird dieser Abdruck, da können die Krähen noch so munter ihre Kreise ziehen, nicht ihr letzter sein.

Ähnlich wie im Hochsommer am Sprungturm tummeln sich nun also im Erdgeschoss die medizinischen Kunstspringer. In den luftigen Höhen dieses Hauses aber herrscht die Stille und Einsamkeit einer idyllischen Winterlandschaft. Dennoch, wie er sich da an die Brüstung der Dachterrasse gelehnt so vorbeugt, der Willibald, kommt ihm dann doch der Gedanke: Ein wenig nach Sprungturm und Streckssprung vorwärts sieht es von hier heroben schon aus.

Was seine Möbel angeht, ist der Metzger ja ein Meisteranalytiker, ansonsten aber liegt ihm das Spurenlesen nicht unbedingt im Blut. Viel Phantasie gehört allerdings nicht dazu, um die Lektüre im Schnee entsprechend entziffern zu können. Eine Raucherterrasse in einem Kinderspital ist ja erwartungsgemäß nicht unbedingt ein Ort regen Treibens, und den Fußabdrücken nach zu urteilen, erfolgt in diesem Haus die Tabakverbrennung entweder verbotenerweise in diversen überheizten Innenräumen, oder es gibt nur zwei Nikotinkonsumenten. Die größere der beiden Fußspuren führt vom Eingang zum Geländer und wieder zurück, die kleinere führt ebenfalls vor bis zur Brüstung, direkt neben die andere Spur, für den Retourweg allerdings wurde eine andere Route genommen.

Das könnte rückblickend nun bedeuten: Zwei Menschen standen nebeneinander vor dem Abgrund. Vielleicht hat sich Maria Kaufmann vor ihrem Fall noch gefällig unterhalten, nach Kraftakt oder Tumult sehen die beiden Abdrücke nämlich nicht aus.

Seltsam findet er das, der Metzger. Ein kumpelhafter Schlag auf den Rücken reicht wohl nicht aus, um einen menschlichen Körper gegen seinen Willen über ein Geländer in die Tiefe zu befördern. Irgendetwas Sonderbares war da in Maria Kaufmanns Blick, etwas Abwesendes, etwas sich völlig dem Schicksal Ergebendes. Ist Maria Kaufmann also tatsächlich freiwillig gesprungen? Hat sie ihr: »Ich geh nur schnell auf ein Sprüngerl hinauf...« wörtlich gemeint? Warum steigt sie zu diesem Zweck nicht bei sich zu Hause aufs Dach, sondern fährt ins Spital?

Warum kündigt sie extra an, rauchen gehen zu wollen, und wartet nicht einfach, bis jeder Besuch weg und sie allein ist?

Hat sie zunächst also gar nicht vorgehabt zu springen, sondern zur Motivation dieses selbstmörderischen Aktes erst auf der Terrasse etwas zu hören oder zu sehen bekommen? Welche Botschaft kann so bedrohlich, so fürchterlich sein, dass eine Mutter aus freiem Willen in den Tod stürzt?

Ein bisschen zu viele Fragen vielleicht, um allein die Antworten zu finden, sieht der Metzger ein und tut, was zu tun ist.

6

Das waren noch Zeiten, wo sich schon allein die Inbetriebnahme eines derartig schweren Geräts zur Dokumentation kraftstrotzender Männlichkeit eignete: Lederjacke zu, Helm auf, Standbein einklappen, Schwergewicht leicht zur Seite neigen und Kickstarter durchtreten.

Heutzutage kann sich jeder Schwachmatiker auf eine Fünfzehnhunderter setzen, den Schlüssel drehen, den Startknopf drücken und sich während der erstbesten Kurve in einem Hydranten verewigen. Natürlich schützt auch ein Kickstarter vor Friedhofslichtchen unter Leitplanken, Leitungsmasten, Laternen oder Laubbäumen nicht, und weil er das weiß, der Toni Schuster, dreht er den Zündschlüssel niemals, ohne ihn zuvor übergestreift zu haben, seinen schwarz-gelben Lederoverall mit integrierten Protektoren, eingespritzten Titanschultern und aerodynamischem Aufprallschutz, selbst im Hochsommer. Einziger Wermutstropfen: Unterwegs ist es nicht dabei, sein verborgen in einem Lederetui stets am Gürtel getragenes, stets einsatzbereites und stets topgepflegtes Multifunktionsmesser. Und ja, für Toni Schuster ist das erste l gefühlsmäßig ein t, also ein Muttifunktionsmesser, so viel Fürsorge hat dieses Wunderding schon bewiesen, da kann seine eigene Mama, Gott hab sie selig, sich posthum noch ein Beispiel nehmen.

Jetzt jedenfalls ist Winter, Toni Schuster fühlt sich dank Overall und dank des innen kuscheligen und außen schwarz glänzenden Helms mit Totenkopfmotiv wohltemperiert, die Straße ist wunderbar verschneit, und seine Rosi will geritten werden. »Rosi sollst du heißen!«, das war ihm vom ersten Augenblick an klar. Heißt ja auch nicht »das

Motorrad«, sondern »die Maschin«, »die Eierschaukel«, »die Pupperlhutschen«, allesamt durchwegs weiblich, und wenn er wo gern aufhockt, dann auf einem Weibchen. Genau das allerdings ist sein Problem: Heimbringen wollen sie sich alle lassen, die Damen, mit Zweithelm und diesem vielversprechenden Klammergriff von hinten um seine Hüfte, aber mit hinauf in die Wohnung hat ihn noch keine gebeten. Dabei wäre er ja treu bis in den Tod, was bis dato nur seine Rosi zu spüren bekommt, denn markentreu zu seinem Zweirad genießt auch ein entsprechendes Vierrad seine Zuwendung: ein Honda Civic.

So ist der einsame Reiter Toni Schuster also kein Küsser, sondern nur ein Tankküsserkönig. Hautnah liegt er auf seiner Maschin, allerdings nicht aus Liebe, sondern rein aus physiognomischen Gründen. Jeder andere mit seiner Größe hätte die Schulzeit nicht ohne bleibenden psychischen Schaden überstanden. Weil Toni Schuster aber, angespielt auf sein zögerliches Längenwachstum von Natur aus, ohne zu zögern niemanden etwas ohne physischen Schaden hat überstehen lassen, ist sein Selbstwertgefühl wegen der deutlich sichtbaren fehlenden Zentimeter keinen Millimeter geschrumpft, ganz im Gegenteil. Ein ganz ein Großer ist er also trotz seiner Kleinwüchsigkeit, in seinem Freundeskreis, im beinah täglich von ihm frequentierten Fitnesscenter, inmitten seiner wöchentlich donnerstags stattfindenden Scrabblerunde, bei seinen Kollegen von der Berufsfeuerwehr und vor allem auf der Straße. Und weil er sowohl für sein Leben als auch für seinen Beruf gänzlich vom Leitsatz: »Mir steigt keiner auf den Schlauch!« gelenkt wird, lenkt er mit entsprechender Ambition auch seine Rosi.

Sicher, ein wenig verunsichert hat es ihn schon, wie vor

Kurzem sein Freund, der Poldi Kratochwill, in ähnlich aerodynamischer Adjustierung nach einer verpfuschten Links-Rechts-Kombination zwar wunderbar aerodynamisch an den Stamm einer Eiche geprallt ist, aber trotzdem auf Anhieb tot war. Und ja, natürlich erinnert er sich genau an dieser Stelle nun jedes Mal an den Lieblingssatz seines Mitreiters: »Toni, wir sind zwei Apachen, die Straße ist unser Kriegspfad, und Manitu steh uns bei.« Nur: Gebremst werden muss deshalb noch lange nicht. Wozu fährt man auch ein derartiges Motorrad, wenn nicht ein ums andre Mal mit dem Vorhaben in die Serpentinen zu starten, die eigene Bestzeit zu knacken, besonders bei Nacht und Schneefall.

Alles, was sich auf der Straße vor ihm bewegt, ist somit eine potenzielle Bedrohung seiner auf der Rückseite des Overalls abgedruckten gelben Nummer Eins. Und jedem Vordermann diese Rückseite zu zeigen, das ist die motorisierte Mission des Toni Schuster, jedem. Ausnahmslos. Auch einem Dienstfahrzeug der Polizei, was natürlich eine besondere Herausforderung darstellt.

Dass diese Polypenleibschüssel justament vor ihm in einer Fünfzigerzone mit narkotisierenden dreißig Stundenkilometern die Kurven hinaufschleichen muss, passt ihm jetzt also gar nicht.

»Verdammt, Krainer, nicht noch langsamer. Fünfzig sind erlaubt, wir fahren vierzig, alles klar, und wenn er uns überholt, haben wir ihn.«

Seit das Kommando der Dienststelle in weiblicher Hand liegt, hat sich das Klima gehörig geändert. Nicht, dass davor bei der Erledigung wichtiger Fälle ein nachlässiger Stil gepflegt worden wäre. Nur genau da liegt die Abweichung.

Für die ambitionierte neue Chefin Irene Moritz gibt es keine wichtigen und unwichtigen, sondern nur offene und erledigte Fälle – was für ihre Mitarbeiter bedeutet: Die Einzigen, die in ihrer Truppe eine ruhige Kugel schieben, sind die Dienstwaffen. Geschossen wird nur im äußersten Notfall, wobei Irene Moritz zugegebenerweise in Zusammenhang mit ihrem aktuellen Sitznachbarn gelegentlich schon ein nervöses Jucken im rechten Zeigefinger ortet. Da kommt der Urlaub mehr als gelegen.

»Also gut, Krainer, dann versuchen wir's anders: Beschleunigen Sie auf neunzig, ich bin sicher, er bleibt uns auf den Fersen. Dann haben wir ihn auch!«

»Wenn meine Wahrnehmung stimmt, dann schneit es, ist es kurvig, und Wolken haben sich vor den Mond geschoben, Frau Kollegin!«

Dieser aufgeblasene, schulmeisternde Restposten namens Krainer, von der ersten Minute an war er ihr unsympathisch. Wenn Irene Moritz eines nicht leiden kann, dann die Urinstinkte einer gar nicht so geringen Zahl etwas betagterer Männchen gegenüber einer jüngeren Frau: Entweder sie putzen sich mit dem Weibchen auf, oder sie putzen es herunter. Josef Krainer, der zu Zweiterem neigt, ist hier allerdings an der völlig falschen Adresse.

»Unter uns, Kollege Krainer: Jetzt hocken wir ja ohnedies schon in einem Rentnerfahrzeug, da müssen'S nicht auch noch so fahren!«

Was ein Dienstwagen der Marke VW mit Rentner zu tun haben soll, versteht er jetzt nicht ganz, der Josef Krainer, immerhin fährt er seit sechzehn Jahren selbst einen Golf. Und was am Langsamfahren und vor allem an Rente per se schlecht sein soll, versteht er schon gar nicht. Im Alter von fünfundfünfzig Jahren in der Hoffnung auf Aufstieg versetzt zu werden und dann eine Amazone vorgesetzt zu bekommen, das schreit ja förmlich nach Frühpensionierung.

»Wollen Sie vielleicht fahren, Frau Kollegin?«

»Fahrerwechsel, gute Idee: Dann überholt er uns gemütlich und lacht sich nach der erstbesten Kurve ins Fäustchen. Sicher nicht. Nein, nein, Krainer, zeigen Sie, was Sie drauf haben!«

Genau so eine Ansage will ein erfahrener Ermittler hören, insbesondere von jemandem, der seine Tochter sein könnte.

»So eine Emporkömmli...!«, geht es ihm durch den Kopf, und dann scheitert er grammatikalisch an der Vollendung dieses Gedankens. Der Emporkömmling ist und bleibt eben männlich, da nutzt die umfassendste Rechtschreibreform nichts. Josef Krainer hat die Nase voll, fährt rechts ran und steigt aus.

»Ich fahr hier keine Qualifikation, werte Kollegin!«

»Da haben Sie recht, werter Kollege. Um Ihre Qualifikation unter Beweis zu stellen, ist es auch wirklich längst zu spät!«

Gemütlich taucht sie im Blickfeld der beiden Beamten auf, die Ziffer eins. Leuchtend gelb strahlt sie selbst in der Dunkelheit. Liebevoll kuschelt sich Toni Schuster auf seinen Tank, legt sich in die Kurve und wächst um ein paar Zentimeter.

Josef Krainer zündet sich zufrieden eine Zigarette an, im Wageninneren brodelt es, dann läutet ein Handy:

»Moritz?«

»Hallo, Irene, ich bin's!«

»Ja Willibald, meine Güte, tut das gut, dich zu hören! Was gibt's?«

Aufmerksam hört Irene Moritz zu, denn Willibald Adrian Metzger, dem einst besten Freund des verblichenen Kommissars Eduard Pospischill, nicht die volle Aufmerksamkeit zu schenken, das hat sich vor allem für den Kommissar selbst als fataler Fehler erwiesen.

»Selbstverständlich schick ich dir wen. Wie bitte? Schicken, genau. Tut mir leid Willibald, aber eigentlich bin ich seit heute Morgen im Urlaub, erstmals nach zwei Jahren. Hab ich bitter nötig, das kannst du mir glauben. Tourengehen, zwei Wochen. Morgen früh geht's los. Hals und Beinbruch wünschst du mir, na, dann vielen Dank. Dir auch alles Gute. Genau, es kommt wer.«

Dann legt sie auf.

»Krainer!«, hebt Irene Moritz die Stimme. »Einsteigen, aber plötzlich. Bringen Sie mich heim, und dann fahren'S weiter ins Kinderspital!«

Jawohl, denkt sich nun auch der Angesprochene: Hals und Beinbruch!

7

»Sag, wollen Sie mich frotzeln. Deswegen muss hier die Polizei antanzen?«, wird Willibald Adrian Metzger unwirsch unterbrochen. »Die zweite Spur heißt gar nichts, außer dass irgend so ein Spechtler nach dem Sturz genauso wie Sie sofort neugierig auf die Terrasse gehoppelt ist, um sich den Haufen Matsch von oben anzusehen.«

Da muss er kein Prophet sein, der Willibald, um zu wissen: Was die professionelle Betreuung dieses Falles betrifft, hätte er auch den Priesternotruf oder Pizzaservice herbestellen können.

»Aber warum springt eine Mutter vom Dach, wenn gerade ihre Tochter mit dem Leben davongekommen ist, das ...«, versucht er sich ein zweites Mal und lernt Josef Krainer nun so richtig kennen.

»Nix aber! Die hat sich absichtlich keinen Heuhaufen, sondern einen Innenhof zum Reinhupfen ausgesucht, kapieren Sie das endlich – und mehr interessiert mich nicht. Außerdem ist die Dame noch gar nicht tot, also was soll ich hier?«

»Und was passiert mit der kleinen Anna?«, traut der Metzger seinen Ohren nicht.

Josef Krainer steuert bereits auf die Terrassentür zu: »Darum muss sich das Spital kümmern oder das Jugendamt, ich bin ja nicht die Wohlfahrt.« Der Rest ist Schweigen.

Feinfühlige Menschen gibt es, dagegen ist ein Aufwärtshaken ein sanftes Betäubungsmittel. Windelweich geprügelt von den Ereignissen dieses Tages fühlt sich mittlerweile auch der Metzger.

»Na, war ziemlich hartnäckige berufsbedingte Verspätung?«, schmettert ihm Danjela Djurkovic aus der Küche entgegen.

Kleine Sünden werden eben sofort bestraft. Auch wenn es mit der besten Absicht verbreitet wurde: Ein Märchen bleibt ein Märchen. Das wird nun also keine leichte Aufgabe, der Geliebten plausibel zu erklären, warum man ihr zuvor ein bisserl einen Bären aufgebunden hat, weiß er bereits beim Eintreten in sein beziehungsweise in das seit geraumer Zeit gemeinsam bewohnte Refugium, der Willibald. Wobei das Eintreten nicht mehr ganz so einfach ist wie früher: Erfüllt ist das Vorzimmer von jener heimeligen Unordnung, die dem Metzger sofort offenbart: Herrin und Hund sind zugegen. Liebevoll und stürmisch hechelt der Mitbewohner Edgar seinem Schwiegerherrchen den Hosenfalz hinauf, was den um sein Gleichgewicht ringenden Metzger nicht automatisch in die Stimmung versetzt, diese ihm erteilte Liebenswürdigkeit auch akkurat zu erwidern.

»Mensch, irgendwann haut's mich hin, und auf wen flieg ich dann drauf? Auf dich«, lautet also seine Begrüßung.

»Na, dann ist Hund platt, aber nix mehr vor Freude!«, kommt es vergnügt aus der Küche. Und schon ist er weg, der kleine Unmut im Gemüt des Restaurators, und schon ist sie da, die von Hundeseite geforderte Streicheleinheit:

»Das wollen wir natürlich nicht, Edgar, gell? Ist schon gut, ja, ja, bist eh mein kleiner Stinker!«

»Nix Stinker, ist gewälzt in Schnee und gebürstet!«, tönt es erneut aus der Küche.

Ein bisschen Stinker ist allerdings nicht von der Hand zu weisen, geht es dem Metzger durch den Kopf. Liegt ja auch eine nicht gerade bescheidene Duftnote gründlich gebratener Speckscheiben in der Luft. Wenn Danjela Djurkovic die Herdplatte aufheizt, dann eben ordentlich.

»Wird nix lange herumgefackelt, muss schnell gehen in Küche«, so lautet ihre Devise. Zumindest das mit dem Herumfackeln sieht auch der Metzger völlig ein und hat folglich als lebenserhaltende Sofortmaßnahme nach einigen bedenklichen Entflammungsakten den Gas- gegen einen Induktionsherd austauschen lassen.

»Ah, es duftet nach Speck!«

»Ja, gibt dazu wunderbare Schwarzbrot mit knusprige Halloumi und knackige Salatblätter.«

Dass da etwas knusprig und knackig ist, lässt sich bereits im Vorzimmer erahnen, stellt sich nur die Frage, ob das Schwarzbrot vorher ein Weißbrot war.

»Stell dir vor, was passiert ist!«, beginnt der Metzger, zumindest in Anbetracht der hellbraunen Semmel beruhigt, wenig später bei Tisch zu erzählen. Und weil seine Danjela nicht nur eine höchst aufmerksame Zuhörerin, sondern auch ein analytischer Kopf, ausgestattet mit einem Elefantengedächtnis, ist, kommt am Ende, was kommen muss:

»Versteh ich richtig: War sogenannte berufsbedingte Verspätung nix anderes als Lieferung von Geldbörse in Spital. Ist meine Willibald neben Restaurator also auch noch Botendienst und kleine Märchenonkel?«

»Ich wollte einfach nicht, dass du dir in Zukunft noch mehr Sorgen machst, wenn ich mit Lilli unterwegs bin!«

»Mach ich mir aber noch mehr Sorge, wenn weiß ich, dass Mann wird aus lauter Sorge wegen mögliche Sorge von Frau zu große Dichter? Ist lieb von dir, kleines Shakespeare, brauchst du mich aber nix schonen, bin ich schon große Mädchen. So, kleine Lausbub, und jetzt isst du ordentlich, auch für Wachstum. Weil brauchen nix flunkern, große Buben!«

Es folgen ein liebevoller Kuss und die einzig angemessene Strafe: Nachschlag. Ein wunderbar gemimtes »Herrlich« rutscht aus dem Mund eines Verzweifelten, also gleich die nächste Lüge. Wenn große Buben in puncto Auftischen der Wahrheit absolut standhaft sind, ist es in puncto Friedliches Zusammenleben gelegentlich nicht unbedingt von Nachteil, ein kleiner Junge zu sein.

8

Ein kleiner Junge erwartet den Metzger in gewisser Weise auch am nächsten Morgen in der Werkstatt, denn auf dem Programm steht die Wiederherstellung eines verstümmelten männlichen Holzengels. Pausbackig die Wangen, lieblich das Gesicht, speckig die Rundungen, was ihm fehlt, sind die Finger beider Hände, was zur Folge hat, dass der Knabe seine Aufgabe vernachlässigt und den kleinen Weihwasserkessel nicht mehr halten kann. Da heißt es genau die Proportionen studieren, denn die Nachbildung muss vor allem eines gewähren: Authentizität. Solche Aufgaben liebt er, der Willibald, und ist darin auch ein wahrer Meister. Detailverliebt werden zuerst Skizzen angefertigt, dann das geeignete Material gesucht und schließlich die Finger modelliert. Hier wird aus seiner Arbeit Kunst, aus der Zeit ein unbemerkt dahinfließender Sturzbach, aus seinen Gedanken eine auf die Arbeit konzentrierte Meditation.

Letzteres allerdings kann er heute vergessen. Zu sehr drängen sich an diesem so still und leise dahineilenden Tag immer wieder die Erinnerungen an die erstickende Anna in den Vordergrund, an das vorbeischwebende apathische Gesicht Maria Kaufmanns und den seltsamen Satz des Obdachlosen: »Jetzt geht es wieder los das Sterben, es geht wieder los!«

Was stimmt nicht mit Maria Kaufmann? Und was hat es mit Annas Lebensretter auf sich? Zumindest der zweiten Frage beschließt der Metzger nach getaner Arbeit nachzugehen.

So marschiert zu später Stunde ein Mensch guten Willens aus seinem Gewölbekeller erneut in Richtung Park, besteigt abermals die kleine Anhöhe, mustert nachdenklich den verlassenen Pavillon, blickt sich um und tritt schließlich enttäuscht den Heimweg an. Wieder hat es den ganzen Tag geschneit. Aus aufgehenden Metropolen werden untergegangene Städte, das ist der Zauber des Schnees. Er nimmt Tempo, zwingt dazu aufzuräumen, bevor es weitergehen kann. Und geht es schließlich weiter, ist es ein Voranschreiten mit mehr Achtsamkeit. Weder will man stecken bleiben noch ins Schleudern geraten oder gar mit irgendetwas kollidieren – nimmt zumindest der Metzger an. Der nun kurz nach Verlassen des Parks von rechts daherkommende Verkehrsteilnehmer dürfte sich nämlich von all den drohenden Gefahren nicht abschrecken lassen. Ziemlich unkontrolliert gibt sich der Wagen dem leichten Gefälle der leeren Straße hin und prescht in einem Höllentempo, ohne Licht, ohne Airbag und hundertprozentig ohne Winterbereifung, am Metzger vorbei. Grölend, ohne der Anschnallpflicht Folge zu leisten und sich um Dinge wie Lenken oder gar Bremsen zu kümmern, genießen die beiden Insassen sichtlich die Fahrt. Sichtlich deshalb, weil es sich bei dem Gefährt in gewisser Weise um ein Cabrio handelt. Die näher kommende Kurve und der näher kommende, von einer Straßenlaterne beleuchtete Schneehaufen dürften dabei das Amüsement der Passagiere kein bisschen irritieren, ganz im Gegenteil. Je näher das Unausweichliche kommt, desto lauter wird das Gegröle. Fassungslos beobachtet der Metzger das Geschehen.

Dann wird in gewisser Weise ein Stoppschild überfahren, der Wagen verschwindet scheppernd im Schneehaufen, und die Insassen verlassen im hohen Bogen ihr Cockpit, aufgefangen von der verschneiten Wiese dahinter.

»Bist du deppat, wie geil war das denn!«, brüllt der eine

dem anderen zu, da hat dieser andere weder den Kopf aus dem Schnee herausgezogen noch durch Bewegung eines Körperteils sein Überleben demonstriert. Das folgt nun. Die Kühlung des Scheitels wird beendet, ein zerzaustes Haupt kommt zum Vorschein, es wird in zweifacher Hinsicht der Niederschlag heruntergebeutelt, aufgestanden, herumgetorkelt, gelacht und der Versuch zu sprechen gestartet. Lallend, stockend ist der Ton:

»Irre, der ultimative Kick war das jetzt, einfach irre. Voll abgedreht, wie sich alles dreht, ich glaub, ich hab mir das Hirn ein bisserl erschüttert. Hast ordentlich Speed unterm Hintern, sparst dir ordentlich Speed in den Venen – kommt billiger. Hahaha – ich brauch das gleich noch m…, wart kurz…«

Kurz wird gewürgt, erbrochen, Schnee in den Mund gesteckt, gehustet und schließlich weiter geschwärmt:

»… geht schon wieder. Also, ich brauch das gleich noch mal, diesmal schieben wir aber noch länger an, bevor wir aufspringen, das gibt mehr Zunder, okay! Also, lass uns den Wagen ausbuddeln!«

Eiligen Schrittes geht der Metzger auf die beiden jungen Herren zu, körperlich dürften sie irgendwo im Alter zwischen 18 und 25 stecken, geistig traut sich der Metzger keine zweistellige Prognose abzugeben.

Unterwegs hebt er das ursprünglich an der Vorderseite des Wagens baumelnde und nun überfahrene Stoppschild auf und hält es den beiden jungen Männern entgegen:

»Wo habt ihr den Einkaufswagen her?«

»Gefunden«, ist die verwunderte Antwort des einen.

»Einkaufen waren wir jedenfalls nicht!«, die Erklärung des anderen.

»War ja randvoll das Ding, wär ja gar nichts mehr reingegangen, nicht einmal wir!«, die Ergänzung wiederum des einen.

Und dann lachen sie, die beiden Bruchpiloten, winden sich vor Freude und wühlen dabei ihr Vehikel aus dem Schnee heraus.

»Wo gefunden?«, will der Metzger nun alles andere als amüsiert wissen.

»Wollen Sie vielleicht auch einen, oder wollen Sie mitfahren?«, ist die Frage des einen.

»Das wird, glaub ich, ein bisschen zu eng für drei?«, die Vermutung des anderen.

»Anschieben könnten Sie uns, dann brauchen wir nicht aufspringen!«, der Vorschlag wiederum des einen.

»Wo gefunden?«, brüllt er jetzt, der Willibald.

»Da hinten, auf dem Gehsteig!«, wird ihm erwidert, ohne Aggression, versteht sich, denn angebrüllt zu werden, damit haben die beiden offenbar zu leben gelernt. Dann ist er ausgebuddelt, der Einkaufswagen, und vergnügt laufen zwei wahlberechtigte Führerscheinbesitzer die Straße hinauf: »Also, was ist jetzt mit Anschieben?«

So lustig kann es sein, das Leben.

9

Patsch – hat es gemacht. Nur patsch. Enttäuschend. Wenigstens ein kleiner panischer Aufschrei wäre fein gewesen. Aber nein! Nicht einmal um Gnade hat sie gewinselt. Effektiv, aber stinklangweilig, mehr ist dazu nicht zu sagen. Schon allein aus reinem Eigeninteresse muss seine Performance zukünftig also besser werden. Jeder hat eben eine andere Vorstellung von Unterhaltung.

Diesbezüglich stand bereits als Kind für ihn fest: Er wird sich eines Tages seine Brötchen wahrscheinlich nicht als Pfleger in irgendeinem Zoo oder Geriatriezentrum verdienen, er wird weder einen verwaisten Wurf mit der Flasche großziehen noch einem senilen Greis die Windeln wechseln. Nächstenliebe und Mitleid sind seine Sache nicht. Der erste Hamster wurde ihm als Geburtstagsgeschenk von seinen Eltern überreicht, drei Tage später war der Käfig leer. »Entlaufen«, lautete seine Erklärung – was weder heißt, er hätte später nie wieder ein derartiges Haustier besessen noch diesem Haustier nicht genau dasselbe Schicksal wie Hamster eins zuteilwerden lassen.

Sparbüchse ausleeren, ab ins Zoogeschäft, Nager erwerben, dann damit nach Hause, warten, bis die Eltern schlafen, dem Bruder Bescheid geben, im Walt-Disney-Pyjama in die Küche, Ofen auf, Hamster hinein, 80, 120, 180, 220 Grad Ober- und Unterhitze und dann zuschauen. Besser als Fernsehen. Hinter der Scheibe ist dermaßen die Post abgegangen, dagegen ist so ein auf Hochtouren gebrachtes Laufrad die reinste Zeitlupe. Richtig zusammenreißen hat er sich müssen, dass er sich vor lauter Lachen nicht in die Hosen brunzt. Dem Bruder ist zwar nicht das Lachen, dafür das andere gelungen. Was ihm damals mehr Freude bereitet hat, der mit einem Schlag umkippende Hamster oder das heulende, sich anpinkelnde Weichei neben sich, das weiß er nicht. Was er aber weiß, ist, dass ihm schon in jungen Jahren seine Fähigkeiten bewusst waren, er seither erfolgreich an ihnen arbeitet und es mittlerweile auf eine recht stattliche Summe an Armbewegungen gebracht hat, die er während seiner gelegentlichen Spaziergänge durch den Friedhof absolviert. So viel Anstand muss selbst als Verursacher der Grabinschriften einfach sein, und so ein Kreuzzeichen tut ja wirklich nicht weh, schon gar nicht, wenn man bis zum vierzehnten Lebensjahr regelmäßig zum sonntäglichen Messdienst einrücken musste. Dort, wo er aufwachsen durfte, gehört das Ministrieren, das heimliche Urinieren in den Messwein, das heimliche Chili-Nachwürzen der Hostien und die offizielle zuerst pastorale, dann väterliche Tracht Prügel ebenso zum Heranwachsen eines Jünglings dazu wie die in einem Jutesack in der Regentonne ertränkte frisch geworfene Katzenbrut.

Sein aktueller Einsatzbefehl ist jedenfalls klar: »Bring das in Ordnung und nimm dir alle Freiheiten!«

Der Welt wurde bereits mittels Zeitung von seinem Wirken berichtet, die Nachricht wird sich verbreiten und dort, wo es nötig ist, entsprechend Sorge und Schmerz auslösen.

Als Startschuss.

10

Lang muss Willibald Adrian Metzger nicht suchen. Mit jedem Schritt näher wächst der dunkle Fleck im Schnee allmählich zu einem anständigen Hügel heran.

Unfassbar, was alles in einem Einkaufswagen Platz hat, sieht er sich schon gewaltig schwitzen, denn eines steht für ihn fest: Die heimatlosen Habseligkeiten können hier nicht einfach so liegen gelassen werden.

Entsprechend ermattet sitzt der Restaurator nach einigen

Durchgängen Werkstatt–Park–Retour auf einem renovierungsbedürftigen Biedermeierstuhl, betrachtet mit Sorge die zu seinen Füßen liegenden Gegenstände, dann besiegen der Respekt gegenüber dem Eigentum einer ihm fremden Person und die Sehnsucht nach seiner Danjela die aufkeimende Neugierde.

Eine Frau, die jahrelang allein gelebt hat, fackelt nicht lange herum, wenn eine Glühbirne ausfällt. Und weil es an entsprechendem Größenwachstum fehlt, es wie in der Küche auch hier schnell gehen muss und folglich das Hervorkramen der Leiter zu langwierig ist, wird die Steighilfe betreffend improvisiert. Da ist der kleine Edgar natürlich heilfroh, kein Berner Sennenhund geworden zu sein. In Anbetracht des stattfindenden Stegreiftheaters sucht er sicherheitshalber aber trotzdem das Weite. Und recht hat er, denn um vorauszuahnen, dass das mit dem Stehen und Greifen ein Theater werden könnte, wenn zwei zur Rückgabe vorgesehene Bierkisten aufeinandergestapelt und bestiegen werden, muss man kein Hellseher sein. Wobei von hell sehen nicht wirklich die Rede sein kann, denn natürlich hat Danjela Djurkovic zur spannungsfreien Durchführung des Glühbirnenwechsels den Strom abgedreht. So steht sie also, die Arme emporgestreckt, mit einer neuen Glühbirne in der Hand, einer Taschenlampe im Mund und einem unheilvollen Geräusch im Ohr auf ihrem wackeligen Podest. Es ist der eindeutige Klang eines das Schloss der Eingangstür öffnenden Schlüssels, der sie ein vollmundiges »mhmm, mhmmm!« durchs finstere Vorzimmer summen lässt.

Diesmal sind es nicht die Schuhe, Taschen, Jacken, Regenschirme, die Hundeaccessoires oder gar der Hund selbst, die sich beim Öffnen der Wohnungstür vor Willibald Adrian Metzger auftürmen, diesmal ist es also gleich das ganze für seine Glückseligkeit verantwortliche Gesamtpaket höchstpersönlich – was selbstverständlich nur von der Innenseite der Wohnung aus zu erkennen ist. Von draußen lässt sich lediglich die Tatsache vermerken, dass, warum auch immer, die Tür bereits vor Erreichen des Türstoppers irgendwo anschlägt.

Das Einzige, was der Metzger, während er seinen Kopf durch den Spalt steckt, noch erkennen kann, ist das besorgniserregend unkoordinierte Blitzen einer Taschenlampe. Dann hört er ein Klirren und schließlich einen weitaus weniger dezenten Folgeton.

»Klingt ganz nach Leergut!«, ist sein erster Sinneseindruck.

»Klingt ganz nach Danjela!«, sein zweiter.

Und froh kann er sein über diesen intakten Gedankengang, denn wäre seine kleine Handwerkerin in die Gegenrichtung gekippt, es blieben in seinem durch den Türspalt gestreckten Kopf von den Sinneseindrücken wohl nur mehr die Eindrücke.

Besorgt betritt der Metzger die Wohnung. Das Licht des Stiegenaufgangs erhellt nun auch das Vorzimmer und eröffnet ihm ein beunruhigendes Bild. Auf dem Perserteppich ausgebreitet liegt, von Edgar zungentechnisch erstversorgt, Danjela Djurkovic.

»Ach, Willibald, bin ich so eine blöde Rindvieh. Hilfst du mir auf!« Dabei streckt sie dem Metzger Hilfe suchend ihre Hand entgegen, was diesen nach der ersten leichten Berührung und dem damit verbundenen herzzerreißenden Schrei zur alles erklärende Analyse: »Unfallkrankenhaus. Fahren wir, sofort«, veranlasst. Ein breiter Schal dient zur Fixierung des rechten Armes, ein Taxi als Einsatzfahrzeug, ein besorgter Restaurator als Geleitschutz.

An dieser Zusammensetzung ändert sich auch bei der Rückkehr vier Stunden später nichts, bis auf die Tatsache natürlich, dass der Schal nun wieder an der für ihn ursprünglich vorgesehenen Stelle zum Einsatz kommt. Ist ja auch wirklich kalt geworden. 22 Uhr, eine sternklare Winternacht, eine in Schnee gehüllte weiße Stadt und ein in denselben Farbton gehüllter rechter Arm. Bestenfalls als Schüler ist so etwas lustig. Natürlich vorausgesetzt, man hat Freunde, denn nichts ist peinlicher als eine von den Fingerspitzen bis zum Schultergelenk reichende Hartschale, und niemand hat unterschrieben, außer vielleicht Mama, Papa und die leibliche Schwester.

»Hat gesagt Schwester von Gipszimmer, kann dauern bis zu zwölf Wochen. Zwölf Wochen mit diese Klumpen an Körper, wie bitte soll ich aushalten? Fühl ich mich wie Roboter, außerdem juckt mich jetzt schon wie Sonnenallergie«, gibt die Djurkovic einen ersten Einblick in ihre Gemütslage.

»Das kann ich dir sagen, wie du das aushalten wirst: Erstens voller Dankbarkeit über die Tatsache, dass du dir statt einem komplizierten Oberarmhals- oder gar Hüftbruch nur einen unkomplizierten Kahnbeinbruch eingefangen hast. Und zweitens bist du dank deiner konservativen Ruhigstellung nun auch tatsächlich konservativ ruhiggestellt, also im Krankenstand.«

»Na, hüpf ich gleich vor Begeisterung!«, ist die entsprechend nüchterne Erwiderung: »Was bitte ist an Oberarmgips mit Daumeneinschluss und an Krankenstand mit Einschluss in vier Wände jetzt Grund für Freude?«

»Ein Zwangsurlaub, zu Hause umhätschelt werden, zwölf Wochen lang mit zumindest einer Hand den Kinderwagen samt Lilli schaukeln, das ist alles kein Grund zur Freude?«

Und da strahlen sie jetzt natürlich ein wenig, die Augen der Djurkovic: »Na, dann ist wenigstens vorbei mit männliche Babysitter und Brechen von Frauenherzen in Park. Werd ich also in Zukunft ganz gemütlich meine persönliche Fahrgestell neben Fahrgestell von Kinderwagen durch Gegend schieben!«

Ganz so gemütlich, wie sich die Danjela das jetzt vorstellt, wird es aber leider nicht werden.

11

Da lacht das Herz des Toni Schuster. Vertrottelt schaut das aus, einfach nur vertrottelt, dieses im Rückspiegel größer werdende Dokument der Lächerlichkeit. Wie ein Röckchen flattern die Hosenbeine einer Bermuda, wie mickrige Flügerl die Ärmel eines Kurzarmshirts.

Rot zeigt die Ampel, seelenruhig konzentriert sich Toni Schuster auf seine Fähigkeiten und seinen schräg versetzt zum Stillstand gekommenen Hintermann. Es dauert ein wenig, dann erhellt ein strahlendes Grün die Nacht, was in diesem Fall nicht mit Losfahren gleichzusetzen ist. Bombenfest steht seine Rosi vor der Kreuzung. Gas gegeben wird trotzdem. Für jemanden, der sein Gerät beherrscht, ist es eben eine Kleinigkeit, dem Hinterrad ein paar Rotationen zu gönnen, ohne dabei Meter zu machen. Richtig eine Freud hat er, der Toni, wie sich der Reifen da in die verschneite Straße gräbt und einen Cocktail aus Streusalz, Schotter und Schnee nach rechts hinten katapultiert. Und das, was es nun durch sein heruntergeklapptes, getöntes Visier im Rückspiegel zu sehen gibt, zieht ihm die Mundwinkel hoch, als läge er beim plastischen Chirurgen.

»Ja, ja, ein Visier, das ist für einen Zweiradfahrer schon nicht das Schlechteste!«, flüstert er vergnügt in seinen Helm.

Von der Möglichkeit, den Mund öffnen zu können, ist der Hintermann weit entfernt. Hektisch fuchtelt er vor seinem Gesicht herum, schüttelt den Kopf, versucht so, die auf ihn niedergehende Lawine abzuwehren, springt schließlich ab und stürmt wild wie ein Stier mit ähnlich gebeugtem Nacken auf das vor ihm stehende Motorrad zu – was Toni Schuster dazu nötigt, den Kopf kurz zu wenden und sich mit lauter Stimme bestmögliches Gehör zu verschaffen: »Die schönsten Toten sind Fahrradboten!«, dröhnt es durch die Nacht, dann wird sie schlagartig kleiner, die gelbe Nummer Eins, und verschwindet mit einem gekonnten Driftschwung ums Eck.

Aufpassen muss er jetzt, der Toni, dass ihm vor lauter Lachen sein Visier auf der Innenseite nicht komplett beschlägt. Das sind ja in seinen Augen die größten Gefahren im Straßenverkehr, die Shorts-über-Strumpfhosen-, Kurzarm-über-Langarmleibchen-, Radhelm-über-Kopftuch tragenden, zu neunzig Prozent langhaarigen, ewig jung gebliebenen Wolltegern-Sportskanonen. Haxen haben sie nämlich alle, als wäre ihnen gerade nach sechs Wochen der Liegegips abgenommen worden, aber gefahren wird, als ginge es ums gelbe Trikot, natürlich unter völliger Ignoranz der Straßenverkehrsordnung. Und wenn sich dann wirklich einmal so ein strampelnder Suppenkaspar mit seinem leuchtfarbenen Plastikrucksack dazu herablässt, bei Rot seine Hendlbrust zum Stehen zu bringen, ist Showtime, wie Toni Schuster zu sagen pflegt.

Mein Gott, hätte der Poldi Kratochwill jetzt einen Spaß gehabt. Poldi, wir sind zwei Apachen, die Straße ist unser Kriegspfad, und Manitu steh uns bei, geht es ihm einmal mehr durch den Kopf. Immerhin waren sie doch fast ein Jahrzehnt die besten Freunde, er und der Poldi.

Als ganz schlecht erweist sich die Kombination dieses Gedankens mit dem, was da gerade im Blickfeld des Toni Schuster auftaucht. Denn unweit einer Busstation steht sie, die Vergegenständlichung seiner größten motorisierten Wunschvorstellung. Nein, es ist kein schnittiger Zweisitzer, so wie seine Rosi, nur eben auf vier Rädern, kein Potenzprotzer der üblichen männlichen Art. Obwohl, mit Potenz hat es schon jede Menge zu tun, das Kraftfahrzeug seiner Träume. In einem pflegeleichten Silber-Metallic, mit getönten Scheiben, Schiebetüren, einer Dachreling zum Transport für Skier oder Fahrräder, notfalls eines Tischtennistisches, steht er geparkt am Straßenrand, der von ihm so ersehnte Familyvan. Die Skier und ein Zweirad hätte er bereits, der Toni, der Rest fehlt: das Geld, der Tischtennistisch und die Family.

»Ach, Poldi!«, ertönt es nun rührig im Innenraum des Totenkopfhelms, und dann, er ist ja auch nur ein Mensch, dann werden ihm zum ersten Mal unterwegs auf seiner Rosi nicht allein vom Fahrtwind ein bisschen die Augen feucht, dem im Grunde seines Herzens so einsamen Toni Schuster.

Zuerst lachen, dass sich innen die Scheibe beschlägt,

und schließlich ein wenig die Äuglein benetzen, da ist dann für einen in kurvenbedingter Schräglage verweilenden Zweiradfahrer ein Visier nicht unbedingt nur noch von Vorteil. Kurz sieht er ihn im Schnee leuchten, den ihm so vertrauten weißen Schriftzug auf blauem, orange umrandetem Hintergrund, dann weiß er: Das wird jetzt gleich ganz gewaltig wehtun. In puncto Grip ist so ein zwischen Schneefahrbahn und Gummireifen verirrtes Einkaufssackerl seines Lieblingsdiskonters eben nicht unbedingt das beste Angebot. Trotz eines mit Bravour absolvierten Fahrtechnikkurses rutscht Toni Schuster aus der sportlichen Schräglage in die schmerzhafte Waagrechte und niemals hätte er gedacht, ein Lebensmitteldiskonter könnte ihn eines Tages so teuer zu stehen kommen. Was ihm leidenstechnisch allerdings noch weitaus schwerer zusetzt als der körperliche Schmerz, ist der Phantomschmerz, denn eines weiß er angesichts der Reisebewegung seines herrenlosen Untersatzes mit Sicherheit: Auch die Dellen und Schrammen seiner Rosi werden wehtun, vor allem dem Geldbörsel.

Zügellos schlittert sie in Richtung Straßenrand und landet krachend neben der besetzten Bank einer überdachten Busstation. Wobei Sitzen nicht ganz stimmt, denn das windgeschützte Plätzchen wird an diesem kalten Winterabend als Liegestätte benutzt. Und einen ordentlichen Rausch muss sie sich angetrunken haben, die hier ruhende Person. Einzig eine Doppelliterflasche Rotwein reagiert auf die Erschütterung, fällt zu Boden und verpasst dem Motorrad eine verspätete Taufe.

Vorsichtig bewegt Toni Schuster seine Beine, seine Arme, setzt sich auf, kreist seinen Kopf, erhebt sich, ortet lediglich eine Prellung im Schulterbereich, schickt ein Stoßgebet des Dankes in Richtung Poldi Kratochwill, wendet sich mit der Frage: »Alles in Ordnung mit Ihnen?« der Busstation zu und weiß schließlich: Rettung muss er keine mehr verständigen, nur die Polizei.

Betroffen zückt er das Telefon, zeitgleich setzt sich im Hintergrund langsam der silberne Familyvan in Bewegung, ohne Namenssticker der Sprösslinge auf der Heckscheibe, stattdessen mit einem Kennzeichen, das bei Toni Schuster nur noch einen Gedanken auslöst: »Ich brauch Urlaub, genau dort, dringend!« Genau dort, weil eben nur noch eine Leidenschaft mit der Begeisterung für seine Rosi und das Scrabble mithalten kann: der Skilauf.

12

Vorhin ist Urgroßvater nach Hause gekommen. Er hat gesagt, er geht kurz spazieren, seine kleine Runde hinüber Richtung Blöschl-Bauer. Da haben gerade die Lifte zugesperrt. Und jetzt ist es bald schon Mitternacht.

Wir haben überall angerufen, ihn gesucht, mit Taschenlampen, mit dem Onkel Robert und seinem Hund und mit Ada. Ada hat einfach ein gutes Gespür. Alles findet sie, sogar die kleine Schachtel mit den Ohrringen hat sie in Opas Werkstatt zwischen ihre kleinen Finger bekommen, da war es September, und finden sollen hätte sie die erst im Dezember unterm Christbaum.

»So weit kann der alte Depp doch gar nicht mehr laufen!«, hat der Onkel Robert gebrüllt, da waren wir sicher schon drei Kilometer vom Hof entfernt.

»So weit verlaufen kann er sich aber schon!«, hat Ada gemeint und wollte weitergehen. Durfte sie aber nicht.

»Die Kinder gehören ins Bett, schleunigst, sonst passiert noch was!«, hat Opa gemeint, und wir sind alle zurück, obwohl das ja sein Papa war, den wir gesucht haben.

Um halb zwölf hat es dann unten im Wohnzimmer so fest an die Scheibe gepumpert, dass sie zerbrochen ist. Der ist schon ziemlich hart, der Holzgriff vom Gehstock, mit dem sich unser Urliopa auf den Beinen hält.

Hinunter- und hinausgelaufen sind wir alle, zum Wohnzimmerfenster, und genau unter der zerbrochenen Scheibe ist er dann gesessen, mit einem zerkratzten Gesicht und blutigen Knien. Alle haben auf ihn eingeredet, nachdem ihn Opa ins Wohnzimmer getragen und aufs Sofa gelegt hat, aber der Urliopa hat nur beim Fenster hinausgeschaut. Das ist das Schlimmste für mich, wenn er an mir vorbeisieht, als würde es mich gar nicht geben. Vielleicht ist das in den Momenten ja auch so, vielleicht sind wir für ihn plötzlich alle verschwunden, und er läuft ganz allein durch seine Gedanken. Vielleicht läuft er deshalb dann auch ab und zu ganz allein durch den Wald, und es dauert eben, bis er wieder nach Hause findet.

Das letzte Mal, dass Urgroßvater sich verlaufen hat, ist jetzt mehr als einen Monat her, da wurde er von der Polizei heimgebracht.

Wir sollten ihn einfach nicht mehr allein spazieren gehen lassen und ihm am Abend seine Schlaftabletten geben.

13

Auf Anraten des Arztes hat sich Danjela Djurkovic zwecks Nachtruhe ein Schmerzmittel gegönnt, wobei der Metzger aufgrund der Wirkungsweise und der daraus resultierenden Geräuschentwicklung den Verdacht nicht loswurde, es könnte doch eine Schlaftablette gewesen sein.

Der ersehnte Schlummer war ihm dann allerdings trotz in die Gehörgänge gepresster Silikongehörstöpsel nicht vergönnt, denn weil er sich der Nachtruhe wegen grundsätzlich auf der rechten Bettseite in die Waagrechte begibt, fand das völlig abrupte Ausschwenken des rechtwinkeligen Fremdkörpers an Danjelas rechter Schulter ein ums andere Mal ins Ziel.

»Hab ich geschlafen wie Murmeltier«, lautet an diesem Morgen der entsprechend gut gelaunte Gruß. »Und meine Willibald?«

»Wie ein Türstopper!«, fehlt es dem Metzger sowohl an Humor als auch an Elan. Zumindest Zweiterem wird auf die Sprünge geholfen, denn nach einem gemeinsamen Frühstück folgt die erste gemeinsame Gassirunde zu viert, also Danjela, Willibald, Edgar und der durchaus, wie diese Nacht vermuten lässt, mit Eigenleben behaftete Gips.

»Können wir ja gleich spazieren bis in Werkstatt!«, stellt Danjela unterwegs vergnügt fest und scheint sich pudelwohl zu fühlen mit ihrem Daumeneinschluss und der Entdeckung, dass sie ihren rechten Arm gar nicht erst beugen muss, um sich so wie üblich bei ihrem Willibald einhängen zu können.

»Ist wie Abschleppung!«, flüstert sie neckisch und stößt dem Liebsten sanft mit ihrem Ellbogen in die Seite.

»Fühlt sich eher an wie ein Gefahrenguttransport!«, und dann lacht er zum ersten Mal an diesem Tag, der Metzger.

Der Weg zur Werkstatt quer durch den Park führt zum selben Ergebnis wie am Vorabend. Der Pavillon ist leer. Folglich besteht die erste zu erledigende Arbeit in keiner restauratorischen, sondern in einer organisatorischen Maßnahme. Vorsichtig bringt er, unterstützt von seiner Danjela, im hinteren Werkstattbereich Ordnung in die Habseligkeiten des Obdachlosen und schichtet sie in einen leeren, renovierungsbedürftigen Kasten: ein kaputter Schirm, ein Wasserkanister, ein zusammenklappbarer Hocker, ein kleiner Campingtisch, alte Skistöcke, eine große Abdeckplane, eine Unterlegmatte, ein Plastiksack mit altem, steinhartem Brot, ein kleiner Sack Walnüsse, ein kleiner Gaskocher, ein paar alte Töpfe, Besteck, Plastikbecher, ein Sack voll Wäsche, zwei Plastiksäcke mit Stofftieren, zwei Plastiksäcke vollgestopft mit leeren Plastiksäcken, mehrere Säcke mit alten Zeitungen und ein zerschlissener lederner Aktenkoffer.

»Na, schaust du?«, ist die Aufforderung.

»Aber das gehört mir nicht, das ...«

»Nix aber!« Der Metzger wird zur Seite gedrängt, dann landet der Koffer auf der Werkbank.

»Na bitte, ein Zahlenschloss. Da schaust jetzt du!«, stellt er amüsiert fest.

»Is zu neunzig Prozent immer gleiche Kombination!«, entgegnet ihm Danjela, dann wird mit den Worten: »Null, Null, Null« der Code eingeben und mit: »Na bitte!« der Koffer geöffnet.

Fein säuberlich geordnet stecken einige Bleistifte in den für Schreibzeug vorgesehenen Laschen. Die herunterklappbaren Fächern sind leer, und im mit braunem Filz ausgekleideten Innenraum liegen Notizbücher. Unmengen von Notizbüchern. Ohne zu zögern, nimmt Danjela Djurkovic das erste zur Hand, blättert es durch und erklärt: »Is nur Krixikraxi!« Derselbe Kommentar wird den nächsten drei Notizbüchern zugedacht, dann geht ein Raunen durch die Werkstatt:

»Musst du dir ansehen!«

Mit Bewunderung in den Augen reicht sie das fünfte Buch an den Metzger weiter: »Ist Kunstwerk auf jede Blatt.« Skizzen, Seite für Seite, eine faszinierender als die andere. Studien von Gesichtern mit erstaunlicher Lebendigkeit, junge, alte, Landschaftsdarstellungen, Berge, jede Menge detailverliebter Entwürfe von ein und demselben bäuerlichen Gebäude, das eindeutig der Abbildung einer mit »Kalcherwirt« beschrifteten beiliegenden Postkarte entspricht. Hier ist ein begnadeter Zeichner am Werk gewesen, das steht fest.

Insgesamt drei solcher Skizzenblöcke verbergen sich in dem Koffer, der Rest sind Notizbücher, allesamt beschrieben in dieser seltsamen wirren Aneinanderreihung aus Zahlen, Zeichen und Buchstaben.

»Ist große Künstler, oder ist große Spinner, obwohl ist meistens sowieso nix Unterschied. Oder ist Geheimcode«, stellt Danjela Djurkovic fest.

»Zuallererst ist es ein Geheimnis, wo sich der Eigentümer befindet!«, meint der Restaurator, und genau dieses Geheimnis hält ihn die nächsten beiden Tage auf Trab. Vergeblich.

Alles, was er nach seinen mehrmaligen Besuchen im Park und einem ausgedehnten Streifzug durch diverse nahe gelegene Grünanlagen findet, ist die Erkenntnis, mit welcher Blindheit Zu- beziehungsweise Missstände bedacht werden, so lang sie einen in gewisser Weise nicht persönlich betreffen. Nicht, dass er ein gefühlskalter Mensch wäre, der Willibald, trotzdem nimmt er sie jetzt auf seiner Suche viel bewusster wahr, die sich im Grunde unübersehbar aus dem Stadtbild herausschälende Armut. Eine Armut, die all die hell erleuchteten Fensterscheiben, die warm nach außen strahlenden Wohnungen und die dampfenden Rauchfänge in den Hintergrund rückt und zur Kulisse werden lässt. Kein Park mit nicht mindestens einem Bewohner, keine leer stehende Unterführung, kaum eine nächtens öffentliche unbevölkerte Toilette. Je größer die Metropole, desto größer die Kälte.

Am Abend des dritten Tages duldet seine Sorge schließlich keinen Aufschub mehr, trotz Terminkollisionen, denn es ist Besuch in der Werkstatt. »Brauchst du wirklich nix lang überlegen, gehst du! Außerdem ist Lillimaus bei mir in beste Hände!«

»Hand, Danjela, Hand. Singular!«, klopft Willibald Adrian Metzger seiner Herzdame auf den Gips. »Ich beeil mich!«, versichert er dann und verlässt den Gewölbekeller.

»Metzger! Was führt Sie her aus Ihrer Abstellkammer, hat wer Ihren Sperrmüll durchlöchert? Ich sag Ihnen, es war der Holzwurm.«

Provokant ist das Grinsen in Josef Krainers Visage. Entsprechend widerwillig setzt der Metzger den Grund seines Besuchs in die Tat um, schildert sein Anliegen, den Einkaufswagenfund und den Transport des fremden Besitztums in seine Werkstatt.

Die Antwort ist unmissverständlich: »Einen Sandler wollen Sie als vermisst melden! Wer bitte vermisst einen Sandler?«

»Ich«, lässt der Metzger seinem Zorn nun freien Lauf: »Und damit sind das wahrscheinlich schon mehr Menschen, als wenn Sie abgängig wären, Krainer!«

»Vermisste Sandler kann ich keine bieten, nur tote!«, übergeht Josef Krainer die offensichtlich nicht gänzlich wirkungslose Wortmeldung des Restaurators. Unaufgefordert wendet sich der Ermittler dem Computer zu und erklärt: »In harten Wintern kommt das so häufig vor, wie wir sonst Alleinstehende aus ihren Wohnungen tragen. Und ich trau mich wetten, jeder Städter ist schon an so einem toten Sandler vorbeispaziert, ohne es zu wissen!«

Der Bildschirm wird gedreht und ein Foto mit einer blutüberströmten Leiche präsentiert: »Also, Metzger, das is der Frischeste: Heinz Rudolf, 57 Jahre, im Morgengrauen von einer Brücke auf die Fahrbahn gestürzt, kein schöner Tod, da wär natürlich keiner vorbeispaziert. Sie schütteln den Kopf, gut, oder eigentlich schlecht. Also zum Nächsten. Da hätten wir einen von vorgestern.« Ein neues Bild kommt zum Vorschein: »Karl Schrothe, 39, ist wahrscheinlich schöner gestorben, als er gelebt hat, betrunken eingeschlafen und erfroren in einer Haltestelle. Ein Motorradfahrer hat ihn mitten in der Nacht gefunden.«

Friedlich ist das Gesicht des Verstorbenen, friedlich und eindeutig: »Das ist er!«, stellt der Metzger betroffen fest.

»Keine Angehörigen, kein Geld. Wird also ein Armenbegräbnis, darf der Staat wieder blechen. Womit Sie dann nach Hause gehen dürfen, Metzger. Oder wollen Sie mich noch ein bisschen länger aufhalten wegen einer besoffenen Leich?«

Regungslos steht Willibald Adrian Metzger inmitten der ihm so fremd gewordenen Dienststelle, betrachtet ungläubig das vor sich sitzende Ungetüm Mensch und weiß eines

mit Sicherheit: Er ist hier völlig fehl am Platz. Unnötig zu schildern,
- dass die sogenannte besoffene Leich namens Karl Schrothe der von Willibad Adrian Metzger ausgesprochenen Einladung auf ein Bier mit den Worten: »Alkohol nein danke, Atomkraft nein danke, Menschen nein danke« eine Abfuhr erteilte, also vielleicht ein Antialkoholiker war,
- dass ein Mensch ohne Obdach wohl kaum sein gesamtes Hab und Gut irgendwo zurücklassen würde, um ohne Schlafsack bei Minusgraden in einer Busstation am anderen Ende der Stadt zu nächtigen,
- und dass es sich bei dem Toten um dieselbe Person handelt, die der kleinen Anna Kaufmann, deren Mutter mittlerweile nach einem dubiosen Selbstmordversuch auf der Intensivstation liegt, das Leben gerettet hat.

»Gibt's noch was?«, will Josef Krainer genervt wissen.

Wortlos dreht sich Willibald Adrian Metzger um und erntet kurz vor Verlassen der Dienststelle noch einen Nachruf: »Das Klumpert in Ihrer Werkstatt können Sie übrigens behalten, passt ja hervorragend dorthin.«

Dann fällt die Tür zu.

14

Lilli brüllt, als wollte sie stellvertretend dem Gemütszustand des in die Werkstatt zurückgekehrten Metzgers Ausdruck verleihen. Nichts zeigt Wirkung, nicht der Schnuller, nicht die Rassel, nicht der warm gehaltene Fencheltee, keines der angestimmten Kinderlieder, kein Im-Arm-Wiegen, kein An-die-männliche-Brust-Drücken.

Erst der helle Klang des Werkstattglöckchens samt dem vertrauten Zuruf sorgt für Beruhigung, was soll ein hungriger Säugling auch mit einer männlichen Brust. Lillis Mutter Trixi Matuschek-Pospischill springt, gefolgt von Willibalds Halbschwester Sophie Widhalm, vergnügt die Treppe herunter, und dem Metzger wird ein wenig wärmer ums Herz. Seit vor einiger Zeit wie aus dem Nichts seine deutlich jüngere, bildhübsche Anverwandte in sein Leben getreten ist, weiß er also, dass selbst mittellose Väter nach ihrem Ableben in puncto Hinterlassenschaft immer noch für nachhaltige Überraschungen gut sind. Und mittlerweile bereitet sie nicht nur ihm, sondern vor allem auch Trixi und Danjela eine große Freude, die in Fleisch und Blut verewigte Erbmasse namens Sophie Widhalm.

»Lillimaus, die Mami und die Tante Sophie sind da!«, schallt es also vergnügt durch den Gewölbekeller: »Hat es da wer wieder richtig schön gehabt beim Onkel Willibald und der Tante Danjela? Nanana, wer wird denn da gleich weinen, oder haben wir vielleicht Hunger? Ist schon gut. Na, komm schon her zur Mama!«

So ist das eben: Der eigene Nachwuchs kann zwar akustisch bereits im Mutterleib völlig problemlos die eigenen Angehörigen orten, trotzdem sprechen die Eltern später im Dialog mit ihren Kindern beharrlich von sich selbst in der dritten Person, selbst dann noch, wenn diese kleinen Wunderwerke an Lernfähigkeit längst ein »Mama« oder »Papa« anstandslos über die Lippen bringen.

»Ich geh kurz nach hinten!«, erklärt Trixi, meint in diesem Fall natürlich »wir«, und steuert mit Lilli im Arm auf die barocke Chaiselongue im rückwärtigen Teil der Werkstatt zu. »Ich hab den Eindruck, ihr zwei seid heut ein wenig schaumgebremst!«, registriert Sophie Widhalm indes die etwas matte Stimmung. »Was ist los?«

Viel muss der Metzger da nicht erzählen, denn kommuniziert wird eifrig, vor allem ohne sein Beisein. Wie gesagt, Danjela, Trixi und Sophie verstehen sich prächtig, folglich war der Zusammenschluss zu einer Art Selbsthilfegruppe für alle aus weiblicher Sicht im Alltag auftauchenden Fragen einfach unvermeidlich. Und weil das im Fall dieses Triumvirats eben eine Menge Fragen sind, ist das eben auch eine Menge an Meinungsaustausch. Und weil eine Menge an Meinungsaustausch zu dritt gar nicht so einfach ist, ist das eben eine Menge an Telefonaten. Und weil eine Menge an Telefonaten gelegentlich ein Unwissen darüber auslöst, wem man jetzt was bereits alles erzählt hat, ist der Wissensvorsprung der Damen gegenüber ihrem Umfeld oft ein gewaltiger.

»39 Jahre und keine Angehörigen, sagst du? Das will man kaum glauben bei so einem jungen Menschen. Da muss was Schreckliches passiert sein«, stellt Sophie aufgewühlt fest. Betroffen macht sie die Erzählung vom Sterben des Obdachlosen, die Vereinsamung eines Lebens bis hin zum öffentlichen Tod auf belebter Straße inmitten friedlicher Zeiten.

»Keine Angehörigen, und das Klumpert, wie dieses Scheusal Krainer den Nachlass des Verstorbenen bezeichnet hat, kann ich behalten. Was mach ich jetzt damit?«, wendet sich der Metzger nun den Habseligkeiten Karl Schrothes zu. Niedergeschlagen wirkt er und hilflos. Ein Zustand, der auf weiblicher Seite zu Fürsorgeanfällen und zur Ortung aufkeimender Mutterinstinkte führen kann – mit weitreichenden Konsequenzen.

Alles beginnt damit, dass drei Damen inmitten der Werkstatt die Notizbücher durchblättern, dabei die seltsamen Begebenheiten der letzten Tage Revue passieren und sich, die stillende Trixi natürlich ausgenommen, vom Hausherrn mit Rotwein versorgen lassen. Merlot 2008 aus dem Hause Braunstein steht auf dem Programm. Lange dauert es nicht, und die Kombination des hervorragenden Inhalts der Flaschen mit dem aufwühlenden Inhalt der Ereignisse entwickelt eine Eigendynamik. Da ist sie noch beinah zur Gänze in den Gläsern, die zweite Runde Merlot, ist man sich bereits einig: Die Hinterlassenschaft darf natürlich nicht weggeschmissen werden, da den ideellen Wert eines Erbes nur die Angehörigen beurteilen können, und »gibt Erben ... «, so Danjela, » ... wenn gibt was zu erben, immer. Was glaubst du, kriecht da plötzlich alles an weitschichtig Verwandte aus Löchern. Muss ja keiner wissen, was ist Hinterlassenschaft!«

Nach der ersten Runde Merlot wird jedes der Notizbücher auf der Werkbank ausgebreitet, nach der zweiten Runde das ganze Gekritzel, bestehend aus Zahlen und Zeichen, unter Garantie als Geheimcode zwar nicht enttarnt, aber dennoch erkannt, nach der dritten Runde und dem mehrfach in den Skizzen aufgetauchten selben bäuerlichen Gebäude kommt man zu dem Entschluss, den auf der Postkarte abgebildeten Kalcherwirt zu kontaktieren, in der Hoffnung, irgendjemand dort könne sich erinnern an einen gewissen Karl Schrothe.

Zu diesem Zweck, denn eine Postkarte mit Kontaktdaten reicht ja heutzutage nicht, bringt Sophie Widhalm unaufgefordert ihren Zeigefinger in Position und wischt gekonnt über das Display ihres eleganten, strahlend weißen Vorzeigemodells der mobilen Upperclass.

15

Schwups – und alles ist anders. Kleine Geschenke erhalten die Freundschaft. Große Geschenke halten für Freundschaften her. So simpel ist das. Und es funktioniert prächtig, vor allem Letzteres. Einfach etwas einpacken, sich von der spendabelsten Seite zeigen, und der Beschenkte ist handzahm wie eine Krokoledertasche. Wie gesagt, es funktioniert prächtig, auch wenn man ein mit Vorbehalt genossener Genosse ist, ein unguter Ungustl, die Leute werden schlagartig vordergründig Liebende und hintergründig Schweigende.

Das allergrößte Vergnügen aber bereitet das Geben, wenn die Zuwendung den Schenkenden gerade mal einen Griff in die Portokasse kostet und für den Beschenkten in einer materiellen Größenordnung liegt, die ansonsten nur runde Geburtstage nach flächendeckender Kollekte im Freundeskreis bescheren. Ganz abgesehen davon wird selbst das Teuerste erschreckend billig, wenn man standesgemäß eben wen kennt, der wen kennt, der wen kennt.

Meine Güte, haben sie sich alle gefreut, wie dieses Päckchen, dieses smarteste Modell aller Smartphones, mit der Bitte, einfach nur viel Freude damit zu haben, abgegeben wurde.

Wobei natürlich keinem damit dieselbe Freude bereitet wurde wie ihm selbst. So ist das eben, Schenken ist ja bekanntlich für den Gebenden selbst die allergrößte Beglückung. Besonders wenn der Gebende die euphorische Reaktion auf seine Gabe so unmittelbar mitbekommt wie in diesem Fall.

Ein neues Zeitalter ist angebrochen: Billiger als ein Fastfooddinner für zwei ist diese Software, wobei von soft nicht die Rede sein kann, handelt es sich hierbei nämlich um wirklich harten Stoff. Für jedermann zugänglich, für jedermann handhabbar, einfach in der Anwendung, grandios in der Wirkung. Einziger Knackpunkt: Die Software muss auf das Handy der betroffenen Person. Wer also seinen Ehepartner, seine Kinder, seine Kollegen überwachen will, kein Problem: Punkti, punkti – sich das Handy leihen oder heimlich ausborgen, kurz damit ins Nebenzimmer, aufs Häusel oder hinters Haus verschwinden – strichi, strichi – das Programm draufladen, via Bluetooth zum Beispiel oder direkt aus dem Netz – fertig ist das Mondgesichti. Ja, und wer jemand Unzugänglicheren überwachen will, der schenkt einfach das Neueste vom Neuesten mit vorprogrammierten Daten her. Und denjenigen, der nicht das Neueste vom Neuesten haben will, geschenkt, den will er sehen. Von nun an ist alles, von jedem Ort dieser Welt aus, möglich:

– Telefonate mithören,

– mithören einfach so, auch wenn das gewünschte Telefon abgedreht ist, es lässt sich vom PC mittels der Software ruckzuck aktivieren und wie eine Wanze nutzen,

– SMS komplett lesen und somit wissen, wer wem was wann schreibt,

– die Person dank Handymasten auf 50 Meter genau orten.

Er hat es ja zuerst gar nicht glauben wollen, es für eine Mär, für Panikmache gehalten, dann hat er es ausprobiert und war fassungslos. Seither lässt er sein eigenes Gerät nirgendwo mehr liegen, selbst schlafen geht er damit.

Gespannt ist er also, wie die von ihm angezapften Herrschaften reagieren, denn Teil eins der Mission ist ja bereits höchst erfolgreich erfüllt. Morgen wird es Post geben. Ein Kuvert mit einem Foto. Ein kleiner Beweis, wie idyllisch es sich in einer Busstation endgültig ausschlafen lässt.

Und er wird dabei sein, als Zuhörer. Wunderbar.

16

Ruckzuck geht das bei Sophie mit den Wischbewegungen, was der doch recht handfesten Schulwartin Danjela Djurkovic die Bemerkung entlockt: »Na, siehst du, wischen wir beide: Ich in Schule, du auf Handy, und wischen wir beide große Dreck. Braucht man nämlich für Bedienung von diese Mist Fingerkuppen wie Solettistangerl!«

»Gasthof Kalcherwirt also«, übergeht Sophie Widhalm den kleinen Angriff und stürzt sich hinein in die unendlichen Weiten. Trixi Matuschek-Pospischill neben ihr bricht in Begeisterung aus: »Die Bürgljoch-Skischaukel. Ein Traum. Und das Hotel liegt direkt neben der Schindlgruben!«

Jedem der im Raum anwesenden Personen ist klar, wovon die Rede ist, Lilli natürlich ausgenommen. Auch der Metzger, den Wintersportereignisse ähnlich interessieren wie die Trends der nächsten Fashionweek, weiß Bescheid – wobei so ein Rennwochenende einer Fashionweek schon ziemlich nahe kommt. Ja, da versammelt sich das A & O an Prominenz und Politik, an Adabeis und selbst Nichtdabeis, denn sie wird live im Fernsehen übertragen: die alljährliche Schindlgruben-Abfahrt. Manch einer kennt jeden ihrer Teilabschnitte beim Namen, manch einer kennt nicht nur die Teilabschnitte namentlich, sondern auch die dazugehörige stattliche Zahl an Langzeitversehrten, und manch einer weiß sogar, wo auf dieser Abfahrt wann welcher Ski wie belastet werden muss, ohne jemals zuvor selbst auf Skiern gestanden zu haben. Und genau das kann man dort: »Dreieinhalb Stunden Fahrt, und du bist im Paradies! Meine Güte, da wollt ich immer schon hin.« Trixi ist kaum zu beruhigen.

»Eine Reise ist das allemal wert, da hast du recht«, zeigt sich auch Sophie wie elektrisiert. »Das erste Mal war ich dort mit der Schule und einem Skidaumen, das zweite Mal mit einer Freundin und einem Skilehrer. Werd ich nie vergessen, diese Woche. Kurti, glaub ich, hat er geheißen. Strohdumm – aber alles andere!«

Sie pfeift, wedelt mit der Hand, als hätten sich ihre Finger in den Toaster verirrt, was wohl andeuten soll, irgendetwas an diesem Kurti wäre heiß gewesen. Die diesem Urlaub folgende, unbedenklich leicht verzögert einsetzende Periode, aus der theoretisch auch ein bedenklich rasch heranwachsender kleiner Kurti-Junior hätte werden können, meint sie mit dieser Geste jedenfalls nicht.

»Na, dann rufst du an?«, zeigt sich Danjela gebieterisch.

»Am besten die Mobilnummer. Die Chefleute heißen Sepp und Agnes Kalcher. Und meld dich unter einem anderen Namen, die Rufnummer ist unterdrückt!«, wird dem Metzger von seiner Halbschwester nun das Display mit den Kontaktdaten vor die Nase gehalten.

»Meinst du?«

»Anrufen!«, ertönt es dreistimmig.

Zweimal klingelt es, dank aktiviertem Lautsprecher für alle hörbar.

»Gasthof Kalcherwirt?«, meldet sich eine Frauenstimme.

»Ja, grüß Gott, meine Name ist, ist ...!« kurz stockt er, der Willibald, überlegt, dann setzt er fort: »... ist Krainer. Josef Krainer, Kriminalpolizei. Könnte ich bitte mit Agnes Kalcher sprechen?«

»Am Apparat, was kann ich für Sie tun?«

»Ich melde mich in einer sonderbaren Angelegenheit, aber vielleicht können Sie mir helfen. Wir sind im Zuge unserer Ermittlungsarbeit auf verwaiste Notizbücher gestoßen. Sagt Ihnen der Name Karl Schrothe vielleicht etwas?«

Nur ein schweres Atmen ist als Antwort zu hören, und ein wenig klingt es, als würde jemand auf der Gegenseite nach Luft ringen.

»Hallo, sind Sie noch da?«

»Ja, ich bin noch da. Nein, sagt mir nichts.«

»Nicht? Aber das Notizbuch ist voll mit Skizzen von Ihrem Haus, phantastischen Skizzen. Herr Schrothe musste also Bezug zu Ihnen gehabt haben.«

»Wieso gehabt haben?«

»Wir haben Karl Schrothe tot in einer Busstation gefunden und suchen mögliche Angehörige.«

»Tut mir leid, da kann ich Ihnen nicht helfen!«

»Dann vielen Dank«, beendet der Metzger das Gespräch.

»Und wie die Karl Schrothe kennt!«, spricht Sophie Widhalm aus, was jeder denkt.

»Also, wann geht's los, meine Damen?«, meldet sich Trixi zu Wort, nur um die Antwort gleich selbst vorwegzunehmen: »Sagen wir in fünf, sechs Jahren. Dann meld ich Lilli zu einem Zwergerlskikurs an, und wir, wir schmeißen uns auf die Piste! Aber ihr könnt ja fahren.«

»Was immer du auch verstehst unter ›Piste‹!«, fügt Danjela Djurkovic hinzu, sorgt damit kurzfristig für Unterhaltung, zumindest bei einer der beiden Damen, die andere ist unterhaltungstechnisch nämlich bereits anderwärtig im Einsatz: »Ja, hallo, hier Widhalm, eine verwegene Frage: Sag, haben Sie zufällig kommendes oder nächstes Wochenende ein Doppelzimmer und ein Einzelzimmer frei? Ja, genau, drei Erwachsene, ein Hund.«

Und vorbei ist es mit der guten Stimmung:

»Sophie, um Gottes willen!«, zischt ihr Willibald Adrian Metzger entgegen.

»Ja? Das ist ja phantastisch! Zwischensaison, genau, haben wir also Glück. Fein, ich meld mich gleich noch mal, vielen Dank!«

»Sag, bist du verrückt!«, verschärft sich nun endgültig der Ton unter den beiden Halbgeschwistern.

»Bruderherz, ich kann Urlaub buchen, wo und wann ich will. Also mein Einzelzimmer ist fix! Ein paar Plätze hätt ich in meinem Wagen aber noch frei!«

»Genau, machen wir Ausflug, hab ich sowieso Urlaub!«, und jetzt glänzen sie, Danjelas Augen.

»Krankenstand heißt das, du darfst offiziell also gar nicht weg!«, wehrt sich der Metzger noch tapfer. »Abgesehen davon wärst du garantiert der erste Mensch auf diesem Planeten, der mit einem frischen Oberarmgips nicht aus dem Skiurlaub kommt, sondern in denselben fährt.«

»Machst du jetzt keine Revolution, sind wir in demokratische Überzahl! Ist tausend Mal besser fährst du drei Tage weg wegen diese Geschichte, als sitzt du zu Hause und denkst du wochenlang an nix anderes. Außerdem tut gut ein bissi Erholung.« Selbst die Demokratie muss gelegentlich als Faschingskostümierung einer Diktatur herhalten.

»Erholung! Eine verwaiste Erbschaft, ein unerzogener Hund, eine sture Teileingeschränkte und eine Halbschwester, die in Vorfreude auf den Skilehrer Fritzi schon vollkommen enthemmt ist. Genauso stell ich mir Erholung vor.«

»Also Sophie: Fixierst du!«, hat Danjela das letzte Wort.

Dann vollführt die Nacht ihren Verwandlungsakt und tut, was sie am besten kann: die Dinge sich setzen lassen.

17

Heute war wieder ein Hubschraubereinsatz.

Irgendwo am Bürgljoch. Opa wollte beim Abendessen davon erzählen, aber keiner hat Lust gehabt auf so eine Geschichte. Urgroßvater hat einfach gesagt: »Da ist zu viel Zimt drinnen!«, und jeder hat sich ausgekannt. Opa wusste, dass er den Mund halten soll, und Oma, dass ihr der Scheiterhaufen schon einmal besser gelungen ist. Ich versteh überhaupt nicht, warum sie uns zum Abendessen so einen Mischmasch aus Semmeln, Milch, Eiern, Äpfeln, Zimt, Zucker, Rosinen und Mandeln hinstellt, wenn sie doch genau weiß, dass jeder von uns ein Butterbrot mit Radieschen und eine würzige Hartwurst mit Bergkäse viel lieber zum Abendessen hätte.

Wir sind eben keine Süßen, bis auf die Ada natürlich. Die kann einen anlachen mit ihren hunderttausend Sommersprossen im Gesicht, und keiner sagt mehr zu irgendwas Nein, so süß ist die. Früher war ich ziemlich neidig auf meine kleine Schwester. Das ist auch wirklich nicht lustig, wenn jeder sagt: »Mein Gott, ist die entzückend!«, und keiner meint dich damit. Heute weiß ich, dass jeder aus der Phase, wo er entzückend aussieht, auch wieder herauswächst, und ich denke mir: Das ist schon brutal, wenn dir eines Tages auffällt, dass dich plötzlich keiner mehr entzückend findet, und du weißt nicht, warum. Ja, manchmal tut mir Ada ein wenig leid, wenn sie herumgereicht und getätschelt wird wie ein Stofftier, auch weil ich ihr genau anseh, wie sehr sie das hasst.

Nur Urgroßvater redet mit ihr nicht wie mit einem Kleinkind, er macht da keinen Unterschied. Ihm ist es völlig egal, ob Oma, Opa, Ada oder ich vor ihm stehen.

Vielleicht ist Ada deshalb die Einzige in der Familie, die auch umgekehrt mit Urgroßvater nicht wie mit einem Kleinkind spricht, sondern sich in aller Ruhe mit ihm unterhalten kann. Heute hat er zum Beispiel beim Abendessen erklärt: »Gestern hat mir der Hagel die ganzen Paradeiser kaputt gemacht!«

Jeder von uns hat gewusst, dass das nicht gestern, sondern im Sommer gewesen ist. Oma hat begonnen, den Urliopa daran zu erinnern, da hat Ada ganz laut unterbrochen und gemeint:

»Deine Zuckertomaten hab ich am liebsten, weißt du das, Urliopa!« Dann ist Urgroßvater, da war es schon dunkel draußen, hinaus in seinen Gemüsegarten gegangen, hat dort, wo sonst die Tomaten wachsen, ein bisschen im Schnee herumgestochert mit seinem Gehstock, und ich glaub, er war dabei ausnahmsweise einmal glücklich.

Das ist nicht immer so, wenn er im Schnee herumstochert. Und im Schnee herumstochern, das tut er oft. Sehr oft sogar. Urliopa war früher bei der Bergrettung, genauso wie Opa, also sein Sohn. Und Opa ist da mit seinen 58 Jahren der Beste, sagen die Leute im Ort. Wenn er nach einem Lawinen-

abgang wen suchen muss, dann gibt er nicht auf, dann ist er wie besessen. Vielleicht hofft er insgeheim, er könnte heute noch irgendwo unter den Schneemassen rechtzeitig Papa finden. Urgroßvater war damals mit Opa zum letzten Mal bei so einer Suche dabei. Vielleicht stochert er deshalb so traurig im Schnee herum, und, da bin ich sicher, seit das damals alles passiert ist, seit Ada und ich nach Mama und Isabella auch noch Papa verloren haben, seit damals vergisst Urgroßvater so viel.

Darum beneid ich ihn.

18

»Fertig.«

Es ist Freitag acht Uhr morgens, und dieses »Fertig« hat durchaus auch körperliche Bedeutung, denn Willibald Adrian Metzger steht schweißgebadet vor dem nun gepackten Geländewagen seiner Halbschwester. »Die ist noch von meiner Mutter, damit waren wir immer auf Skiurlaub!«, wurde ihm im Vorfeld nostalgisch erklärt. »Wie lieb von dir!«, war die Antwort des Restaurators. Das zeugt nämlich von einem Akt äußerst guten Willens, dass Sophie Widhalm, um den gesamten Nachlass Karl Schrothes unterzubringen, extra ihre makabererweise deutlich an einen Sarg erinnernde, sichtlich betagte Skibox aufs Autodach hat montieren lassen.

Diese Nostalgie jedenfalls bekam er zu spüren, der Willibald, denn die Tatsache, mit Öffnen des Deckels der Dachbox automatisch auch diesen Deckel lose in Händen zu halten, ist maximal im Fall der Spontanbenötigung eines Rettungsbootes erfreulich. Ganz zu schweigen vom Wiederverschließen des vollgepackten Transportbehälters in den luftigen Höhen eines SUV. Trotz des unfreiwilligen Morgensports entkam ihm währenddessen dann doch ein Schmunzeln, dem Willibald, denn auf der Innenseite des Deckels klebte ein vergilbtes Schild mit dem Hinweis, was alles in dieser Dachbox nicht transportiert werden soll: Steine und Ziegel, Flaschen und Gläser, Brennbares und Explosives, Flüssigkeiten und Metall, Tiere und Kinder. Ausgewachsene Menschen waren keine abgebildet. Zum Glück, wie der Metzger demnächst noch feststellen wird.

Alle Insassen sind vollzählig, Edgar steckt in einer geliehenen Katzentransportkiste, was größentechnisch ausreichend ist, es geht also los, in vielerlei Hinsicht. Denn kaum läuft der Motor, läuft auch das Radio, ununterbrochen. Im Nachrichtenteil wird mitkommentiert, im Beitragsteil mitdiskutiert, im Musikteil geplaudert oder mitgesungen, im Werbungsteil vorwiegend der Unmut über den Werbungsteil kundgetan, nur der Verkehrsfunk sorgt für einhellige Verschwiegenheit.

»Sagt, gibt es einen Sender, der nur Verkehrsfunk …!«, ist der einzige Versuch einer Wortmeldung, zu der sich der Metzger von der Rückbank aus durchringen kann. Dann ordnet er sich den Gegebenheiten unter. Ein Königreich für ein wenig Ruhe und Schlaf!, geht es ihm durch den Kopf, und noch während er darüber sinniert, wann er erstmals ein regeneratives: »Ich müsste dann mal aufs Klo!« zum Einsatz bringen könnte, kommt er völlig unvermutet, der Liebesbeweis. Rechts des Beifahrersitzes zupft die Hand der Geliebten das männliche Knie, im Spiegel des heruntergeklappten Sonnenschutzes ist ein fürsorglicher

Blick auszumachen, kurz wird Händchen gehalten, dann öffnet der Metzger seine Finger und spürt sie, die innere Wärme. Zwei weiche Kugeln liegen da in seiner Hand, Kugeln, von denen Danjela Djurkovic weiß, wie sehr er sie schätzt und die sie völlig unaufgefordert eingepackt hat: Das ist wahre Liebe.

Selig befördert der Metzger die beiden Silikongehörstöpsel an den dafür vorgesehenen Ort und verabschiedet sich, so wie längst auch Edgar im Kofferraum, in den ersehnten Schlaf.

Von Tiefschlaf kann aufgrund der gelegentlich dennoch den Gehörschutz durchdringenden Schallwellen allerdings nicht die Rede sein:

»Müssen sich diese Idioten denn gegenseitig immer bergauf überholen, mit drei km/h Geschwindigkeitsunterschied? Verfluchte Lastwagenfahrer!«

»Und Spur wechseln ohne Blinken, BMW, eh klar!«

»Und schön auffahren auf Schwanzlänge, wunderbar, und natürlich ein Mann, logisch!«

Ebenso logisch, dass Sophie Widhalm da noch Intensitätssteigerungen auf Lager hat – bis schließlich jede Hemmschwelle, auch die über Leben und Tod, gefallen ist: »Und der nächste Lkw. Gratuliere, wieder bergauf. Vorn bremst dich ein Lastwagen, hinten fährt dir wer auf, wohin soll ich ausweichen, du Vollpfosten, bin ich ein Hubschrauber? Und wieder ein Mannsbild, immer schön links fahren mit Blinker draußen, immer schön auf der Überholspur, wie im Alltag. Ich, ich, ich! Achtung, meine Herrschaften, kurz festhalten!«

Dann wachen sie endgültig auf, der Metzger und der Hund, denn deutlich war es zu spüren, das für die hohe Geschwindigkeit doch etwas zu akkurate Bremsmanöver.

Hinten wird aufgeblendet, gehupt, im Wageninneren wird gekichert, nur dem Metzger wird übel: »Bin mir nicht sicher, ob wir eine Freud hätten, wenn uns tatsächlich wer auffährt – besonders Edgar da hinten.«

Dann ist es ruhig, auch ohne Verkehrsfunk. Der Lastwagen reiht sich rechts ein, wird von Sophie überholt, einwandfrei ist rechterhand ein zur Stirn deutender Zeigefinger zu erkennen, überraschenderweise kommentarlos wechselt Willibalds Halbschwester nach dem Überholmanöver, wie es sich gehört, auf die rechte Spur, der Drängler schießt vorbei, und ebenso einwandfrei erkennbar ist der linkerhand gestreckte Mittelfinger.

»Groß ist der nicht!«, erklärt Sophie Widhalm belustigt, meint damit den gesamten mit gelber Schirmkappe gerade noch über das Lenkrad blickenden Honda-Civic-Lenker auf der Nebenspur und gibt das Handzeichen diesmal, getarnt hinter den breiten Gläsern ihrer Sonnenbrille, entsprechend ambitioniert zurück. Der Honda Civic beschleunigt, die Heckscheibe samt einer aufgeklebten, im Scheinwerferlicht schimmernden gelben Ziffer eins taucht auf, und vorbei ist es mit der kurzen Ruhe im Wageninneren:

»Schwachköpfe dieser Erde vereinigt euch!«, eröffnet Sophie Widhalm einen bis zur Rast andauernden heiteren Exkurs über den beschränkten Kosmos der Pimberlbande, wie sie die Zusammenrottung des Mannes zu bezeichnen pflegt. Die einzige in Richtung Willibald gerichtete Bemerkung dazu stammt aus dem fürsorglichen Mund Danjela Djurkovics:

»Glaub ich, is besser, schläfst du wieder!«

»Wo fahren wir hin, in ein Skigebiet?«, kann sich der Metzger fast vier Stunden und zwei Lulupausen später in Anbetracht der Kilometer für Kilometer kontinuierlich dahinschmelzenden Schneemassen nicht verkneifen.

»In Vergleich dazu ist Großstadt zur Zeit Winter-Olympiazentrum!«, stimmt Danjela Djurkovic mit ein.

Und wirklich, die Wiesen sind so grün, wie Wiesen im Winter überhaupt nur grün sein können, die Felder braun und die Gewässer eisfrei.

»Abwarten!«, erklärt Sophie und nimmt sie in Angriff, die mit unzähligen Serpentinen gespickte, stark ansteigende Straße. Lange dauert es nicht, und dem Metzger ist grottenschlecht. Für die Kehrtwendungen, die es braucht, um schön weit hinaufzukommen, braucht es eben einen gewaltigen Saumagen. Angespannt lehnt er am Seitenfenster, starrt durch die Scheibe und konzentriert sich zur Ablenkung auf ein seltsames Naturschauspiel.

So hastig, wie es die Schwaden da in der Ferne zwischen grünen Tannen herausdrückt, hat er bis dato noch keinen Nebel aufsteigen gesehen. Als liefe die Zeit vor den Augen des Restaurators im Schnellvorlauf, als hätte man irgendetwas zum Kochen gebracht, so sieht es aus: Dampfende Schlangen rekeln sich in Schneisen den Berg empor, wolkige Bänder durchschneiden den Wald. Worum auch immer es sich dabei handelt, es ist ein durchaus imposanter Anblick. Nicht minder imposant ist die erschreckende Vielzahl der Straßenbenutzer. »Die Einzigen, die hinaufwollen, sind wir jedenfalls nicht!«, stellt Sophie Widhalm fest, verlangsamt aufgrund der stauähnlichen Zustände den Wagen, blickt in den Rückspiegel und schickt einen Ausstoß seltsamer Freude durchs Wageninnere: »Ihr glaubt mir jetzt nicht, wer sich da im Hintergrund gerade Wagen für Wagen vorarbeitet – und in die kleine Lücke hinter uns hineinquetscht! Unglaublich, einfach unglaublich!« Unverkennbar ragt eine gelbe Schirmkappe über dem Lenkrad empor, und dem Metzger schwant Übles.

»Hat da wer ein bisschen zu lange Pause gemacht!« Aggressiv ist der Ton seiner Halbschwester. »Diesmal seh ich den gelben Einser nicht, da kannst du Gift drauf nehmen!«

»Yoga, Qigong, Tai Chi!«, erklärt Danjela Djurkovic, »is gut für Nerven!«

»Karate, Kungfu, Taekwondo!«, kontert Sophie Widhalm, »ist gut gegen Geistesgestörte!«

Dezent reduziert sie solange das ohnedies schon gemächliche Tempo, bis der Honda Civic zum Überholmanöver ansetzt und auf Augenhöhe auftaucht. Dann wird beschleunigt, was ihr in Anbetracht des auf der Gegenspur herannahenden Lkws besonders viel Freude zu bereiten scheint.

Panisch ist der Blick im Fahrzeug nebenan. Diesmal dient nicht der Mittelfinger als Kommunikationsmittel, sondern die geballte Faust. Sophie Widhalm allerdings denkt gar nicht daran, die Geste auch nur eines Blickes zu würdigen, sondern schließt mit einer Seelenruhe auf ihren Vordermann auf. Und weil sowohl ihr neuer Hintermann als auch der Hintermann dieses Hintermannes und, wie es aussieht, noch eine Reihe anderer der vom Honda Civic zuvor Überholten diese Vorstellung als gelungen betrachten, wird jede sich auftuende Lücke tunlichst vermieden. Mit beinah synchron einsetzenden Hupgeräuschen versuchen zwei aufeinander zusteuernde Alphatiere das Unvermeidliche zu verleugnen. Dann schaltet sich doch die Vernunft ein, und sowohl der Honda Civic als auch der Lkw kommen zum Stillstand.

Leise kichert Sophie Widhalm in sich hinein, überraschend bösartig hört es sich an: »Ich würd sagen, da kann sich dann wer ganz hinten einreihen!«

Willibald Adrian Metzger hat die Gesichtsfarbe verloren und ergänzt: »Zeig mir, wie du Auto fährst, und ich sage dir, wer du bist! Heimwärts geht es mit dem Zug, hundertprozentig!«

Sophie lacht erneut, aber auch ihr wird es noch vergehen.

19

»Genauso stell ich mir das vor!«, beendet Sophie Widhalm das bedrückende Schweigen, und ihre Augen strahlen. Die weiteren inmitten der Kolonne absolvierten Höhenmeter haben den Begriff Schneefallgrenze für den Metzger in ein völlig neues Licht gerückt, denn seine bisherige Annahme, es handle sich dabei um eine waagrechte Koordinate, wurde gekippt – um 90 Grad. Senkrecht verläuft sie also, diese Trennungslinie zwischen Grün und Weiß, von Berg zu Tal. Das, was sich vorhin aus weiter Ferne nämlich noch als bewegter Nebel dargestellt hat, entpuppt sich nun als in den Himmel geschossenes Schneetreiben. Und geschossen wird aus allen Kanonen, in diesem Fall aus Schneekanonen und Schneelanzen, wie Sophie begeistert feststellt.

»Klingt aber beides nix nach Skizirkus, sondern eher nach Rüstungsindustrie!«, analysiert Danjela erstaunt, und gänzlich falsch soll sie damit nicht liegen.

Je mehr sich der Scheitelpunkt der Passstraße nähert, desto sichtbarer bricht tatsächlich so etwas wie Winter aus. Die Bäume sind schneebedeckt, aus den Mündern und Nasen der Fußgänger dampft es auch ohne künstliche Hilfe, und auf dem Laufsteg der Eitelkeiten regieren Skijacke, -hose, -schuhe, -handschuhe, -brille, -haube oder -helm. Im Schritttempo geht es durch mehrere Kreisverkehre, die Verkehrs-Organisations-Zonen werden ihrem Namen gerecht, und die Autos verabschieden sich der Reihe nach auf die Parkplätze der drei vorhandenen Gondelbahnen.

»Rechts! Müssen wir rechts!«, bemerkt eine aufmerksame Beifahrerin.

»Sagt wer?«, erwidert die Steuerfrau, ignoriert das deutlich unter der Zielangabe einer Gondelbahn angebrachte Hinweisschild mit der Aufschrift »Gasthof Kalcherwirt« und folgt gehorsam der männlichen Stimme des Navigationsgerätes. Richtig beseelt wirkt ihr Blick, überraschend ruhig ist ihr Gemüt. Es geht an Unmengen von Hotels vorbei, und wäre da vor Kurzem kein Ortsschild gewesen, die Ansammlung der die Hauptstraße säumenden Gebäude wäre nicht als Ort erkennbar. Dann verlieren sich die Häuser, erneut taucht ein Ortsschild auf, diesmal mit rotem Diagonalbalken, ein wenig Nervosität macht sich im Fahrzeuginnenraum breit, schließlich kommt die rettende Aufforderung: »Biegen Sie rechts ab.«

Die Steigung erfordert einige Schaltmanöver, deutlich enger wird die sich den Berg hinaufschlängelnde Straße, rumpeliger die Fahrbahn, Bauernhöfe ziehen vorbei, verschneite Zäune säumen den Weg, es geht durch ein dichtes Waldstück, dann laufen sie plötzlich ganz ruhig, die Reifen, und knirschen im Schnee.

»Jetzt hab ich den Schmarren erst letzte Woche um ein

Schweinegeld upgedatet, und dann so was!«, ändert sich wieder der Ton. »So ein Mist!«

»Glaub ich, verstehen wir beide Bahnhof!«, gesteht Danjela Djurkovic ein.

»Den Mist seht ihr selber, oder? Das da drüben ist der Kalcherwirt, und das dazwischen nennt man Skipiste! Wir haben die falsche Abfahrt erwischt!«

»›Wir‹ stimmt nicht, mit dem Rest hast du recht! Laut dem schwarzen, runden Schild da vor unserer Nase heißt die Abfahrt 4B und führt ins Tal!«, kann sich der Metzger jetzt nicht verkneifen. »Wir drehen am besten um und nehmen die richtige Abzweigung!«

»Umdrehen! Bruderherz, du bist lustig. Wie denn?«

»Na, schiebst du einfach zurück«, schlägt Danjela Djurkovic vor.

»Einfach! Zwei Spaßvögel also.«

Die Stimmung ist angespannt, in drei Hirnen rumort es, dann wird gehandelt.

»Bist du wahnsinnig!«, streckt sich der Metzger nun zwischen den beiden Vordersitzen durch, da hat sich die Motorhaube des Geländewagens bereits als unübersehbares Hindernis auf den an dieser Stelle zum Glück verhältnismäßig flachen Pistenbereich begeben.

»Ist ja nicht weit. Ich fahr schön langsam, wir haben einen Allrad, was soll schon passieren! Außerdem sind wir die Rechtskommenden!« Sophie Widhalm amüsiert sich erneut – einmal mehr als Einzige.

Lange dauert es nicht, dann deuten die ersten Skihandschuhe in Richtung Skihaube beziehungsweise Skihelm: »Bist du wahnsinnig!«, dröhnt es nun auch von außen durch die Scheibe.

»Ganz eurer Meinung!«, flüstert der Metzger und gleitet

auf der Rückbank abwärts unter die Kante der getönten Fensterscheiben. Immerhin ist er der einzige Insasse des Wagens, der seine Identität nicht hinter einer Sonnenbrille verbirgt.

»Ist ziemlich peinlich!«, erklärt Danjela Djurkovic vom Vordersitz aus und meint entsprechend ihrer UV-geschützten Perspektive wohl weniger die Reaktion der Skifahrer auf der Piste als die Reaktion der Besucher auf der Sonnenterrasse des Gasthofs Kalcherwirt. Aufgereiht in belustigter Eintracht stehen sie hinter dem hölzernen Geländer. So eine Darbietung sieht man eben nicht alle Tage. Einige winken, als wäre ein Prominenter mit Chauffeur im Anrollen, einer davon wackelt anstatt mit der Hand hektisch mit einem Stock in der Luft herum, andere klopfen sich auf die Schenkel oder greifen in den Schnee. Dann treffen die ersten Schneebälle ihr Ziel.

»Stehen wir unter heftige Beschuss!«, erklärt die Ko-, »dann geben wir eben ein wenig Gas!«, die Pilotin.

Anstandslos gräbt der Vierradantrieb sein Reifenprofil in die Piste, verlässt ohne gröbere Probleme die eine Abfahrt und nimmt die nächste, wohl ebenso wenig für Autos gedachte zum Kalcherwirt. Kurz geht es bergab, dann durch ein holpriges, was die Spuren im Schnee betrifft noch eher jungfräuliches Flachstück, schließlich wird mit einem Rumpeln eine etwas höhere Kante genommen, der Wagen landet auf dem für ihn vorgesehenen Terrain und verschwindet zwischen zwei Schrägparkern in einer Parklücke. Befreit klingt es diesmal, das Lachen aus Sophie Widhalms sonst so sinnlichem Mund.

»Na, was sagt ihr: Mit mir erlebt man was!«, verkündet sie.

»Du meinst wohl: überlebt man was!«, stellt der Metzger fest, nur um anzuschließen: »Na, ganz vorbei ist es, glaub ich, noch nicht!«

Fuchsteufelswild ist der Blick des eben noch auf der Sonnenterrasse mit seinem Stock herumfuchtelnden und sich nun dem Wagen nähernden sehr betagten Herrn. Ihm hinterdrein kommt ein junges, etwa dreizehn Jahre altes Mädchen gelaufen.

»Alles hin, alles is hin. Anzeigen werd ich euch, da könnt ihr Gift drauf nehmen! Außerdem is der Parkplatz hier nur für Hotelgäste.« Dabei klopft er mit seinem Gehstock energisch auf den Boden.

»Also für uns: Wir haben zwei Zimmer reserviert!«, stellt Sophie Widhalm freundlich fest. »Außerdem ist doch nichts passiert, oder?« Einen Blick setzt sie nun auf, da schmilzt für gewöhnlich jedes Männerherz dahin wie eine Kugel Eis vor zu kleinem Kindermund.

»Nix passiert!«, kommt es von dieser Charmeoffensive völlig ungerührt zurück. »Alles is hin, das ganze Gemüsebeet. Meine Zuckererbsen, die Zucchini, die ganzen Paradeiser! Alles hin!« Sein Stock deutet zuerst auf die Reifenspuren im nun nicht mehr ganz so jungfräulichen Flachstück, dann wird er still und starrt ins Leere.

»Sie bauen um diese Jahreszeit im Freien erfolgreich Zuckererbsen, Zucchini und Tomaten an? Meine Hochachtung!«, entgegnet Sophie etwas pampig.

Das junge Mädchen nickt ihr trotzdem freundlich zu, nimmt den alten Mann liebevoll an die Hand und zieht ihn zur Seite. Rührend ist das Bild. Danjela Djurkovic tritt vor und übernimmt das Kommando. Wenn sie den Altersunterschied der beiden richtig einschätzt, dann stellt sich hier eine schüchterne Urenkelin schützend vor ihren Urgroßvater. Und wenn sie die Situation richtig einschätzt, dann dürfte das Alter diesen Urgroßvater ähnlich schonungslos gebeutelt haben wie ihren eigenen am Ende schwer dementen Opa. Nichts mehr war für ihn von dieser Welt, auch nicht die eigenen Angehörigen. So reagiert sie also entsprechend:

»Haben wir Stadtmenschen keine Ahnung von Gemüse. Sind wirklich schöne Paradeiser. Und bitte um Vergebung, ist alles schreckliche Missgeschick, aber haben wir uns nix verfahren absichtlich über Skipiste.«

»Verfahren stimmt. Nicht absichtlich über die Skipiste fahren stimmt nicht. Heilfroh bin ich über den festen Boden unter den Füßen!«, meldet sich nun auch der Metzger zu Wort und erntet ein herzerwärmendes, kindliches Lächeln. Hellwach ist der Blick des Mädchens, und all das, was sie sich aus Schüchternheit offenbar nicht zu sagen traut, erzählt sie mit ihren dunklen Augen.

»Stadtmenschen! Arme Leut, wirklich arme Leut!«, murmelt der betagte Herr im Hintergrund in sich hinein.

Mittlerweile ist eine junge Dame im Dirndl auf den Parkplatz herausgetreten, begrüßt die neuen Gäste, schnappt sich den ersten Koffer, und auch Danjela beginnt, das Allernotwendigste auszupacken. Ist ja auch nicht zu überhören, das Signal aus der Katzenkiste.

Mit großen, begeisterten Augen stürmt das Mädchen auf Edgar zu, eine Kinderhand streichelt, eine Hundezunge schleckt, ein Hundeschwanz wedelt, Liebe auf den ersten Blick. Mit »Sehr erfreut, Djurkovic!« streckt Danjela den beiden die Hand entgegen und stellt ihre Begleiter vor. Zwar wird die Hand geschüttelt, den mündlichen Teil übernimmt aber die Rezeptionistin. »Darf ich vorstellen!«, erklärt sie feierlich und deutet auf den alten Mann und das Mädchen: »Johann und Lisl Kalcher.«

»Ah, der Chef und die Urenkelin höchstpersönlich!«, lässt der Metzger demutsvoll anklingen.

»Seniorchef«, kommt es zurück.

»Also Chef!«, erklärt Danjela Djurkovic, und jetzt lächelt er zum ersten Mal, der Kalcher-Urliopa.

Das Innere des direkt an der Piste gelegenen Gasthofs Kalcherwirt entpuppt sich als Mischung aus gepflegten Bauern- und Buchenmöbeln, dunkelroten Teppichen, ebenso farbigen Vorhängen und allerlei zwecks Dekoration an den Wänden hängenden alpinen Inventars: alte Skier, Skistöcke, Rucksäcke, Hüte und jede Menge Schwarz-Weiß-Fotos.

Es ist jetzt kurz vor 13 Uhr. Sophie Widhalm verabschiedet sich in Richtung Skivergnügen, und auch der Metzger und die Djurkovic widmen sich nach Bezug des geräumigen, sehr gemütlichen Zimmers mit der Nummer 202 ihren sportlichen Ambitionen: Eine kleine Hundrunde wird absolviert, danach ruft die Speisekarte. So sitzen sie also gemütlich neben einem Fenster in der Gaststube und rücken mit Blick auf die Wintersportler ihren leeren Mägen in kulinarischer Eintracht zu Leibe: zwei Gulaschsuppen, zwei kleine Bier, zwei Kaffee, zwei Schwarzwälder-Kirschtorten.

Lange dauert es allerdings nicht, dann driften zumindest inhaltlich die Interessen ein wenig auseinander. »Irgendwie sehen die Wintersportler heutzutage alle aus wie Rennfahrer. Täusch ich mich, oder ist es früher ein bisschen gemütlicher zugegangen?«, merkt Willibald Adrian Metzger an, während er mit dem Gabelrücken unter Anwendung einer ausgefeilten Drücktechnik penibel die letzten Krümel seiner Schwarzwälder-Kirschtorte zusammensammelt.

»Willst du nicht schnell fragen bei Rezeption nach Agnes Kalcher? Will ich endlich wissen, wie sieht sie aus!«, ist die Antwort auf seine Frage.

»Jeder hat's eilig. Da bleibt keiner zwischendurch stehen, siehst du das, die fahren fast alle Schuss. Ich hab noch keinen Einzigen wedeln gesehen.«

Jetzt ist für Danjela Djurkovic das entscheidende Stichwort gefallen.

»Wedelt heutzutage vielleicht Putzfrau mit Staubfetzen oder Hund mit Schwanz, aber sicher nix mehr Skifahrer. Heißt jetzt Kurzschwingen! Apropos: Schwingst du jetzt kurz deine Hintern zu Rezeption, bin ich neugierig.«

»Ich auch: Also, isst du deine Schwarzwälder-Kirschtorte noch auf? Und was den Rest betrifft, schauen wir uns zuerst in aller Ruhe um.«

»Na fein, bist du also Stimmungskanone. Bitte schön, hier hast du Torte. Setz ich mich wegen Umschauen ein wenig hinaus in Sonne!«

Ein liebevoller Abschiedskuss wird übergeben, ein Glas Rotwein geordert, der Blick aus dem Fenster hinausgerichtet. Das ist ja kein seltenes Bild: eine Gaststube, ein einsam am Tisch stehendes alkoholisches Getränk und ein einsam davor sitzender Herr.

Und weil jene Männer, die regelmäßig zum Kalcherwirt kommen und sich an ihren Einzeltischen ein oder mehrere Gläschen gönnen, hier in den Bergen jedem hinlänglich bekannt sind, ist so ein einsamer Fremder natürlich ein Fressen für jemanden, der sich gern samt seinem Gläschen wo dazusetzen würde, dort aber für gewöhnlich nicht recht erwünscht ist. So dauert es nicht lange, und der Metzger bekommt Besuch.

Aus dem Hintergrund hat sich der Kalcher-Urgroßvater dazugesellt, zaudert nicht lange, nimmt Platz und schaut ebenfalls zum Fenster hinaus: »Die Bäume mögen mich nicht!«

»Welche Bäume meinen Sie?«, entgegnet der Metzger verwundert. »Den Wald hinter der Piste oder die zwei Tannen vorm Haus?«

»Na, welche werd ich wohl meinen: die, die grad wachsen!« Langsam sind seine Worte, etwas rau die Stimme, brüchig, sie kippt nach oben, verschwindet kurz und kehrt mit einem leichten Röcheln zurück.

»Ach so, die!«, bestätigt der Metzger und weiß nicht recht, wie er sich verhalten soll.

»Die wissen genau, wie's mich freut, wenn die Sonne auf mein Fenster scheint, und dann strecken sie sich durch, die gehässigen Krüppel!«

Die Augen der beiden Männer bleiben ein Zeitchen auf den sich im Wind wiegenden Tannen hängen, dann meint der Metzger:

»Die mögen Sie schon, die Bäume, keine Sorge. Im Winter steht nur die Sonne niedriger!«

»Und dann strecken sie sich durch, die gehässigen Krüppel!«, wiederholt der Urgroßvater, führt sein Glas Bier zum Mund und nimmt wie zur Bestätigung einen kräftigen Zug.

»Sehr gehässig, find ich auch. Aber ich versprech Ihnen, die schrumpfen wieder, und in ein paar Monaten werden Sie den ganzen Tag die Jalousien herunterlassen müssen, weil es sonst zu heiß wird.« Nun trinkt auch der Metzger, und erneut wird ein Zeitchen geschwiegen.

»So einen Ausblick wünscht sich unsereins, solche Berge! Bei uns in der Stadt nur graue Mauern und bei Ihnen diese

Pracht, einfach gigantisch!« Zwei schroffe, durch einen mächtigen Sattel verbundene Gipfel ragen hinter dem Wald hervor und strahlen im Sonnenlicht.

»Das Bürgljoch holt sich seine Leut!«, ist die Antwort, und dann versinkt der Kalcher-Urgroßvater in seinen Gedanken, starrt unbeirrt in sein Glas und reagiert nicht mehr. Da hat der Metzger längst seinen Rotwein ausgetrunken, taucht ein weiterer Herr mit suchendem Blick in der Gaststube auf und stürmt zum Tisch: »Vater, da bist du ja!«

Sichtlich erleichtert wendet er sich dem Metzger zu: »Tut mir leid wegen der Belästigung, aber im Alter ist alles nicht mehr so leicht.«

»Kein Problem, ich bin ja dankbar über die Gesellschaft.« Und dann lernt Willibald Adrian Metzger den wahren Herrn des Hauses kennen: »Freut mich, Sepp Kalcher. Machen Sie bei uns ein wenig Station?«

»Bis Sonntag!«, bestätigt der Restaurator.

»Na, da haben Sie ja Glück mit dem Wetter. Sonnenschein und beste Schneebedingungen. Bis halb fünf geht's noch!«

»Was?«

»Das Skifahren. Dann sperren die Lifte zu.«

»Von mir aus können die jetzt schon zusperren. Skifahren und ich, das ist wie Elefant und Eislaufen!«

»Und manche kehren nicht mehr zurück aus dem Eis!«, mischt sich eine fast klanglos gewordene Stimme ein.

»Ist schon gut, Vater, ich bring dich jetzt wieder rüber! Ein paar schöne Tage wünsch ich Ihnen, gehen Sie spazieren, runter in den Ort oder rauf zur Bürglalm zum Beispiel, da gibt's einen netten Weg. Festere Schuh bräuchten'S halt!«

Und dann sind sie weg, Vater und Sohn, und der Berg strahlt noch immer im Sonnenlicht, wenn auch nicht mehr ganz so freundlich.

20

Nur ein paar Schritte im rutschigen Schnee genügen dem Metzger zur Bestimmung seines ersten Ausflugszieles.

»Gehst du mit spazieren?«, bekommt die in der Wintersonne schmachtende Danjela also zu hören, und alles, was sie in ihrer tranceartigen Glückseligkeit zusammenbringt, ist ein schmunzelndes Kopfschütteln.

»Dann geh ich eben allein ...«, wird erwidert, nur um mit beinah prophetischer Voraussicht fortzufahren: »... gemütlich bummeln, hinunter in den Ort.«

»Halunke!«, lautet die Antwort, und wenig später spazieren zwei vergnügte Urlauber auf der wunderbar geräumten Zufahrtsstraße des Kalcherwirts abwärts. Etwa zwanzig Minuten dauert der beschwingte Fußmarsch, dann lassen die beiden eine der drei Gondelstationen rechts liegen und stechen direkt hinein in das äußerst übersichtliche Ortszentrum. Idyllisch ist es hier und auf Anhieb heimelig. Entzückende Häuser, von deren Fassaden die Schilder mit den Zeichen der mittelalterlichen Zünfte wie Nasen über die Straße herausragen, liebevoll dekorierte Auslagen, mit Lichterketten geschmückte Bäume, ein paar herumspazierende Menschen und kein einziges Auto. Eine derartig gepflegte und angenehm ruhige Fußgängerzone hat Willibald Adrian Metzger bisher noch nicht gesehen.

So wird also gemütlich dahingeschlendert, bis Danjela Djurkovic erklärt: »Gehen wir da rein!«, und da staunt er jetzt nicht schlecht, der Metzger, denn damit hätte er nicht gerechnet. Über einem Torbogen strahlt in kursiven Lettern: Thuswalder-Citypassage.

Jede Zeit hat eben ihre Denkmäler. Gegenwärtig sind es überheizte, von Großhandelsketten in Beschlag genommene Einkaufszentren, erhaben über das Wetter, die Öffnungszeiten und das Immunsystem. Wer sich nicht in Spitälern ein paar Viren holt, kann sich dort selbst bedienen.

»Ich will da nicht rein, es gibt doch hier draußen so nette Geschäfte!«

»Aber ist geheizt, oder willst du heimkommen wie Papagei?«, untermalt Danjela Djurkovic ihren Griff an Willibalds Ohrläppchen und die damit verbundene, ein wenig an das Rügen eines kleinen Kindes erinnernde Längenänderung desselben.

»Au – und wieso Papagei?«, will der Metzger verwundert wissen.

»Na, hast du schon gesehen Papagei mit Ohrmuschel? Ich nicht. Und sag ich dir, friert dir bald ab! Hast du schon Ohrmuschel so rot wie gefüllte Paprika oder von Blutorange Fruchtfleisch! Brauchst du Haube!«

Dann tritt sie ein paar Schritte vor, zügig öffnet sich die Schiebetür, und vorbei ist es mit der Gemütlichkeit.

»Da sind sie also alle!«, stellt der Metzger fest und muss sich wirklich bemühen, das von Danjela eingeschlagene Tempo zu halten. Mit einer feingeschliffenen Ausweichtechnik manövriert sie durch die Menschenmassen und vorbei an den eingetopften Riesenpalmen samt den darunterstehenden Sitzgelegenheiten, nur ein Ziel vor Augen: die

Filiale einer mittlerweile zum Einkaufszentrumsstandard zählenden Billig-Textilkette.

»Hm!«, grübelt der Metzger, nimmt auf der erstbesten Sitzgelegenheit neben dem Eingang des Diskonters Platz und verpasst sich einen flehenden Gesichtsausdruck: »O meine Göttin, du hast mein vollstes Vertrauen. Übernimmst du das bitte mit der Haube, sei so lieb. Ich warte hier. Und mach dir keinen Stress!«

»Arme kleine Junge«, wird ihm umgehend über den Kopf gestreichelt, »aber laufst du nix weg, muss ich dich sonst ausrufen lassen!«

Und wenn er eines mit Sicherheit weiß, der Metzger, dann, dass seine Danjela erstens ohnedies gern allein und zweitens nicht allein der Haube wegen im Inneren des Geschäfts verschwindet.

So sitzt er also zufrieden unter einer Palme und lässt seinen Blick ein Weilchen umherschweifen. Wer bereits bei Betreten des Einkaufszentrums den Namenspatron dieser Citypassage vergessen hat, vergisst ihn nach Verlassen derselben nicht wieder: Thuswalder Riesenkrapfen, Thuswalder Schmankerlstube, Drogerie Thuswalder. Jetzt juckt den Metzger die Neugierde doch ein wenig, also steht er auf, und schlendert ein Stückchen weiter: Thuswalder Trachtenreserl, Schuhhaus Thuswalder, Thuswalder Blumenland, ganz hinten Bestattung Thuswalder und zu guter Letzt das Parkhaus Thuswalder. Hier ist es sozusagen aus und vorbei, geht es nicht mehr weiter, außer natürlich, man sucht sein Auto.

Auf dem Rückweg bleibt er dann hängen, der Willibald, bis zu fünfzig Prozent Rabatt ist ja auch wirklich vielversprechend, ebenso wie die geringe Kundenzahl im Schuhhaus Thuswalder. Außerdem weiß er ja, was er will.

Eine junge, sehr bemühte Verkäuferin begutachtet die Sohle der Lederstiefel, meint: »Damit können'S Ihr Auto polieren«, bringt drei verschiedene bergschuhähnliche Modelle und erklärt:

»Da ist zwar jeder Schuh eine Wucht, bei dem hier haben'S aber sogar bei minus 40 Grad noch warme Füß. Schneeschuhwandern können'S damit auch!«

»Wandern reicht mir!«

Der rechte Tiefsttemperaturenkandidat wird mit kräftiger Hand von der Verkäuferin zugeschnürt, während der Metzger die Schuhschachtel betrachtet: »159 Euro, das ist ja regulär ein recht stattlicher Preis. Fünfzig Prozent sind dann 79,50. Da kann man den Schuh schon nehmen, was meinen Sie?«

»Da haben Sie recht«, wird etwas schnippisch geantwortet, »den einen Schuh können'S dann nehmen!« Woraufhin sie den linken hochhält: »Wollen'S den auch noch probieren, der käme dann wie der rechte ebenso auf 79,50!«

»Stimmt!«, erwidert der Metzger schmunzelnd, »steht ja: ›bis zu fünfzig Prozent Rabatt‹ auf Ihrer Auslage, das beginnt natürlich bei Null!« Und wenn er sich nicht täuscht, wird ihm gerade der linke noch eine Spur strammer festgezurrt.

»Gehen Sie einmal ein paar Schritte!«, wird er aufgefordert und dabei zwecks Gripperfahrung über eine kleine Brücke geschickt. Es folgt eine Runde durchs Geschäft und die zumindest für das Portemonnaie schmerzhafte Einsicht, dass die Schuhe einfach perfekt sitzen.

Ein »Ich lass sie gleich an, den Karton aber bitte trotzdem einpacken!« zaubert der Verkäuferin ein Lächeln auf die Lippen. Als Inventarisierungswunder, als Hüter seiner Heiligtümer und seiner kleinen Geheimnisse wird sich die

Schuhschachtel ehrenhaft zu all den anderen im Vorzimmer einreihen, zuvor aber rutscht sie gefüllt mit den alten Stiefeln in einen Papiersack, was bedeutet: Für die Dauer des Nachhauseweges ist der Metzger nun also ein kostenloser Werbeträger. Wobei kostenlos natürlich nicht stimmt, sondern in Anbetracht der Handelsspanne der von den Kunden durchgeführte mobile Gratiswerbeservice auch von den Kunden schön brav selbst bezahlt wird.

»Schuhhaus Thuswalder« steht in fetten Lettern auf das Papier gedruckt.

»Der macht sich wohl keine Sorgen mehr!«, stellt der Metzger fest.

»Wer?«

»Der Thuswalder.«

»Da haben Sie recht, der nicht.«

Kurz blickt die Verkäuferin hoch, greift in die Kasse und fügt mit Rückgabe des Wechselgeldes an: »Wenn, dann umgekehrt!«

»Meinen Sie mit umgekehrt: Andere machen sich Sorgen um den Thuswalder, oder: Der Thuswalder macht anderen Sorgen?«

»Stimmt beides!«, antwortet die Verkäuferin und wird lautstark unterbrochen. Der Metzger muss gehen. Dringend. Dröhnend wiederholt der Lautsprecher den Grund seines abrupten Aufbrechens: »Der kleine Willibald Adrian Metzger bitte zum Infopoint beim Haupteingang. Der kleine Willibald Adrian Metzger bitte zum Infopoint beim Haupteingang!«

»Schon komisch, was Eltern ihren Kindern für Namen geben!«, meint die Verkäuferin zum Abschied.

»Ja, komisch!«, erwidert der Metzger, und wäre ihm nicht sowieso schon heiß, würde er spätestens jetzt rot anlaufen. Laufen wird aber vermieden, muss ja wirklich nicht jeder gleich wissen, wie der verschollene kleine Willibald Adrian so aussieht.

Eine Person erfährt es doch: »Der?«, ist der Dame hinter der Glasscheibe des Infopoints das Erstaunen anzusehen.

»Muss ja klein nix unbedingt heißen kleine Bub, kann ja auch heißen kleine Lausbub. Na, hast du ein bisserl vergessen auf Haube und Begleitung, oder hast du mir schnell gekauft schöne Stiefel, hoffentlich Größe 40!«

»Bis 40«, antwortet der Metzger amüsiert und ergänzt, »Grad minus.«

»War wenigstens schön peinlich?«

Mittlerweile haben sich der Gipsarm in Willibalds Ellbogenbeuge, die Textileinkäufe der Danjela im großen Schuhhaus-Thuswalder-Papiersack und die neue schwarze Wollhaube auf dem Haupt des Beschenkten niedergelassen.

»Peinlich ist höchstens das jetzt«, kommentiert der Metzger den Vogeltanz, der in Maximallautstärke aus Danjelas Jackentasche erklingt. Das Telefonat dauert nicht lange. »Ich mach mir Sorgen, wo seid ihr?«, will die vom Skifahren zurückgekehrte Sophie Widhalm wissen und verkündet ihren gigantischen Appetit. Sofort, heißt es, werde sie im Ortszentrum eintreffen. Und weil Willibald Adrian Metzger keine Lust verspürt, herauszufinden, wie lange dieses »Sofort« noch dauern wird, fällt nach einem ausgedehnten Spaziergang durch die mittlerweile dank Lichterketten und Fackeln nur so in der anbrechenden Dunkelheit schimmernden Fußgängerzone die Entscheidung für den Ort der kulinarischen Einkehr auf den Kirchenwirt.

Bei Grießnockerl- und Paprikaschaumsuppe fehlt sie

noch, die wohlgeformte Halbschwester, bei Zwiebelrostbraten und Bauern-Cordon-bleu ist sie dann aber mit Spinat-Gorgonzola-Nockerln und hautengem Strickpullover dermaßen dabei, da läuft auch ohne Blick in die Speisekarte den meisten der anwesenden Herren ganz gewaltig das Wasser im Mund und das Blut im Körper zusammen.

Begeistert schildert Sophie die Freuden eines erstklassigen Skitages, und erst beim Ordern der Nachspeisenkarte kommt die Ursache der so auffällig erquickten Stimmung ans Tageslicht: »Für mich nichts Süßes, Zucker bekomm ich heut noch in Hülle und Fülle!«, lehnt sie dankend ab.

»Inwiefern?«, will der Metzger wissen.

»Wir treffen noch wen, im Edelweiß.«

»Was heißt ›wir‹?«

»Ihr wollt mir doch nicht die Stimmung verderben und mich allein gehen lassen, oder? Das wird sicher nett. Im Edelweiß soll hier im Ort die Musi spielen! Und Leute, es ist Wochenende.«

21

Baff – das war er schon vor ein paar Tagen: Ein Josef Krainer, Kriminalbeamter, der sich bei Agnes Kalcher über Karl Schrothe erkundigt, und eine Sophie Widhalm, die kurz darauf von derselben Nummer aus bei Agnes Kalcher ein Einzel- und ein Doppelzimmer reserviert, das erschien ihm äußerst sonderbar. Also hat er die Sache ein wenig näher unter die Lupe genommen und Folgendes herausgefunden:
- Sophie Widhalm ist laut Internet eine selbstständige Unternehmensberaterin, Mitte dreißig, bildhübsch und unter Garantie ein Abenteuer wert.
- Der Kriminalbeamte Josef Krainer interessiert sich genauso für Karl Schrothe wie eine Windschutzscheibe für entgegenkommende Insekten. Was bedeutet: Derjenige, der Agnes Kalcher angerufen hat, um sich als Josef Krainer über Karl Schrothe zu erkundigen, war ein kleiner Dichter? So weit, so gut.

Nun aber ist er gleich zweifach baff. Zweifach, weil ein und derselbe Name nun ebenso oft aufgetaucht ist, einmal davon sogar leibhaftig: Willibald Adrian Metzger. Das erste Mal auf der Visitenkarte in der Manteltasche des Obdachlosen Karl Schrothe und gerade eben das zweite Mal, ausgerufen über die Lautsprecher der Einkaufspassage. Unschwer war er aus der Menge herauszuerkennen, wie er da für einen kleinen Willibald Adrian deutlich zu ausgewachsen beim Infopoint aufgetaucht ist – und sichtlich peinlich war ihm das, dem großen Buben. Das muss einem erst einmal passieren: Von der Holden öffentlich vergattert werden wie ein Vorschüler, da weiß dann gleich auch wirklich jeder, wer in dieser Beziehung die Hosen anhat. Ist er also ein Waschlappen, dieser Willibald Adrian? Der Name allein lässt Derartiges bereits vermuten, der dazugehörige behäbige, reichlich vorhandene Körper festigt diese Annahme.

Nichtsdestotrotz steht aufgrund der vorhandenen Fotos fest: Genau dieselbe Witzfigur war am Spielplatz dabei, war kurz darauf im Spital dabei, und nun ist sie hier, hockt beim Kirchenwirt, inklusive fetter Freundin mit Gips und, jetzt bekommt er direkt ein wenig Magengrummeln vor Aufregung, inklusive einer attraktiven Dunkelhaarigen. Da braucht er gar nicht erst ins Internet einzusteigen, um zu wissen: Diese Braut ist die Unternehmensberaterin Sophie Widhalm. Und das soll Zufall sein. Unfassbar. Genauso Zufall ist das, wie ein überzuckertes probiotisches Joghurtgetränk die Abwehrkräfte stärken und den Blähbauch bekämpfen soll. Nichts als Humbug. Und Humbug steht in der Ernährungspyramide der Menschheit einsam an erster Stelle. Nicht bei ihm. Für blöd verkaufen lässt er sich kein zweites Mal. Muss er seinen Aufgabenbereich eben ein wenig erweitern. Lustig wird das.

22

Im Edelweiß spielt also die Musi, und das geht so, ganz klassisch:

Einleitung
Im Gegensatz zur Alpenblume wartet dieses Edelweiß im Tiefparterre, im Gegensatz zur herrlichen Alpenluft lauert da unten ein sich an jede Faser heftender Gestank, und im Gegensatz zur Alpenruh ist in diesen Untiefen die Hölle los. Kein vernünftiges Säugetier würde es dort länger als drei Sekunden aushalten. Nun zählt ja der Mensch bekanntterweise nicht automatisch zur Gruppe der vernünftigen Säuger. Und weil er zusätzlich die Fähigkeit besitzt, wenn nötig auch noch die wenigen aufmüpfigen Gramm Restvernunft problemlos mit ein paar Promille zum Schweigen zu bringen, geht es dem Eigentümer dieser Lokalität, Jo Neuhold, hervorragend. Hier in seinem Edelweiß trifft sich die Szene, hier werden Freundschaften vielleicht nicht fürs Leben, aber sicher für eine Nacht geschlossen, hier scheffelt er Summen, davon kann die Marianne gegenüber mit ihrer Konditorei nur träumen. Alles hat er schon gesehen, der Johann Neuhold, kurz Jo, mit Tsch, also Tscho. Abstürze hat er schon erlebt, da kann nur noch das Bürgljoch mithalten. So ein couragierter Zwerg allerdings ist ihm hier noch nie in die Quere gekommen, Hut ab.

»Wos ist, Ozwickta, wüst ma die Eier krozn oder wüst vorbei?«, hat sich grad vorhin einer der hier so beliebten großstädtischen Wochenendtouristen im Menschengewühl zu fragen getraut. Woraufhin dieser blitzartig zu seinem Kontrahenten auf Augenhöhe hinuntergezogen wurde, dem Schmerzensschrei nach zu urteilen an genau den zu kratzenden Eiern. Dann war in die schlagartig entstandene Ruhe hinein ein nüchternes »Fractura Os nasale!« zu vernehmen, gefolgt von einer gezielten Geraden in Richtung Nasenbein samt Knacksen und sich anschließendem nächsten Schmerzensschrei.

Das ist im Edelweiß so üblich: Wegen ein paar Streckübungen der Extremitäten wird noch lange nicht die Polizei geholt und wegen eines reaktionsschwachen großstädtischen Wochenendtouristen schon gar nicht. Seither tanzt an diesem Abend ein kleines Rumpelstilzchen in sportlichem Honda-Racing-Team-Langarmshirt und mit einer gelben Schirmkappe auf der Tanzfläche herum, als gäbe es kein Morgen. Natürlich nicht allein. Denn kleine Männer mit großer Wirkung sind in Damenkreisen weitaus beliebter als große Männer mit kleiner Wirkung. Abgesehen davon zeigt der sich unter dem Langarmshirt abzeichnende Körper nicht jene großflächigen Erhebungen rund um die Nabelgegend, die den üblichen Edelweiß-Besucher auszeichnen, sondern Muskeln aus Stahl.

Jo Neuhold hat ihn also gefunden, den Edelweiß-Helden für diese Nacht.

»Gratis Rum bis zum Morgengrauen!«, brüllt er dem kleinen Haudegen zu, und alle Gläser heben sich zum Prost.

Exposition

Toni Schuster ist das gewohnt: Bevor ihm jener Respekt entgegengebracht wird, den ein Mann mit durchschnittlicher Größe von vornherein genießt, muss er sich beweisen. Hat er sich aber schließlich dieses Ansehen verschafft, überragt er alle.

Auf der Piste sieht das beispielsweise so aus: Unter dem

verborgenen Gelächter diverser Beobachter nimmt er seine Skier aus dem Kofferraum, zieht die weißen Skischuhe an, stülpt sich die rote Skihose über den Schaft, verschließt die rot-weiße Skijacke, schultert die Skier, geht zur Talstation und trifft dort mehr oder weniger auf alte Bekannte. Nicht, dass er die Menschen persönlich kennen würde, vertraut ist ihm lediglich ihre Mimik. Immer die gleichen Gesichter, diese Mischung aus Mitleid und Belustigung, Unterschätzung und Selbstüberschätzung. Das durch sein Erscheinen in der Gondel ausgelöste Schweigen, das durch ihn hervorgerufene Amüsement hören schlagartig auf, wenn er die Bergstation erreicht hat und Fahrt aufnimmt. Und eine Fahrt ist das, da wechseln die übrigen Pistenbenützer gedanklich freiwillig zum Mickey-Mouse-Parcours. Toni Schuster steht auf dem Ski wie ein Halbgott, elegant, präzise, absolut sicher auf jedem Terrain, und Toni Schuster geht Ski fahren, um tatsächlich Ski zu fahren, und nicht, um sich seinen Arsch in irgendeiner Hütte wund zu hocken. Unermüdlich absolviert er eine Piste nach der anderen, mit keinem Tropfen Alkohol im Blut, fährt und fährt und fährt so lange, bis jeder Liftbenutzer kapiert hat: Dieser rote Zwerg ist ein Gigant.

Wer am heutigen Tag nicht lange gebraucht hat, um das herauszufinden, und ihm vor lauter Begeisterung trotz des deutlichen Größenunterschieds nicht mehr von der Seite weichen wollte, ist jene Dame, die er hier wie ausgemacht anzutreffen gedenkt.

Durchführung
»Sophie, passt du auf!« Ein reflexartiges Zucken geht Danjela Djurkovic durch den Gipsarm. »Kannst du nicht einfach machen abrupte Kehrtwendung, wenn geh ich hinter dir! Holst du dir blaue Flecken!«

Auch der Metzger mit seinem Thuswalder Papiersack in der Hand läuft ein wenig auf und gleichzeitig ein wenig aus. Zehn Meter hat er nun in dieser lebensnahen Umsetzung des Fegefeuers zurückgelegt, und ihm drückt es so großflächig den Schweiß aus den Poren, als wäre er tatsächlich ein durch römisch-katholische Läuterungsflammen zur ewigen Transpiration verdammter Sünder. Düster ist das Licht, bis auf das helle Blitzen einiger zuckender Discokugeln, Nebelschwaden schweben über die Tanzfläche, Schallwellen von unvorstellbarer Lautstärke breiten sich bis in die Magengrube aus, und ein Mief hängt in der Luft, dagegen ist die Turngarderobe pubertierender Knaben atemtechnisch ein Ort zur Tiefenentspannung. Trotz der Hitze fühlt sich hier unten dennoch kaum einer der Gäste bemüßigt, sich seiner Skijacke zu entledigen, manche haben sogar noch Skihose und Skischuhe an, manche ihre Haube auf, manche ihre Sonnenbrille im Haar, ja, und manche, man mag es kaum glauben, haben ihre Sonnenbrille vor den Augen.

»Gegen eine Kehrtwendung hab ich nichts einzuwenden!«, brüllt Willibald Adrian Metzger nach vorn.

»Phantastisch. Also bitte, bitte gehen wir, schnell!«, bestätigt Sophie panisch und scheint offensichtlich etwas entdeckt zu haben, das entschieden nicht zu ihrem Wohlbefinden beiträgt.

»Wieso?«, will Danjela Djurkovic wissen – und da ist sie nun nicht die Einzige.

»Willst du schon gehen?«, mischt sich eine männliche Stimme mit schneidend lautem Timbre dazu. Ein wenig dauert es, bis Willibald Adrian Metzger und Danjela Djurkovic in der hinter Sophie Widhalm aufgetauchten Person ein ausgewachsenes Mannsbild erkennen und die gelbe

Schirmkappe entsprechend zuordnen. Diesmal ist es also zu spät, diesmal wird niemand ausgebremst.

»Du bist ja gerade erst gekommen, wer wird denn da schon wieder gehen. Außerdem musst du schon Geduld haben und ein bisschen genauer suchen, ich bin nicht so leicht zu finden!«

Bei so mancher Selbstironie des Gegenübers ist man verdammt gut beraten, jede Art der humorigen Erwiderung zu unterlassen, denkt der Metzger und schätzt die Situation goldrichtig ein.

»Und Sie sind also Toni Schuster, Pistenkaiser in rote Anorak?«, kann sich die Djurkovic nun nicht verkneifen, immerhin hat Sophie Widhalm unterwegs vom Kirchenwirt zum Edelweiß von nichts anderem gesprochen als von ihren brennenden Oberschenkeln und weichen Knien.

»Man tut, was man kann«, ist die Antwort.

»So mit Helm, Skibrille und Jacke sieht die Welt gleich ganz anders aus!«, bestätigt ein verzweifeltes Frauenherz, und zum Glück wissen nur ihre Begleiter den Hinweis richtig zu deuten.

Es ist ihr also vorhin in ihrem Pistenrausch entgangen, wen sie sich da im Bubble-Vierer-Sessellift angelacht hat.

»79,90«, erklärt Toni Schuster nun und öffnet sein am Gürtelrand angebrachtes Lederetui.

Es gibt eben Burschen, denen offenbar in Kindestagen der Taschenfeitel vorenthalten wurde und die das so entstandene Defizit an erster zugestandener Männlichkeit Jahrzehnte später auch außerhalb eines Campingurlaubes, einer Alpenüberquerung oder einer Großwildjagd ausleben müssen. Anders kann sich der Metzger diese immer nur um Männerhüften geschnallten und halfterartig auf offener Straße, im Supermarkt, im alltäglichen Leben getragenen tragikomische Ich-hab-alles-im-Griff-Demonstration nicht erklären. Wobei sich jede Frau durchaus überlegen sollte, ihrem Gemahl zum gegebenen Zeitpunkt ein derartiges Multifunktionswerkzeug zu besorgen, vielleicht ersparen sich der Herr zwecks Aufschneiderei sein Cabrio und die Frau die Scheidung.

»79,90 was?«, steht Sophie das Erstaunen im Gesicht, da hat er sie schon ausgeklappt, die Schere.

»Euro. Toller Pulli übrigens. Für den Inhalt werden die 79,90 ja nicht gelten, der ist, denk ich, unbezahlbar!«

Dann streckt sich seine Hand zu ihrem Nacken empor, ein Schnipsen ist zu hören, und das Preisschild wird präsentiert.

»Meine Güte, ist das peinlich! Schrecklich!«, erklärt Sophie Widhalm mit balearischer Röte.

»Schrecklich ist, dass man hier bewaffnet hereinkommt!«, erklärt der Metzger und erhält von Mann zu Mann einen freundschaftlichen Schulterklopfer: »Bleib entspannt! So, jetzt bring ich euch ...«, kündigt Toni Schuster lächelnd an, der Metzger hofft noch auf das erlösende: »Hinaus!« und wird enttäuscht, »... was zu trinken. Die Runde geht auf mich.« Wenig später werden Mixturen aus weißem Rum, Kokosnusscreme, Ananassaft und Eiswürfeln gereicht.

»Piña Colada«, beweist Danjela ihr diesbezügliches Fachwissen.

»Ole!«, bestätigt Toni Schuster und bewegt von da an ohne Unterlass seinen vor allem im Brust- und Armbereich stets demonstrativ angespannten Körper aktiv zum Rhythmus der Musik. Der Metzger bewegt sich auch, allerdings ausschließlich inaktiv, und so gut könnte der Mischmasch in seinem Glas gar nicht schmecken, dass er diese ständige Rempelei, die stickige Luft und den unbändigen Lärm noch länger freiwillig ertrüge. Folglich schmettert er ein finales: »Ich möchte gehen!« in die Masse.

Worauf Danjela Djurkovic, die dank ihres Gipsarmes mittlerweile unmissverständlich verdeutlichen konnte, wie schmerzhaft ein Zusammenstoß mit ihr ausfallen kann, und folglich in einem großzügigen Bewegungsradius unbeschwert das Tanzbein schwingt, erklärt: »Aber will ich noch bleiben!«

Auch Sophie Widhalm gibt sich nach ihrem bitteren Erwachen wieder aufkeimenden Träumen hin und rekelt ausgelassen ihren Körper.

»Ich pass auf die Damen auf, kein Problem!«, erklärt Toni Schuster.

»Kein Problem!«, antworten die Damen im Chor.

»Und wie kommt ihr zum Hotel?«

»Ich fahr die Damen heim, verlässlich!«, bietet Toni Schuster an, was für Willibald Adrian Metzger ohne zu zögern bedeutet:

»Na, dann bleib ich noch!«

Entsprechend schlecht gelaunt steuert er die Bar an, sucht sich dort ein paar freie Zentimeter in Ellbogenhöhe, stellt den Einkauf ab, stützt sich auf und beobachtet missmutig die Menge. Jetzt ist das ja so mit den Nerven, erst einmal angespannt, neigen sie dazu, die Kontrolle zu übernehmen. Und, das weiß der Metzger natürlich nicht: An der Bar einer derartigen Gaststätte stehen hauptsächlich Männer, die samt ihrer Nerven bis zum Äußersten gespannt sind.

Die Schank ist das Jagdrevier jener Schürzenjäger, die selbst in allergrößter hormoneller Not niemals auch nur einen Fuß auf die Tanzfläche setzen würden, was den angespannten Nerven natürlich guttäte. Folglich wird hier im Gegensatz zur Tanzfläche jedem Raumgewinn noch weitaus mehr Bedeutung zugemessen. Wer nicht konsequent sein Ziel im Auge behält, seinen Körper mit strategischer Finesse Stück für Stück durch diverse aufreißende Lücken schiebt und sich so die Nähe zu den wenigen an der Bar stehenden Damen erarbeitet, der reißt am Ende gar nichts auf. Um jeden Millimeter geht es hier, was sich logischerweise erheblich auf die Intensität der praktizierten Rempeleien auswirkt. So kommt es, dass mit Ankunft einer groß gewachsenen Brünetten – dem Akzent während ihrer Bestellung »Caipirinha« nach zu urteilen eine Russin – in den Reihen der möglichen Eroberer spürbar mehr Bewegung aufkommt. Spürbar deshalb, weil nicht nur aufrechte Haltungen eingenommen, Oberkörper angespannt, Bäuche eingezogen, sondern vielmehr auch Ellbogen ausgefahren und Knie zum Einsatz gebracht werden.

Mit anderen Worten: Hinter dem Metzger regt sich etwas.

Ein Koloss von einem Mann, kahl geschoren, mit breiten Schultern, Oberarme wie Magnumflaschen, schert aus, bringt mit mächtigen Bewegungen diese Arme zum Einsatz, als wollte er einen Brustschwimmzug durchführen, schiebt, ganz auf die Russin fokussiert, den ohnedies uninteressierten Metzger wuchtig hinter sich, bringt sich in Position, mit leider genau dem einen Schritt zu viel, und übersieht ihn, den Schuhhaus-Thuswalder-Papiersack.

Aus dem Brusttempo wird ein Rudern, das Bier ergießt sich über die eigene Jacke, die Hand greift unbeholfen nach der Schulter eines Rivalen und verfehlt ihr Ziel, was aufgrund des schrankartigen Äußeren eine umso unbeholfener wirkende Landung auf allen vieren zur Folge hat. Fast ein wenig bemitleidenswert ist er also, der Gestürzte. Mitleid zu erhaschen ist allerdings nicht unbedingt der Spitzenreiter auf dem Wunschzettel der unbeugsamen, stolzen

Männlichkeit, und so ein Kniefall vor der Konkurrenz, so ein unfreiwilliger Unterwerfungsakt unter deutlich hörbarem, mit russischen Klangfarben durchsetztem Gelächter schon gar nicht.

»Ja, bist du komplett lebensmüde!«, schallt es hinein in den Lärm, und dem Metzger läuft ein Frösteln über den klitschnassen Rücken.

»Eines kann ich dir versichern, über einen Thuswalder flieg ich hundertprozentig nicht ungestraft drüber!«, lautet die Zukunftsperspektive des Restaurators.

»Tut mir wirklich schrecklich leid. Ich übernehme selbstverständlich die Reinigung Ihrer Jacke. Metzger ist mein Name, Willibald Adrian Metzger. Kommen Sie!« Der Metzger streckt dem Gebeugten seine Hand hin, nur wird sie von diesem nicht gefasst, sondern aufgefasst als weitere Verhöhnung: »Der Einzige, dem heute noch aufgeholfen werden muss, bist du, du Witzfigur!«

»Erich, mach jetzt keinen Blödsinn!«, mischt sich Jo Neuhold ein.

»Was is los mit dir, Jo, lass ihn doch, den Axpichl. Sonst bist ja auch nicht so zimperlich, wenn es in deinem Edelweiß um die Einschaltquoten geht!«, meint ein anderer.

»Ausschaltquoten passt besser! Also, wir wollen ein K.o. sehen. Gib's ihm, Axpichl!«, der Nächste.

Richtig angeheizt wird sie jetzt, die Stimmung. Erich Axpichl allerdings braucht keine Einflüsterer, seine Mission steht fest. Die Zähne gefletscht, die Augen zu Sehschlitzen gespannt, die Stirn, ja die ganze Glatze in Falten gelegt, die Ärmel der Skijacke hochgerafft, die magnumflaschenartigen Oberarme bedrohlich zur Seite gestreckt, so baut sich vor Willibald Adrian Metzger größentechnisch ein Kaliber von biblischen Ausmaßen auf: David gegen Goliath.

Der Ausgang der Geschichte ist ein ähnlicher.

Zuerst kommt der beidhändige Rempler, Willibald Adrian Metzger reagiert entsprechend mit einigen unkontrollierten Schritten rückwärts, stolpert, verteilt seine Piña Colada auf diverse Anoraks und krallt sich Hilfe suchend am Arm des nächstbesten Nachbarn fest. Kaum hat er sein Gleichgewicht wiedergefunden, kommt es zur üblichen Edelweiß-Schlachtaufstellung: zwei Männer in der Mitte, darum ein Kreis Schaulustiger. Ewig erscheinen dem Metzger die wahrscheinlich nicht einmal fünf Sekunden, an dem sein in Panik geratenes Hirn vergeblich nach einem Ausweg sucht. Dann kommt der Angriff und durchbricht die Menge.

Wie ein Pfeil schlägt er ein, mitten ins Schwarze, denn obwohl schon zwei in der Mitte stehen, hat dem Kreis eines noch gefehlt: sein Mittelpunkt. Jetzt gibt es ihn, und er ist nicht zu übersehen:

»Über mich fliegst du auch nicht ungestraft drüber. Leg dich mit mir an, wenn du Lust auf ein bisschen Bewegung hast!«

Applaus, die Musik ist längst verklungen, ein rhythmisches Klatschen wird angestimmt, und wem die Anfeuerung gilt, steht fest. Ein Held zu werden ist im Edelweiß kein Honiglecken, wer aber dieses Podest erst einmal erklommen hat, dem ist bis zum Morgengrauen neben dem Rum auch der Ruhm gewiss.

»Lust aufs Spital, du Gartenzwerg? Das wird ein Liegegips in die Kinderabteilung«, verkündet Erich Axpichl aus luftigen Höhen.

»Halt mir das und geh zur Seite!«, erklärt Toni Schuster und drückt dem Metzger seine gelbe Schirmkappe in die Hand.

»Muss das sein, wir können doch wie vernünftige Menschen reden«, meint der Restaurator.

»Nachher!«, ist die Antwort. Dann geht es los.

Die Dehnübungen, die Einnahme einer bedrohlichen Kampfhaltung und die damit verbundenen Tänzelschritte seines Gegners erwidert Toni Schuster mit amüsierter Regungslosigkeit. Endlich, bevor sich das Publikum zu langweilen beginnt, verteilt Erich Axpichl schnaubend den ersten Faustschlag, für den als Gegenmanöver ein leichtes Abducken völlig genügt, dann kommt der zweite, der dritte, der vierte. Toni Schuster verzieht keine Miene, weicht ein wenig nach links aus, nach rechts und scheint sich ganz offensichtlich trotz der Attacken kaum angegriffen zu fühlen. Auch die sichtlich steigende Empörung seines Gegenübers und die ersten Fußtrittversuche bringen ihn nicht aus der Fassung. Wieselflink sind seine Reaktionen. Gekonnt taucht er ab, lässt sich in seiner Kaltschnäuzigkeit sogar zu einer kleinen Flugrolle zwecks Seitenwechsels hinreißen und löst damit allerlei aus:

Erstens, und so etwas kommt äußerst selten vor im nahkampfverwöhnten Edelweiß, einen euphorischen Zwischenapplaus; zweitens die Verselbstständigung seines lose in der Hosentasche sitzenden Mobiltelefons, dezent stiehlt es sich zwischen den Beinen der Zuschauer davon; und drittens die nun schäumende Wut Erich Axpichls.

»Intensivstation!«, dröhnt es von oben herab aggressiv, kombiniert mit maximal die Luft aufwirbelnden Faustschlägen. Dann fällt im Anschluss wieder dieses eine Wort, das Männer, wahrscheinlich zur Verdeutlichung ihrer eigenen genitalen Besitztümer, so gern zum Einsatz bringen: »Lang wird's nicht dauern, und ich hab dich an den Eiern, du Laufmeter!«

Toni Schuster zeigt zwar trotz der Androhung seiner Entmannung immer noch keinen Respekt, vielleicht ist es aber gerade dieser letzte Verbalangriff, der ihn trotz erheblichen Größenunterschieds endlich zum höchst wirkungsvollen Gegenschlag ermuntert.

So eine größere Reichweite kann einem eben auch zum Verhängnis werden, der fehlende Tiefschutz ebenso. Nicht, dass Toni Schuster nun mit völliger Absicht jene besagte Gegend ansteuern würde, nur wenn seine Faust der Größe wegen ohnehin schon weniger auf Kopftreffer setzen kann, ist ihr in Anbetracht eines dermaßen unmotiviert herumhüpfenden Gegners eine gewisse Orientierungslosigkeit nicht übel zu nehmen. Ein einziger Schlag reicht, um Erich Axpichl erneut zu Boden zu zwingen, diesmal allerdings bleibt er mit schmerzverzerrtem Gesicht etwas länger liegen.

»Durch den Fleischwolf gedreht gehören so Typen wie du!«, schließt Toni Schuster seinen Einsatz verbal ab.

Und weil es hier im Edelweiß den Zuschauern reichlich egal ist, wo ein optisch deutlich Unterlegener hat hinschlagen müssen, um als Sieger das Feld zu verlassen, ist der Jubel groß.

»Gratis Rum auf Lebenszeit!«, brüllt Jo Neuhold beinah ekstatisch, während sich Toni Schuster zum Metzger umdreht und ihm mit den Worten: »Na, hab ich's nicht gesagt, ich pass schon auf!«, auffordernd die Hand entgegenstreckt. Dann kehrt eine gelbe Schirmkappe zu ihrem Besitzer zurück.

»Da hab ich wohl zu danken!«, erweist der Metzger, an dessen Seite sorgenvoll Danjela Djurkovic aufgetaucht ist, seinem Leibwächter nun die entsprechende Ehrerbietung.

»Ja, bist du wirklich große Held«, wird er von ihr unterstützt. »Und Gewinn ist auch nicht schlecht: gratis Rum auf Lebenszeit!«

»Da freut sich ein Antialkoholiker natürlich besonders.«

»Antialkoholiker?«

»Bei mir wars eine Virgin Colada, also eine Piña Colada ohne Alkohol, kostet übrigens acht Euro, so viel zu gratis.«

Toni Schuster, optisch der Urtyp einer sich mit Vorliebe prügelnden und Bier trinkenden Verkehrsgefährdung, ist also Abstinenzler.

Reprise

Und Toni Schuster hat momentan keinen Sinn für die bewundernden Blicke, die ihm von einer Mehrheit der weiblichen und einer Minderheit der männlichen Gäste zugeworfen werden. Nur ein einziges Augenpaar interessiert ihn. Als würde die Welt in einen trüben Schleier versinken und nur den einen bedeutsamen Ausschnitt frei halten, so scheint es ihm. In aller Schärfe hebt sich dieses Bildnis der Schönheit aus der Verschwommenheit ab und kommt langsam näher: Sophie. So etwas wie Dankbarkeit liegt in ihren Augen, und ja, sie sieht zu ihm auf.

»Ich steh in deiner Schuld, du hast da gerade meinem Halbbruder ziemlich aus der Patsche geholfen. Lass uns gehen!«

»Patsche!«, wiederholt Toni Schuster und findet ausnahmsweise keine Worte. Nur »Apache« läge ihm noch auf der Zunge. Ja, manchmal schicken die Toten eben ihre Zeichen, und, da ist sich Toni Schuster jetzt sicher: Dass er genau in diesem Augenblick an seinen Bikerkumpel Poldi Kratochwill und die Apachen denken muss, kann nichts anderes heißen als: Poldi Kratochwill deutet aus dem Jenseits auf Sophie, als wollte er sagen: »Toni, die ist was zum Aufhocken, so wie deine Rosi, und zwar auf ewig.«

Coda

»Whiskey-Soda!«, ordert Erich Axpichl energisch an der Bar.

»Keinen Tropfen bekommst du mehr von mir nach dieser Aktion, keinen einzigen Tropfen!«

Jo Neuhold ist stinksauer.

»Du kannst doch nicht schon wieder genau denen auf den Kopf scheißen, die uns füttern, du Allgemeingefährdung. Kannst von Glück reden, dass dir der Zwerg in die Quere gekommen ist und du nicht vor aller Augen so einen fetten Schwachmatiker verdrischst wegen eines lächerlichen Papiersacks. Was reagierst du auf einmal überhaupt so allergisch auf den Namen Thuswalder? Wenn du so weitermachst, können wir unseren Skiklub bald zusperren.«

»Unseren! Die sinnlose Arbeit mit den verweichlichten Gschrappen und den besoffenen Holländern hab doch eh nur ich! Die Einzelstunden mit den gstopften Thuswalder-Touristen nimmt sich natürlich der Herr Neuhold.«

»Weil man dich Proleten ja auf gstopfte Touristen loslassen kann! Da sind wir konkursreif. Du bist schon genau der Richtige für die ganzen besoffenen Holl- und Engländer. Und was die verweichlichten Gschrappen betrifft, braucht unsere Skijugend einen Spitzentrainer, der ihnen ordentlich in den Hintern tritt. Also, schau, dass d' weiterkommst, und wehe, wenn ich morgen Vormittag auf die Piste komm, und der Kurs is nicht gesteckt!«

»Whiskey-Soda!«, brüllt Erich Axpichl, »ich bin ein mündiger Mensch und weiß, wann ich genug hab!«

»Soda-Zitron!«, antwortet Jo Neuhold. »Und dann geh hin in Frieden!«

In einem Zug wird das Perlwasser mit anschließendem inbrünstigen Rülpser hinuntergespült, dann trennt ein brüderlicher Handschlag die beiden Männer. Auf immer und ewig.

23

Heute Abend war die Stimmung richtig bedrückend. Ganz ernst sind Oma und Opa beim Tisch gesessen, Urgroßvater hat von den Schneemännern erzählt, die irgendwer oben vor dem Haus gebaut hat und die ihn seither beobachten, und Ada und ich haben Krautfleckerl gegessen. Ada hat wie immer versucht, das Kraut und die Mascherlnudeln voneinander zu trennen, gewartet, bis Oma kurz in die Küche gegangen ist, und dann schnell die Nudeln mit einem Drücker Ketchup vermantscht. Nicht einmal darauf hat Oma reagiert, und das will was heißen.

Mittlerweile bin ich tausendprozentig sicher, dass die schlechte Stimmung mit nur einem zusammenhängen kann:

Wir haben wieder ein Geschenk bekommen!

Dieser komische Mann war wieder da. Ich mag ihn nicht, obwohl er Ada und mir immer ganz tolle Sachen mitbringt. Heute waren es funkelnagelneue Skier. Aber nicht irgendwelche Touristenbretter, da kenn ich mich aus. Das sind schon Modelle, da werden mich im Skiklub alle neidisch fragen, wo ich die her hab, ich werd nichts drauf sagen können, weil lügen, das tu ich nicht, und der Bernhard, dieser Affenschädel, wird garantiert wieder behaupten: »Groß-

eltern musst halt haben, die ein Hotel besitzen, da hast ausgesorgt!«

Dann werden sich alle einig sein, dass es mit so einem Material keine Kunst ist, eine Bestzeit aufzustellen, obwohl jeder im Skiklub weiß, dass ich ihnen selbst auf Wasserski noch davonfahr. Morgen wird der Bernhard von unserem Trainer, also seinem Vater, jedenfalls wieder eins über den Helm kriegen, weil er sich von einem Mädchen ausbremsen lässt.

Ich weiß nicht, was dieser komische Mann in seinem Anzug den Großeltern in der Küche erzählt hat, die Oma hat extra beide Türen zugemacht und uns rausgeschickt. Ich weiß nur, dass das nicht unbedingt freundlich geklungen hat, wie er dann beim Verabschieden Ada über den Kopf gestreichelt und zu Oma und Opa gesagt hat:

»Ich werd sie im Auge behalten!«

Das macht mir Angst, ich weiß nicht, ob der Mann »Sie« gesagt hat, weil er nicht so wie wir hier in der Gegend automatisch zu jedem gleich »Du« sagt, oder ob er mit »sie« Ada gemeint hat.

24

»Geschafft!«, frohlockt Willibald Adrian Metzger nach Verlassen des Edelweiß und gönnt sich gleich die nächste Dosis Frischluft. Tief ist sein Atemzug und belebend die Wirkung. Darum also versammelt man sich in stickigen Kellern, um im Anschluss Gefühle der Befreiung, der Wiedergeburt zu erleben. Lang ist dem Metzger dieser Glücksmoment allerdings nicht vergönnt, denn weder ist so ein

Skidorf ein Luftkurort, noch frequentieren eine Fußgängerzone ausschließlich Fußgänger.

»Der braucht garantiert seine 20 Liter auf 100 Kilometer!«, kann sich Toni Schuster in Anbetracht des vor ihm anhaltenden Wagens nicht verkneifen.

»Nur muss das unbedingt vor unserer Nase sein?«, ergänzt der Metzger und erhält unerwartet Antwort.

»Muss es, wegen Ihnen bin ich nämlich hier!« Zusätzlich zum heruntergelassenen Seitenfenster öffnet sich die Wagentür und ein junger Mann steigt aus. Elegant und von karibischer Bräune ist sein schmales Gesicht, drahtig seine Statur, perfekt geschnitten sein volles braunes Haar, von hoher Qualität seine Kleidung. Im Grunde ein hübscher, aparter Anblick, wäre da nicht, ähnlich wie der Bauchumfang des Metzgers, von allem ein wenig zu viel des Guten.

»Stefan Thuswalder, stets zu Diensten«, klingt er freundlich.

»Bist du Taxiunternehmer? Aber haben wir nix bestellt«, steht Danjela Djurkovic ein wenig auf der Leitung und erhält Nachhilfe.

»Thuswalder!«, wiederholt der junge Mann, deutet auf den Papiersack in Willibalds Hand: »Ich war grad Zeuge, wie dein Schatz beinah ein paar verpasst bekommen hätt!«, und wendet sich Toni Schuster zu: »Danke für die Rettung und Ehrenrettung unseres Namens. Deshalb bin ich zu Diensten. Das muss ich schon sagen, du bist ja ein echter Haudegen.«

»Mit dem Hauen klappt das nicht so schlecht, mit dem Degen allerdings bin ich ganz schlecht.«

Ein Schmunzeln ergreift die Runde und Stefan Thuswalder erneut das Wort: »Also, meine Herrschaften. Jetzt hab ich mich extra beeilt, um euch mit dem Auto aufzugabeln und als kleine Wiedergutmachung in der Bar des Thuswalder Sport- und Wellnessresorts auf einen Champagner einzuladen. Was meint's?«

»Glaub ich, nur Taxi wär mir lieber«, melden sich Danjela Djurkovic und der in ihrem Körper sein Unwesen treibende Rum erneut zu Wort.

»Darf ich bitten!«, wird den Fahrgästen umgehend die Hintertür geöffnet. »Und das nächste Mal, wenn du Schuhe bei uns einkaufst«, erklärt Stefan Thuswalder während des Einsteigens, »sagst einfach, du kommst von mir, dann gibt es dreißig Prozent.«

»Gilt hier überall Prozente, wo steht drauf Thuswalder? Gehen Sophie und ich morgen noch ein bissi shoppen, kommen wir glaub ich nicht so schlecht weg!«, meint Danjela Djurkovic, während Stefan Thuswalder den Fahrersitz besteigt.

»Mit deinem Amischlitten kommen wir auch nicht schlecht weg!«, fügt Toni Schuster hinzu: »Das ist ja der Hammer!«

»Hummer«, korrigiert Sophie Widhalm vom Beifahrersitz aus mit durchaus hörbarer Begeisterung, »allerdings kein lebendiger für den Kochtopf!«

»Sondern ein gegenständlicher für den Schrottplatz. Ist auch nur ein Auto, so ein Hummer H2«, ergänzt Stefan Thuswalder, und ganz sicher ist er sich jetzt nicht, der Metzger, ob die Bemerkung als solidarisch oder großspurig aufzufassen ist. Derartige Fahrzeuge lenken ja ansonsten hauptsächlich muskelbepackte Exgouverneure oder finanzkräftige Hiphopstars.

»Und wozu braucht man dann so ein Ungetüm?«, will er von der ledernen Rückbank aus wissen.

»Um hervorzustechen, zu protzen, sich bei seinen Neidern noch eine Spur unbeliebter zu machen, da fallen mir jede Menge Gründe ein. Also, wo soll's hingehen«, lautet die mit fester Stimme erteilte Erklärung.

»Gasthof Kalcherwirt!«, entgegnet der Restaurator durchaus amüsiert.

»Pension Reindl«, ergänzt Toni Schuster.

»Der Kalcherwirt also.« Der Wagen wird gestartet, gleichzeitig startet auch das Radio, überraschenderweise mit klassischer Musik.

»Hat jetzt nicht gerade geklungen begeistert. Ist doch schöne Hotel, Kalcherwirt!«, wehrt sich Danjela Djurkovic gegen den etwas abschätzigen Unterton.

»Wie man's nimmt. Das nächste Mal jedenfalls gibt's für euch nur eine Adresse ...«

»Thuswalder Sport- und Wellnessresort, nehm ich an«, unterbricht Sophie.

»Haargenau. Ihr bezahlt die billigste Zimmerkategorie und bekommt die beste Suite, ist das ein Angebot?«

»Nur kosten halt zwei Nächte mit Frühstück bei euch immer noch so viel wie eine ganze Woche in der Pension Reindl!«, rechnet Toni Schuster vor.

»Hat die Traude Reindl jetzt die Zimmer schon renoviert, oder erreicht man Bad und WC immer noch über den Gang? Also eines versprech ich euch: Die Pension Reindl vergisst man, das Thuswalder Sport- und Wellnessresort nicht! Mein letztes Angebot: Ihr zieht morgen um und bekommt zwei Zimmer zum Preis von einem, inklusive Verwöhnpension! Sozusagen als kleine romantische Wiedergutmachung für die Schwierigkeiten! Also, kein Zögern, unser Haus ist weit und breit hier die Topadresse.«

»Bis auf großkotzige Publikum und natürlich bis auf Lage!«, entgegnet Danjela Djurkovic.

»Stimmt, die Lage vom Gasthof Kalcherwirt ist phantastisch, das muss ich schon zugeben!«

»Na bitte! Gibt genug Heimatfilme zu solche Thema: Reiche Investor will Grund und Boden von alteingesessene Bauer, macht Eigentümern Leben zu Hölle und baut dann Hoteltempel, Skilift oder Fabrik. Na, was sagt Hummer-Fahrer, wär doch gute Idee!«

Geheizt werden muss der Wagen jetzt nicht, so schlagartig erhöht sich beim Metzger die Körpertemperatur. Grenzenlos ist seine Liebe zu Danjela Djurkovic, alles würde er für sie tun, gegebenenfalls sogar den Kopf hinhalten. Und weil er völlig überzeugt davon ist, für das lose Mundwerk seiner Herzdame eines Tages noch stellvertretend eine einfangen zu müssen, kommt ihm jetzt ein bisserl der Angstschweiß.

»Völlig richtig, so etwas passiert in Heimatfilmen!«, entgegnet Stefan Thuswalder und geht alles andere als amüsiert in die Offensive: »In Wirklichkeit ist das nämlich umgekehrt. Der reiche Investor, in diesem Fall ein alteingesessener Bauer, riskiert Enormes, steckt sein Geld in Entwicklung und Erneuerung, macht somit die Region für die Zukunft konkurrenz- und überlebensfähig, erweitert das Skigebiet auf die für den heutigen Tourismus erforderliche Größe, bringt Schneesicherheit, bringt dadurch Gäste, was natürlich auch jedem einzelnen Bewohner einer Region, die rein vom Tourismus lebt, etwas bringt, und als Dank dafür zieht er sich den Zorn der anderen alteingesessenen Familien zu. Familien, die allesamt zu geizig waren, auch nur einen Cent zu investieren. Es gibt hier Hotels, die sind auf dem Stand der Siebzigerjahre, wurden wahrscheinlich seither auch kein einziges Mal renoviert, in manchen Häusern wurden nicht einmal die Handtücher erneuert, und trotzdem werden für die Nächtigungen unverschämte Preise kassiert, nur weil das Skigebiet inzwischen einen Namen hat. Das nenn ich Raubrittertum. Mein Großvater hat damals den Hof und die Gründe übernommen, da waren die Aussichten alles andere als rosig, hat die Ärmel hochgekrempelt, dann mit meinem Vater Heinrich Thuswalder hier die ersten Skianlagen errichtet, und heute haben wir in der zweiten Generation ein kleines Imperium und große Feinde. Was glaubt ihr, was uns hier schon für Schäden zugefügt worden sind, Sabotagen, Brandanschläge. Ich fahr den Wagen mit Stolz. Ein Thuswalder lässt sich nicht unterkriegen!«

Merklich erhöht er die Fahrgeschwindigkeit. »Und, das darf man nicht vergessen, ein bisschen protzen ist vielleicht schlecht für den Ruf, aber verdammt gut fürs Geschäft. Nicht kleckern, klotzen lautet die Devise.«

»Kotzen, wenn Fahrt geht weiter so!«, wagt Danjela Djurkovic eine Prognose.

»Gleich sind wir da!«, erklärt der Lenker nun wieder amüsiert, drosselt in Sorge um die Innenausstattung seines Wagens umgehend das Tempo und fügt hinzu: »Ihr seid eine Wucht, das muss ich schon zugeben. So unverblümt ehrlich ist hier keiner zu mir. Alles Schleimscheißer und Arschkriecher. Egal, ob ihr nun ins Resort umzieht oder nicht –«, er öffnet den Aschenbecher, verteilt vier der darin gelagerten Visitenkarten: »wenn ihr irgendetwas braucht, was auch immer, anrufen, ich bin noch bis Montag hier.«

Und weil Toni Schuster auf eines besonderen Wert legt, nämlich auf seine Kontakte, startet er den Versuch, die Daten des Stefan Thuswalder sofort in sein mobiles Adressbuch zu übertragen, und scheitert: »Verdammt, mein Handy ist weg!«

Ein derartiger Verlust kann einem Menschen des 21. Jahrhunderts den Boden unter den Füßen wegziehen, denn das ist eben die große Lüge der Digitalisierung: Man glaubt alles zu haben und hat in Wahrheit nichts, nur Nullen und Einsen, im Fall eines Handyverlusts sogar nur mehr die Null, denn Handydaten zu sichern ist in etwa so beliebt, wie aus Digitalfotos Fotoalben anlegen.

»Ich bin mir sicher, du hast es im Edelweiß verloren!«, fühlt Sophie mit.

»Dann findet sich's wieder!«, tröstet Stefan Thuswalder.

»Das ist schon wirklich ein fester Trottel, dieser Axpichl, oder?«, zeigt Toni Schuster nun Nerven.

»Unbedingt! Unbelehrbar, und unberechenbar ist er auch, im Grunde eine Allgemeingefährdung.« Stefan Thuswalder scheint diesbezüglich also bereits seine Erfahrungen gemacht zu haben.

»Da kann man ja nur hoffen, dass der keine Kinder hat!«, kann sich Sophie Widhalm nicht verkneifen.

»Kinder, nein. Ein Kind, ja! Und jetzt halt dich fest: als Alleinerzieher. Der Bub ist bedient!«

»Als Alleinerzieher? Ist der Mutter was passiert?«

»Ja, die Ehe und somit die Zugehörigkeit zur Axpichl-Familie. Mittlerweile ist sie geschieden, das Kind lebt beim Vater. So, da wären wir!«

Der Hummer bremst sich ein, und drei völlig übermüdete Insassen, jeweils ausgestattet mit einer Thuswalder-Visitenkarte, können es nach freundlichen Verabschiedungsritualen nicht erwarten, endlich in ihre Zimmer zu kommen. Toni Schuster hingegen wechselt auf den Beifahrersitz.

Herrlich sitzt es sich vorn, wunderbar ist die Aussicht, rasant geht die Fahrt dahin. Dann kommt der Wagen völlig unvermutet am Straßenrand zum Stillstand. Stefan Thuswalder dreht die klassische Musik lauter, drückt einen Knopf, und nun ist auch die Fernsicht einzigartig, trotz Dunkelheit.

»Klasse, der Ausblick, oder?«, erklärt er.

Zusätzliche Scheinwerfer schicken vom Dach des Wagens aus einen gigantischen Lichtstrahl durch die Nacht. In weiter Ferne heben sich leuchtend zwei mächtige Gipfel und der dazwischenliegende Kamm aus der Finsternis empor.

»Das Bürgljoch.« Ehrfurchtsvoll klingt die Stimme Stefan Thuswalders.

Toni Schuster flüstert ebenfalls fasziniert: »Wahnsinn. Da fängt man dann an einen Gott zu glauben an!«

Stefan Thuswalder lacht: »In diesem Fall an den Elektronikgott. Sind richtige Wunderdinger, die LED-Scheinwerfer. Wir haben oft große Veranstaltungen, da braucht man mobile Beleuchtung! Seither steh ich, wenn ich da bin, jeden Abend für ein paar Minuten hier.«

Eine ergriffene Stimmung hat sich breitgemacht. Was auch immer da für klassisches Zeug aus den Boxen dröhnt, Toni Schuster muss sich eingestehen, es klingt schier unglaublich. Vor ihm diese Berge, um ihn diese Musik, neben ihm dieser durchaus faszinierende Charakter. Eine Zeit lang sitzen sie noch still im Wagen, fast ein wenig wie zwei gute Freunde.

25

Nein, im Prinzip ist er kein Trottel, der Mensch. Wenn ein Lebewesen vom Körperbau her evolutionstechnisch dazu angelegt ist, einer schier unüberblickbaren Schar von Fleischfressern als ideale Zwischenmahlzeit zu dienen, und trotzdem bis dato überlebt hat, in der Hierarchie der Fleischfresser mittlerweile sogar an der Spitze steht, kann es nicht wirklich dumm sein.

Eine stets wandlungsfähige Kreatur ist er, ein lustiges Barbapapa, passt sich in Windeseile jeder Umgebung an, übersteht, wenn es sein muss, die miesesten Umstände, Eiszeiten, Völkerwanderungen, Weltkriege.

Hat so lange prächtig funktioniert, dieses Konzept, bis ein paar besonders gescheite Köpfe die Wahnvorstellung kultiviert haben, man könne ja nicht nur sich an die Umwelt, sondern auch die Umwelt an sich anpassen, und zwar weit über den Karottenanbau hinaus.

Was bedeutet: Nicht darauf warten, dass irgendwelche miesen Umstände vielleicht eines Tages ganz von selber daherkommen, sondern dafür sorgen, dass diese miesen Umstände eines Tages unter Garantie daherkommen, je rascher, desto besser.

So gibt es also jede Menge vom Menschen ausgelöste Phänomene wie zum Beispiel die Klimaerwärmung, und anstatt den Ofen einfach zurückzudrehen, schaltet man die Klimaanlage ein, die pustet dann vorne kalte Luft heraus, ist doch wunderbar, hinten wird's halt ein bisserl heiß, was soll's, und Strom frisst sie auch. Gegen die Klimaerwärmung ist das eine ähnlich sinnvolle Therapie wie die Verordnung eines gediegenen Sonnenbades für Hautkrebspatienten.

Wie gesagt, im Prinzip ist er kein Trottel, der Mensch, so eine Klimaanlage muss man erst einmal erfinden können.

Und manche Erfindungen sind ja auch wirklich verdammt kniffelig, bis heute sogar schier unmöglich:

Es regnen lassen zum Beispiel, in Gebieten geringen Niederschlags zur Beseitigung lebensbedrohlichen Wassermangels. Ein wirklich, wirklich, wirklich, richtig, richtig harter Brocken wäre so eine Regnen-lassen-Geschichte.

Im Vergleich dazu ist manch anderes geradezu ein Kinderspiel: es schneien lassen zum Beispiel, in Gebieten geringen Niederschlags zur Beseitigung lebensbedrohlichen Touristenmangels.

Wie gesagt, er ist eben kein Trottel, der Mensch, der weiß schon, wo was wirklich gebraucht wird.

So schneit es also trotz wolkenlosem Himmel, wie der Metzger am nächsten Morgen nach dem Aufstehen aus dem Fenster schaut. Rücksichtsvoll leise, um die der frischen Gebirgsluft und der erhöhten Dosis Piña Colada zu verdankende Ruhe seiner noch fest in Daunen gehüllten Danjela nicht zu stören, schleicht er mit Edgar aus dem Zimmer und begibt sich ins Freie.

Ein bisschen nach Daunen und Frau Holle sieht es auch nach Verlassen des Kalcherwirts aus. Wunderschön glitzern und tanzen die fein zerstäubten Wassertropfen im Licht der aufgehenden Sonne und landen schockgefrostet als hoch komprimierte Schneeflocken auf ihren Artgenossen. Er rieselt zwar nicht leise, der Schnee, denn in unmittelbarer Umgebung der Turbine einer Schneekanone lässt sich als kleines Urlaubssouvenir zusätzlich zur knackigen Gesichtsfarbe problemlos noch ein kleiner Tinnitus mit nach Hause nehmen, aber Hauptsache, er rieselt, darauf kommt es an. Auch was das Hinterteil Edgars betrifft.

Lange dauert es nämlich nicht, und das Morgengeschäft ist erledigt. Hat ja auch ein empfindliches Gehör, so ein Hund, und rein akustisch gibt es momentan gewiss lauschigere Plätzchen. Dafür hapert es ein wenig mit der Sehschärfe, denn im Gegensatz zum Metzger würde Edgar rein optisch den in weiter Ferne gemächlich den Berg hinaufsteigenden Mann wohl nicht als den Hausherrn Sepp Kalcher identifizieren.

Ein Weilchen spaziert der Metzger in einer für ihn lautstärketechnisch angenehmen Distanz durch die Winterlandschaft, gibt sich dann aber dem heftigen Zug der Leine hin und folgt Edgar zurück ins herrlich ruhige Hotel. Wie phantastisch er vom Fenster des Frühstücksraumes aus ist, der Ausblick, nicht nur auf das knusprige, mit herrlich süßsaurer Johannisbeermarmelade überzogene Buttersemmerl in der Hand des Metzgers, sondern auch auf die jungfräulich strahlenden und bestens präparierten Hänge, den Traum eines jeden Skifahrers.

Genau das ist Toni Schuster an diesem Morgen wohl auch durch den Kopf gegangen, wie er mit Blick auf dieses Prachtwetter dem angebrochenen Tag ins Auge sehen durfte und ihm von der liebenswerten Reindl Traude mit den Worten: »Das is heut Morgen im Briefkasten gelegen!« sein Handy samt der Notiz »Gruß aus dem Edelweiß« überreicht wurde. Da war es dann gar nicht so einfach, bei genau dieser netten Reindl Traude vorzeitig auszuchecken, um am Abend beim Thuswalder einchecken zu können. Und weil er, was das Checken betrifft, grad so in Fahrt war, hat er sich für ein kleines Taschengeld, dagegen sind hier sogar die Liftkarten günstig, von einem Liftwart namens Reini noch lange vor Aktivierung der offiziellen motorbetriebenen Aufstiegshilfen auf den Berg hinaufbringen lassen. Schnell ist so ein Snowmobil, da könnte er ja fast ein wenig seiner Rosi untreu werden.

Ergriffen steht er nun also neben der Bergstation des höchstgelegenen Liftes, winkt dem davonfahrenden Reini hinterher, schaut gänzlich erfüllt von dem Gedanken ›Über allen Gipfeln ist Ruh‹ hinunter ins Tal und weiß, die nächsten fünfzehn Minuten gehört sie ihm, die Schindlgruben-Abfahrt. Ihm ganz allein.

Ein wenig zögert er, der Toni Schuster, denn loszufahren bedeutet auch irgendwann unten anzukommen, und unten anzukommen hieße, es wäre vorbei.

Ein paar tiefe Atemzüge gönnt er sich noch, betastet den Helm, die Brille, prüft, ob alles gut sitzt, verschließt den Zipp seiner roten Skijacke, richtet seine weißen Handschuhe, schlüpft in die Schlaufen seiner Stöcke und stößt sich ab. Griffig ist die Unterlage, ohne es aufstauben zu lassen zieht er seine Radien, nützt die Breite der Piste, durchstößt die feinen zu Boden rieselnden Flocken der ersten Schneekanone, spürt, wie seine Wangen benetzt werden, sieht die transparenten Tropfen auf seiner Brille, spürt, wie sein feucht gewordenes Gesicht in der kühlen Fahrtluft trocknet, erhöht die Geschwindigkeit und die Innenlage, breitet seine Arme aus und berührt mit den Fingern den Schnee. Absolute Freiheit, absolute Kontrolle, ein Folgen der Schwerkraft, ein Widerstreben der Fliehkraft. Toni Schuster spürt es und kann es benennen: Glück. Und Toni Schuster kann es vor allem auch zulassen. Lang gezogen ist sein Juchzen. Dann bleibt er stehen.

Das deutliche Echo bringt ihn ein wenig aus der Fassung, denn der von ihm abgegebene Schrei hat sich um einiges fröhlicher angefühlt, als sich der Widerhall nun anhört. Auch mit der Länge stimmt etwas nicht. Da hat Toni Schuster die Fahrt längst schon wiederaufgenommen, brüllt irgendwo noch immer ein Lebewesen aus voller Kehle, und in zwei Punkten ist er sich absolut sicher: Es brüllt ein Mensch, und dieser Mensch ist nicht er.

Toni Schuster verlangsamt seine Fahrt, bleibt wieder stehen, hört wieder einen Schrei, nimmt wieder Fahrt auf, durchbricht den Niederschlag der nächsten Schneekanone, sieht abermals die transparenten Tropfen auf seiner Brille, spürt erneut, wie sein Gesicht in der kühlen Fahrtluft trocknet, und längst ist es nicht mehr so idyllisch wie zuvor. Zügig nähern sich seine Skier einer uneinsichtigen Kuppe, Toni Schuster beschleunigt, geht in die Hocke, jetzt will er nur noch hinunter, er springt und durchbricht ihn, den nächsten Niederschlag. Und wieder Tropfen auf seiner Brille. Dann sieht er nichts mehr.

Das gehört einfach zum Urlaub dazu. Ein gemütliches, in Nischen unterteiltes Frühstückszimmer, ein reichhaltiges Buffet, eine nette Bedienung und die durch mehr kauende als sprechende Münder verbreitete Morgenstimmung. Gut, für den einen oder anderen kann es natürlich eine Beeinträchtigung darstellen, handelt es sich bei den sprechenden Mündern um eine fünfköpfige Jungfamilie, bestehend aus einem Kind im Hochstuhl, einem Kleinkind auf hochgestapelten Sesselpolstern, einem schweigenden Vater, einer angespannt wirkenden Mutter und einer dazugehörigen, hauptsächlich als: »Hast ja recht, Mama!« angesprochenen Schwiegermutter. Den Metzger stört das nicht, über die Kinder freut er sich, die Eltern bemitleidet er, der Rest dient zu Studienzwecken.

Was allerdings dem missmutigen Kellner fehlt, der ihm

zuerst unaufgefordert aus der auf dem Tisch stehenden Thermoskanne Kaffee einschenkt und trotz eines »Danke, keine Milch!« dieses offenkundig schwachbrüstige Schwarz rasant in ein helles Schlammbraun verwandelt, weiß er nicht. Taub dürfte er jedenfalls nicht sein, denn auf seine Frage nach der Zimmernummer erwartet er vom Metzger offensichtlich eine Antwort.

»Zimmernummer? Und das nächste Mal bitte den Hund oben lassen«, setzt er etwas energischer nach.

»202, Ihnen auch einen wunderschönen guten Morgen, und bitte seien Sie so freundlich und bringen Sie mir einen großen Mokka.«

Abfällig deutet der Kellner auf die eben erst gefüllte Tasse, dann sieht er den Metzger provokant an und erklärt: »Hab dich eher auf einen Milchkaffee eingeschätzt!«

»Danke. Weiß hab ich ja hier genug vor der Tür!«, entgegnet der Metzger nicht mehr ganz so freundlich und dürfte damit einen wunden Punkt getroffen haben, denn abermals wendet sich der Kellner unaufgefordert der Tasse zu. Er setzt sich an den Tisch, entnimmt seiner Innentasche einen Flachmann, gießt einen kleinen Schluck in den für den Metzger gedachten Kaffee, spült die neu entstandene Melange mit einem Zug hinunter, beginnt Edgar zu kraulen und deutet mit einem Nicken aus dem Fenster: »Ich auch! Vom Weiß hab ich genug, das kannst mir glauben!«

»Na, Sie hören sich ja gar nicht gut an am helllichten Morgen!«, schnappt der Metzger den ihm zugeworfenen Spielball auf und setzt fort: »Die Sonne scheint, und es schneit trotzdem, ist doch paradiesisch für einen Wintersportort?«

»Paradiesisch! Willst wissen, was das da draußen vorm Fenster einmal war? A gsunde Wiesn. Und dort und dort und dort auch. Drüben war das Skigebiet, dort war die Alm, da der Hof. Jetzt ist es Viertel nach acht, um die Zeit hab ich im Winter fast schon alle Viacha fertig gefüttert ghabt – das war paradiesisch.« Er beugt sich vor und flüstert: »Heut kann ich Touristen füttern, Frühstück bis 10 Uhr, Mittag 11:30 bis 15 Uhr, Abendessen ab 17:30 Uhr, und die fressen mehr und machen mehr Dreck als die Küh und die Schweindln zusammen, das kannst mir glauben!«

»Sie gehören offensichtlich zur Familie?«

»Wennst wo dreißig Jahr lang angestellt bist, kannst das wohl sagen!«

»Dreißig Jahre, unglaublich. Sag, kennen Sie da vielleicht einen Herrn namens Karl Schrothe, der dürfte hier einmal zu Gast gewesen sein?«

Es folgt ein Ausatmen, so ein langgezogenes Zischen, hört man ansonsten nur beim Lungenfacharzt:

»Na, du bist lustig. Glaubst, ich kann mich an alle Gäste erinnern. Der Name sagt mir jedenfalls gar nichts!«

Auch am Nebentisch wird hörbar Luft aus dem Körper gepresst, allerdings mit schwingenden Stimmbändern: »Aber an uns können Sie sich schon erinnern, oder? Wir haben weder vom Weiß genug noch vom Kaffee!« Dabei rüttelt die Hast-ja-recht-Mama energisch die auf dem Tisch stehende leere Thermoskanne. Kann natürlich ein Segen sein, so eine mitreisende Oma, kann aber auch aus einer Jungfamilie zwei zwischen Mama und Papa hin und her pendelnde Kinder machen. Und viel Einfühlungsvermögen braucht es da jetzt nicht, um den Eltern anzusehen, dass es beim nächsten Urlaub Abgänge geben wird. Den macht nun auch der Kellner, übersiedelt lautstark die volle Thermoskanne des leeren Nebentisches und ist dahin, so wie wahrscheinlich auch Willibalds großer Mokka. Diesbezüglich erweist sich dann der Monolog am Nebentisch als aufputschend genug: »Kannst froh sein, dass ich mit bin, weil mit dir hab ich damals gar keine Hilfe gehabt, und so brav wie die beiden warst du bei Gott nicht! Was ich mit dir alles durchgemacht hab ...«

Jetzt spart sich sogar die angesprochene Tochter ihr »Hast ja recht, Mama«. Gibt ja auch wirklich nichts zu sagen, wenn Eltern bei ihren erwachsen gewordenen Kindern für die diesen Kindern erteilten Dienste die offene Bringschuld einfordern. Ein Fremdwährungskredit ohne Deckelung täglich fällig gestellt ist das, ein Anschreiben, ohne jemals freiwillig dort eingekauft zu haben. Auf Lebenszeit im Rückstand – da bleibt nur mehr der Rückzug.

Nach dem ist dem Metzger mittlerweile auch. So eilt er aufs Gäste-WC, erleichtert sich, aktiviert die Spülung, und da ist er nicht der Einzige. Denn auch hinter verschlossener Toilettentür kommt es zur solchen. Kurz strömt das Wasser aus dem Kasten, dann öffnet sich die Tür, allerdings nicht die versperrte. Lisl Kalcher steckt vom Gang ihren Kopf herein, sorgenvoll ist ihr Gesicht, kurz danach betritt Sepp Kalcher die Toilette, nickt dem Metzger zu, das Mädchen folgt ihm. Sportlich sieht sie aus in ihrem engen Skianzug, die Haare zu Zöpfen gebunden, einen Helm in der Hand, Schienbeinschützer an den Beinen.

»Vater, bist du da?« Wieder nickt Sepp Kalcher dem Metzger zu, als wüsste der vielleicht die Antwort. »Wir müssen fahren, die Lisl wartet schon auf dich. Willst nicht dabei sein, wenn sie dem Bub vom Axpichl zeigt, wie früh die Stoppuhr zu laufen aufhören kann? Das Rennen startet in einer Stunde.«

Abermals wird die Spülung betätigt.

»Haben Sie meinen Vater gesehen?«, will er vom Metzger wissen, der aber nur unsicher die Schultern hebt.

»Lisl, ich schau rauf, vielleicht ist er oben!«

Sepp Kalcher verlässt die Toilette, Lisl bleibt zurück, wie immer schweigend.

Und wieder ist die Spülung zu hören.

So geht er also vor zur Toilettentür, der Metzger, und klopft.

»Ist da jemand drinnen?«

Keine Antwort.

26

Toni Schuster hat abgebremst, versucht sich seine Brille sauber zu wischen, mit dem Resultat, nun deutlich weniger zu sehen. Immer noch steht er im Niederschlag der Schneekanone, zieht die Skibrille von der Nase und traut seinen Augen nicht. Seine weiße Hose, seine weißen Handschuhe, das Zielgebiet der Beschneiungsanlage, nichts davon ist unbefleckt. Kreisförmig erstreckt es sich über den Hang, das schaurige Bild, klebrig sind die Flocken, die in seinem Gesicht und auf seinen Lippen landen, und eindeutig ist der Geschmack.

»Blut!«, geht es ihm durch den Kopf. »Es schneit Blut!«

Von der Kante seines Helms tropft es rot, dunkle Flocken legen sich auf die frisch präparierte Piste und verwandeln das Weiß zusehends in ein helles Rosa, und wenn er sich nicht täuscht, fallen vereinzelt fleischige Brocken vom Himmel. Fassungslos starrt Toni Schuster in Richtung Pistenrand. Eine Person, an sich perfekt getarnt mit weißem Overall und weißem Helm, tritt, in der rechten Hand ein längliches Gebilde, hinter der Schneekanone hervor und blickt ihm entgegen. Wie bei einem Fleischhauer oder Chirurgen, was ja im Grunde nicht selten dasselbe ist, hat die Dienstkleidung nach getaner Arbeit ein paar Farbtupfer abbekommen.

»Alles in Ordnung bei Ihnen?«, ruft Toni Schuster hinüber, auch wenn er vom Gegenteil überzeugt ist. Dann hebt sich der rechte Arm seines Gegenübers, und noch bevor Toni Schuster zu reagieren imstande ist, zupft es ihn am Oberarm. Ein kurzer prüfender Blick bestätigt seinen Verdacht, worum es sich bei der Ursache des schneidenden Schmerzes handelt: Es war zwar kein Knall zu hören, maximal ein leises Ploppen, trotzdem, da ist sich Toni Schuster auch kreislauftechnisch ziemlich sicher, hat sich ein Geschoss in sein Fleisch verirrt. Nur mit Mühe kann er das Gleichgewicht halten. Bewusst tief sind seine Atemzüge. So gut es geht stößt er sich erneut ab und übergibt sich der Falllinie. Es ist der zersplitternde Ast einer Tanne, der ihm verdeutlicht, dass er erstens mit seiner Vermutung richtig liegt und sich zweitens so schnell wie möglich aus dem Staub machen sollte. Tief geht er in die Abfahrtshocke, dann ist sie da, die rettende Kurve. Einzig verunsichernd ist der knapp neben ihm aufstaubende Schnee. Entweder schießt gerade jemand ums Eck, oder die notwendige Reichweite wird durch Halten des erforderlichen Abstandes erzielt. Kurz dreht er sich um und sieht seine Befürchtung bestätigt: Letzteres also. Mit bestmöglicher Armfreiheit, was bei Handhabung einer beidhändig zu bedienenden Schusswaffe natürlich von Vorteil ist, hängt ihm sein Verfolger an den Fersen. Ausweichen unmöglich, zurzeit wird die Piste links und rechts von ansteigenden Hängen begrenzt. Für derartige Spielchen träfe sein Verfolger bei einem unverletzten Toni Schuster an sich ja genau auf den Richtigen. Denn in der Skala seiner liebsten Spielgefährten kommen nach Fahrradboten unmittelbar auf Platz zwei die Hämorrhoidenschleifer, die Pistenplanierer, sprich: die Snowboarder. Da geht ihm regelmäßig der Blutdruck hoch, wenn sie mit Jacken, Hosen und Hauben in Übergrößen sinnlos auf der Piste, inmitten einer Eng- oder direkt neben der Ausstiegsstelle eines Liftes herumhocken. Kein einziges Mal noch ist ihm wer unter die Augen gekommen, der mit so einem Bügelbrett halbwegs ansehnlich zurechtgekommen wäre – bis zum heutigen Tag. Denn was sich da hinter ihm nun abzeichnet, ist äußerst besorgniserregend. Gekonnt werden lang gezogene geschnittene Schwünge in Höchstgeschwindigkeit auf die Piste gezaubert, und all das, während der Oberkörper mit ganz etwas anderem beschäftigt ist, mit dem Fixieren eines Scharfschützengewehrs, dem Anvisieren eines Ziels und dem Ausradieren desselben. Dazu müsste so ein Ziel allerdings stillhalten, und genau das, erkennt Toni Schuster nun, wäre sein Fehler. Um nicht getroffen zu werden, darf er nicht länger Schuss fahren, sondern muss Kurven hinlegen, mit möglichst unkontrollierbaren Radien. Kurze Schwünge, lange Schwünge, abrupte Tempowechsel, das ist der Plan, abgesehen davon: je kürzer der Abstand, desto kleiner der Wirkungsradius eines Gewehres. So kommt er also näher, der komplett in Weiß adjustierte Geist, und tatsächlich, ein wenig zeigt der Strategiewechsel Wirkung. Unruhiger wird der Oberkörper des Snowboarders, weiter entfernt vom Ziel schlagen die Schüsse ein, breiter wird die Abfahrt, und endlich führt sie heraus aus dem Kessel. Mit Herzrasen steuert Toni

Schuster auf den von Bäumen begrenzten Pistenrand zu. Hier inmitten der Tannen liegt seine Hoffnung. Noch einmal dreht er sich um, beängstigend nahe ist sein Meuchelmörder herangekommen. Viele Möglichkeiten, in den dichten Wald hineinzufahren, bieten sich nicht, eng sind die Abstände zwischen den Stämmen. Ohne zu zögern, nimmt Toni Schuster die erstbeste Gelegenheit wahr und weiß sofort, was zu tun ist. So ein Skistock ist eben vielseitig einsetzbar.

Lisl Kalcher stehen die Tränen in den Augen. Hilfe suchend sieht sie den Metzger an, stellt sich dann neben ihn, umfasst den Griff und rüttelt stumm an der Toilettentür. Als Antwort mischen sich kurze Atemgeräusche zum Strömen der Spülung.

»Soll ich über die Tür schauen?«, gibt der Metzger vorsorglich mit lauter Stimme Bescheid und startet den ersten Klimmzugversuch.

Und wieder fließt Wasser, diesmal untermalt von einem lang gezogenen Stöhnen. Ein Stöhnen lässt auch der Willibald hören, denn wenn die Körperwaage in luftige Höhen schlägt, schlagen die luftigen Höhen zurück. Ohne Schwung wird es nicht gehen, gesteht er sich ein, geht zur gegenüberliegenden Wand, im Gesicht des Mädchens macht sich Sorge breit, dann nimmt er Tempo auf, ein Sprung, ein verkrampftes Ziehen, und seine Augen erreichen die Oberkante.

»Entwarnung …«, meldet der Metzger, »… dein Urgroßvater. Aber ich glaub, es geht ihm nicht so gut! Nur wenn ich …«, da bricht ihm vor Anstrengung schon beinah die Stimme weg, »… die Tür aufdrücke, kann es sein, dass ich ihn verletze, die Tür geht nach innen auf!« Und damit holt ihn die Schwerkraft zu sich, keine Sekunde länger kann er sich da oben halten, der Willibald.

Lisl Kalcher übernimmt, mühelos klettert sie empor, stemmt sich auf die andere Seite und öffnet von innen. Auf seinen Stock gestützt hockt der alte Kalcher auf dem heruntergeklappten Klodeckel, langsam, fast wie in Trance wippt sein Körper vor und zurück und betätigt bei der Rückwärtsbewegung die Spültaste. Starr ist sein Blick zu Boden gerichtet, angsterfüllt sein Gemurmel: »Sie werden uns alle holen, alle!«

»Keine Sorge, Herr Kalcher!«, versucht der Metzger zu beruhigen, »keiner wird irgendwen holen, keiner. Die Bestzeit wird sich wer holen, am besten ihre Urenkelin, und Sie schauen zu, oder? Sozusagen als Glücksbringer?« Er meint es ja recht lieb, der Willibald, auch wenn er natürlich weiß, dass er nicht den Funken einer Ahnung hat.

Zärtlich und respektvoll streichelt Lisl Kalcher über den Kopf ihres Urgroßvaters, kein Hauch an Ungeduld ist zu spüren. Unter der achtsamen Zuwendung seiner Urenkelin werden die Bewegungen des alten Mannes zusehends ruhiger, ausgeglichener wird sein Atem, langsam hebt er den Kopf, die Angst in seinen Augen weicht einer Müdigkeit, ein lang gezogenes Gähnen hallt durch den mit braunen Fliesen verkleideten Raum, dann greift er nach der ihm angebotenen Hand. Ruhig sieht er zu seiner Urenkelin empor, steht auf und meint:

»Geh, lass ihn doch einmal gewinnen, den Axpichl Bernhard, den armen Buben!«

Lisl Kalcher denkt kurz nach, lächelt, nickt und hängt sich bei ihrem Urgroßvater ein.

Man kann ihn als Angel verwenden, man kann am Ende eine Walze montieren und die Decke ausmalen, man kann hinter einem Kasten all das hervorholen, was längst schon keiner mehr sucht, man kann sich den Buckel kratzen oder andere abkratzen lassen, ein Skistock ist ein wahrer Multifunktionsgigant. Man kann ihn auf einer Geburtstagsparty für Kinder in die Waagrechte bringen und die Kleinen darüberspringen lassen, man kann ihn auf einer Geburtstagsparty für Erwachsene in die Waagrechte bringen und die Großen unten durchtanzen lassen, man kann ihn aber einfach auch nur so in die Waagrechte bringen und schauen, was passiert.

Beim ersten der beiden von Toni Schuster waagerecht vor zwei Tannen hinterlegten Skistöcke passiert nichts, da wählt sein Verfolger irrtümlich noch eine andere Route, beim zweiten allerdings ist das Zuschauen ein wahrer Augenschmaus.

Das zahlt sich natürlich für das Publikum aus, wenn ein zügig dahingleitendes Snowboard unter einem äußerst widerstandsfähigen Metallstab einfädelt und dieser Metallstab mit dem linken Ende an dem einen Baumstamm und mit dem rechten Ende an dem anderen Baumstamm hängen bleibt. Jeder Fünfjährige könnte über ein derartiges Hindernis drüberhupfen und wohlbehalten auf seinen Füßen landen, einen Snowboarder, der dieses Hindernis zu spät registriert, katapultiert es allerdings ohne Chance auf jede weitere Richtungsänderung mit dem Kopf voran in den Schnee. Wohltuend für Toni Schusters Ohren ist der durch den Wald hallende Schrei. Und schon allein die Vorstellung, wie es sich anfühlen muss, mit einem Gewehr vor der Brust beispielsweise auf einen Ast zu knallen, zaubert ihm ein Schmunzeln auf die Lippen. Dem leistet auch das beängstigende Gelächter keinen Abbruch, das ihm nun hinterhergeschickt wird: »Hahaha, was für eine Show, das lob ich mir. Da scheißt wer noch in die Windeln und setzt mir so zu. Hochachtung. Fahr nur zu Papa, ich krieg dich schon noch, du Zwerg!«

Toni Schuster fühlt sich erlöst. Mit einem seligen Lächeln im Gesicht lässt er den Wald hinter sich, kehrt auf die Piste zurück, geht in die Abfahrtshocke und weiß, was zu tun ist. Es muss Alarm geschlagen werden, möglichst schnell. Und weil so früh am Tage die zum Apres-Ski gedachten Hütten noch geschlossen sind, steuert Toni Schuster die erstbeste Behausung im Tal an. Eine Behausung, in der sich um diese Uhrzeit die Hotelgäste zum Frühstücksbuffet eingefunden haben.

Mittlerweile schweigsam um den Frühstückstisch versammelt, erlebt die Jungfamilie den Höhepunkt des an sie gerichteten pädagogisch nachhaltigen Monologs. Aus mütterlichem Mund werden der selbst längst zur Mutter gewordenen Tochter vor aller Ohren im Nachhinein der Dammschnitt aufgerechnet, die aufgebissene Brustwarze, die Kreuzschmerzen, die durchwachten Nächte, das frühe Aufstehen zu Kindergarten- und Schulzeiten, da passiert das Wunder. Und das geht so:

Toni Schuster bremst abgehetzt vor den Toren des Kalcherwirts, springt aus seiner Skibindung und läuft in Richtung Eingangstür, woraufhin die Kleine im Hochstuhl Richtung Fenster deutet und die kluge Oma mit den Worten: »Papa sau, Nidolo, Nidolo!« unterbricht. Nur die Oma lässt sich eben nicht gern unterbrechen: »Nein, Mäuschen, den Nikolo kann sich der Papa jetzt nicht anschauen, der war ja erst da! Und wenn man immer genau dann plappern will, wenn Erwachsene gerade reden, dann kommt er gar nicht mehr, der liebe Nikolo!«, und auf geht sie, die Tür.

»Nidolo, Nidolo!« drückt die Kleine ihre Freude aus und ist damit die Einzige. Wie erstarrt sind die Gesichter der anderen. Von oben bis unten in Rot getunkt, steht ein hechelnder Toni Schuster in der Gaststube. Grauenerregend ist sein Anblick, seine Stimme überschlägt sich. »Polizei! Ich brauch die Polizei!«, ruft er, was der Kleinen im Hochstuhl ein quietschendes »Tatütata« entlockt und der Oma einen Brüller, der wohl den Rest des Hauses, sprich, auch Sophie Widhalm und Danjela Djurkovic, aufweckt. Dann fällt sie in Ohnmacht, was sich aufgrund der Fallrichtung auf den Oberschenkel hörbar ziemlich ungünstig und auf die Glückseligkeit aller anderen äußerst günstig auswirkt. Wortfetzen wie Schneekanone, Mörder, Schüsse verlieren an ihrem Schrecken, die später eintreffende Polizei und vor allem Rettung werden zur Rettung eines Urlaubs und längst verloren gegangenen Familienfriedens.

Was die Polizei dann allerdings am Tatort vorfindet, hat mit Frieden nichts zu tun, nur mit letzter Ruhe.

27

Knacks hat es gemacht, und es war kein Ast. Es hat schon ein Weilchen gedauert, bis er endlich dazu in der Lage war, sein Snowboard von den Füßen zu lösen, sich zwischen den Tannen hochzurappeln und Herr über seinen Lachkrampf zu werden. Einfach absurd sah es aus, wie sich sein kleiner Finger am zweiten Fingergelenk um neunzig Grad auswärts geknickt abspreizte, überhaupt zeigte der gesamte rechte Arm recht ausgefallene Bewegungen, was ihn schließlich hat vermuten lassen, er könnte es mit einer ausgerenkten Schulter zu tun haben.

Nach einigen Versuchen war der Finger dann wieder in seinem Gelenk, und nach mehrmaliger absichtlich herbeigeführter wuchtiger Kollision mit dem nächstbesten Baumstamm die Schulter zurück in der Pfanne. Jener Moment, wo sich seine Eltern zum ersten Mal über sein Defizit bewusst wurden, soll laut Angabe seines Vaters im Krabbelalter in der Küche stattgefunden haben. Klassisch eben: Mutter kocht, Sohn hinter ihr, Mutter stolpert, kochendes Nudelwasser wird selbstständig, erwischt den gesamten rechten Unterschenkel, alles rot wie die fertige Tomatensoße, Mutter fix und fertig, weint, Vater brüllt, Sohn lacht – lang dauert es nicht, und die Sorge über den ausgebliebenen Schrei ist größer als die Sorge wegen der Verbrennung. Gegen die tagelang eiternde Wunde konnte die Ärztin etwas machen, was den Rest betraf, sah sie sich aber wie all die anderen Mediziner nach ihr außerstande, seinen Eltern zu helfen. Seinen Eltern wohlgemerkt, denn er selbst wollte ja keine Hilfe. Was der Nachteil eines fehlenden Schmerzempfindens sein soll, versteht er nämlich bis heute nicht. Ihn könnte man Kopf voran in die Schneekanone stecken, er würde maximal lachend verstummen.

So einen abwechslungsreichen Tagesbeginn wie den heutigen lässt er sich gefallen, das ist die Oberliga an Unterhaltung und kaum zu überbieten. Vor allem die Tatsache, wem es da gelungen ist, ihn auszutricksen: derselbe Laufmeter, der ihm bereits gestern erfolgreich im Edelweiß seinen Plan zunichte gemacht hat, Erich Axpichl ein letztes

Mal für sich arbeiten zu lassen. Und gut hat er das gemacht, der Erich, fast ist es ein wenig schade um diesen Idioten. Andererseits wollte er es natürlich auch nicht anders, seine Aufgaben waren schon zuvor klar definiert worden und lauteten keinesfalls: Fotos analysieren, Fragen stellen und alte Emotionen aufflackern lassen.

Jedenfalls hätte so ein bisschen Dresche den Metzger samt Anhang schon zur frühzeitigen Heimreise animiert, da ist er sich sicher. Trotzdem, es war einfach zu lustig, springt da plötzlich wie ein Superheld ein gelber Knirps aus der Menge. Langweilig war diese Variante also auch nicht und höchst informativ. Nicht nur, weil er sich dank der überheblichen Flugrolle erfolgreich mit dem Bodenturner vernetzen konnte, sondern weil es eines ans Tageslicht gebracht hat: Willibald Adrian Metzger ist zusammen mit drei anderen Personen hier. Zwei kennt er schon, wobei sich Sophie Widhalm als seine Halbschwester deklariert hat, und die dritte prügelt sich für ihn und heißt Toni Schuster. Was ist hier im Gange? Was soll dieser Familienausflug?

Eines steht fest, die Truppe ist verdammt hartnäckig. Und wieder muss er lachen, einfach nur zu komisch ist es oft, dieses Leben.

Jetzt heißt es vorerst einmal, sich ein wenig im Wald verstecken, den weißen, blutbespritzten Plastikoverall ausziehen, das Gewehr zerlegen, alles im Rucksack verstauen, warten, bis die Pisten gut gefüllt sind, und gemütlich ins Tal schwingen.

28

Lisl Kalcher sitzt in der Gaststube hinter einer mit »Stammtisch« beschrifteten Holzwand und weint. Den Helm auf, die Skijacke zu, die Skihose hochgekrempelt, die Socken dampfen. Sofort nach Erhalt der sich wie ein Lauffeuer verbreitenden Nachricht ist die Dreizehnjährige wie panisch hinunter in den Ort gebrettert, in Skischuhen zur Skischule gelaufen, mit dem Lift hinauf zum bereits am Nordhang gesetzten Kurs gefahren und hat trotzdem nicht gefunden, wonach sie auf der Suche war. So gut hätte sie für ihn da sein können in dieser bitteren Stunde.

Unaufhaltsam fließen ihr die Tränen über die Wangen, da helfen all der Zuspruch ihrer Großmutter und die weiche, runzelige Hand ihres Urgroßvaters nichts, da kämpft jede Zuwendung, jede Hilfe vergeblich an gegen die innere Selbstzerfleischung dieses Mädchens und ihr Wissen: Mit dem gut gemeinten Vorsatz, ein Rennen mit Absicht zu verlieren, war sie genau dieses eine Rennen zu spät dran. Für den vierzehnjährigen Bernhard Axpichl wird die Bestzeit von nun an kein Trost mehr sein.

Jener Mensch, für den er all seine Rennen gefahren ist, um endlich einen Moment der Anerkennung zu erhaschen, jener Mensch, für den ein zweiter Platz bereits den Rang eines Verlierers darstellte, sein Trainer, sein Vater, Erich Axpichl, ist tot.

Und weil ihm väterliches Lob in jeglicher Form so lange vorenthalten wurde, bis das Geleistete nicht der kindlichen, sondern väterlichen Vorstellung von Leistung entsprach, also nie, wird er von nun an, selbst wenn er eines Tages ganz oben steht, auf welchem Podest auch immer, jederzeit ausreichend Gründe finden, die ihm bestätigen: »Ich bin nicht gut genug!«

Das ist die Hinterlassenschaft des Erich Axpichl an seinen Sohn Bernhard Axpichl, und obwohl Lisl Kalcher dieses Wissen nicht in Worte fassen kann, weiß sie es trotzdem.

Auch die Hinterlassenschaft der Schneekanone ist grausam und lässt Erich Axpichl nicht einmal mehr ansatzweise als Erich Axpichl erkennen. Keinem der anwesenden Einsatzkräfte hatte sich jemals zuvor ein derart entsetzlicher Anblick geboten. Sicher, auf der Rückseite so einer Schneekanone befindet sich ein Gitter, soll ja theoretisch auch nur vorn was raus- und nicht hinten was reinkommen. Nur, wäre die auf der Rückseite angebrachte Turbine nicht weitschichtig verwandt mit einer Häckselmaschine, bräuchte es natürlich auch kein solches Gitter. Zugeordnet werden konnten die Überreste des Leichnams nur aufgrund der ortsbekannten Softshelljacke des hiesigen Skiklubs und der darin verborgenen Saisonkarte. Eine makabre und zusätzlich für Gesprächsstoff sorgende Note lieferte der am Hinterteil der Leiche befestigte Karton mit der bereits hinlänglich bekannten Aufschrift: »Thus macht Schluss mit lästigen Insekten!« Wenn in dieser Gegend eines eine Regelmäßigkeit hat, der Wintereinbruch ist es nämlich längst nicht mehr, dann die Versuche, dem Platzhirsch Thuswalder eins auszuwischen, seinen Namen zu besudeln, ihm nachhaltig zu schaden.

Und weil dieser Karton aus der Schachtel eines Zulieferers für Biogemüse herausgeschnitten wurde, von dem sich im Ort nur einer die übertreuerte Ware andrehen lässt, nämlich der Kalcherwirt, weiß sich die hiesige Polizei auch ziemlich schnell zu helfen.

»Geh, Lisl, nimm dir das nicht so zu Herzen«, versucht der dem Metzger bereits bekannte Kellner ein paar Meter weiter am Stammtisch ein linderndes Wort zu finden. »Ist zwar wirklich eine schlimme Geschichte, aber selbst wie ihr alle ganz unten wart, haben die Axpichlers für euch nix übrig ghabt!«

Was immer der Kellner mit: »Wie ihr alle ganz unten wart« nun gemeint haben mag, ob es »im Tal wohnhaft« oder »am Tiefpunkt des Lebens« bedeuten soll, ist dem Metzger zwar nicht klar, die mit diesen Worten gewünschte Wirkung des Trosts bleibt allerdings aus. Lisl weint bitterlich, umgeben von ihren Angehörigen, und mehr oder minder mittendrin: Willibald Adrian Metzger.

Das hat sich eben so ergeben. Seine Halbschwester Sophie Widhalm wollte es sich nicht nehmen lassen, höchst besorgt dem Rettungswagen und somit dem angeschossenen Toni Schuster hinterherzufahren, und Danjela Djurkovic wollte es sich nicht nehmen lassen, dazu anzumerken: »Mag ich gar nix, wenn fährst du in solche aufgewühlte Zustand alleine mit Auto!«

»Fahrt nur«, wurde ihr sichtlich unentschlossener Zustand vom Metzger beendet, »ich fühl mich auch deutlich besser, wenn ich weiß, dass ihr zu zweit unterwegs seid.« Stattgefunden hat dieses Gespräch in Gegenwart der an diesem Morgen erstmals aufgetauchten Hausherrin Agnes Kalcher. Eine Frau Ende fünfzig, mit aufrechter, gertenschlanker Statur, klarem, festem Blick, vom Leben gezeichnetem, strengem Gesicht, dunkelbraunem, kurzem Haar, bekleidet mit einer körperbetonten Jeans und einer blauweiß karierten Bluse. Seelenruhig stand sie zuerst in der Tür, umgeben von der dem Krankenwagen nachblickenden Jungfamilie, dann klingelte das Telefon, und sie sprach erstaunt, beinahe panisch in den Hörer: »Was, der Erich? Der Tote ist der Erich Axpichl!« Es folgte eine hektische Rückkehr ins Haus, hinterdrein der Metzger. Und wie es eben so ist, wurde der Neugierde direkt vor der Nase die Tür zugeschlagen: Agnes Kalcher verschwand hinter einer mit »privat« beschrifteten Tür.

Eine geschlagene Stunde verbrachte er dann auf seinem Zimmer, der Willibald, seinen Gedanken nachhängend, die keinen Sinn ergaben, jenes eine vollgekritzelte Notizbuch studierend, das zwecks Entschlüsselung neben seinem Bett lag und dessen Inhalt ebenso keinen Sinn ergab. Nur in einem fand er eine erschreckend logische Konsequenz: In der unheimlichen Voraussage Karl Schrothes: »Jetzt geht es wieder los, das Sterben.« Erich Axpichl ist tot, und diesmal war es Mord, eindeutig. Besteht ein Zusammenhang?

Felsenfest davon überzeugt, dass nun endlich der Mokka vonnöten wäre, nahm der Metzger dann in der Gaststube Platz. Und diesmal wurde sie aufgestoßen, die Tür, nicht die private, sondern die der Gaststube. Eine völlig aufgelöste Lisl stürzte herein und verkroch sich in der Stammtischecke, gefolgt von Oma Agnes Kalcher und ihrem Urgroßvater.

Dort sitzen die drei jetzt also, gemeinsam mit dem dazugestoßenen Kellner und dem einige Tische entfernt zwecks Unauffälligkeit Zeitung lesenden Metzger. Liebevoll und geduldig unternimmt man einen Versuch nach dem anderen, ein völlig niedergeschlagenes dreizehnjähriges Mädchen aufzurichten, bis es schließlich ruhig wird – wobei ruhig natürlich nur im Sinne von beruhigt zutrifft, denn reden hat der Metzger das Mädchen seit seinem Aufenthalt hier noch kein einziges Mal gehört.

Wieder ist es der Kellner, der dem eingetretenen Frieden seinen ganz eigenen Anstrich verleiht:

»Na, schau, Lisl, hast du endlich aufgehört zu weinen, das ist fein. Der Axpichl ist ja auch wirklich keine Träne wert.«

»Richtig, Franz, der war kein Guter«, stellt der alte Kalcher nun nüchtern fest, wie ausgewechselt scheint er zu sein, seine geistige Abwesenheit von vorhin ist einer überraschenden Klarheit gewichen. »Mit dem ist ja jeder im Ort zumindest einmal zusammengekracht. Sag, Agnes, wo is eigentlich die Ada?«

Und während Willibald Adrian Metzger noch darüber sinniert, wo sich wohl der Rest dieser Familie gerade aufhält und wie dieser Rest überhaupt aussehen könnte, erhält er auch schon Antwort.

»Unten bei Opa, im Geschäft, mach dir keine Sorgen«, entgegnet Agnes Kalcher und wendet sich wieder ihrer Enkelin zu. »Weißt du, was wir jetzt machen, Lisl? Wir gehen gemeinsam zu ihr runter, nimmst dein Buch mit, dann kommst du auf andere Gedanken.«

So erhebt sich also die Familie, der Urgroßvater, die Oma, die Enkelin, und nun wird er als anwesend registriert, der Metzger. Man nickt sich zu, geht weiter Richtung Tür, und nur der Kellner nimmt Kontakt auf, von freundlich kann allerdings nicht die Rede sein:

»Na, ein bisserl Bewegung nach dem Frühstück würd nicht schaden. Oder hast nicht genug gefrühstückt?«

»Das schon, aber der Mokka!«

»Den muss ich jetzt aber verrechnen«, wird missmutig auf die Bestellung reagiert

»Gern, Zimmer 202, auf Metzger!«

Lisl und ihr Urgroßvater haben die Gaststube bereits

verlassen, nur Agnes Kalcher ist plötzlich stehen geblieben. Wie erstarrt verharrt sie inmitten des Türrahmens, als hätte sie etwas vergessen, als wäre ihr gerade das Geschenk einer Erleuchtung zuteilgeworden.

»Alles in Ordnung, Agnes?«, will ihr Angestellter wissen.

»Alles in Ordnung, Franz!«, erklärt sie, ohne sich umzudrehen, mit seltsam ruhiger, unmelodiöser Stimme. Dann geht sie doch, ganz im Gegensatz zum Kellner.

»Mokka«, wiederholt der Metzger und versucht es mit Höflichkeit: »Übrigens: Freut mich, Metzger, Willibald Adrian!«

Der Gruß wird zwar mit skeptischem Blick, aber doch erwidert: »Kellner, Franz!«

»Ist mir schon aufgefallen, dass man hier standesunabhängig mit jedem per Du ist und keine Nachnamen hat!«, versucht der Metzger eine humorige Annäherung und scheitert kläglich.

»Na, gratuliere, da ist ja wer ganz leicht zu unterhalten. Ist es für euch Stadtmenschen also schon lustig, wenn ein Kellner mit Nachnamen Kellner heißt.«

»Gratulation zurück, so grantig, wie Sie sind, könnten Sie problemlos in einem innerstädtischen Kaffeehaus anfangen!«, reagiert der Metzger entsprechend. »Außerdem brauchen Sie nicht gleich so ein Sensiberl sein, erstens hab ich den Kellner als Nachnamen nicht mitbekommen, zweitens ist das durchaus ein wenig lustig, und drittens, was glauben Sie, was ich mir in meinem Leben mit meinem Metzger schon alles hab anhören müssen!«

Er schmunzelt zwar nicht, der Franz Kellner, aber immerhin bewegt er sich nun in Richtung des Kaffeevollautomaten und wendet sich bei seiner Rückkehr hörbar freundlicher an seinen Gast: »Hast sonst noch einen Wunsch?«

»Na ja, eine Frage hätte ich schon.«

»Dann fragst halt!«, wird mit höflichem Nicken die Einladung zur Fortführung des Gesprächs erteilt.

»Wo es der Lisl doch so schlecht geht. Wo sind eigentlich die Eltern?«

»Gut, dass du die Frage jetzt mir stellst und nicht der Lisl, sonst wärs ihr nämlich gleich noch viel schlechter gegangen.«

Es folgt eine betretene Pause, auch deshalb, weil dem Metzger in so einer unangenehmen Situation natürlich nichts anderes übrig bleibt, als abzuwarten und auf Fortsetzung zu hoffen. Und die kommt:

»Also keinen Wunsch mehr. Gut. Dann machst halt, wenn du gar so neugierig bist, einen Spaziergang zum Friedhof, Reihe 27, Nummer 4, und ziehst dich schön warm an. Zum Lachen wirst dort nämlich nix haben.«

29

Ohne weitere Erklärung verschwindet Kellner Franz aus der Gaststube. Dafür wird von einer hörbar gereizten Danjela telefonisch darüber Bericht erstattet, dass es ihr mittlerweile gelungen sei, dem Hartplastikschalenstuhl im Wartebereich des Spitals einen anderen Aggregatzustand und somit ihre Körperform aufzuzwingen, dass es Sophie Widhalm offenbar tatsächlich problemlos schaffe, zu jeder Uhrzeit und in jeder Körperposition Schlaf zu finden, und dass es dank des, wie sie bemerkt: »Verflixte Weiber-Leidens-Solidaritäts-Chromosom«, noch dauern könne, bis sich der Toni-Schuster-Escortservice wieder vor den Toren des Kalcherwirts einfände.

Der Metzger hat also Zeit und nimmt sein nächstes Ziel in Angriff: Reihe 27, Nummer 4.

Immerhin sonnig ist es draußen, trotzdem wird der Weg hinunter in den Ort mit eingezogenem Hals und hochgezogenen Schultern absolviert, so zieht es ihm um die Ohren. Was die neue Kopfbedeckung betrifft, ist sich der Metzger nicht so sicher, sie überhaupt schon aufgesetzt zu haben. Ein derartig weitmaschiges, bestenfalls zum Abseihen von Nudeln geeignetes Wollfadennetz, das seiner Danjela da in der Filiale ihrer bevorzugten Billigtextilkette unter dem Deckmantel Haube angedreht wurde, stülpt sich ein Einheimischer nicht einmal zwecks Dekoration über seine Häuselpapierrolle.

Nach einem durchaus leidvollen Fußmarsch öffnet er, mit Blick auf die wunderschöne spätgotische Pfarrkirche des Ortes, ein kunstvoll verziertes Eisentor und betritt den Friedhof. Fast wie das Bild einer Kleinstadt aus der Vogelperspektive sehen sie aus, die finalen Einzimmerwohnungen des Menschen. Nach der Geburt und nach dem Tod liegen wir alle gleich, Schulter an Schulter auf dem Rücken, einmal ist es die Säuglings-, einmal die Endstation. Scheinbar ungeordnet schlängelt sich, begrenzt von einer Steinmauer, eine Vielzahl von dicht beieinanderliegenden Gräbern um die Kirche, und allesamt sind sie auffällig liebevoll dekoriert. Winterharte Pflanzen aller Art vermitteln den Eindruck, als durchschreite man eine Gärtnerei, in beinah jeder Laterne brennt ein rotes Lichtlein. Idyllisch ist das sich dem Besucher bietende Bild. Ein kleiner, gepflegter

Garten also umgibt ein wunderschönes spätgotisches Bauwerk, von dem jene, die annehmen, der Himmelsvater besäße einen Meldezettel, behaupten, es wäre das Haus Gottes. Links und rechts der Kirche eröffnet sich eine eindrucksvolle Gebirgswelt, die Sonne lacht vom Himmel, ein paar Rotkehlchen durchstöbern den schmelzenden Schnee, glitzernde, tropfende Eiszapfen hängen an den gusseisernen Kreuzen, ein kleines, klares Rinnsal plätschert zwischen den Gräbern dahin. Da stellt sich natürlich die Frage, ob der Herrgott in Anbetracht dieser gigantischen, grenzenlosen Schöpfung als Behausung ein enges, feuchtes, unterkühltes Mauerwerk vorzieht.

Ja, hier zu stehen, im Moment der Trauer, und über die Steinmauer hinweg die Berge zu betrachten, das kann schon deutlich mehr Trost und Kraft spenden als der Blick auf die graue Häuserzeile eines innerstädtischen Gemeindebaus – natürlich vorausgesetzt, der Berg ist nicht die Ursache des Friedhofsbesuchs.

In Anbetracht der Inschriften auf einigen Gedenktafeln steht jedenfalls fest: Was die Lebensgefahr betrifft, ist ein Gemeindebau im Vergleich zu einer Gebirgskette ein Hochsicherheitstrakt, denn hier geben sich Lawinen- und Steinschlagopfer sowie beim Bergsteigen, Tourengehen oder Sportklettern Abgestürzte ein trauriges Stelldichein.

Und laut der Reihennummerierung steht fest: Nach 3 kommt in dieser Region offenbar 19, dann 58, dann 4, dann 20, dann 36. Völlig orientierungslos und rein auf die Reihennummern konzentriert, läuft er die Gräber entlang, der Metzger, zwängt sich durch eine Engstelle samt Erdaushub und darauf gelagerten Kränzen, und weiter geht der orientierungslose Zickzackkurs.

Da kommt ihm natürlich das über jeden Altersunterschied und jede noch so unterschiedliche Herkunft erhabene »Griaß di« sehr gelegen.

»Grüß Gott«, erwidert er den Gruß, »dürfte ich Sie kurz stören? Ich such die Reihe 27.«

»Du bist net von da, gell!«, stemmt sich die recht rüstige, etwa 80-jährige Dame nun hoch, »Die Reihe hilft uns hier im Grunde nix, musst mir den Namen sagen.«

Und weil sich da namenstechnisch im Ort jemand offenbar sehr gut auskennt, startet er nun spontan einen neuen Versuch, der Willibald:

»Schrothe, Familie Schrothe? Der Sohn heißt Karl.«

»Schrothe?«, verdattert ist ihr Blick, »nie gehört.«

»Und Kalcher?«

»Na, die kennt jeder. Hotel, Sportgeschäft, waren früher Biobauern. Des Familiengrab ist da hinten, an der Mauer, das mit dem Engel. Kannst net verfehlen.«

Dann wendet sie sich wieder dem über der Erde liegenden Reisig und dem unter der Erde liegenden Franz Fischlmeier, 1928–2011, zu.

Der Engel ist nicht zu übersehen. Kindliche, sanfte Züge prägen sein Gesicht, leicht gebeugt ist sein Kopf, die Augen sind friedlich auf die mit akribischer Sorgfalt gepflegte Grabstätte gerichtet. Die linke der beiden herabhängenden Hände hält eine Laterne, die rechte ist leicht nach außen gedreht. Irgendwie kann sich der Metzger nicht des Eindrucks erwehren, als wäre diese offene Hand die stille Einladung an die Ruhenden, sie zu ergreifen, sich wieder zu erheben und eines Tages zurückzukehren.

Ein rotes Grablicht brennt in der Laterne, darunter steht eine kleine Steintafel mit der Grabinschrift: »Auf ewig eins.«

Dann die Namen:

Isabella Kalcher   2000–2006
Marianne Kalcher   1976–2006
Horst Kalcher   1973–2009

Erschütternd ist die Einsicht, die dem Metzger nun eine bleierne Schwere über den Körper legt. Wäre es nicht pietätlos, er würde an der Schulter des Engels Halt suchen und sich kurz auf die Steinumfassung des Grabes setzen. Nun versteht er die so lückenhafte Zusammensetzung der Familie Kalcher, das Fehlen einer Generation, den in der Gaststube so spürbaren Zusammenhalt.

»Schrecklich!«, flüstert er und erhält eine Antwort.

»Ja, das ist ganz eine schlimme Gschicht!«

Im Hintergrund ist die ältere Dame von vorhin aufgetaucht.

»Hast Kinder?«, blickt sie dem Metzger sanft in die Augen.

»Nein.«

»Dann bleibt's dir erspart, die ewige Sorge, die ewige Verlustangst. Es gibt nix Schlimmeres für Eltern, als das eigene Kind zu verlieren. In dem Fall das eigene Kind und den eigenen Partner, und gleichzeitig verlieren zwei Mädchen die Mutter und die Schwester. Und als wärs nicht genug, verunglückt dann drei Jahre später auch noch der Vater. Das kann sich keiner vorstellen. Kinder verlieren ihre Eltern und Eltern ihre Kinder, und wenn man nur eins hat, so wie der Sepp und die Agnes den Horst hatten, dann ist es b'sonders schlimm. Da kann man schon den Glauben an den Herrgott verlieren. Schrecklich.«

Eine kurze Pause wird eingelegt, dann fortgesetzt:

»So liebe Mädchen sind's, die Kalcher-Dirndln, und so tapfer hat sie alles z'sammengehalten, die alte Kalcherin, so tapfer. Ein wirklich guter Mensch ist das, die Agnes. Und?

Du bist ein alter Freund? Musst jedenfalls ein sehr alter Freund sein, weil kennen tu ich dich nicht!«

»Gestatten, Metzger mein Name, Willibald Adrian Metzger!«

»Traude Fischlmeier. Also, bist jetzt ein alter Freund?«

»Nein, nur ein Gast beim Kalcherwirt. Hab von den schweren Verlusten der Familie erfahren und wollt ihnen halt meinen Respekt erweisen!«

»Hast also von ihrem Schicksal erfahren? Interessant! Das können jedenfalls nicht die Kalchers gewesen sein, die dir darüber erzählt haben, weil seit der Horst unter der Erd ist, reden die kein Wort mehr drüber, und ansprechen darf man sie schon gar nicht.«

»Na ja, wirklich viel erfahren hab ich nicht, das stimmt.«

»Hat dich also die Neugier hierhergetrieben, na, dann horchst jetzt gut zu.«

30

Jetzt haben sie den Papa vom Bernhard gefunden, und obwohl eh schon alles so schlimm ist, hat Opa wieder mit Ada gestritten, genauso wie früher immer mit mir. Ich hasse das. Er sagt, er hat eben keine Zeit zum Reden, das Geschäft unten ist bummvoll, blablabla, aber das sind alles nur Ausreden. Wir bekommen immer dieselbe Antwort, egal, ob er Zeit hat oder nicht. Er schaut uns an, sein Gesicht wird wie versteinert, die Augen ganz leer, und dann verbietet er Ada den Mund. Ada will und kann aber nicht aufhören, ihn immer wieder wegen Isabella, Mama und Papa anzusprechen, schon gar nicht an so einem Tag wie heute – und dafür bin ich ihr dankbar.

Isabella, Mama und Papa sind zwar tot, aber deshalb sind sie für uns noch lange nicht verschwunden. Wie soll ich denn vergessen, wie plötzlich an einem Freitagnachmittag das Telefon geläutet hat und wir erfahren haben, dass der Wagen, mit dem die Mama und die Isabella nach einer Wanderung die Serpentinen vom Bürgljochparkplatz runtergefahren sind, nach einem Reifenplatzer die Böschung runtergestürzt ist und die Mama mit dem Hubschrauber ins Spital gebracht wurde. Nur die Mama. Für die Isabella war jede Hilfe zu spät.

Trotzdem haben die Ada, der Urgroßvater und ich die Mama nie wiedergesehen, genauso wie die Isabella. Nur der Papa, die Oma und der Opa haben die Mama noch gesehen, weil sie die 53 Stunden, die Mama noch gelebt hat, fast durchgehend bei ihr auf der Intensivstation waren.

Wie soll ich vergessen, wie dann drei Jahre später im Winter der Papa oben am Bürgljoch verunglückt ist, freiwillig, sagen die Leute, aber das glaub ich nicht, weil mich der Papa ja grad gesucht hat. Der Motorschlitten ist explodiert, eine Lawine vom Bürgljoch ist abgegangen, hat alles verschüttet, der Opa, der Urgroßvater, fast das ganze Dorf, zwei Tage lang haben alle gegraben. Mit jedem Tag sind ihre Gesichter trauriger geworden, und irgendwann hab ich verstanden: So wie die Isabella und die Mama kommt auch der Papa nicht mehr zu uns zurück.

Und dem Bernhard sein Papa kommt auch nicht mehr zurück. Warum also darf man an so einem Tag wie heute mit niemandem drüber reden? Bei Oma probiert es die Ada ja gar nicht mehr, die fängt zur Zeit sowieso immer gleich an zu heulen.

Niemals werd ich das alles vergessen, niemals, nicht wie ich Oma und Opa in der Küche weinen und Urgroßvater fluchen gehört hab, nicht wie Ada zu mir ins Bett gekrochen ist. Heute noch schläft sie bei mir, obwohl wir beide schon viel zu groß sind für eine so kleine Matratze.

Ich will das alles nie vergessen.

Und Isabella, Mama und Papa will ich auch nicht vergessen, sie werden aber immer unschärfer in meinen Erinnerungen. Letzte Nacht hab ich wieder geträumt, dass sie vor meinen Augen verschwimmen wie ein Bild aus Wasserfarben im Regen, und keine der tausend Brillen, die vor mir auf dem Boden liegen und die ich alle durchprobier, machen sie wieder scharf, keine. Die drei stehen nur da, Hand in Hand, und lösen sich auf, und ich trau mich nicht weinen, weil ich weiß, dass jede Träne in meinen Augen sie noch ein Stück undeutlicher macht. Ich hab Angst, sie könnten in meinen Gedanken genauso verloren gehen wie Urgroßvater in seinen eigenen. Ich hab richtig große Angst, und deshalb will ich, dass uns Opa und Oma möglichst viel erzählen, dass sie alte Fotos hervorkramen, dass sie immer wieder die Geschichte wiederholen, wie Mama und Papa sich kennengelernt haben, wie Mama und Papa sich zuerst über mich, zwei Jahre später über Isabella und fünf Jahre später über Ada so gefreut haben, wie Papa Ada und mich nach Mamas Tod auf Händen getragen und behütet hat, als wären wir die allergrößten Schätze auf diesem Planeten. Ich will das alles hören, wieder und wieder, so oft wie möglich, und Oma und Opa müssen es uns erzählen, vor allem an so einem Tag wie heute. Ja, sie müssen, auch wenn sie sagen, dass es ihnen jedes Mal so wehtut, wenn sie darüber sprechen.

Uns tut es eben weh, wenn sie nicht mehr darüber sprechen. Ich muss den Bernhard finden, unbedingt, ich will ihm zeigen, dass er mit mir rechnen kann, immer, dass ich ihn verstehen werde, immer, dass ich von heute an keine Rennen mehr fahren will, nie mehr. Was hat es für einen Sinn, als Erster irgendwo unten oder oben zu sein.

Manchmal wünsch ich mir, ich hätte die Erste sein dürfen, die hinten auf dem Friedhof liegt, dann hätt ich sie jetzt alle bei mir, dann hätt ich nicht dabei zusehen müssen, wie genau die vor mir gehen, die ich am liebsten hab. Urliopa hat bald den 85. Geburtstag, auch Opa und Oma sind schon alt. Irgendwann werden Ada und ich allein übrig sein, ganz allein, und was ist dann? Ist das alles im Leben, zuschauen müssen beim Sterben, immer wieder zuschauen müssen, so lange, bis man selber drankommt?

31

Schweigsam stehen sie zu zweit vor dem Grab der Familie Kalcher. Was gibt es in Anbetracht einer solchen Tragödie auch groß zu sagen. Betroffen fixiert der Metzger die Namen der drei Verstorbenen und sieht einmal mehr seine Theorie bestätigt: Diese Welt ist der absolute Gegenentwurf zu einer im Menschenhirn herangewachsenen Vorstellung von Gerechtigkeit. Wenn es so etwas wie Gerechtigkeit tatsächlich geben soll, dann ist sie kein Akt des Empfangens, maximal ein Experiment des Gebens.

»Das Schicksal kannst nicht erklären, nur ertragen!«, gibt Traude Fischlmeier schließlich von sich. Dann marschieren die beiden im Gänsemarsch zurück zum Friedhofstor, und wie das so ist, wenn die Suche nach etwas Bestimmtem abgeschlossen ist und somit die Offenheit für anderes nicht mehr beeinträchtigt, blickt der Metzger anstatt auf die Reihennummerierungen nun auf die Gräber. So sticht es ihm also ins Auge, das hinter den Kränzen im frischen Erdaushub steckende Holzkreuz der eben erst hierher übersiedelten Dauermieterin:

Aloisia Axpichl 1937–2011

»Ist das die Mutter?«, fragt er.

»Von wem?«, fragt Traude Fischlmeier mit erstauntem Blick retour.

»Von dem tragischen Mordopfer heute Vormittag, Erich Axpichl?«

»Ja, von dem auch!«, ist die überraschend emotionslose Antwort, und fast so, als spräche sie mit sich selbst, wirkt es auf den Willibald.

»Wieso auch?«

»Das war kein guter Mensch, die Axpichlerin. So wie ihr Sohn«, übergeht sie flüsternd die Frage und starrt über den Erdaushub hinweg ins Leere.

Da will der Metzger jetzt natürlich wissen, weshalb, und erhält als Antwort: »Die Geschichte kennen heute nur noch die Alten.« Und weil sich Traude Fischlmeier trotz ihrer deutlich fortgeschrittenen Lebensjahre diesbezüglich offensichtlich nicht betroffen zu fühlen scheint, fügt sie hinzu: »Tratschen tun bei uns nur die Männer!«

»Schade!«, lässt der Metzger nicht locker.

»Wenn du gar so neugierig bist, musst halt zum Stammtisch gehen oder zum Stockschießen!« Dann folgt mit überraschend abgekühltem Unterton der Abschied: »Gibt bessere Plätze in unserm Ort als den hier. Also, pfüat di Gott.« Und weg ist sie, die Traude Fischlmeier.

So sind es also, wie der Metzger dann mit mittlerweile durchgefrorenen Ohren durch den Ort zurückspaziert, jede Menge Fragen, die sich zum Grundsatzrätsel: »Wer ist Karl Schrothe, und welche Beziehung hatte er zum Kalcherwirt?« dazugesellt haben.

Was hat es mit den offenbar so ungeliebten Axpichls auf sich? Warum und durch wen wurde Erich Axpichl so grausam hingerichtet? Hat Erich Axpichl etwas mit dem Unglück beziehungsweise dem Selbstmord Maria Kaufmanns zu tun? Besteht eine Verbindung zu Karl Schrothe?

Den einzigen Zusammenhang, den der Metzger bisher erkennen kann, ist das Thema Tod. Wie ein roter Faden zieht es sich von den Wasabinüssen auf dem Spielplatz bis zum Grab der Familie Kalcher.

Dann aber schiebt sich die einzige wirklich drängende Frage in den Vordergrund: »Wo bekomm ich eine neue Haube?«, gefolgt von einer weiteren, diesmal an einen Passanten gerichtete: »Wo finde ich das Sportgeschäft der Familie Kalcher?«

Ein wenig außerhalb der Fußgängerzone liegt es, was sich aber insofern positiv auf den Zustrom auswirkt, da es über einen eigenen Kundenparkplatz verfügt. So steuert der Metzger also auf den Eingang zu, völlig im Bewusstsein über die ihm nun zuteilwerdende, unerfüllbare Aufgabe: Er ist nämlich nicht nur hier, um sich eine Haube zu kaufen, die ihm passt, also gut sitzt, sondern die auch seiner Danjela passt, also dem weiblichen Auge gefällig erscheint. Einer Danjela, die am Tag zuvor dem Herrn freimütig eine andere Kopfbedeckung besorgt und geschenkt hat – das kann also nur schiefgehen.

Der vollgeparkte Kundenparkplatz hält, was er verspricht, und froh ist er, der Willibald, erspart er sich eine ambitionierte, an seine Ferse geheftete Verkäuferin. Und eine Verkäuferin wäre es geworden, da ist er sich während seines Rundblicks durchs Geschäft sicher, denn bei den Textilien tummelt sich ausschließlich weibliches, bei den Sportgeräten hingegen nur männliches Personal – was den Metzger auch nicht wundert. Ist ja ein durchaus sozialer Beruf, das Einkleiden eines Menschen: die Hebammen die Neugeborenen, die Kinderschwestern die Säuglinge, die Kindergartentanten die Kinder, die Volksschullehrerinnen die Schüler, die Krankenschwestern die Gebrechlichen, die Hospizschwestern die Sterbenden, ja und mittendrin und immer wieder die Verkäuferinnen die Kunden. Oben männliche Lackaffen, die sich für ihren Sozialstaat, ihr Unternehmen, ihre Leistung brüsten und gegenseitig mit unmoralischen Gehältern überfüttern, unten weibliche Dienstleister, die unterbezahlt diesen Sozialstaat, diese Unternehmen, diese Leistungen gewährleisten und sich aufgrund ihrer mütterlichen Instinkte bis zur Ehrenamtlichkeit herabwürdigen lassen.

Wunderbar geordnet ist also auch alles hier, im Sportgeschäft, an einem Ort, dessen Besuchsnotwendigkeit für den Metzger unter gewöhnlichen Umständen in die Kategorie »Stippvisite beim Tätowierer« fällt. Umso überraschender sticht ihm beim Durchschreiten der Skiabteilung die Tatsache ins Auge, dass er mit seiner physiognomisch deutlich sichtbaren Unsportlichkeit hier keineswegs der Einzige ist. Skisport und Sportlichkeit bedingen einander ja keineswegs, fürs unangestrengte Raufkommen ist gesorgt, und mit dem Runterfahren verhält es sich wie mit dem Gehen: Das verlernt man nicht mehr, selbst unter Alkoholeinfluss.

Fasziniert bleibt Willibald Adrian Metzger unweit zweier

ähnlich übergewichtiger, kurzatmiger Herren, wie er selbst einer ist, stehen und starrt auf die Wand. Aneinandergereiht wie Zinnsoldaten wartet das, was heutzutage als Ski bezeichnet wird, auf seinen Erwerb und Einsatz. Während man in Willibalds Jugend ein paar so umgedrehte Bretter noch problemlos als Lattenrost hätte verwenden können, würde heutzutage die Matratze vorn und hinten gewaltig ins Schlenkern kommen: Mindestens um einen Kopf kürzer als der zugehörige Besitzer, so präsentiert sich die alpine Heerschar, tailliert wie eine Laufstegqueen, an den Spitzen breit, da könnte man problemlos damit Schnee schaufeln, ein Grab ausheben oder eine Mischmaschine auffüllen, und von einem Gewicht, wer derart ausgerüstet den Transport der Sportgeräte zur Piste unfallfrei bewältigt, hat leistungstechnisch schon die erste und wahrscheinlich größte Hürde hinter sich gebracht. Respekt einflößend präsentieren sich auch die ausgeschilderten Preise und die aufbegehrenden Herren. In puncto Fachwissen erwecken sie unmissverständlich den Eindruck, den schon leicht nervösen Verkäufer sowohl ablösen zu können als auch zu wollen.

»Ja, da haben Sie recht, der neue Race SLX Worldcup hat WaveFlex-Technologie«, erklärt der Angestellte.

»Und RST-Seitenwangen, Dual-Ti-Verstärkungen und Vollholzkern«, ergänzt der eine Herr.

»Die Worldcup-Platte EP14 und Bindung ER17FF sind fertig montiert?«, fragt der andere.

»Wie man sieht«, entgegnet der Verkäufer, »fertig montiert.«

»Aber der Race-Tiger Speedwall GS«, weiß nun wieder der eine Herr, »hat einen frei liegenden Obergurt aus echtem Titanal, das neue r-Motion-Bindungssystem und dann zusätzlich einen Full Sensor Woodcore, ganz wie die originalen Worldcupmodelle.«

»Woodcore heißt Holzkern, den hat, wie gesagt, der Race SLX Worldcup auch, genauso wie die anderen Spitzenmodelle!«, gewinnt der Verkäufer diese Runde.

»Aber der ist doch wie das Worldcupmodell, oder?«

»Fast. Schneller, härter und besser als je zuvor ist er auf alle Fälle!«, kommt es dem Verkäufer schon ein wenig lakonisch über die Lippen. »Brauchen Sie denn ein Worldcupmodell?«

Dabei beäugt er den offenbar sehr verdutzt dreinblickenden Metzger: »Und Sie, mein Herr, wie kann ich Ihnen helfen?«

Ein wenig gehetzt fühlt er sich jetzt, der Willibald.

Schuld daran ist aber weniger der sichtlich genervte Verkäufer als vielmehr die ihn von all den Skimodellen beinah hypnotisch in Beschlag nehmenden Schriftzüge: Speed, Superspeed, Race, Super Race, Race Powerline, Progressor, Radical, Supershape Magnum, White Star, Red Star, Black Star. Hoch leben die Unfall-, Kranken- und Ablebensversicherungen.

Der Verkäufer hakt noch einmal nach.

»Also, auch was Heißes, mein Herr?«

»Maximal eine Gulaschsuppe«, entgegnet der Metzger. »Mir reicht allerdings schon was Warmes: Ich bräucht eine Haube.«

»Da sind Sie bei mir falsch, Helme hätt ich!«

»Helme?«

»Ohne Helm! Das ist heutzutage fast schon fahrlässig!«

»Auch für Spaziergänger?«

»Kommt ganz drauf an, wo sie spazieren gehen«, antwortet der Verkäufer und wird erneut in Beschlag genommen:

»Apropos Helm, der Ultrasonic Pro, ist der preis-leistungstechnisch wirklich so gut? Ich hab gehört, die Belüftungsverstellung ist ein wenig kompliziert!«, meint der eine.

»Aber dafür ist der Helm sehr bequem, hat einen weiten Verstellbereich und ist leicht. Ich hab den, kann ich nur empfehlen«, der andere.

»Haube?«, verabschiedet sich der Metzger.

»Ganz hinten«, erhält er als wehmütigen Retourgruß, und irgendwie erweckt der Verkäufer den Anschein, als wäre ihm eine Versetzung in die Textilabteilung gar nicht so unangenehm.

Erwartet wird der Restaurator von einem brusthohen und sicher drei Meter langen Ständer, auf dem sich beidseitig in mehreren Reihen Kopfbedeckungen tummeln wie sonst Kaninchen im Holzverschlag eines Zulieferers für Frischfleisch. Unschlüssig steht er vor der für andere gewiss paradiesischen Auswahl, sieht die in Farbe und Form so unterschiedlichen Modelle, sieht in Gedanken all die Menschen, die schon genauso wie er hier gestanden und in weiterer Folge all die Hauben probiert haben, sieht Wuschel-, Pagen-, Glatzköpfe, Dauerwellen, Pomade, Schuppen, Haarausfall und spürt sie, die plötzlich auftauchende, von einem gewissen Ekel angeregte Verweigerungshaltung. Nur nützt das reichlich wenig, bevor er sich für ein Modell entscheidet, muss die Strickware aufs Haupt. Nach der vierten Variante ohne Muster, Bommel und anderem Pipapo lässt der Spiegel dann keine Zweifel mehr offen, und dem Metzger wird klar: Die Haube, die mich nicht wie einen Vollidioten aussehen lässt, gibt es nicht.

Dann sieht er sie.

Gegenüber, auf der anderen Seite, mit rötlichen Spitzen ragt sie aus der obersten Reihe heraus, frech stehen die Fransen in alle Richtungen. Willibald Adrian Metzger streckt sich ein wenig auf die Zehen empor, hält sich an den Verstrebungen des Ständers fest, neugierig ist sein Blick, eine sonderbare Aufregung hat ihn erfasst, kurz räuspert er sich, dann will er es wissen:

»Passt mir das?«

Die roten Spitzen heben sich, geben eine mit unzähligen Sommersprossen gespickte Nase frei, und zwei große, außergewöhnlich dunkle Augen blicken ihm auffordernd entgegen. Augen, die er schon mal gesehen hat. Kräftig pocht sein Herz, während er mit einem forschenden Blick gemustert wird.

»Was meinst du?«, dabei deutet der Metzger auf Modell Nummer vier, dreht den Kopf von links nach rechts, von rechts nach links, blickt dem Mädchen wieder in die Augen und erhält als Antwort: »Was bist denn du? Vielleicht eine Schildkröte?«

Herzerfrischend ist ihr Lachen und ohne Zurückhaltung.

»Die hat auch keine Ohrmuscheln, wie der Papagei!«, stellt der Metzger ganz in Gedanken an seine Danjela fest, zieht die dunkelgrüne Haube vom Kopf und meint mit verzweifelter Miene: »Aber ich brauch unbedingt eine Mütze, wegen der Kälte. Sonst geht es mir wirklich wie der Schildkröte.«

Und wieder lacht sie, die Kleine, die Hände in den zwei Taschen ihrer offenen Skijacke, und jetzt lacht auch der Metzger:

»Weißt du was? Du bist jetzt meine Verkäuferin. Abgemacht? Was würdest du mir empfehlen.«

»Mhmmm!«, ein wenig kratzt sie sich den Kopf, durchwühlt ihren kecken Kurzhaarschnitt und erklärt dann sehr aufrichtig:

»Das ist schwer, weil du hast so einen runden Kopf!«

»Ist das ein Kompliment?«

»Du darfst nicht auch noch so eine runde Haube kaufen, das schaut dann aus wie eine Melone oder ein Wasserball.«

»Es ist also kein Kompliment.«

»Du musst so was da kaufen, dann hast du sicher warme Ohren.«

Um Gottes willen, geht es dem Metzger in Anbetracht der ihm entgegengestreckten Kopfbedeckung durch denselben. Sie hat überlebt, sie hat den Aufschrei all der verzweifelten, durch sie entstellten, dank ihr gepiesackten Kinder überhört und ist ausgezogen, um einen neuerlichen Siegeszug anzutreten. Dann wandert sie in seine Hände und schließlich auf sein Haupt, das zugegeben modisch etwas aufpolierte Modell einer Pelzmütze mit herunterklappbaren, in diesem Fall sogar schon herunterbaumelnden Ohrenschützern.

»Sieht cool aus!«, ist das fachfrauliche Urteil.

»Ich will aber etwas Warmes, nichts Kaltes!«

»Du bist lustig!«, weicht die ernste Miene wieder dieser unglaublichen Lebensfreude.

»Und die Farbe? Da bin ich doch schon zu alt dafür?«

»Find ich nicht, außerdem passt die gut zum grauen Mantel!«

Und damit ist es vorbei mit dem Widerspruchsgeist des Metzgers. Er greift sich auf den Kopf, hält das gute Stück wie eine Trophäe in die Luft und streckt die andere Hand über den Ständer:

»Wem also hab ich meine von nun an glühenden Ohren zu verdanken? Ich jedenfalls heiß Willibald!«

Energisch ist ihr Schritt, dann kommt sie selbstbewusst ums Eck, streckt dem Metzger ihre Hand entgegen, und ihm wird heiß auf der Stirn, ganz ohne grüngelbe Pelzmütze.

»Ada heiß ich!«

32

Toni Schuster hat Glück gehabt. Ein kleiner Streifschuss, der Knochen ist unverletzt, alles halb so schlimm. Lebensgefahr besteht keine, die Wartezeit ist folglich zumutbar. Und Schmerzen muss ein echter Haudegen schon aushalten können.

Weil Toni Schuster aber wahrscheinlich nicht allein der überaus attraktiven Ärztin wegen weiche Knie bekommen und im Untersuchungszimmer die Waagrechte aufgesucht hat, ist ihm am Ende der Erstversorgung mitgeteilt worden, es werde heute noch eine kulinarische Zweitversorgung in Form einer Infusion geben. Die Freude war dementsprechend groß, vor allem auf Danjelas Seite, denn logisch, dass eine derartige Flüssigkeitszufuhr länger dauert als der Genuss einer Halben Bier.

Jetzt hockt sie also in einem Krankenzimmer, die Djurkovic, und darf aus dem Hintergrund dabei zusehen, wie zwei einsame Herzen im Begriff sind, sich zu finden. Sie selbst verliert im Gegenzug einsam ihren Tag, und da wirkt sich auch die telefonische Berichterstattung ihres Willibald nicht unbedingt positiv auf ihr Gemüt aus.

»Na, wunderbar: Du darfst ringen nach Lösung, und ich mit Ringerlösung!«, verabschiedet sie sich missmutig. Unendlich langsam tropft es, das mit Toni Schuster verbundene Gemisch aus 8,6 g Natrium-, 0,3 g Kalium- und 0,3 g Calciumchlorid pro Liter Flüssigkeit. Mit einem hochprozentigen Bestandteil dieses Gemischs wird sich in gewisser Weise auch demnächst noch der Metzger herumschlagen.

»Und? Nehmt ihr euch gleich hier Hotelzimmer, oder kommt Zündschlüssel heute noch zu Einsatz!«, versucht sie dem vom Liebesrausch entflammten Getuschel und Gekicher vor sich ein Ende zu setzen.

»Ich denk, die Liege hier ist groß genug für zwei, was meinst du, Toni!«, ist mit weicher Stimme die Antwort, und einmal mehr wundert sie sich, die Djurkovic, wie weich bei erhöhter Hormonausschüttung so ein Hirn werden kann.

»Ist aber nicht groß genug für drei. Geb ich euch halbe Stunde, schätz ich, so lang dauert noch Tröpfchennahrung. Apropos Nahrung: Wart ich in Kantine!«

Das kulinarische Angebot zeigt sich solidarisch mit dem Zweck dieser Anstalt, denn wer bis dato noch nicht einlieferungswürdig ist, wird es spätestens nach Konsumation des hier Feilgebotenen. Danjela Djurkovic reicht zur Sättigung also allein der Anblick der blassen Ei-Aufstrich- und noch blasseren Schinken-Mayonnaise-Brötchen. Entsprechend übellaunig kehrt sie zur vereinbarten Zeit ins Krankenzimmer zurück.

»Und jetzt fahren wir Sophie, Bub ist groß genug, müssen wir nix aufpassen!«

»Nein, müssen wir nicht, das erledigt wer anderer!«, erklärt Sophie ebenso gereizt und deutet auf die beiden Herren, die hinter der Tür stehen.

Älter als sieben Jahre schätzt der Metzger die vor ihm stehende kleine Ada nicht ein, was bedeutet, zum Zeitpunkt des Todes ihrer Mutter und ihrer Schwester Isabella war sie ein Jahr alt, zum Zeitpunkt des Todes ihres Vaters vier.

»Ada, da bist du ja. Was machst du überhaupt hier unten, du weißt doch, du solltest hier nicht herumlaufen. Hinauf mit dir, dalli!« Die aufgetauchte Agnes Kalcher wirkt erleichtert und verärgert zugleich. Erschöpft und mit einem äußerst misstrauischen Blick von der Sorte: »Ein Fremder zwischen 40 und 50 quatscht ein kleines Mädchen an!«, mustert sie den Metzger, und er kann es ihr nicht verübeln. Denn seit er gelegentlich mit Lilli Matuschek-Pospischill seine Runden drehen darf, weiß er: Wäre ihm in diesem Leben das Glück einer Vaterschaft zuteilgeworden, er hätte sie alle, den Führerschein, den Waffenschein, die Nahkampfausbildung, den Abschluss als Überwachungstechniker und wahrscheinlich auch den Fixplatz in einem Sanatorium für paranoide Störungen.

»Ich will ja eh rauf, aber zum Urliopa nach Hause und nicht ins Büro!«

»Ada!«, wird der Ton nun strenger, »heut is eben alles ein wenig anders. Die Lisl sitzt auch oben!«

»Aber bei der Lisl ist es so langweilig, die redet nix und kritzelt nur in ihr Buch.«, reagiert Ada unerwartet forsch.

»Dann zeichne auch etwas!«

»Und wann kommt jetzt der Opi wieder? Warum hat den die Polizei überhaupt mitgenommen?«

Der Ton der Kleinen ist aufmüpfig, mit verschränkten Armen steht sie aufrecht vor ihrer Großmutter, die Augenbrauen sind zusammengepresst und formen drei kleine, vielsagende Fältchen am unteren Ende der Stirn, rundum also ein entzückender Anblick. In Agnes Kalchers Gesicht überlagert ein Schmunzeln die Sorge, zärtlich streicht sie ihrer Enkelin übers Haar: »Opa kommt bald zurück, mein Schatz, ich bin sicher! Und jetzt komm, zieh deine Skisachen wieder aus und geh rauf zur Lisl, die ist heut ein wenig traurig wegen dem Bernhard, weißt du, die braucht dich!«

So ein süßes Mäderl, eine mit einem Schlag äußerst sanftmütige Großmutter und wenige Gehminuten entfernt ein dermaßen trauriger Grabstein, da drückt es den Metzger jetzt natürlich gleich ein wenig in der Magengegend. Das ist also der Restbestand der Kalcher-Familie: zwei Vollwaisen namens Ada und Lisl, der Elternersatz Oma und Opa und ein zu betreuender Urgroßvater. Nachdem er Ada Kalcher nun zum ersten Mal gesehen hat, steht für Willibald Adrian Metzger jedenfalls fest: Ähnlich tiefe, vertraute, fast schwarze Augen, kombiniert mit ähnlich rötlichem, leuchtendem Haar hat er schon einmal gesehen, und zwar direkt neben sich, auf einer Bank unter dem schützenden Pavillon im Park. Ist der Obdachlose Karl Schrothe also doch ein gestrandetes, weitschichtig verwandtes Mitglied des Kalcher-Klans? Hat Agnes Kalcher beispielsweise eine zur Madame Schrothe verehelichte und bereits verstorbene Schwester, und Karl wäre der Sohn und sie dessen Tante? Nur, warum verleugnet sie ihn dann?

Ohne Verabschiedung läuft Ada davon, und Agnes Kalcher bleibt zurück. Wortlos mustert sie den Metzger, als wollte sie ihn einer Prüfung unterziehen. Genauso klingt dann auch ihre Frage: »Und, gefunden, wonach Sie suchen?«

Fast mit einer Spur Verachtung blickt sie ihm direkt in die Augen. Schlucken muss er jetzt, der Willibald, trocken ist sein Mund, unübersehbar sein Zögern, völlig unverständlich ist ihm diese verhörartig gestellte Frage. Warum nur verhält sich eine Quartiergeberin derart abweisend zu ihren Gästen? So gut es geht zaubert er ein wohlwollendes Schmunzeln auf seine Lippen, hebt die Kunstpelzmütze hoch und erklärt: »Alles wunderbar, dank Ada bin ich fündig geworden. Ja, ja, hier bei Ihnen scheint zwar die Sonne, trotzdem pfeift einem ein eisiger Wind um die Ohren.«

Agnes Kalcher zieht mit ernster Miene eine Augenbraue hoch:

»Na, dann ziehen Sie sich schön warm an, Herr Metzger, bei uns kann das Wetter schnell umschlagen!« Sie hebt die Hand zum Gruß und folgt ihrer Enkelin.

Toni Schuster wird die Heimreise also nicht in Damenbegleitung antreten. Trotz des drastisch zum Ausdruck gebrachten Ärgers Sophie Widhalms führen die beiden Beamten unbehelligt ihre Befehle aus. So erfolgt die Rückfahrt in ähnlicher Konstellation wie die Hinfahrt. Vorn ein Einsatzfahrzeug, diesmal der Polizei, dahinter im selben Tempo, also unter völliger Außerachtlassung der Geschwindigkeitsbegrenzungen, Sophie Widhalm und Danjela Djurkovic.

»Sind wir zurück laut Navi in dreiundvierzig Minuten!«, wird der mittlerweile etwas ziellos durch den Ort streunende Restaurator nach ausführlicher Berichterstattung in Kenntnis gesetzt.

»Viel früher!«, brüllt Sophie Widhalm fuchsteufelswild in die Freisprecheinrichtung: »Und sag ihm, wir fahren zur örtlichen Polizeidienststelle, und zwar direttissima!«

»Ihr müsst euch wegen Toni keine Sorgen machen«, versucht Willibald Adrian Metzger auch in Sorge um die Unversehrtheit seiner Danjela beruhigend einzuwirken. »Ich glaub, es gibt einen zweiten Verdächtigen: Sepp Kalcher. Den hab ich übrigens heute Morgen die Piste raufspazieren gesehen. Du wolltest doch herumschnüffeln, oder? Dann setz in Gegenwart der Polizei deinen weiblichen Charme ein und finde ein bisschen was über ihn heraus!«

So etwas hört Danjela Djurkovic natürlich gern.

Ziellos herumstreunen, das also ist die aktuelle Beschäftigung des Metzgers und zugegeben, vordergründig klingt das nach nicht viel, am ehesten nach den Laufwegen großer Orientierungslosigkeit. Immer wohingehen, so lautet ansonsten die Devise, möglichst zielorientiert, und das am besten schön hektisch und bedeutsam. Außer natürlich man ist auf Urlaub. Logisch also, dass Touristen über die Region, die sie bereisen, grundsätzlich weit besser informiert sind als Menschen, die sie bewohnen. So ein mehr oder weniger von Raum und Zeit losgelöstes Durchschreiten der Umgebung öffnet eben den Blick für die Besonderheiten des Alltäglichen, vor allem Außenstehenden. Und ein kleines Mäderl, das mutterseelenallein in voller Montur durch einen Skiort spaziert, ist für Einheimische wirklich nichts Aufsehenerregendes. Schon gar nicht, wenn es sich dabei um Ada Kalcher handelt. Für den Metzger aber hört es sich schlagartig auf mit dem ziellosen Herumstreunen. Nicht allein deshalb, weil Ada ihre Großmutter offenbar doch noch überredet oder sich einfach auf eigene Faust davongemacht hat, sondern weil sie nicht allein unterwegs ist. Gut, das Fahren im Schritttempo ist hier im Ortszentrum ebenso gang und gäbe wie ein einsam auf die Gondelbahn zusteuerndes kleines Mäderl, außer natürlich ein Bus mit getönten Scheiben heftet sich an die Fersen der Kleinen. Da muss man heutzutage gar nicht erst paranoid sein, um bei einem derartigen Anblick auf besorgniserregende Gedanken zu kommen. So legt er jetzt einen Gang zu, der Willibald. Festen Schrittes stapft Ada, ein Snowboard geschultert, in Richtung Talstation der etwa fünfhundert Meter entfernten Gondelbahn, knapp dahinter der schwarze Bus, ein Stück entfernt der Metzger. Und jetzt läuft er, der Willibald, denn der Wagen hat auf Ada aufgeschlossen und hält neben der Kleinen an. Die Tür geht auf, es werden Worte gewechselt, eine Hand streckt sich heraus, und den Metzger überkommt die Panik.

»Ada!«, brüllt er, »Ada, stopp ...!«, dann traut er seinen Augen nicht. Auch neben ihm ist ein Fahrzeug aufgetaucht, und ein wenig fühlt er sich, als wäre er Zeitzeuge einer wundersamen Vermehrung. Nur sind es in seinem Fall nicht Brot und Fisch, sondern Busse. 1:1 gleichen sich die Modelle an Adas und seiner Seite, einziger Unterschied: Das neben ihm fährt weiter, raubt ihm kurz die Sicht auf Ada Kalcher und biegt nach links. Dann raubt ihm gar nichts mehr die Sicht, denn das Kind ist weg. Zügig nimmt das andere Fahrzeug Fahrt auf, und der Metzger steht allein auf weiter Flur. Dann läuft er wieder.

33

Der die Ermittlung leitende Beamte heißt Robert Fischlmeier. Zumindest vom Alter her ist er wie der Metzger ein Mann um die fünfzig. Der Rest aber unterscheidet sich erheblich von der zwar altmodischen und korpulenten, ansonsten aber gepflegten Erscheinung des Restaurators:

Augenringe, ein undefinierbarer Zustand zwischen Drei- und Mehrtagebart, fettiges Haar, ein wohl als Schmuck gedachter kleiner Ring im rechten Ohrläppchen, der Oberkörper stämmig, der Mittelbau eine noch weitaus höher frequentierte Lebensmittelverwertungsmaschinerie als die des Restaurators, und in einem ist sich die Djurkovic sicher: Die Tankfüllung des Herrn Fischlmeier wird nicht mit Wasser hinuntergespült. Unsympathisch ist er ihr aber trotzdem nicht.

Bei Sophie Widhalm sieht das natürlich gleich anders aus. Mit auf dem Schreibtisch aufgestützten Armen steht sie vor ihm und widmet sich voller Inbrunst ihrer Ansprache. Einer Ansprache von solch wortgewaltiger Eindringlichkeit, wie sie in dieser Dienststelle bisher wohl noch nie vernommen wurde. Und weil die Welt hier normalerweise noch ihre rechte Ordnung hat und man folglich noch wer ist, als Polizist, Lehrer, Pfarrer, Kapellmeister oder Angestellter der Sparkasse, lässt man die Dame zwar höflichkeitshalber aussprechen, allerdings nur, um danach adäquat auf den fehlenden Majestätsgehorsam hinzuweisen.

»Bist du jetzt also fertig? Wunderbar. Punkt eins: Mit diesem Ton kannst du bei uns nicht einmal im Kirchenchor mitsingen – und falsch singen die, da lässt sich der Herrgott freiwillig exkommunizieren. Punkt zwei: Wenn du so weitermachst, kannst du dir auch gleich das Zahnbürstel herbringen lassen, ist das klar! Und bei Punkt drei hörst du mir jetzt genau zu: Toni Schuster befördert gestern im Edelweiß unseren Erich Axpichl in die Waagrechte, und zwar mit den Worten: ›Durch den Fleischwolf gedreht gehören so Typen wie du!‹ Toni Schuster lässt sich am nächsten Morgen noch vor Inbetriebnahme der Lifte mit einem Snowmobil genau auf denselben Berg bringen, den

Erich Axpichl bekannterweise tagtäglich um diese Uhrzeit die Piste hinaufjoggt. Wenig später wird Erich Axpichl fleischwolfartig verstreut auf genau dieser Piste aufgefunden. Da darf man sich dann aber wirklich zu dem Gedanken hinreißen lassen, so ein glatter Oberarmdurchschuss könnte ein selbst verpasster sein, sprich: Gefahr in Verzug.«

Worauf Sophie Widhalm mit blutrotem Gesicht zwar eingesteht, dass aus polizeilicher Sicht der morgendliche Soloritt des Toni Schuster über die jungfräulichen Pisten in gewisser Weise natürlich etwas verdächtig erscheint, es aus ihrer persönlichen Sicht allerdings so etwas wie Gefahr in Verzug ausschließlich aufgrund des begründbaren Verdachts gibt, die Besetzung dieser Dienststellenleitung könnte direkt aus den Reihen einiger Repetenten der schwächsten Leistungsgruppe der örtlichen Volksschule rekrutiert worden sein. Es gehöre nämlich schon eine gewaltige Leere im Oberstübchen dazu, anzunehmen, ein Mörder würde nach erfolgreicher Tat noch sinnlos in der Gegend herumknallen, sich dann selbst mit einem Gewehr in den Arm schießen, dann die Polizei verständigen, den Ort des Geschehens melden, eine Personenbeschreibung abgeben und sich im Anschluss gemütlich in der Notaufnahme so lange den Arsch wund hocken, bis ihn die Polizei endlich gefunden hat. Zur Verdeutlichung ihres inneren Zustandes rüttelt sie, sehr zur Freude einer randvollen Kaffeetasse, den Schreibtisch kräftig durch und erklärt lautstark, das ihr entgegengebrachte Du ignorierend: »Wenn Sie Ihren Verdacht tatsächlich ernst meinen, würde ich Ausnüchtern empfehlen, Herr Beamter, verstanden! Ausnüchtern!«

Danjela Djurkovic reagiert prompt: »Müssen Sie entschuldigen Frau Widhalm, ist ein bisschen zu viel junge Lieb auf nüchterne Magen!«

»Wieso entschuldigen!«, wehrt sich die Betroffene.

»Ich versteh nur nüchtern! Dazu hätt ich einen Vorschlag«, meldet sich nun auch Robert Fischlmeier zu Wort: »Wir sollten der Madame Widhalm schleunigst was zu essen geben. Wie wärs mit Ausnüchtern bei Wasser und trockenem Brot!«

»Nix Wasser und trockenes Brot, brauch ma jetzt was Warmes und ein paar kalte Bier!«, startet Danjela ungebremst ihre nächste Charmeoffensive und erspäht in den glänzenden Augen des Robert Fischlmeier durchaus die Versuchung, diese lukullische Mission seiner momentanen Tätigkeit vorzuziehen.

»Wie könnt ihr übers Essen reden!«, faucht Sophie Widhalm, »außerdem vergeht mir schon allein bei Fischlmeier so was von gewaltig der Appetit...«

Der vergeht Robert Fischlmeier jetzt auch.

Da geht sie dahin, die wilde Jagd. Vorne im Schritttempo ein schwarzer Bus, hinterdrein im Laufschritt ein korpulenter Restaurator.

Und Derartiges sieht man hierzuorts offenbar nicht allzu oft, denn ein Passant beginnt rhythmisch in die Hände zu klatschen: »Hopp, hopp, den erwischst du noch!«

»Nur is halt so ein Thuswalder-Bus kein Taxi, gell, außer du wohnst oben im Resort!«, setzt ein anderer hinzu. Und so interessant die Information jetzt auch ist, der Metzger denkt trotzdem nicht daran, stehen zu bleiben. Panik hat sich breitgemacht, basierend einzig auf den Kunststücken seiner Phantasie. Keuchend schleppt er sich die Steigung empor, mobilisiert die letzten Kräfte, und tatsächlich: Der

Abstand verringert sich, was nicht der Sprintfähigkeit des Willibald, sondern der Bremskraft des Wagens zu verdanken ist. Direkt vor der Talstation bleibt der Bus kurz stehen, Ada springt heraus, winkt hinterher, schultert erneut ihr Snowboard und registriert ihren Verfolger.

»Was machst du da?«

»Das muss wohl eher ich fragen, oder?«, ringt der Metzger um Luft. »Also, was machst du da? Solltest du nicht im Sportgeschäft sein, anstatt in irgendwelche Autos zu steigen?«

»Oma hat es mir erlaubt.«

»Was?«

»Na, dass ich rauf darf zum Urliopa.«

»Tatsächlich?«

»Ich schwindle nicht«, wird ihr Blick nun streng und ihre Stimme fest.

»Und der Wagen?«

»Das ist das Auto von unserem Sportgeschäft, das hat mir Oma nachgeschickt, damit mich der Herbert rauffährt zum Hof.« Trotzig fügt sie hinzu: »Ich will aber selber fahren.«

»Mit dem Auto, da bist du aber noch ein bisserl jung, meinst du nicht auch?«

Ada lacht.

»Nein, runterfahren will ich, auf der Piste. Und du?«

»Ich glaub, ich brauch jetzt eine Pause«, stellt der Metzger sichtlich erleichtert fest, atmet durch und erklärt: »Und dann spazier ich rauf zu eurem Hotel.«

»Spazieren! Das is aber ganz schön weit.« Ada deutet den Berg hinauf, und tatsächlich sind die Aussichten weniger erfreulich. Erschreckend klein sieht er von unten aus, der Gebäudekomplex des Kalcherwirts.

»So wie du schnaufst, is es, glaub ich, besser, du fährst mit der Gondel rauf und rutscht dann auch die Piste runter. Das ist lustig mit Schuhen und geht ganz einfach. Da muss man gar nicht Ski fahren können«, erklärt sie und winkt dabei erneut dem ihr entgegenkommenden Bus.

»Den Wagen sieht man hier offensichtlich öfter. Hat der ein Zwillingsgeschwisterl?«

»Ja, ganz viele, die gehören alle dem Onkel Heinrich. Der hat einen Garten mit lauter Autos!«

»Einen Garten?«

»Ja, einen Fuhrpark.«

Und jetzt lacht er, der Metzger, herzlich und befreit, als wolle er seine Sorge endgültig loswerden.

»Ach, wie süß!«, geht es ihm durch den Kopf, und noch ehe er Ada nach einem Onkel Karl Schrothe, einer möglichen Schwester ihrer Oma fragen kann, ist die Kleine schon auf und davon, läuft vergnügt die Treppe hinauf zur Einstiegsstelle der Schindlgruben-Bahn und ruft dem Metzger zu: »Hier geht's zur Gondel!«

Und weil dem Metzger als Haustier ein kleinwüchsiger Mischlingshund reicht und es ihm nicht auch noch nach einem ausgewachsenen Muskelkater gelüstet, beschließt er, sich den Rat der Kleinen zu Herzen zu nehmen. Ergo: Hinauflatschen – nein, danke, zumal die Alternative direkt vor ihm futuristisch in den Himmel ragt. So begibt er sich also zum Kartenschalter, der Willibald, betrachtet die großflächig daneben angebrachte Panoramakarte, kann sich ein Schmunzeln nicht verkneifen, denn hinter der Tatsache, dass die präparierten Pisten dieses Landes blau, rot und schwarz markiert sind und allesamt abwärts führen, wird ja wohl doch keine versteckte politische Botschaft stecken, und weiß nach kurzem Studium Bescheid: Von der

Ausstiegsstelle der verhältnismäßig kurzen Gondelbahn geht es ein Stück die blaue 1er entlang, dann die 1A hinein, bis diese in die von weiter oben kommende, den Kalcherwirt passierende schwarze 4B mündet. Von weiter oben deshalb, weil hinter der Ausstiegsstelle der Gondel ein breites Plateau mit unzähligen noch weiter hinaufführenden Liften liegt.

Den Weg wüsste er nun also, der Willibald, die Panoramakarte verrät aber noch mehr. Direkt oberhalb der Überschrift »Bürgljoch-Skischaukel« prangt in geschwungenen Lettern der allseits in diesem Ort gegenwärtige Schriftzug «Thuswalder» kombiniert mit Skiwelt. Also Skiwelt Thuswalder.

Neben dieser Karte ist zur Erinnerung der Plan des alten Skigebiets aus dem Jahr 2008 ersichtlich: Eine Gondel weniger, Vierer- waren damals noch Zweiersessellifte, drei davon existierten noch gar nicht, ebenso wie der Kinderskiklub samt Mickey-Mouse-Parcours sowie die Funsportarena, was immer das ist. Da hat sich also jede Menge getan die letzten Jahre. Am auffälligsten ist dabei die Tatsache, dass von einer Schindlgruben-Abfahrt 2008 noch nichts zu sehen ist. Dort, wo heute die 4B abwärts führt, war noch vor vier Jahren ein für den Skilauf unerschlossener Berg. Und mittendrin, gemäß Beschriftung der Karte, der Kalcherwirt mit genau jener alten Zufahrt, die der Metzger bei seiner Anreise kennenlernen durfte. Eine malerische Zufahrt, vorbei an verschneiten Zäunen, vorbei an diversen Bauernhöfen, dem Zangerl, dem Haidacher, dem Pfingstner und schließlich, da wird er natürlich gleich ein wenig stutzig, der Willibald, dem Axpichl. Waren Erich Axpichl und sein möglicher Mörder Sepp Kalcher also direkte Nachbarn, im Jahr 2008 getrennt durch ein kleines Waldstück, im Jahr 2012 getrennt durch die Schindlgruben-Abfahrt. Warum reagierte Erich Axpichl im Edelweiß so launisch auf den Thuswalder Papiersack?

Und warum beugt sich der Herr neben ihm nun so auffällig nahe zur Dame hinter der Glasscheibe der Kartenausgabe vor. Kurz lächeln sich die beiden an, dann wird er mit der äußerst freundlich gestellten Frage »Einheimischer?« konfrontiert, ein Lichtbildausweis wird gezückt und Abrakadabra ein Betrag genannt, von dem in den offiziellen Preisangaben für Liftkarten weit und breit nichts zu lesen ist. Es folgt der Austausch Geld gegen Skipass, dann ist der Metzger an der Reihe.

»Einheimischer, aber den Ausweis vergessen!«, meint er schmunzelnd.

»Daran glaub ich wie an die unbefleckte Empfängnis!«, wird mit hörbar sarkastischem Unterton erwidert.

Jetzt muss er natürlich lächeln, der Willibald. »Aber ich hab die Staatsbürgerschaft!«, erklärt er vergnügt, worauf ihm unmissverständlich erklärt wird: »Deshalb bist trotzdem no lang keiner von den Unsrigen!« Das wars dann mit dem Vergnügen. Heftig packen ihn das Unbehagen und einmal mehr die Vermutung, dieses Dasein unter Zeitgenossen könnte nichts anderes sein als ein Mannschaftssport der einen Unsrigen gegen die anderen, ein ständiges Durchlaufen versteckter Aufnahmemodi, ein ewiger Auf- oder Abstiegskampf am Ende oder der Spitze einer Regionalliga, ständig in Gefahr, jemand zu werden, der entweder nicht einer von uns oder irgendwem sein soll, auch wenn er will, oder der nicht einer von uns oder irgendwem sein will, auch wenn er soll.

»Halbtagskarte, Zwei-Stunden-Karte, Punktekarte, die Preise stehen hier«, ertönt es von der anderen Seite. Dazu wird dem Metzger ein offizieller Infofolder entgegengeschoben.

»Aber ich will nur hinauf, also eine Bergfahrt!«, wehrt er sich verbissen.

»Hinauf wollen sie alle, genau darum geht's ja bei uns, und die Einzelfahrt gibt's nur im Sommer!« Und jetzt ist er nur noch garstig, der Unterton, was dem Metzger einmal mehr den für viele Regionen dieser Erde gebräuchlichen Leitsatz verdeutlicht: »Bist von hier, bist a Mensch, bist net von hier, bist a Oaschloch.«

Aber wehe, ein Großstädter erhält nach Vorlage des Meldezettels in der eigenen Großstadt Sonderpreise für Theaterkarten oder die öffentlichen Verkehrsmittel, da könnte er wegen Überlastung zusperren, der europäische Gerichtshof.

Robert Fischlmeiers ungesunder Teint hat Farbe bekommen. Hochrot ist seine in Falten gelegte Stirn: »Der Madame Widhalm vergeht bei Fischlmeier also der Appetit. Nun denn, dann werden wir die Dame zumindest so lange aufpäppeln, bis sie für sich und die Allgemeinheit keine Gefahr mehr darstellt.«

Energisch deutet er jenen beiden Kollegen, die auch Toni Schuster abgeholt und in einem fensterlosen Verhörzimmer abgeladen haben. Zwei kräftige Hände packen die Oberarme der vor Verwunderung erstarrten Sophie, und einer der beiden Beamten, sprich Absolventen der hiesigen Volksschule, erklärt: »Da schaust, so schnell kann aus Gefahr in Verzug Gefahr im Vollzug werden!«

Sophie Widhalm stammelt: »Aber, aber ...!«, und Danjela Djurkovic ergänzt: »Aber, aber ...!«, dann fällt die Tür ins Schloss, und Robert Fischlmeier legt die Füße auf den

Tisch. Ein wenig lässt er sein sichtlich konsterniertes Gegenüber zappeln, spielt mit seinem funkelnagelneuen Smartphone, dann zeigt er Herz: »Keine Sorge, das ist wie in der Schule: Ein bisschen Nachsitzen, bis sich die Fratzen beruhigt haben, das schadet nicht! Und wenn sie sich schön brav benimmt, behalten wir sie maximal ein Stündchen hier!«

Was bei Danjela Djurkovic die Hoffnung entstehen lässt, Robert Fischlmeier könnte es mit der Verschwiegenheit ähnlich halten wie zu selbst ernannten politischen Beratern berufene Exregierungsmitglieder. So wird er also augenblicklich in die Tat umgesetzt, der vom Metzger erteilte Auftrag: »Außerdem hört man im Ort, ist Toni Schuster sowieso nur Zweitbesetzung!«

»Weiß es also schon der ganze Ort. Na, das klappt ja wieder hervorragend, bei uns funktioniert die stille Post verlässlicher als die gelbe!«, reagiert der Beamte unbeeindruckt.

»Ist überhaupt Platz auf so gemütliche Dienststelle für drei Verbrecher?«

»Drei?«

»Na, Sophie Widhalm, Toni Schuster und meine Quartiergeber Sepp Kalcher.«

Robert Fischlmeier lächelt: »So undicht sind die Wände also doch nicht, das beruhigt mich!«

Der beinah unwiderstehliche und zugleich fragende Blick der Djurkovic bleibt nicht unerwidert:

»Erstens suchen wir natürlich nach dem von Herrn Schuster erwähnten Snowboarder, und zweitens suchen wir auch die Erstbesetzung, die schwänzt nämlich die Vorstellung. Sepp Kalcher ist abgängig.«

»Was, Hauptdarsteller schwänzt Vorstellung? Tolle Theater!«, witzelt Danjela Djurkovic. Da muss er natürlich gleich ein wenig schmunzeln, der alleinstehende Fischlmeier, denn das mit der Sympathie beruht schon auf Gegenseitigkeit. So ist das eben, wenn sich zwei Menschen mögen, da funktioniert das mit dem Meinungs-, Informations- und dem generellen Austausch gleich um vieles besser, da knüpft ein Scherz dort Bande, wo er sonst alles zerstören kann. Und weil die Djurkovic mit all ihrer Erfahrung problemlos das Leuchten in den Augen ihres Gesprächspartners einordnen kann, wiederholt sie völlig ungehemmt in leichter Kopf-geneigt-, Schultern-zurück- und Brust-heraus-Haltung das schon einmal Verkündete: »Hab ich schon gesagt, brauch ich nix Wasser und trockenes Brot, sondern was Warmes und ein paar kalte Bier!«

Robert Fischlmeier blickt auf die Uhr: »Was, so spät ist es schon!«, dreht sich zu seinen Kollegen und erklärt: »Wir gehen schnell Mittagessen.«

34

Simsalabim – Sepp Kalcher wird wieder auftauchen, das steht fest. Was nicht feststeht, ist die Frage seiner Konsistenz. Wobei da die Axpichl-Vorlage natürlich unerreichbar ist.

Eine weitere Frage, die sich bei Sepp Kalcher stellt, ist, ob es eine Solo- oder Gruppenwanderung ins Jenseits werden soll. Hängt davon ab, wie sich die Lage entwickelt, und wirklich gut sieht es da für einige Damen und Herren zur Zeit nicht aus. Hier rütteln einige ganz gewaltig am Watschenbaum, denn nicht nur dieser Metzger, sondern auch seine Holde zeigen sich ganz von der neugierigen Seite. Und für besonders schlau hält sich die Dame auch: Mit der Gefühlsmaske ein wenig die männlichen Hormone kitzeln und drauf hoffen, der Betroffene wäre vertrottelt genug, um darauf reinzufallen. Meine Güte! Das stimmt zwar, so ein Mannsbild ist im Grunde schon einfach gestrickt, vor allem ein alleinstehendes, insbesondere dieser Vollpfosten Robert Fischlmeier. Deshalb aber prinzipiell davon auszugehen, diese Eindimensionalität ließe sich wie eine Atmosphäre der Wahrheit über die Männerwelt stülpen, ist nicht minder einfach gestrickt. Das zeugt von wahrlich armseligem geistigen Häkeltalent, von vornherein anzunehmen, ein Mann wäre mit ein bisschen Geturtel und Oberweite um den Finger zu wickeln. Luftmaschen, nichts als Luftmaschen, diese Theorien.

Das Letzte, was er zum Beispiel braucht, ist genau diese Oberweite. Für gewöhnlich kann sich so ein Kind nämlich nicht daran erinnern, gestillt worden zu sein, höchstens im Unterbewusstsein. Kann es sich allerdings erinnern, dann stimmt was ganz gewaltig nicht. Wenn nämlich so ein Mutterherz dem eigenen Buben die Brust ins Gesicht klatscht, in seinem Fall bis zur Einschulung, und dabei nicht müde wird, allerorts und offenkundig der ganzen Welt ihre prallen Euter und ihre Mutterliebe unter die Nase zu reiben, so als hätte sie die Frucht ihres Leibes nur bekommen, um diesen Leib samt der üppigen Mutterliebe freizügig zu demonstrieren, dann geht es garantiert nicht um das Säugen eines Kindes, um Liebe schon gar nicht, sondern ausschließlich um das Stillen des eigenen exhibitionistischen Bedürfnisses. Seit er genötigt wurde, so lange von Brüsten zu trinken, bis sie inklusive der verachtenden Blicke aller anderen unvergesslich in sein Hirn eingebrannt waren, kotzen ihn Titten an. Mit sechs hat er zugebissen wie ein Pitbull, nicht mehr losgelassen, die Warze geköpft und gelacht.

Spätestens da haben seine Eltern bemerkt, nicht nur mit dem eigenen Schmerz kommt der Junge hervorragend zurecht, sondern auch mit dem der anderen. Mit dem Schmerz, mit dem Blut, mit den Tränen, mit der Verzweiflung.

Die Uhr zeigt kurz nach Mittag, diese Djurkovic ist versorgt, der Metzger unterwegs. So ein spontaner Kurzbesuch in ihrem Zimmer wird doch hinzubekommen sein.

35

Mit einer Punktekarte, die preistechnisch durchaus in jener Region liegt, da hätte er sich gleich zweimal mit dem Taxi zum Kalcherwirt kutschieren lassen können, reiht er sich also ein, der Metzger. Wobei einreihen im Sinne von anstellen nicht stimmt. Wie auf der Piste ist auch hier kaum etwas los, trotz überfülltem Parkplatz. Was will es also mehr, das Skifahrerherz, geht es ihm durch den Kopf: wenig Leute, freie Pisten, vorbei die Zeiten der Endlosschlangen vorm Schlepplift. So besteigt er also allein mit einem eindeutig als Skifahrer erkennbaren Herrn, der mit ziemlicher Sicherheit schon ein Willkommen-im-50er-Klub-Leibchen im Kleiderschrank hängen hat, die Sechsergondel. Der Metzger nimmt gegen die Fahrtrichtung blickend Platz, und ist nicht der Einzige, denn die

Bank gegenüber bleibt leer. Die Türen schließen, schwunghaft geht es aus dem Starthäuschen hinaus ins freie Gelände, und mit einem Schlag hängt er in der Luft, der Willibald. Ein Zustand, den er ja grundsätzlich nicht mag, noch dazu in derart schwindelerregender Höhe. Die Fahrt geht dahin mit Blick hinunter ins Dorf, auf die Skipisten, hinüber zum Kalcherwirt, bei dem eine Skigruppe Fahrt aufnimmt, weiter zum Axpichl, und so gut die Aussichten auch sind, ihm ist trotzdem schlecht. Willibald Adrian Metzger zückt sicherheitshalber die Textil-Diskonter-Strickmütze, auch wenn er sich völlig darüber im Klaren ist, dass diese eine Magenentleerung maximal abzuseihen, also in ihre Fest- und Flüssigbestandteile aufzuspalten imstande ist, sein Mitreisender zückt sicherheitshalber die Miniaturausgabe einer Tube Sonnencreme, beschriftet mit »Sunblocker« – was natürlich gegen die möglicherweise bevorstehende Bestrahlung im Inneren der Gondel nichts nützt.

Diesbezüglich benötigt der Metzger nun seine allerhöchste Konzentration, denn wenn ihm jetzt eines noch gefehlt hat, dann ist das genau diese Creme samt ihrem penetranten Parfümgeruch.

Nun ist es in engen Räumen im Fall eines Zusammentreffens einander unbekannter Menschen ja so, dass, ein Beichtstuhl natürlich ausgenommen, zumeist nur dann das Gespräch gesucht wird, wenn Unvorhergesehenes passiert, wie zum Beispiel: der Fahrstuhl bleibt stecken. Und ein wirklich großer geistiger Brückenschlag ist das ja jetzt gerade nicht vom Fahrstuhl zum Lift und schließlich zur Gondel: Einem abrupten Stoppen folgen ein seltsam knarrendes Geräusch, eine bedenklich ausladende Schaukelbewegung und ein panisch sich im Gondelinneren verspreizender Restaurator. Die Füße gegen den Boden, die Hände gegen das Dach, die Lippen aneinander gepresst steht ihm das Entsetzen im Gesicht: »Was, was passiert hier!«

»Mensch, Sie sehn aber gar nich gut aus. Höhenangst?«

»Nur die Angst!«

»Fahrn Se denn zum ersten Mal?«, erklingt es im Inneren der Gondel in aufgeweckter Fröhlichkeit, und erklänge es derart akzentuiert hierzulande nicht in solch erfreulicher Vielzahl, er hätte maximal nur noch das Verkehrsaufkommen eines innerstädtischen Sonntagvormittags, der ganze Fremdenverkehr.

»Erstes Mal«, bringt der Metzger bemüht zustande und wundert sich, wie schnell so eine Todesangst einer kaum zu bändigenden Übelkeit den Garaus macht: »Warum stehen wir?«

»Stehen tun nur Sie, grundsätzlich aber hängen wir«, zeigt sich da wer von der humorigen Seite. »Aber keine Sorge. Das is völlig normal, so'n Stoppen. Hin und wieder is einer beim Aussteigen zu spät dran und steckt dann zwischen den Türen fest! Jetzt muss oben erst mal die Bergrettung geholt werden, das kann dauern. Aber keine Sorge, ich hab n Lunchpaket dabei!«

Kurz ist es ruhig, der mit regungslosem Gesichtsausdruck erbleichte Metzger erntet einen ernsten Blick, dann wird losgeprustet:

»Scherzchen! So ne Gondel hält zwischendurch eben einfach mal an. Mensch, und jetz nehmen Se Platz und genießen die Fahrt!«

»Ich glaub, ich muss mich übergeben!«

Schlagartig wird es ruhig und keineswegs unauffällig der Sitzabstand vergrößert. Ein wenig folgt er der ihm zugedachten Distanzierung, der Willibald, krümmt sich, beugt sich in Richtung seines Mitreisenden, starrt in angsterfüllte Augen, dann kommt es zur Retourkutsche: »Ebenfalls Scherzchen!«

Beidseitiges Gelächter, der Metzger nimmt Platz, von einer zurückgekehrten gesunden Gesichtsfarbe kann aber offensichtlich nicht die Rede sein, denn Hilfe wird angeboten:

»Ich hab'n Wundermittel!« Der Skianorak wird geöffnet, ein überraschend großer Flachmann gezückt, übergeben, und dem Metzger ist klar, warum es da wer gar so lustig hat, denn verdächtig leichtgewichtig fühlt es sich an, das Fläschchen: »Is immer dabei. Ne Alpenkräutermischung. Prost. Übrigens: gestatten, Detlef Rüdiger.«

Ohne sich zweimal bitten zu lassen, nimmt der Metzger einen kräftigen Schluck, und ein wenig dauert es, bis auch er sich vorstellen kann.

»Meine Güte, der brennt: Höllenflammen in der Kehle, kann ich da nur sagen!«, hechelt er.

»Auf meine Hermine is eben Verlass. Hat'se selbst gebrannt!«, ist die Antwort. Mit einem Nicken wird der Metzger zu einem neuerlichen Schluck eingeladen, kurz wird geschwiegen, dann fährt er, so wie mit einem Ruck auch wieder die Gondel, fort, der Herr Rüdiger, und verliert sich in einen Monolog, dessen Inhalt so wie der des Flachmanns mit seiner Frau in Zusammenhang steht. Denn weil die geliebte Hermine eben befohlen hat, ihr geliebter Detlef möge nicht zu leben aufhören, nur weil sie eines Tages tot ist, verbringt Detlef Rüdiger diesen Urlaub nun also erstmals alleine. Erstmals wohlgemerkt, er besitzt sie nämlich alle: die bronzene Gedenkmünze des heiligen Antonius, Schutzheiligen der hiesigen Pfarrkirche, überreicht zum fünfjährigen, die silberne Anstecknadel mit dem Wappen der hiesigen Böllerschützen, überreicht zum zehnjährigen, und schließlich den mit der Gravur Hermine & Detlef versehenen kugelschreibergroßen goldenen Ski der hiesigen Liftgesellschaft, überreicht zum fünfzehnjährigen Jubiläum der regelmäßigen Wiederkehr als Urlaubsgäste.

»Ja, ja, der Tod is'n alter Schweinehund. Mensch, da wollt ich mich heute erstmals ins Verderben stürzen, und dann is'se gesperrt, die Schindlgruben!«, beendet er seine wehmütige Geschichte.

Dann holt er sein Eigentum zurück, trinkt ebenfalls, während der Metzger erklärt: »Sie hätten wahrscheinlich keine rechte Freude. Auf der Schindlgruben-Abfahrt ist heut ein Unglück passiert, da liegen ein paar Bröckchen zu viel herum...!«

»Wieso Brötchen?«, unterbricht Herr Rüdiger.

»Bröckchen...«

Herr Rüdiger lacht: »Ne, ne, war 'n Scherz, ich weiß schon, dass das kein Weißbrot oder Gesteinsbrocken sind, außer natürlich dieser Axpichl war mit'n paar Gallen- oder Nierensteinen unterwegs. Is 'n ganz schön multifunktionales Teil, so ne Schneekanone!«

Der Hochprozentige wechselt wieder den Besitzer, der Metzger trinkt, keucht »Feuerwasser« und ergänzt:

»Sie kennen den Erich Axpichl!«

»Aber hallo, ich lass hier seit 17 Jahren mein Erspartes!«

»Na, dann kennen Sie doch sicher auch einen Karl Schrothe!«

»Schrothe. Das klingt genauso einheimisch wie Borkel- oder Sulemann. Nee, keine Ahnung! Erstaunt mich aber, dass Sie so verwundert reagieren, wenn wer schon mal den

Namen Axpichl gehört haben will. Den kennt doch bei euch hier jeder.«

Da ist er jetzt natürlich überrascht, der Metzger: »Tut mir leid. Und was bitte heißt: bei euch hier?«

»Also entweder Sie kommen von nem andern Kontinent, oder Sie leben hier in ner Erdhöhle. Erich Axpichl: Das war 'n Spitzenskifahrer. Das müssen Sie doch wissen, Mensch, ihr habt ja sportlich gesehen sonst nich wirklich viel zu melden, oder?«

Und wieder lacht er, der Herr Rüdiger, und seine weißen Zähne spiegeln sich im Glanz der am Kragen des Skianoraks platzierten silbernen Anstecknadel. Das zeigt eben grenzübergreifende Wirkung, wenn selbst jede durch Schlechtwetter verursachte Zeitverzögerung und schließlich Absage eines Herrenabfahrtslaufes völlig ohne Rücksicht auf Einschaltquoten live übertragen wird, als wäre das Fernsehen die letzte Werbebastion eines aus Kostengründen längst nicht mehr als Breitensport zu bezeichnenden Vergnügens.

»Also, zum Skifahren sind Se nich hier, das steht fest. Was wollen Se also da oben?«

»Ich werd mir, sollte rechtzeitig mein Appetit zurückkehren, oben einen Topfenstrudel genehmigen, und dann geht's runter zum Kalcherwirt!«

»Der Strudel is beim Kalcher aber deutlich besser. Die sind übrigens alle zu vergessen, die funkelnagelneuen Panoramarestaurants. Dafür is jetzt wenigstens das Skigebiet ne Wucht. Wie ne Plattenbausiedlung is hier alles aus dem Boden geschossen, 120 Pistenkilometer, 80 Prozent der Pisten beschneit, und als Draufgabe die Weltcupabfahrt! Die Pisteneröffnung wurde hier ja zelebriert wie 'n Staatsereignis, trotz massivem Wärmeeinbruch. Der lässt sich vom

Wetter eben nich verschaukeln, der Wintersport.« Detlef Rüdiger nimmt seine Medizin an sich, schüttelt den Flachmann, was akustisch jetzt nicht mehr allzu vielversprechend ist, und erklärt:

»Jetzt is das also ne Skischaukel. Wissen Se, warum das so heißt? Weil wir Touristen hier jetzt so richtig schön verschaukelt werden, so teuer is alles geworden. Da kannste den Schnaps nur mehr selber mitnehmen. Prost!«

Auch die Gondel schaukelt es nun wieder kräftig durch, unerwartet, versteht sich, denn die beiden Herren reisen mit Blick gegen die Fahrtrichtung. Es folgt ein Gerumpel, hektisch dreht sich der Restaurator um und blickt bereits in den Schlund der Bergstation. Herr Rüdiger allerdings blickt zu Boden, denn derart durchgebeutelt kann einem so ein kleines Fläschchen schon aus der Hand fallen. Die Türen öffnen sich, es geht ans Aussteigen, und auch beim Metzger steigt der Puls, vor allem nach Verlassen der Gondel: »Herr Rüdiger, schnell!«

Von schnell kann keine Rede sein. Mit einer Seelenruhe sammelt Detlef Rüdiger seine Grundausrüstung zusammen, da schließen bereits die Türen, setzt sich wieder hin, hebt zum Gruß die Alpenkräutermischung und ruft: »Diese Runde geht an Hermine!«

Heilfroh ist der Metzger, endlich festen Boden unter den Füßen zu spüren, obwohl da alkoholbedingt natürlich schon ein kleiner Schwindel zu spüren ist. Ein paar metallene Stiegen geht es vom Gondelausstieg nun hinunter, eine milchige Glasschiebetür geht auf, und durch den Metzger geht ein Schub der Erkenntnis.

36

Von »schnell Mittagessen gehen!« kann nicht die Rede sein, denn Robert Fischlmeier hat Danjela Djurkovic in seinen Wagen gebeten, steuert aus dem Ort hinaus und eine Asphaltstraße hinauf. So oft bieten sich die Gelegenheiten zum Ausführen einer eroberungswürdigen und offensichtlich auch -willigen Dame nicht an, was auch Danjela Djurkovic nach einer etwa zehnminütigen Autofahrt beim Eintreten in die Gaststube klar wird.

»Ja, Fischi, das freut mich aber!«, kommt die Wirtin überschwänglich auf Robert Fischlmeier zu, tätschelt ihm mit Blick auf die Damenbegleitung den Rücken, zieht dabei neckisch die Augenbrauen hoch und meint: »Übrigens, er ist schon da!«

Einen »Er« sieht Danjela Djurkovic hier zwar keinen, denn bis auf drei Tierfreundinnen, zwei davon im Alter zwischen drei und fünf, ist die Stube leer. Tierfreundinnen nicht deshalb, weil die feilgebotenen Speisen Vegetarierherzen höher schlagen lassen, sondern weil der Gast, um seine Würste, sein Gulasch oder seine Bretteljause zu verdrücken, vor Durchsicht der kleinen Karte für gewöhnlich einen Blick in diverse Gehege wirft. Und das zahlt sich wahrlich aus, denn hier im Wildpark herrschen der Frieden und die Stille einer fast unberührten Winterlandschaft. Abgelegener und idyllischer für ein erstes Rendezvous geht es nicht.

Natürlich ist Robert Fischlmeier nicht völlig auf den Kopf gefallen und weiß schon, warum diese Djurkovic mit ihm essen gehen will. Einen Versuch ist dieses Prachtweib aber allemal wert.

Und natürlich mangelt es ebenso Danjela Djurkovic

nicht an der nötigen Intelligenz, um der Aussage der Wirtin: »Übrigens, er ist schon da!« zu entnehmen, dass Robert Fischlmeier nicht wegen ihr, sondern sie wegen Robert Fischlmeier hier ist. Er trifft also wen. Vorher aber wird gespeist, Hauswürste und ein alkoholfreies Bier.

»Alkoholfrei?«

»Muss ich kühlen Kopf bewahren, damit mir nix passiert Blödheit!«, stellt des Metzgers Herzdame gleich zu Beginn die Ausgangslage klar, und zwar mit einem derart aufreizenden Blick, dass im Hirn des Gegenübers der Gedanke: »Mit ein paar Schnaserln krieg ich die Dame eventuell rum!« kein ungedachter bleibt.

Ruckzuck landen zwei dampfende Paare Hauswürste auf dem Tisch, denen unverkennbar vor Frequentierung der Selchkammer eifrig Knoblauch in den Schweinedarm gestopft wurde. Eine ebenso würzige Angelegenheit wird die erste Runde Nachtisch. »Zwei Williams!«, ordert Robert Fischlmeier hoffnungsfroh. Höflichkeitshalber trinkt auch Danjela Djurkovic, geht aber nach einem neckischen »Prost« sofort in medias res.

»Also, was gibt hiesige Polizeichef für Rat: Soll ich wechseln Quartier. Ist wirklich so gefährlich, Sepp Kalcher?«

»Jetzt bin ich aber überrascht! Ich hab geglaubt, du willst mich bezirzen, damit deine Freunde wieder rauskommen?«, wird ebenso direkt erwidert.

»Später, mach ich dich vorher betrunken, dann geht leichter!«

Meine Güte, wie sie ihm gefällt, diese Mischung aus Hirn und Humor, Masse und Klasse, das wäre für den Fischlmeier Robert schon der reinste Jackpot. Bis über beide Ohren geht es jetzt, sein Schmunzeln: »Gehen wir ein Stück!«

Wie die Panoramakarte versprochen hat, eröffnet sich vor den Augen des Restaurators ein gigantisches Skigebiet. Mit allem anderen hat er allerdings nicht gerechnet, denn der Kessel hält völlig, was er namenstechnisch verspricht. Hier brodelt es, kocht es, und ja, der Topf scheint überzulaufen. Ein paar Menschen mehr, und aus dem bunten Häkelteppich auf weißer Piste wird ein lückenloser Gobelin. Was dem Metzger sofort ins Auge sticht, ist die Tatsache, dass zwar die Abfahrten aus ihren Nähten platzen, die Menschentrauben vor den Liften aber äußerst überschaubar bleiben. So funktioniert das also: Der Wintersportler kommt in den Skiort, registriert zwar den vollen Parkplatz, sieht zugleich die nicht vorhandene Warteschlange vor der Gondel, denkt sich euphorisch: »Ist nix los, gehört alles mir«, fährt mit der Gondel hinauf, sieht die Massen auf der Piste, sieht zugleich die vernachlässigbare kleine Menschentraube beim Sechser-Bubble-Sessellift mit geheizten Sitzflächen, hegt hoffnungsfroh erneut die Sehnsucht: »Den nehm ich, ist ja nix los«, steigt ein, senkt die Plexiglasschutzhaube, wärmt sich den Hintern und steigt nach lauschiger Fahrt oben wieder aus – gleichzeitig mit den fünf anderen neben sich, hinter den sechs anderen vor sich und vor den sechs anderen hinter sich. Jede Menge Hintern also, 18 innerhalb weniger Sekunden, 46 pro Minute, 2760 pro sechzig Minuten, zwei solche Sessellifte führen von verschiedenen Seiten des Berges auf dieselbe Spitze, sind maximal 5520 Sportler pro Stunde. Früher ist man vorher angestanden, um dann auf verhältnismäßig freien Pisten hinunterzusausen, heute saust man zuerst hinauf und steht dann an. Verständlich, dass da zu Urlaubs- und Wochenendzeiten so mancher ein paar Schnapserln braucht, um sich überhaupt erst auf die

Piste zu wagen. Dicht gedrängt wird beinah in Falllinie der Hang bewältigt, wer sich zwecks Ausnutzens jener wunderbaren Radien, die so ein Carvingski verspricht, in die Kurve legt, liegt in kürzester Zeit kollisionsbedingt im Ackja, Rettungshubschrauber oder Leichenschauhaus. Deshalb Helme, Rückenprotektoren und Versicherungsschutz. Wie gesagt: Er ist eben kein Trottel, der Mensch. Aufrüstung der Ausrüstung als Reaktion auf die technische Weiterentwicklung, sprich, die wissentlich hervorgerufene Lebensbedrohung, das ist die Lösung. Die Weiterentwicklung der eigenen Technik ist es jedenfalls nicht. In Anbetracht der von einer beängstigenden Mehrheit der Wintersportler auf die Piste gezauberten Kunst braucht er kein Hellseher zu sein, der Willibald, um vorauszusagen: Nicht jeder der Urlauber wird aufrecht stehend in sein Quartier zurückkehren – das gilt übrigens auch für ihn selbst.

Gar nicht mehr heraus aus dem Schauen kommt er, und so entgeht ihm das in weiter Ferne auf ihn gerichtete Augenpaar, dessen dazugehöriger Restkörper mit einem Schwall an Gefolge gerade erheblich die Geschwindigkeit drosselt. Zu fesselnd sind die fragwürdigen Aussichten: Das also ist sie, die Wochenenderholung in den Bergen, die Freiheit auf Skiern, das Bändigen der Fliehkräfte. Er jedenfalls bändigt die seinen nicht: »Nichts wie weg!«, gehorcht er seinem Kopf. Und weil ihm schon seit geraumer Zeit nichts Festes durch den Magen geht, landet er wenig später als einziger Spaziergänger mit seinem Tablett in einer Reihe ebenso hungriger Wintersportler und weiß nun auch, wie so eine urige Hütte mit dampfender Luft und auf Tafeln geschriebenen Tagesangeboten heutzutage aussieht: eine Selbstbedienungskantine mit weißen Plastiktischen, roten Plastiksesseln und an Schwenkarmen aus der

Wand herausragenden Flachbildschirmen. Wie magnetisiert zieht es die Blicke der Gäste auf die ausgestrahlten Werbefilmchen und Musikvideos. Ein Schwarztee mit Rum und ein Topfenstrudel mit Vanillesoße landen auf seinem Tablett, unverschämte 13 Euro 80 Cent in der Kasse und der Metzger an einem Tisch mit Blick hinaus auf die Piste. Wider Erwarten ist der Strudel einwandfrei. So wie das Gedächtnis des Restaurators, denn nicht alles am fortwährenden Wortschwall des Obdachlosen Karl Schrothes war unverständlich. So süß kann das Backwerk jetzt also gar nicht sein, es bleibt ein bitterer Nachgeschmack.

Hätte sie gewusst, wie grundlegend sich die Vorstellung der Einheimischen in Bezug auf »ein Stück gehen« von der eines Stadtmenschen unterscheidet, sie hätte dankend abgelehnt, die Danjela, trotz Wildtiererlebnis. Denn kaum haben sie den Eingang in den Wildpark hinter sich, eröffnet sich ein einziges steil ansteigendes, beängstigend weitläufiges Freiluftgehege.

»Schön, oder?«

»Unglaublich, so friedlich, fast wie paradiesische Eintracht!«, traut die Djurkovic ihren Augen nicht. Lose verteilt streunen bunt gemischt verschiedenste Arten von Huftieren durch die Gegend: Rot- und Damwild, Mufflons, Esel, Zwergziegen, einige davon in durchaus, zumindest wirkt es auf Danjela so, erschreckender Nähe zu den wenigen Besuchern.

Das wird sich noch schlagartig ändern. Zuvor aber versucht Danjela kurzatmig zum Thema zurückzukehren:

»Also, Chef de police, wolltest du ängstliche Frauenzimmer erklären, warum ist Kalcher Erstbesetzung wegen Mord an Axpichl: Was gibt für Gründe?«

Robert Fischlmeier mustert sie skeptisch: »Bist du also eine Hartnäckige. Aber ist schon recht, ist ja alles kein Geheimnis: Um Gründe geht es hier bei uns nämlich meistens!«

Er deutet in die Umgebung: »Gemeindegründe, Baugründe, Pachtgründe, Eigengründe, was den Kalcher angeht, sind's sogar Eigengründe in Südhanglage. So ein Bergrücken steht nicht unbedingt auf die Schnelle im Immobilienteil der Tageszeitung, und wenn man die Skiarena ausbauen will, muss man schon ein wenig Grundstücke sammeln gehen. Da bricht dann ein eingefleischter Biobauer, wie der Horst Kalcher einer war, nicht grad in Jubelstimmung aus. Schon gar nicht, wenn die Skiarena direkt durch seine Almen gehen soll! Seine Nachbarin, die heruntergewirtschaftete Axpichlerin, hat natürlich sofort verpachtet, damit war zumindest gesichert, dass man mit der neuen Schindlgruben-Bahn auf den Berg raufkommt. Die Gondel ist also gebaut worden. Nur mit dem Runterkommen hat es Probleme gegeben, weil man eben, damit das mit dem Skischaukeln funktioniert und vor allem damit man die neue Schindlgruben-Abfahrt bauen kann, die Gründe vom Kalcher gebraucht hat. Ist ja für die Region ein Riesengewinn, wenn der ganze Skizirkus herkommt. Nur, der Kalcher ist stur geblieben. Kannst dir sicher vorstellen: Der ganze Ort war gegen ihn. Dann sind die ersten Gemeinheiten passiert, Viecher sind ihm eingegangen, eine Weide ist verseucht worden, die Abnehmer von seinen Bioprodukten haben ihm nix mehr abgenommen, sogar von einer förmlichen Enteignung war die Rede, was bedeutet, dass man einem Grundstücksbesitzer im öffentlichen Interesse zeitlich begrenzt den Grund abluchst. Einsatztechnisch hab ich da oben die reinste Saisonkarte g'habt, so garstig ist es zugangen, vor allem zwischen dem Axpichl und dem Kalcher. Nur der Thuswalder, der Herr des Skigebiets, dem der Ort den ganzen Umbau zu verdanken hat, hat zu schlichten versucht! Is ein feiner Kerl, der Thuswalder, so wohlhabend er auch is, und sicher, es geht immer ums Gschäft, aber er hilft selbst denen finanziell, die ihm schaden wollen.«

Da ist sie natürlich erstaunt, die Danjela, wie der stattlich beleibte Fischlmeier trotz Steigung ohne Atemnot erzählen kann.

»Aber auch der Kalcher hat sich gewehrt, die ganze Umwelt-, Wasserspeicherseen- und Kunstschneeproblematik aufgrollt und sich noch unbeliebter gemacht, als er mit seinen extremen Ansichten ohnehin schon war. Sind ja alles richtige Lieblingsthemen hier. Und dann sind sie losgangen, die Gemeinheiten dem Thuswalder gegenüber: ein Brandanschlag in der Schindlgruben-Bergstation, ein Brandanschlag in der neuen Citypassage, ein Brandanschlag oben in der neuen Reithalle von seinem Sport- und Wellnessresort. Immer mehr hat der Horst dafür den Kopf hinhalten müssen, vor allem weil der Axpichl Erich den Horst irgendwo beim Zündeln gsehen haben will. Die Hölle war da los bei uns!«

Jetzt schweigt er für ein Weilchen, der Fischlmeier, was die mittlerweile hörbar um Sauerstoff ringende Danjela eine längst notwendige Frage einstreuen lässt: »Gibt eigentlich Ziel von kleine Wanderung – am besten Hütte mit Erste-Hilfe-Station?«

»Wir sind gleich oben, ein paar Meter noch.« Robert Fischlmeier winkt, ein älterer Herr winkt zurück, und die Djurkovic begreift: Die paar Meter sind Höhenmeter. Von »gleich« kann also keine Rede sein, von Rede allerdings schon, denn Robert Fischlmeier verneint zuerst die so nebenbei gestellte Frage, ob er einen gewissen Herrn Karl Schrothe kenne, und widmet sich fremdenverkehrstechnischen Ausführungen über das umliegende Gebiet, über die fast kaiserliche Tradition des Wildparks, über die wenigen zahlungskräftigen privaten Wohltäter wie eben beispielsweise den Thuswalder, über den ständigen Kampf ums Überleben, weil das Land vor lauter Wintersport natürlich für einen ganzjährig geöffneten Wildpark an Förderungen nicht viel über hat. Robert Fischlmeier erzählt, erzählt und erzählt, über die Berge, das einsame Leben bei seiner Mama, das Dasein an sich, und ja, ein wenig mischt sich bei Danjela Djurkovic jetzt zur gehörigen Portion Sympathie eine Prise Mitleid. Irgendwie mag sie ihn, den Fischlmeier, und spürt Ähnliches in deutlich verstärkter Form auch umgekehrt, was ihr als glücklich Liierte sofort vor Augen führt: Herzen brechen will sie keine. Sie muss also die Reißleine ziehen.

37

Nachdenklich blickt Willibald Adrian Metzger durch das große Panoramafenster auf die Piste hinaus, ein paar Topfenstrudelreste mit Vanillesoße vor sich auf dem Tisch, zwei Topfenstrudel in Gedanken. Den ersten in Erinnerung an Herrn Rüdiger in der Gondel: »Der Strudel is beim Kalcher aber deutlich besser.« Und den zweiten in Erinnerung an den Hundekot einsammelnden Obdachlosen Karl Schrothe: »Und patsch. Patsch macht es, wie ein

Stück Topfenstrudel hinein in die Vanillesoße, patsch. Geht es dir gut, Mutter, Kaiserin des Topfenstrudels, patsch, geht es dir gut!«

Das sind dann doch ein bisschen zu viel Süßspeisen für seinen Geschmack, vielleicht auch, weil er verbissen nach Zusammenhängen sucht: »Was stimmt nicht mit dir, Karl Schrothe? Hast du Verwandte in der Großküche des Kalcherwirts?«, flüstert er in sich hinein.

Ein wenig bleibt er noch sitzen, beobachtet die wie auf Eiern roboterartig durch die Speisehalle wandelnden Skischuhträger, sinniert darüber, wie unterbelichtet ein Architekt wohl sein muss, um ein Skirestaurant mit spiegelglatten Fliesen auslegen zu lassen, und begibt sich hinaus zu den Massen.

Dort erweisen sich die stellenweise braunen Flecken der Talabfahrt als Geschenk des Himmels, denn kaum einer der Skifahrer ruiniert sich um diese Zeit freiwillig seine Kanten. Der Umsetzung seines Vorhabens steht also nichts im Wege. Wie erhofft ist der Abstieg entlang des Pistenrandes und der dort wie Straßenlaternen in regelmäßigen Abständen herausragenden Schneelanzen bei Weitem kräfteschonender zu bewältigen als ein Fußmarsch die Asphaltstraße hinauf, und ja, Ada hat recht gehabt: Je steiler das Gelände, desto leichter das Marschieren im weichen Schnee. Fast ein wenig ins Rutschen kommt er mit seinen südpolresistenten Wanderschuhen, der Willibald, und ja, er mag es sich gar nicht eingestehen, dieses Rutschen macht Spaß. Konzentriert spielt er mit seiner Balance, belastet abwechselnd das linke, dann das rechte Bein, fast so, als würde er in die Pedale treten, fühlt es sich an. So geht es also dahin, klarerweise immer wieder von kurzen Pausen durchzogen. Zu diesem Zweck hält sich Willibald Adrian Metzger aus

Gleichgewichtsgründen an den etwa zwölf Meter langen, mit einer leicht zur Piste geneigten Schräglage aufgestellten Aluminiumrohren fest und genießt die Aussicht.

»Die Schneelanzen stehen von alleine!«, ist der erste Alleinunterhaltungsbeitrag eines vorbeifahrenden Skifahrers.

»Ist dir die Dusch ausgefallen? Da kommt aber kein Warmwasser raus!«, ein weiterer.

»Geht's dir nicht gut?«, ist schließlich die erste ernst gemeinte Wortmeldung. Ein Mann der Bergrettung, im Schlepptau einen leeren Ackja, bremst sich ein und klingt aufrichtig besorgt: »Soll ich dich mitnehmen?«

Der Metzger muss lächeln: »Das ist sehr aufmerksam, alles in Ordnung. Außerdem, wenn ich mir so anseh, wie sich da einige die Piste hinunterschmeißen, sind Sie, glaub ich, ohnedies ausgelastet.«

Da sind sich also zwei auf Anhieb sympathisch, ähnlich wie Danjela Djurkovic und Robert Fischlmeier, denn der Bergretter setzt amüsiert nach: »Stichprobenartige Alkotestungen und Liftkarten nur mit Skiführerschein g'hörten her, des sag ich dir. So simpel wärs, des ganze Theater. Nur wird des nie was, weil mittlerweile verdienen die Seilbahnen mit ihren Restaurants, Hütten und Partyiglus mehr als mit'n Liftkartenverkauf, also runter mit den Schnapserln. Hier, im ganzen Skigebiet, gibt's überhaupt nur noch eine private Hütten, den Reini und sei Bürglalm. Muasst dir auf jeden Fall anschauen. Da brauchst dann net auf der Pistn spazieren gehen.«

»Und Sie fahren also den leeren Ackja spazieren?«, erwidert der Metzger.

»Ja, da darfst net aufhören zum Trainieren, weil wenns an Einsatz gibt und du dabremst den Ackja net, schaut dein

Fahrgast am End arm aus! Wennst net weggehst von der Schneelanzen, schaust übrigens a arm aus, weil die legen glei los!«

Instinktiv nimmt der Metzger die Hand von dem Aluminiumrohr, geht ein paar Schritte zur Seite und blickt fragend hinauf: »Und? Was regnet es hier so herunter auf die Piste?«

»Wenn es windig is, gar nix, und windig is es ja oft. Der Wind kommt meistens von dort«, der Bergretter deutet von sich weg in Richtung Piste, »und weil das, was da oben rauskommt, so fein ist, wird fast alles sofort in den Wald einiblasen. Gscheit, gell!«, entschlüpft es ihm zynisch.

»Ich schätze mal, im Tourismusbüro arbeiten Sie hier nicht?«, kann sich der Metzger jetzt nicht verkneifen, was der junge, sportliche Mann zuerst mit einem Lachen, dann mit einem Blick hinauf erwidert: »Na, hab ich's nicht gesagt! Jetzt wirst nass.«

Oben zischt die Schneelanze, mit Ziel Pistenmitte, seitlich pfeift der Wind, mit Ziel Willibald Adrian Metzger, und plötzlich ist sie da, die Erinnerung an die Kernseife seiner Mutter und ihren groben Waschlappen. Kein Schlafengehen ohne Gesichtswäsche. Genauso fühlt er sich jetzt, der Metzger, während ihm die vom Wind beschleunigte Brise Kunstschnee die Backen massiert.

Bei derartig heftiger Außeneinwirkung ist zwecks Gleichgewichterhalts die Suche nach Halt natürlich naheliegend, was bei gleichzeitig geschlossenen Augen genau dann im wahrsten Sinn des Wortes in die Hose gehen kann, wenn das Naheliegende eben nicht mehr ganz so nahe liegt. Da hat er also bei seinem blinden Griff zurück auf die paar Schritte weg vergessen, der Metzger. Weg ist sie, die Schneelanze, dafür zeigt sich die Rückseite seiner Schnürsamthose von der stärksten Seite. Saugstärksten wohlgemerkt. Weicher Kunstschnee ist eben eines mit Sicherheit: eiskalt und pitschnass.

»Is unangenehm, oder?«, sagt einer, der gerade die Sonnen- gegen die Schneebrille ausgetauscht hat. Dennoch ist er für den Metzger jetzt unübersehbar, dieser ganz seltsame Blick, der ihm da zugeworfen wird.

»Und warum gibt jetzt trotzdem Skigebiet auf Kalcher-Grund?«, kehrt Danjela Djurkovic zum Thema zurück und verspürt nie dagewesene Bereiche ihres großen Gesäßmuskels.

»Weil des Schicksal die Kalchers in die Knie gezwungen hat. Tödlicher Autounfall. Die Frau vom Horst, die Marianne, und die älteste Tochter Isabella. Schrecklich war das für alle. Jedenfalls wollt dann der Sepp, dem ja die Gründe damals noch gehört haben, zumindest die Sorgen mit dem Ort loswerden, und hat deshalb den Pachtvertrag unterschrieben. Sehr nobel haben sich die Thuswalders dabei angstellt, den Kalchers eine neue Zufahrt baut, beim Ausbau der Gästezimmer gholfen und ihnen mietfrei die Räumlichkeiten fürs Sportgeschäft samt einem größeren Wagen zur Verfügung gstellt. Nur der Horst war wie verändert, hat nicht vergessen können, wie man vorher im Ort mit ihm umgangen is, und war sich immer sicher, dass der Axpichl Erich seine Frau und die Isabella auf dem Gwissen hat. Schlimm, so einem Menschen kannst nicht helfen. Dann ist ihm eines Tages seine Tochter, die Lisl, die am meisten unter dem Verlust und seiner Veränderung glitten hat, auf und davon. Alle haben wir sie gsucht, und dabei ...«

Robert Fischlmeier wird ruhig, drosselt sein Tempo, auch weil nun die Zielebene mit all den überdachten Trögen und einem wartenden, freundlich herüberwinkenden weißhaarigen Herrn erreicht ist, und erklärt in betroffenem Tonfall: »Und dabei ist der Horst mitm Motorschlitten oben aufm Berg verunglückt. A Explosion hats geben … Das Feuer hat man bis runter ins Tal gsehen und dann ist die Lawine abgangen. Schrecklich war das!«

Kurz bleibt er stehen, nachdenklich wirkt er, hebt die Hand, der ältere Herr winkt zurück, dann setzt er fort:

»Am selben Tag noch ist die Lisl zurückgekommen und hat ihren Vater nie mehr gsehen. Seither redet sie kein Wort mehr. Jetzt is auch noch der Exfrau vom Axpichl was passiert, wofür der Sepp den Erich selber verantwortlich gmacht hat, und da ist ihm wahrscheinlich endgültig der Kragen geplatzt. So seh ich das. Irgendwann kann man das Leid einfach nimmer ertragen, da braucht alles ein Ventil. Gfunden werden muss er jetzt, der Sepp! Seinen Hut und seine Pfeifen haben wir jedenfalls schon, und auf der Piste gsehen worden is er auch!«

Nein, das Leben kennt kein Erbarmen, geht es der Djurkovic durch den Kopf. Es pickt willkürlich von zweien einen heraus und zeigt sich ihm mit all seiner Grausamkeit, während der andere vom Himmel auf Erden schwärmt.

»Und was ist mit Geschichte von Toni Schuster, was ist mit schießwütige Snowboarder samt Einschusslöcher in Wald, was ist mit Alter von Sepp Kalcher?«, will Danjela Djurkovic wissen.

»Der wird schon über sechzig sein!«, stellt Robert Fischlmeier fest.

»Und fährt Snowboard!«, meldet sie ihre Zweifel an.

»Verdammt! Pass auf!«, ist die überraschend heftig ausfallende Antwort, und in der nächsten Sekunde versteht Danjela Djurkovic, warum. Denn am Ende der erreichten

Ebene öffnet sich mit einem lauten Quietschen das Eisengitter und beendet schlagartig die hier von dem Vieh zur Schau getragene paradiesische Eintracht. Ein Traktor zieht mit überraschend hoher Geschwindigkeit einen Anhänger den Weg entlang, und warum die Zugmaschine dieses Tempo wählt, ist sofort klar. Hier geht es schlichtweg um die Frage: Wer ist der Erste beim Trog? Das Rot-, das Damwild, die Mufflons, die Esel, die Zwergziegen oder der Traktor mit dem Anhänger voll Futter. Sie ist ja im Grunde eine recht robuste Dame, die Danjela, jetzt aber zeigt sie angesichts der herannahenden Front doch völlig unbeabsichtigt jene Reaktion, die ihrem Willibald immer das Herz höher schlagen lässt. So auch Robert Fischlmeier. Kaum hat sich der weibliche Arm Schutz suchend bei ihm eingehängt, landet seine verschwitzte Hand auf dem dazugehörigen weichen Handrücken. Danjela Djurkovic ist wie erstarrt und das nun dichte Gedränge um sie und das Streitgut ihre geringste Sorge. Streitgut im wahrsten Sinn des Wortes, denn wer Hörner hat, bringt sie zum Einsatz, wer Zähne und wer Hufe hat, auch, in diesem Fall also alle. Wer hier in der Schusslinie steht, kann sich somit bekreuzigen, vorausgesetzt, man hat die rechte Hand dazu frei. Fest drückt Robert Fischlmeier die von ihm umschlossenen Finger.

»Ja, Fischi! Bist nicht allein gekommen und willst mir wen vorstellen. Kannst dir gar nicht vorstellen, wie mich das freut!« Emsig befördert der weißhaarige, mittlerweile auf den Anhänger gesprungene Herr mit einer Schaufel das Futter in die Tröge. An Danjela gerichtet erklärt er: »So gewünscht haben wir's dem Robert, dass endlich einmal eine gscheite Dirn anbeißt!«

Was Danjela als rettenden Anlass nimmt, Robert Fischlmeier die Hand zu entreißen, der vor ihr stehenden Zwergziege energisch auf den Hintern zu klopfen, sich so den Weg frei zu machen und ihren Arm zum Gruß emporzustrecken.

»Bin ich seriöse Weibchen, nix Dirne!« Wie der Zwergziege klopft sie sich nun selbst auf ihre breiten Hüften: »Maximal Birne. Und bin ich nur Begleitung! Gestatten, Djurkovic, Danjela!«

Kraftvoll sind die Schaufelbewegungen des rüstigen, sehr eleganten Herrn Mitte sechzig, sonnengegerbt, beinah ledern wirkt seine Haut. Amüsiert steckt er das Werkzeug in den Haufen, dann folgt ein fester Handschlag:

»Nur Begleitung. Traurig für den Robert, freut mich aber trotzdem: Gestatten, Heinrich Thuswalder.«

Eindringlich wird Willibald Adrian Metzger, während ihm von vorn die Kunstschneetropfen ins Gesicht peitschen, mit Hauptaugenmerk auf den unübersehbaren Speckgürtel gemustert, dann meldet sich der Bergretter erneut zu Wort: »Hast schon was getrunken, oder?«

»Alpenkräuter und Tee!«, was natürlich trotz verheimlichter Schnaps- und Rumbeigabe keine Lüge ist.

»Aha, jedenfalls holst dir mit deiner nassen Hosen bis unten a Blasenentzündung. Vorschlag: Des Üben macht natürlich noch mehr Sinn, wenn wer im Ackja liegt. Und, ganz ehrlich, du gibst gewichtstechnisch schon was her!«

»Sehr witzig! Aber mein Leben geb ich nicht her, so mir nichts dir nichts. Da bin ich anschließend spitalreif!«, ist trotz brennender Wangen und durchtränkter Sitzfläche die Antwort.

»Zu Fuß vielleicht auch, die 4B ist eisig, vor allem mit Alpenkräutern und Tee im Blut!« Der Bergretter öffnet die Plane, deutet auf die Liegefläche im bootähnlichen Inneren des Gefährts und erklärt: »Spitzen-Isolier- und Stoßdämpfungsmatte mit robustem Kunststoffüberzug, gemütlicher geht's nicht. Außerdem bist du, was das Ackja-Fahren angeht, bei mir absolut in besten Händen – darf ich bitten!«

Sei es Konditionierung, denn dem rauen Waschlappen seiner Mutter folgte stets der Weg ins Bett, sei es die unbewusste Eingebung, so ein dem Ernstfall vorauseilendes Vorüben könne nur von Vorteil sein, jedenfalls landet der Metzger tatsächlich auf dem Rücken liegend in der Waagrechten, gepolstert, gut eingepackt, festgezurrt, und das alles völlig überraschenderweise Kopf voran.

»Geht's gut!«, tönt es nach hinten.

»Ja, aber bitte nach vorn schauen, nach hinten schau ja eh schon ich!«

Und weil der Pflug fahrende Steuermann alles im Griff zu haben scheint, kann der Metzger seiner Position zusehends etwas abgewinnen. So ein Blick zurück ist in diesem Fall wahrscheinlich dem Blick hangabwärts, Aug in Aug mit dem Gefälle, den Eisplatten, den Hindernissen und den drohenden Gefahren, vorzuziehen. Kommt natürlich, wie ja grundsätzlich im Leben, drauf an, was von hinten so alles daherkommt.

Robert Fischlmeier ist neben Danjela getreten und ergänzt: »Das ist er übrigens, der Thuswalder. Wir haben grad von dir gesprochen.«

»Hätt ich nicht gedacht! Gehen so schlecht die Geschäfte, dass is nötig ein bisschen Hilfsarbeit in Wildpark!«

»Eine erdige Arbeit ist immer nötig«, erwidert Heinrich Thuswalder, »sonst verlierst du ganz schnell die Bodenhaftung, egal, wie gut oder schlecht die Geschäfte gehen, und egal, ob du dir alles selbst aufgebaut hast, so wie ich, oder alles geschenkt bekommst, so wie unsere Kinder!«

Der Herr dieses Skigebiets, der Erbauer der Schindlgruben, der größte Dienstgeber vor Ort steht mit einer Schaufel in der Hand auf dem Wagen und verteilt Futter. Völlig absurd kommt Danjela diese Szene vor. Derartiges erwartet man genauso wenig wie Bischöfe als Teilzeitkindergärtner – und doch fasst sie Vertrauen,

»Also, warum begleiten Sie ihn dann, den Robert?«

»Damit ich ihre Freundin laufen lasse, wahrscheinlich samt deren Freund, also aus reinster Berechnung!«, legt Robert Fischlmeier schmunzelnd die Karten auf den Tisch.

»Was haben die beiden denn angestellt?«

»Na, war Freundin bisschen frech, und glaub ich, darf man nix widersprechen Polizeichef. Und frech war Freundin wegen absurde Verhaftung von Skiurlauber als Häckselmörder!«

Jetzt lacht er aus voller Kehle, der Heinrich Thuswalder.

»Sie gefallen mir, kann man Sie als Begleitung buchen? Da kenn ich einige, die so eine Erdung, wie Sie zweifelsohne eine haben, ganz schlecht vertragen und gewaltig gut gebrauchen könnten. Mein Jüngster zum Beispiel ...!«

»Meinen Sie Feschak mit Schalentier als Automobil?«

»Den kennen Sie auch schon!« Erheitert stützt sich Heinrich Thuswalder auf die Schaufel.

»Weiterschaufeln, Heinrich!«, rät Robert Fischlmeier in Anbetracht des aus Futtermangel ausbrechenden Kleinkrieges neben sich. Heinrich Thuswalder gehorcht, spricht aber weiter: »Hast ihn also noch immer in Gewahrsam, den verrückten Morgentauskifahrer. Na, dann lasst ihn halt gehen, hast eh seine Daten, wichtiger wär, ihr findet den Sepp. Meine Güte, tun mir die leid, die Kalchers, wirklich!«

»Mir auch, nur was geschehen is, is geschehen!«, bemerkt Robert Fischlmeier nachdenklich.

»Leider, Robert!«, ist die Antwort, einen tiefen Blick werfen die beiden Herren einander zu, dann pendelt sich die Unterhaltung auf eher belanglose Fragen ein: »Wie geht es dir sonst?«, »Wie geht es deiner Mutter?«, »Ich geh heut noch zum Kalcher, Stockschießen, wenn du den Sepp bis dahin hast, gehst mit?«

Selten, dass das Leben eine derart überraschende Lektion bereithält. In Zukunft will sie also ihre Vorurteile ein wenig nachjustieren, die Danjela, denn dass sich jemand, der auch ohne Futteranhänger selbstgefällig über den Dingen stehen könnte, dermaßen ungekünstelt auf Augenhöhe des Fußvolkes und Kleintieres begibt, ist zumindest für sie eine neue Erfahrung.

Warum sich Robert Fischlmeier allerdings extra in den Wildpark begeben hat, um dort Heinrich Thuswalder zu treffen, versteht sie wenig später, nach einem für ihre Knie alles andere als erfreulichen Abstieg, noch immer nicht ganz.

38

Froh ist er jetzt, der Metzger, über sein kokonartig verpacktes Dasein, denn was da im Hintergrund auftaucht, sich die Piste hinunterschlängelt und zügig näher kommt, entpuppt sich zusehends als keineswegs beruhigend. Und das will was heißen, denn an sich zaubert so eine Kinderskigruppe dem Betrachter doch eher ein Lächeln ins Gesicht. Kinder, an denen zwar jeder Ausrüstungsgegenstand hoffnungslos zu groß scheint, die aber selbst immer noch kleiner sind als ihr Mut. Mit rasendem Tempo, zur Seite gestreckten Armen, gestreckten Beinen, weit nach hinten gestreckten Hinterteilen und zum Ausgleich dazu weit vorgebeugten Oberkörpern folgen sie ihrem Anführer. Und genau der ist der Grund des im Metzger aufkeimenden Unbehagens. Denn der Blick zurück ist in diesem Fall auch einer in die Vergangenheit. Diesen jungen Mann, dessen ohnedies schon ausreichend aufsehenerregende Haarpracht eine schwarz-gelb-grün-rote Häkelmütze aufbläht, als wäre sie genau jener Helm, den hier aller Vorbildwirkung zum Trotz nur die Kinder tragen, hat der Metzger mit Sicherheit schon einmal gesehen, eingeparkt in einem silbernen Familyvan vor dem Kinderspital. Jetzt bekommt er also auch seine Stimme zu hören:

»Hannes, hat's wen erwischt, soll ich hinten anpacken?«

Der Bergretter, offenbar namens Hannes, ist stehen geblieben, ebenso wie die Kindergruppe, die in kürzester Zeit geschlossen zum festgezurrten Metzger hereinstarrt.

»Ist nett von dir, Laurenz, aber das ist nur eine Übungsfahrt!«, was die Kinder natürlich enthemmt und ihrer Phantasie freien Lauf lässt:

»Schaust aus wie ein Schmetterling vorm Schlüpfen!«, meint ein Mädchen. »Eher wie ein Fieberzapferl!«, ergänzt ein Bub, ein Weilchen dauert es, bis das Gelächter abklingt, dann ergänzt der Skilehrer: »Sagen wir Brotlaib!« Heilfroh ist der Metzger, jetzt nicht den Vergleich mit einem Sarg gehört zu haben, denn die Frage stellt sich für ihn schon: Ist umgekehrt auch er trotz seiner Verpackung wiedererkannt worden?

»Und, hast a Gaudi?«, wird er nun direkt angesprochen.

»Einmal und nie wieder!«, ist die Antwort des Restaurators.

»Sag niemals nie!«, ist wiederum die humorvoll gemeinte Erwiderung von allerdings geradezu hellseherischer Qualität.

Dann ist sie dahin, die Kindergruppe samt Skilehrer.

»Alles in Ordnung?«, will Bergretter Hannes wissen, bevor es nun weitergeht.

»So stell ich mir einen Skilehrer vor. Wenn ich mit dem eine Einzelstunde will, wen muss ich da anfragen?« erwidert der Metzger.

»Laurenz Thuswalder, der ...«

»Ein Thuswalder, der als Skilehrer arbeiten muss?«, unterbricht der Restaurator. »Das ist dann aber nur eine zufällige Namensgleichheit, oder?« Und wenn er nicht festgezurrt wäre, würde er sich vor lauter Verwunderung jetzt aufsetzen.

»Na, na, das passt schon. Der Laurenz ist der ältere von den beiden Thuswalder-Söhnen. Im Grunde ein feiner Kerl, so wie sein Vater, ein fähiger Mann bei der Bergrettung, und wenn er kann, übernimmt er gern zum Spaß für einen Tag eine Kinderskigruppe.«

»Und wieso ist er nur im Grunde ein feiner Kerl?«

»Auch wenn die Thuswalders dem Ort das Überleben gesichert haben, war und werd ich nie ein Freund von dem Geschäft mit der Natur, von den Skigebietserweiterungen und dem ganzen Irrsinn mit dem Schnee, der da oben rauskommt!«

»Wieso Irrsinn?« Jetzt trifft er offensichtlich den Nerv, der Metzger, denn sein Gegenüber kommt in Fahrt, diesmal nicht auf Skiern:

»Erstens: Ein Vierpersonenhaushalt verbraucht im Jahr

etwa 200 000 Liter Wasser. Für einen Hektar, also 10 000 Quadratmeter, beschneite Piste brauchst vier Millionen Liter. Alpenweit waren das im Jahr 2004 95 Milliarden Liter aus Bächen, Flüssen, Quellen oder der Trinkwasserversorgung, sprich der jährliche Trinkwasserverbrauch einer Stadt mit 1,5 Millionen Einwohnern.

Zweitens: Ein Vierpersonenhaushalt verbraucht im Jahr 4500 Kilowattstunden Strom. Für einen Hektar beschneite Piste brauchst 25 000 Kilowattstunden. Alpenweit waren das im Jahr 600 Millionen Kilowattstunden, sprich der jährliche Stromverbrauch von 130 000 Vierpersonenhaushalten.

Drittens: Die Fläche der beschneibaren Pisten in den Alpen war 2004 mit rund 24 000 Hektar anderthalb Mal so groß wie das Fürstentum Liechtenstein, also fast ein Viertel der gesamten Pistenfläche der Alpen.

Was das alles neben der Pistenpräparierung und dem ganzen Skibetrieb für die Umwelt bedeutet und wie die Zahlen heute aussehen, will ich gar nicht wissen – so, und jetzt starten wir wieder, sonst vergeht mir noch der Spaß!«

Deutlich ist dem Bergretter Hannes nun der Unmut anzumerken, denn entsprechend flotter geht sie weiter, die Fahrt. Wobei der Metzger bis zum Gasthof Kalcherwirt von der zügig an ihm vorbeiziehenden Umgebung gar nichts mehr mitbekommt, sondern einzig seinen Gedanken nachhängt.

Wieder ein Faden mehr, der hier an diesem Ort all die seltsamen Ereignisse zusammenlaufen lässt. Wenn er nämlich eines nicht glauben kann, der Metzger, dann, dass Laurenz Thuswalder zufällig vor Maria Kaufmanns Unglücksort geparkt hat.

Froh ist er dann wenig später, vor den Toren des Kalcherwirts dem Gefährt entsteigen zu können, nicht aufgrund seiner Unversehrtheit, sondern der nicht zu verachtenden Schwitzkur im Inneren des Ackjas:

»Uiuiui, so einen Wärmeeinbruch wollen wir ja gar nicht in unserm Skigebiet!«, betrachtet Bergretter Hannes zum Abschied voll Ironie die Schweißperlen auf Willibalds Stirn. Und da kann er jetzt in Erinnerung an Herrn Rüdiger und die Erzählung vom Schindlgruben-Debüt natürlich nicht widerstehen, der Metzger.

»Und was passiert, wenn so ein Wärmeeinbruch eine Schindlgruben-Debütabfahrt beinah ins Wasser fallen lässt? Womit fährt man da: mit Wasserskiern?«

»Mit Chemie!«

Und jetzt ist er wieder in seinem Element, der Bergretter Hannes: »Da fliegst tagelang mit dem Hubschrauber hin und her, bringst Kunstschnee, und dann tränkst du die Pisten mit zwei Tonnen Ammoniumnitrat, aus dem machst sonst Düngemittel oder gewerblichen Sprengstoff. Zwei Tonnen, das musst du dir vorstellen, das is anderswo die zugelassene Jahresmenge an Dünger für eine landwirtschaftliche Fläche von sicher 20 Hektar! Nur wennst mit Ammoniumnitrat die Pisten präparierst, dann ist das keine Düngung im Sinne des Düngemittelgesetzes, also kratzt des keinen – außer die Natur. Außerdem sieht man's ja nicht. Sickert ja alles in den Boden und ins Grundwasser.«

»Das klingt ja schaurig! Und was bewirkt so eine Pistenpräparierung?«

»Das is ein chemischer Schneehärter. Der holt aus dem Schnee die Feuchtigkeit und setzt so den Gefrierpunkt hinauf. Wie zum Beispiel auch Harnstoff oder Natriumchlorid, besser bekannt als Kochsalz. Des kennst ja sicher.

Wenn du zum Beispiel umkippst, gibt's Kochsalz hochverdünnt als Infusion, und wenn dir das so wie der Piste und dem Boden darunter unverdünnt verpasst wird, dann bist tot!«

»Und solch Spezialbehandlungen sind legal?«, erwidert der Metzger erstaunt.

»Dazu kann ich nur sagen: Ohne den Wintersport könnten jede Menge Dörfer hier zusperren, da schauts dann schlecht aus mit der Wirtschaft in dem Land! Des Gebiet rund ums Bürgljoch zum Beispiel, des haben im Jahr 2000 alle Parteien einstimmig zum Naturschutzgebiet erklärt, 2001 wurde es feierlich eröffnet, 2005 hat die Landesregierung diesen Beschluss dann wieder aufgehoben, da wars dann plötzlich kein Naturschutzgebiet mehr, und 2009 hat dann die Bürgljoch-Skischaukel ihren Betrieb aufgenommen. Muss ich no mehr erzählen? I bin zwar Bergretter, aber ganz ehrlich: Der Berg is nimmer zum Retten. Wie lang bleibst noch?«

»Bis morgen!«, antwortet der Metzger irritiert, sind ja auch nicht gerade erfreuliche Eckdaten, die sich gerade zu der wirklich beeindruckenden Bergidylle gesellt haben. »Danke fürs Mitnehmen!«

»Machst das halt guat!«, ist der Abschiedsgruß, und ganz so einfach wird das für den Willibald nicht werden.

39

Es ist aufgrund der kriminellen Überfüllung natürlich keine Zelle, in der Sophie Widhalm nun die Zeit ihrer Ausnüchterung abzusitzen hat, sondern ein schlichtes ebenerdiges Zimmer mit französischem Fenster und einem für derartige Verglasungen üblichen Gitter. Problemlos lässt sich das Fenster öffnen, was sie nach einiger Zeit der abgestandenen Luft und der hereinstrahlenden Sonne wegen auch tut. Eine Gefangennahme sieht anders aus, wird ihr erleichtert klar.

Wem danach ist, der kann hier also nach Belieben ein- und aussteigen, so wie auch einige Meter entfernt. Im Gegensatz zum Dienstzimmer wird dort von diesen Möglichkeiten auch eifrig Gebrauch gemacht. Eingestiegen wird freiwillig, ausgestiegen nicht immer. Manch einer schafft es eben nicht bis ganz hinauf, sondern verabschiedet sich gleich zu Beginn oder irgendwo dazwischen. Ist ja auch wirklich alles andere als leicht, sich gerade mal halbwegs auf Skiern halten könnend, in einer butterweichen Spur von einem zwischen den Oberschenkeln steckenden Plastikteller den Hang hochziehen zu lassen. Vor allem unter den anfeuernden Rufen der eigenen Erzeuger.

Es ist Samstagnachmittag, 15:30 Uhr, ein Skitag geht zu Ende, die Skiflöhe werden wieder an ihre Eltern übergeben. Und dieser Beweisakt des Leistungsfortschritts sieht so aus: ein letztes Mal mit dem Tellerlift hinauf, hinunter über den Mickey-Mouse-Parcours und dann zu Mama oder Papa oder zu beiden, manchmal auch noch zusätzlich zu Oma und Opa oder den großen Geschwistern. Lampenfieber steht also auf der Tagesordnung, Sturzorgien samt

Tränen ebenso, nur das gemeinsame »Ski-Heil-Heil-Heil« ist zum Glück aus der Mode gekommen.

Und so wartet Sophie Widhalm nun vor dem offenen Fenster, genießt die letzten Sonnenstrahlen, beobachtet die dank kälteresistenter Wattierung monströser Helme und wackeliger Beine zu kleinen Teletubbies mutierten Sprösslinge und spürt die prickelnde Wärme in ihrem Unterleib. Kinder, eigene Kinder, ja, das gehört zu ihrem Lebensplan, vor allem seit die kleine Lilli Matuschek-Pospischill auf der Welt ist. Ein Lebensplan, für den ihr, auch wenn sich heutzutage Spätzünderinnen noch im Pensionsalter als werdende Mütter feiern lassen, nicht mehr allzu lange Zeit bleibt. Nur, so ein Leben lässt sich leider kaum planen, Schwangerschaften schon gar nicht, und diejenigen, die diese Schwangerschaften verursachen, am allerwenigsten. Ein Lottosechser ist das heutzutage: ein geschlechtsreifer und nicht nur fortpflanzungsbedürftiger, sondern auch zeugungs- und folglich bindungswilliger Mann. Von Exemplaren, die einen Dauerauftrag für aktuelle Unterhaltszahlungen als Dauerentschuldigung für gemeinsame Haushaltszahlungen vorschieben, hat sie die Nase voll. Kennenlernen, zusammenziehen, Kinder, das ist die Reihenfolge, die ihr vorschwebt, und nicht Kinder, Zusammenziehen und Kennenlernen.

»Ach, Toni!«, entweicht es ihr hoffnungsfroh, den Blick nach wie vor hinausgerichtet.

Langsam leeren sich der Anfängerhang der Skischule und der Parkplatz direkt davor, und weil das eben immer so ist beim Reihenlichten, bleibt am Ende jemand über. In diesem Fall ist es ein kleiner Junge, geschätzte vier Jahre alt. Wie angewurzelt steht er allein am Fuße des Mickey-Mouse-Parcours im matschigen Schnee, umgeben von einer

Truppe ausgewiesener Weltklasseskifahrer: Mickey, Minni, Kater Carlo, ein paar verirrte, ausgebleichte Schlümpfe, ein Peter Pan, alle mindestens dreimal so groß wie er, einfach nur traurig sieht das aus. Auch deshalb, weil der Junge zwar das einzig anwesende Kind, aber nicht der einzig anwesende Mensch ist. Ebenso vereinsamt steht eine Gruppe Erwachsener am Rand der Piste, blickt den Hang hinauf und wartet. Und keiner von ihnen wartet offenbar auf den Kleinen. An diesem Zustand ändert sich nichts, nicht nach fünf Minuten, mitfühlend hebt Sophie am Fenster die Hand und winkt, nicht nach zehn Minuten, mittlerweile winkt der Junge zurück, mittlerweile zeigen die Eltern erste Unruheerscheinungen, manche telefonieren, manche blicken nervös auf ihre Uhren. Weitere fünf Minuten später fährt der Inbegriff an Lässigkeit den Hang herunter, und alles, aber auch wirklich alles an dieser Erscheinung soll zum Ausdruck bringen: Ich bin genau das, was andere als cool bezeichnen. Ein Skifahrer im Snowboarder-Schlabberlook, mit buntem Rucksack und Bob-Marley-Häkelmütze legt seine Schwünge in den Schnee, und verdammt, es sieht einfach phantastisch aus, fast spielerisch leicht. Der erste Gedanke, der Sophie Widhalm bei diesem Anblick kommt, ist: »Fliegen«, der zweite: »Ach, wie süß!« Denn in Reih und Glied und mit erstaunlicher Geschwindigkeit hält ein ganzer Rattenschwanz von Kindern sturzfrei dahinter die Spur. Da werden freiwillig Telefonate unterbrochen, nur um diesem Spektakel den nötigen Respekt zu zollen. Euphorisch ist der Applaus, vielleicht auch aus Erleichterung über die wohlbehaltene Ankunft der Stammhalterinnen und Stammhalter.

Unten angekommen, bremst der Kopf der Truppe direkt vor Kater Carlos Nasenspitze mit einer aus der Fahrt heraus gesprungenen 270-Grad-Drehung, und die Dreadlocks wirbeln nur so durch die Luft. Dann schmettert er seiner Gruppe einen Abschiedsgruß entgegen, springt aus der Bindung, stürmt auf den wartenden Jungen zu, hebt ihn empor wie eine Trophäe, einen Siegespokal, und schickt ein Johlen der Glückseligkeit hinauf ans Universum. Zwei Menschen stehen im Schnee, einer davon ohne Bodenkontakt, und umarmen sich, und diesmal ist Sophie nur noch zu einem einzigen Gedanke imstande: »Liebe«.

Eilig trägt er den Jungen zum Wagen, Skischuhe werden aus- und Sportschuhe angezogen, Sportgeräte im Kofferraum des silbernen, ausgesprochen schneidig wirkenden Familyvan verstaut, ja so etwas könnte ausnahmsweise auch der Geländewagenliebhaberin Sophie Widhalm gefallen, dann wird der Junge sorgfältig angeschnallt dem Kindersitz überantwortet und schließlich Fahrt aufgenommen, vorbei an der im Sonnenlicht stehenden Gefangenen. Zwischen französischem Fenster und Windschutzscheibe kommt es zu einem kurzen, aber intensiven Blickwechsel, durch das heruntergelassene Fenster der Rückbank winkt eine Kinderhand heraus, dann ist sie frei, die Aussicht.

Allerdings nicht lange, denn dem unverkennbaren Klang eines rückwärts fahrenden Pkws folgt das zu erwartende Bild.

»Was macht eine so schöne Frau wie Sie im Fischlmeier-Revier. Sorgen? Was angestellt?«, tönt es aus dem nun auch geöffneten vorderen Fenster heraus. Angenehm klingt die Stimme des Lenkers.

Jetzt ist Sophie Widhalm ein wenig überfordert, denn mit einem derartigen Frontalangriff hätte sie nicht gerechnet. Andererseits passt das natürlich recht gut: Ein lässiger, bis auf die Frisur gut aussehender, dem Wagen nach zu urteilen gut betuchter Typ mit Buben auf der Rückbank bremst sich sichtlich eroberungswütig ein und meint, mit ein paar flotten Sprüchen gingen für ihn alle Türen auf.

»Was angestellt: Autodiebstahl. Also aufpassen!«, antwortet sie entsprechend nüchtern und erntet ein Lächeln.

»Was meinst du, Jako«, wendet sich der Fahrer dem Buben auf der Rückbank zu, »dann bringen wir besser unseren Wagen in Sicherheit!« Und weg ist er, sehr zur Freude Sophie Widhalms.

Die Aussicht ist also wieder frei, der Anfängerhang leer, der Tellerlift unbenutzt, der Mickey-Mouse-Parcours ein Gruselkabinett bleicher Gestalten, der Pistenbelag ein einziges Schlachtfeld. Bevor Schneekanonen, Schneelanzen und eine Armada an Pistenraupen mit ihrem nächtlichen schönheitschirurgischen Eingriff beginnen, zeigt sich so ein Winterparadies am Ende eines Skitages ziemlich trostlos.

40

Ahhhhhh – das hat gutgetan. So zwischendurch den Hormonhaushalt regeln mit einer alten Bekannten, das kann schon was. Und Brüste hat sie, einfach zum Anbeißen.

»Nicht wahr, Mama!«, flüstert er und muss lachen. Jana Jusovic, da juckt es ihn ja schon allein beim Gedanken daran, wie er einst regelmäßig von diesem Prachtweib durchgeputzt wurde bis zur Besinnungslosigkeit.

»Und lass den Fetzen an!«, war stets sein einziger Wunsch. So auch heute, nur ist die Putzfrauenmontur kein

Dirndl mehr, sondern ein ärmelloser blauer Kittel mit einer durchgeknöpften Vorderseite. Jana Jusovic hat also neue Arbeitgeber.

Mit »Verdammt, du Dreckstück, du hast mit gefehlt. Ich brauch dich, mein Schatz!«, beginnt er den Spaß und entwendet den einen Schatz, den er wirklich braucht. Mit: »Warte, ich muss schnell für kleine Jungs!«, fügt er ein Päuschen ein, übergibt diesen Schatz am ausgemachten Ort, ganz in Gedanken an Janas zerzaustes, volles Haar, an ihre vollen Lippen und ihre so grundordinäre Ausstrahlung. Dann geht es los. Wieder ist es eine Kammer mit frischen Handtüchern und Bettwäsche, wieder ist es überirdisch, da kann sich jede hoch bezahlte Gunstgewerblerin einschulen lassen, nur die Adresse hat sich geändert: Gasthof Kalcherwirt.

Nach zehn Minuten ist der Spaß vorbei. Jana küsst ihn, und sie verlassen den Raum. Vor der Tür liegt der zurückgebrachte Schatz, der Universalschlüssel, und Jana vor Schreck beinah in der Waagrechten.

»Beruhig dich, stell dir vor, du hättest ihn woanders verloren und jemand hätte ihn mitgehen lassen!«

Es hat also geklappt. Kurz darauf nimmt er Kontakt auf.

»Hat super funktioniert mit dem Universalschlüssel!«, ist der Bericht.

»Tief schürfende Kontakte sind eben Gold wert!«

»Hast du's mitgefilmt?«

»Fällt dir noch eine andere saudumme Frage ein?«

Wenig später sitzt er in Gesellschaft vor einem Bildschirm. Es fühlt sich an wie während eines Computerspiels, als wäre er selbst mittendrin, mit dem Unterschied, es ist kein Spiel:

Zimmer 202. Die Tür geht auf, ein Hund steht im Vorraum. Ein paar simple Liebkosungsgesten, und der Vierbeiner schleckt die fremde Hand ab. Trottelviech. Es folgt ein Rundumblick. Nichts ist auffällig, maximal die Art und Weise der Lagerung diverser weiblicher Kleidungsstücke und Utensilien deutet auf einen deutlich ausgeprägten männlichen Ordnungssinn hin. Ansonsten aber: Keine Hinweise, nichts Verdächtiges, nur ein Notizblock und ein Bleistift liegen neben zwei orange-neonfarbenen Gehörstöpseln auf einem der beiden Nachtkästchen. Das Notizbuch wird zur Hand genommen, durchgeblättert. Alles, was sich darin befindet, sind diverse willkürlich aneinandergereihte Zahlen und Zeichen.

Auch der Block wird zur Hand genommen, wieder dieselben Zahlen und Zeichen, diesmal in einer anderen Handschrift, diesmal in die linke Spalte einer Tabelle eingetragen, in der rechten stehen vereinzelte Buchstaben, so als wollte jemand einen Code knacken. Mit einem Handy werden davon einige Fotos angefertigt, alles ordnungsgemäß zurückgelegt. Beim Wegdrehen stößt kurz, aber heftig ein Bergschuh ans Nachtkästchen, was dieses ein wenig verschiebt und den Bleistift samt einem der beiden Gehörstöpsel zu Boden fallen lässt. Der Bleistift wird aufgehoben, der Gehörstöpsel scheint verschollen. Kurz wird gesucht, die Ritzen zwischen Matratze und Rahmen abgetastet, ein Blick unters Bett geworfen, unter die Bettdecke, die Polster. Unauffindbar, das Ding, trotz Neonfarbe. Aus dem am Nachtkästchen liegenden Stöpsel werden zwei Teile geformt, zu Kugeln geknetet, neben den Bleistift gelegt, es folgt ein letzter Rundblick, der Hund wird getätschelt, das Hotelzimmer verlassen, mit denselben offenen Fragen wie zuvor. Fragen, die beantwortet werden müssen.

»Glaubst du, die sind ungefährlich?«, ist seine Frage.

»Keine Ahnung, jedenfalls sind sie verdammt neugierig und gehörn heimgeschickt.«

»Im Blechsarg?«

»Wir probierens zuerst anders. Das Edelweiß bleibt ja heut zu, so fix und fertig is der Jo Neuhold wegen seinem Freund, dem gschnetzelten Axpichl. Werden wir also schauen, dass der Jo zusammen mit ein paar Kumpeln auf andere Gedanken kommt?«

»Und was machen wir mit dem Sepp?«

»Warten!«

Verdammt gut, nicht allein zu sein. Verdammt gut, jemanden zu haben, der die Dinge durchdenkt und klar sieht. Verdammt gut, zu wissen, wofür und für wen man das alles unternimmt.

41

Die Wiedersehensfreude ist groß. Ohne den Raum zu betreten, wird die Hundeleine geschnappt, kurz darf sich Edgar im Gemüsegarten des Kalcher-Urgroßvaters erleichtern, dann kommt auch der Metzger einem drängenden Bedürfnis nach, bedient sich retour am Zimmer des Bitte-nicht-stören-Schildes, entledigt sich bis auf sein Rippleibchen der Oberbekleidung und springt ins Bett. Hundemüde ist er. Nur garantiert ein Bitte-nicht-stören-Schild noch lange keine Nachmittagsruhe. Unnachgiebig stellt das Putzpersonal im Stock darüber seine Gründlichkeit unter Beweis, und gesaugt wird, da fürchtet der Teppich um seine Behaarung.

Hilfe suchend greift Willibald Adrian Metzger auf sein Nachtkästchen, führt die ihm so vertrauten Handgriffe durch und wundert sich: Entweder seine Gehörgänge haben von gestern auf heute deutlich an Durchmesser zugelegt, oder die Gehörstöpsel sind geschrumpft. Dann fordert der Körper sein Recht und entflieht der Wirklichkeit. Tief ist des Metzgers Schlaf, schmerzhaft das Erwachen.

Sophie Widhalm hat Besuch bekommen.
»Sind wir jetzt wieder brav!«, begrüßt sie Robert Fischlmeier, hält ihr die Tür auf und geleitet sie in die Wachstube.
»Da hat wer für Sie ein gutes Wort eingelegt«, erklärt er dort in Gegenwart zweier männlicher Wesen. Einer der beiden grinst, der andere winkt ihr zu.
»Laurenz Thuswalder, freut mich, und das ist mein Sohn Jako!«
»Jakob heiß ich!«, greift der Junge korrigierend ein und stellt eindrucksvoll die ohnedies bekannte fehlende Deckungsgleichheit der Reife eines Erwachsenen und eines Kindes unter Beweis.
»Wenn Sie mir versprechen, den Wagen nicht zu klauen, sind wir gern Ihr Taxi!«, meldet sich Laurenz Thuswalder zu Wort, um gleich darauf vice versa seinem Sohn eine Lektion fürs Leben mitzugeben: »Hast du gesehen, Jako, wenn man nicht brav ist, dann muss man ein wenig bei der Polizei bleiben.«
»Ich war schon brav, Jakob, aber der Herr von der Polizei …!«, kann Sophie Widhalm nicht anders und wird zum Glück von Robert Fischlmeier höchstpersönlich unterbrochen:
»Ganz still bist du jetzt, bevor ich's mir wieder anders

überleg.« Auffordernd nickt er einem seiner Kollegen zu, eine Tür wird geöffnet, und für ein wundes Damenherz geht die Sonne auf.

»Den Witzbold kannst gleich mitnehmen!«, setzt er fort, wendet sich dem Gemeinten zu und rät: »Und du, Schuster, das nächste Mal wartest du mit deinen Abenteuern, bis die Lifte aufsperren, alles klar! Und jetzt hoffentlich auf Nimmerwiedersehen und einen schönen Samstagabend.«

Dem Freigelassenen werden seine Geldbörse und das im Schutzmantel eines Lederetuis steckende Multifunktionsmesser übergeben, dann wird unmissverständlich zum Ausgang gedeutet, und wirklich glücklich sieht er dabei nicht aus, der Fischlmeier Robert.

Ganz im Gegensatz zu Toni Schuster draußen vor der Tür. Kurz zögert er, dann kann er nicht mehr anders und nimmt sie einfach, die Hand seiner Auserwählten. Nicht einmal ein Zucken ist bei Sophie zu spüren, keine Spur eines Ausweichens, ganz im Gegenteil. Sofort verschränken sich ihre Finger mit den seinen, und ein seltener Schauer strömt durch den männlichen Körper. Ja, das wäre sein Lebenstraum: durch eine Erstfrau seine Rosi zur Zweitfrau werden lassen. Und ja, wie seine Rosi würde er auch diese Erstfrau ordnungsgemäß anmelden, ihr zuerst sozusagen als Kennzeichen in aller Form und mit allem Drum und Dran seinen Nachnamen angedeihen lassen, und dann – Toni Schuster steht hinter Laurenz Thuswalder vor dessen Wagen und sieht zu, wie der kleine Jakob in den Kindersitz gehoben wird –, dann würde er alles tun, um aus seiner geliebten Frau und aus sich eine Bilderbuchfamilie werden zu lassen, mit Kindern und Haus und viel Sicherheiten, und mit Sicherheit ohne Hund. Alles würde er unternehmen, um diese Familie beschützt durchs Leben zu kutschieren, wenn möglich in genauso einem Wagen: innen alles aus dunklem Leder, auf dass die Kinder sorgenfrei herumpatzen können, die Scheiben getönt mit zusätzlich integrierten Jalousien, Airbags an allen Ecken und Enden, vorn eine Traumausstattung, hinten nur die Testsieger unter den Isofix-Kindersitzen, und natürlich all das auf Allrad in Bewegung gesetzt mit mindestens 150 PS. Sicherheit bedeutet eben nicht nur eine Bremse, sondern auch ein Gaspedal, das bestmöglich reagiert.

Langsam dreht er den Kopf zur Seite, hebt ihn, blickt in wunderschöne smaragdgrüne Augen und drückt sie fest, die leicht verschwitzte Damenhand. Sophie ist also nervös, ach, wie schön.

Es muss ein Schrei von doch erheblicher Lautstärke gewesen sein, den Willibald Adrian Metzger durchs Zimmer geschickt hat, denn nicht nur er selbst wird schmerzbedingt aus dem Tiefschlaf gerissen.

»Was brüllst du wie Walross!«

»Wie bitte?«, befördert der Metzger seine Gehörstöpsel ans Tageslicht.

»Walross!«, wiederholt die Djurkovic schlecht gelaunt.

»Na ja, ein bisschen Walross gilt auch für dich! Der Gips ist waffenscheinpflichtig, das sag ich dir.«

Der Metzger reibt sich den Hinterkopf, also den Ort der eben praktizierten so schmerzhaften Spontanliebkosung, atmet ein paarmal tief durch und setzt fort: »Seit wann bist du hier?«

»Na, wird schon sein Stunde. Hast du so tief geschlafen, hätt ich können Zimmer ausräumen, bin ich aber ebenfalls unter Bettdecke gekrochen und eingenickt.«

»Sag, Danjela, ganz ehrlich: Schnarch ich genauso wie du?«

Danjela Djurkovic steht auf, deutet hinaus in den Schnee und erklärt: »Hab ich Gefühl, willst du ein bisserl Abreibung!«

»Und warum hast du meine Stöpsel halbiert?«

»Ja, ganz sicher, werd ich dreckige Stöpsel von meine Willibald verwenden und halbieren! Und ja, schnarchst du manchmal, da hilft sowieso nix Stöpsel, nicht einmal ganze.«

»Und meinen Notizblock, nehm ich an, hast du auch nicht in der Hand gehabt, um ein wenig mitzutüfteln, was ich übrigens sehr begrüßen würde. Der liegt hier mit einer anderen Seite aufgeschlagen.«

Es lässt ihm eben keine Ruhe, richtig, der Ehrgeiz hat ihn gepackt. Ähnlich wie andere vor dem Einschlafen ein Buch lesen, ist es zur Zeit sein abendliches Ritual, diese Wirrnis aus Buchstaben, Zahlen und Zeichen zu studieren, die ihm der verstorbene Obdachlose hinterlassen hat. Mittlerweile schwirren ihm die Zeichen auch schon ohne Notizen im Kopf herum, wechseln hurtig ihre Plätze, als wäre es ein Sesseltanz oder ein politisches Postenkarussell. Im Gegensatz zu Letzterem muss hier jedenfalls eine Logik, ein Sinn dahinterstecken, davon geht er aus.

Und gerade der Logik wegen sitzt der Metzger jetzt hellwach in seinem Bett: »Dann war wer im Zimmer.«

»Natürlich war wer in Zimmer, oder hast du noch nix bemerkt: Macht jemand jede Morgen Betten, und bekommst du frische Handtücher!«

Dann läutet das Telefon, und Danjelas Blick erhellt sich: »Sophie!«

Laurenz Thuswalder zeigt ein gänzlich anderes Verhalten, als seine wilde Aufmachung vermuten lässt. Behutsam legt er seinem Sohn, rührselig beobachtet von Sophie Widhalm und Toni Schuster, den Gurt an und streicht ihm zärtlich über den Kopf.

»Also, vielen Dank für die Rettung! Erstaunlich, dass ihr Thuswalders nichts Besseres zu tun habt, als Touristen zu betreuen!«, meint Toni Schuster, und Sophie fügt schmunzelnd hinzu: »Dein Bruder Stefan hat sich ja nach unserem eher unerfreulichen Besuch im Edelweiß auch schon als Chauffeur qualifiziert, allerdings mit einem noch besseren Wagen!«

Äußerst erstaunt ist die Reaktion: »Mein Bruder, als Chauffeur? Na, du musst ihm gefallen haben. Bin mir sicher, das war wohl eher als Abschleppdienst gedacht!«

»Klingt nach wahrer Geschwisterliebe?«

»Freunde kannst du dir aussuchen, die Familie hast du dir eingetreten, auf Lebenszeit! Und, wie lang seid ihr noch hier?«, wird das Thema gewechselt.

»Leider nur bis morgen!«, antwortet Sophie.

»Dann ist das ja euer letzter Abend!«, stellt Laurenz Thuswalder fest, steigt dabei selbst in den Wagen, schließt die Tür, kurz scheint er zu überlegen, dann setzt er fort: »Und, schon was vor?«

Die Frage dürfte für das sichtlich taufrische Pärchen etwas zu plötzlich kommen. Verdutzt sehen die beiden einander an.

»Also nicht? Großer Fehler!«

Und weil Laurenz Thuswalder ein Macher ist, nutzt er das Schweigen der frisch Verliebten, wählt über die Freisprecheinrichtung seines Wagens für alle hörbar einen gewissen Rupi an und reserviert einen Tisch für vier Personen. Dann wird der mittlerweile auch Toni Schuster bekannte Liftwart Reini kontaktiert, offenbar ein Mann für alle Fälle, für 19 Uhr zum Kalcherwirt bestellt, und erst danach wird den beiden verdatterten Zuhörern der Vorschlag unterbreitet:

»Habt ihr Hunger?«

»Sag, bist du immer so: Zuerst alles fixieren, und erst dann die Betroffenen fragen, ob sie überhaupt wollen?«, kann sich Sophie trotz der positiven Haltung gegenüber dem eben erst Gehörten nicht verkneifen.

»Habt ihr jetzt Hunger, ja oder nein? Sonst fahren wir zwei selber rauf zum Rupi, gell, Jako?«, zeigt Laurenz Thuswalder schmunzelnd seinen Umgang mit Kritik.

»Bevor hier zur Durchsetzung des väterlichen Sturkopfs auch noch Kinder herhalten müssen: Hunger haben wir immer«, wird schließlich nachgegeben.

»Na also!«, ist die erfreute Antwort. »Dann holt euch der Reini um 19 Uhr beim Kalcherwirt ab und bringt euch zur Bürglalm!«

»Und woher weißt du, dass wir zu viert sind?«, fragt Toni Schuster mit ernster Miene.

»Hat mir vorhin der Fischlmeier erzählt. Also, viel Spaß!« Eine Visitenkarte wird übergeben, das Fenster fährt hoch und der Wagen davon.

Ein Wagen, der Toni Schuster trotz aller Begeisterung nun doch ein wenig schlucken lässt. Denn jetzt, in Anbetracht der sichtbaren Nummerntafel, erinnert er sich wieder: Nicht nur das unweit des toten Obdachlosen gesichtete Modell war das gleiche, auch die Ortsangabe des Kennzeichens stimmt überein.

Sophie hebt die Hand zum Gruß, hält in der anderen ihr gezücktes Handy und informiert Danjela Djurkovic über die wiedererlangte Freiheit und die bevorstehende Abendgestaltung, während Toni noch ziemlich regungslos am Straßenrand steht und bemerkt: »Toller Kerl, toller Wagen, sieht man in dieser Exklusivausführung nicht so oft!«

»Hier schon«, meldet sich aus dem Hintergrund der mittlerweile ebenso auf die Straße getretene Robert Fischlmeier, »die gehören zum Thuswalder Fuhrpark. Alle Schwarz oder Silber-Metallic, so wie ...«, ein etwas gelangweilter Unterton schwingt nun mit, »... der Thuswalder Schriftzug, die ganzen futuristischen Berg- und Talstationen der Gondel, der neue Bahnhof, und, und, und, Ende nie. Ende nie gilt zum Glück nicht für mich: Ich mach jetzt Dienstschluss. Und ihr schmeißt euch also noch alle hinauf zu Bürglalm? Lauschig. Na dann, schönen Resturlaub!«

Er kann sich ja täuschen, der Toni Schuster, aber da war jetzt doch eine Prise Zynismus herauszuhören.

Auch die ihm nun zu Gehör gebrachten Fragen sind nicht völlig frei von Ironie: »Und?«, wird ihm zart ins Ohr geflüstert. »Wie ist das jetzt: Fahren wir zu dir oder zu mir?«

Ironie deshalb, weil erstens zu ihm gar nicht so einfach geht, da er ja heute Morgen in der Pension Reindl ausgecheckt hat, um am Abend im Thuswalder Sport- und Wellnessresort einchecken zu können, ergo sein Gepäck immer noch in seinem Honda Civic liegt, und zweitens weil er nun sieht, womit diese Fahrt überhaupt unternommen werden soll.

»Muss ich mich fürchten?«

Sophie Widhalm starrt ihn verwundert an.

»Vor mir?«

»Vor dir und vor ihm?«

Direkt ein wenig traurig sind jetzt ihre Augen: »Aber

Toni, traust du mir so etwas zu, ich bin solo, und es gibt niemanden, der dir gefährlich werden könnte!«

»Stimmt nicht: Du hast sehr wohl jemanden, der mir gefährlich werden könnte, und zwar gemeingefährlich!« Toni Schuster deutet auf den Wagen: »Nämlich genau dieses Gefährt. Einen Fuhrpark für silberne Geländewagen mit Dachbox, die bevorzugt auf Autobahnen und Bergstraßen Honda Civics ausbremsen, wird es hier ja wohl nicht geben?«

42

Es ist also vorbei mit der Nachmittagsruhe in Zimmer 202. Um 19 Uhr wird man sich laut Danjela vor den Toren des Kalcherwirts treffen, um gemeinsam den letzten Abend ausklingen zu lassen, was beim Metzger auf entsprechende Begeisterung stößt.

»Na, wunderbar!«, stellt er entsetzt fest.

»Ist wunderbar richtige Wort!«, wird gegengesteuert. »Weil haben wir nach Tag voll Probleme auch Recht auf eigene Wohlbefinden.«

Dann folgt das Angleichen des Wissensstandes: Der Metzger erzählt vom Friedhofsbesuch, der erschütternden Grabinschrift, dem steinernen Engel und der redseligen Traude Fischlmeier, vom Kopfbedeckungserwerb und der rothaarigen Ada mit ihren dunklen Augen, den Plauderfreuden des Herrn Rüdiger in der Gondel, Topfenstrudeln, Bergführern und seltsamen Wiedersehensfreuden aus der Ackja-Perspektive. Die Danjela erzählt von der zwecks

Ausnüchterung kurz abgängigen Sophie und dem immer noch abgängigen Sepp Kalcher, dem zugängigen Robert Fischlmeier und dem umgänglichen Heinrich Thuswalder, sie erzählt von Südhanggründen, Nachbarschaftsgehässigkeiten, Schindlgruben-Boykotten, Aufdeckungen hier, Anschlägen dort, Lawinenabgängen, von Spital, Polizeirevier und Wildpark, den Zwergziegen, der Hauswurst und dem Stockschießen.

»Meine Hochachtung, du warst fleißig!«, zeigt der Metzger sein pures Erstaunen, erklärt: »Stockschießen beim Kalcherwirt, sagst du! Hervorragend!«, und gibt den am Friedhof bekommenen Hinweis Traude Fischlmeiers weiter, der besagt, dass diejenigen, die in diesem Ort den Tratsch pflegen, männlichen Geschlechts sind, brüderlich versammelt am Stammtisch oder eben beim Stockschießen. Dann nimmt er einen kleinen Plastiksack von seinem Nachttisch, greift hinein, streift seinen Einkauf über und erklärt nüchtern: »Dann gehen wir, ich bin ausgerüstet!«

»Na, geht meine kleine Willibald jetzt wenigstens nix mehr verloren, wie in Thuswalder-Citypassage!«

Es dauert, bis das Echo ihres Gelächters am Bürgljoch verschallt. Dann gibt sich Danjela Djurkovic kurz dem Schweigen hin, etwas Verräterisches liegt in ihrem Blick. Genau mustert sie das grüngelbe Leuchten auf Willibalds Haupt, und ebenso unübersehbar ist das Funkeln in ihren Augen.

»Hat Männchen leicht nicht gepasst geschenkte Haube von Weibchen. War schwarz nix gut genug, muss also sein Disco-Disco?«

Da grinst er jetzt natürlich gleich wissend zurück, der Metzger. »Deine Mütze ist perfekt für herbstliche Temperaturen. Und damit wir das gleich im Vorfeld klären«, beginnt er mit ernstem Blick: »Erst, wenn wir wieder zu Hause sind, okay?«

»Was?«

Wie ein ertapptes kleines Mäderl schaut sie jetzt drein, die Danjela, was den Metzger nicht wundert, denn bekanntlich ist die Häme die Sprache des Neiders.

»Erst wenn wir wieder zu Hause sind, erfüllt sich deine Sehnsucht, und genau dieses modische Accessoire geht in deinen Besitz über, abgemacht?«

Er liebt es, wenn seine Danjela rot wird bis über beide Ohren.

So spazieren also wenig später drei Lebewesen im Gänsemarsch durch den Schnee. Hinten zwei Menschen vorne ein Hund, trotz heftiger Einwände des Herrchens ausnahmsweise ohne Leine, also ganz auf seine Freiheit fokussiert. Weit ist es ja nicht, nur vom Gasthof Kalcherwirt das Stück hinauf zum Kalcher-Wohnhaus und der dahintergelegenen Scheune.

Es ist kein großer Ort, das wird spätestens im Hochsommer spürbar, wenn untertags die Begegnungen auf offener Straße mit zwei Händen abgezählt werden können. Neunzig Prozent aller Hotels haben geschlossen sowie eine der beiden Kaffeekonditoreien und Backstuben, drei der vier Kleinsupermärkte, sechs der acht Wirte, sieben der sieben Bars, zwei der zwei Discos und drei der drei Skischulen.

Da heißt es für die hier sesshafte Bevölkerung, um in der saisonlosen Zeit nicht völlig zu vereinsamen, entweder alte Feindschaften pflegen oder zusammenrücken. Und weil es für diejenigen, die sich außerhalb der Wintersaison ein intaktes Sozialgefüge aufgebaut haben, undenkbar wäre, in der so zeitintensiven Wintersaison aufeinander zu verzichten, gibt es ausgewählte wöchentliche Fixpunkte. Einer findet Samstagnachmittag statt, dann, wenn die Lifte zusperren und am Berg, die Saufgelage in diversen Hütten natürlich ausgenommen, endlich Ruhe einkehrt. Bis auf einen Teilnehmer trifft man sich zuerst bei einem der beiden das ganze Jahr hindurch geöffneten Gaststätten, dem Kirchenwirt, nimmt dort eine Stärkung zu sich, teilt sich auf die Autos auf, mittlerweile sind es aufgrund der Ab- und damit verbundenen Zugänge am örtlichen Friedhof leider nur noch zwei Pkws, und fährt hinauf zur zweiten das ganze Jahr hindurch geöffneten Gaststätte, dem Kalcherwirt.

Oben angekommen, hat Sepp Kalcher meist gemeinsam mit der Lisl und seinem alten Vater dann immer schon das an der Scheune befestigte Flutlicht eingeschaltet, unter dem Scheunenvordach den Kessel mit Beerenpunsch auf den Klapptisch gestellt und die Heizstrahler in Betrieb genommen, das Spielfeld gesäubert, die jeweils mit Namen beschrifteten hölzernen Stöcke herausgeräumt und in einer Linie am Rande der Eisbahn aufgestellt – auch jene Stöcke, deren Besitzer bereits auf ewig ungefragt einen Rosenkranz in ihren gefalteten Händen halten, ja, und auch der Birnstingl, ein Exemplar aus Birnenholz, von seinem verunglückten Sohn, dem Horst, ist dabei. Manchmal taucht dann doch eines der lebenden Kinder auf, auch Töchter wären im Prinzip willkommen oder Ehefrauen, aber da ist sie dann schon beinhart, die Tradition, da werden so schnell eben keine alten Muster aufgebrochen. Nur die Lisl spielt gelegentlich, und schlecht ist sie nicht, mit ihrem Schülerstock.

Heute aber ist alles anders.

Extra für die Oparunde, wie die kleine Ada das Sportereignis zu bezeichnen pflegt, hat Lisl Kalcher ihre Traurigkeit abgelegt und mit dem Urliopa versucht, in bester Kalcher-Manier den Brauch beizubehalten. Pünktlich um 17 Uhr drosseln die beiden Fahrzeuge auf dem Kalcher-Parkplatz ihre Motoren, und ohne die ansonsten so vergnügte Stimmung wird einmarschiert. Lisl macht ihre Sache gut und übergeht aus Respekt vor dem anwesenden Urliopa die Mitleidsbekundungen über die Verhaftung seines Sohnes, also ihres Großvaters, gekonnt, nämlich durch Einschenken einer randvollen Ladung Beerenpunsch, was den zwar noch nüchternen, aber aus Altersgründen trotzdem mit keiner allzu ruhigen Hand ausgestatteten Herren ein sofortiges Heruntertrinken und folglich Klappehalten abfordert. Dann überlässt sie die Truppe sich selbst und zieht sich in den Hintergrund zurück. Ihr ist nicht zum Spielen zumute.

Da trifft es sich gut, dass nach etwa einer halben Stunde eine unwiderstehlich liebenswerte Ablenkung im Flutlicht auftaucht.

»Halt! Schlimme Hund, bleibst du stehen!«, schneidet ein forscher Ton durch die Dämmerung. Vergeblich. Edgar stürmt unbekümmert die Bühne, was in diesem Fall die Eisfläche ist, auf der sich nach der Kollision mit einem Stock das kleine und kreisförmige Zielobjekt des Spiels, auch Daube genannt, in Marsch gesetzt hat. Und weil der kleine Edgar maultechnisch mit so einem großen Eisstock nichts anfangen kann, kommt ihm diese kurze Bewegung der Daube sehr gelegen. Eine offenkundigere Einladung, die Funktionstüchtigkeit seiner Jagdinstinkte unter Beweis zu stellen, gibt es nicht. Kläffend nähert er sich seiner

Beute, nicht ohne durch die aufs Eis gelegte Tollpatschigkeit für Erheiterung zu sorgen. Dieses Amüsement währt nicht lange, denn völlig problemlos umfasst er mit seinen kleinen, spitzen Zähnen das Objekt der Begierde und verabschiedet sich damit in Richtung Scheune.

Nur noch Lisl Kalcher ist das Vergnügen anzusehen, ansonsten aber sind es jetzt ein paar forsche Stimmen mehr, die schneidend durch die Dämmerung klingen. Hinweise zur küchentechnischen Verarbeitung derartigen Kleinviehs werden lautstark kundgetan, der Gehstock des alten Kalcher wird auf seine Speerwurftauglichkeit getestet, alles vergeblich. Edgar ist, verfolgt von Lisl, untergetaucht, direkt unter den in der Scheune geparkten Traktor, und widmet sich genüsslich dem wunderbar bissfesten Hartgummi.

Angesichts der Zornesröte in den ihr entgegenblickenden Gesichtern startet Danjela Djurkovic umgehend den ersten Schlichtungsversuch: »Bitte ich Sportlerrunde, bin ich mit Hund gerade gestraft genug, brauch ich nix auch noch so böse Blicke von ansonsten sicher freundliche Menschen!«

Mit dieser charmanten Parade hat wohl keiner der Anwesenden gerechnet. Auch dem zögerlichen: »So ein Viech gehört doch an die Leine!«, wird ein einsichtiges: »Fast selbe Wortlaut hör ich schon ganze Zeit von meine Erziehungsberechtigten!« entgegengesetzt. Ein gestreckter Zeigefinger deutet auf den ins Flutlicht tretenden Metzger.

»Aber wie Sie sehen: Das Weibchen ist genauso schlecht abgerichtet wie der Hund!«, fügt dieser hinzu, und nun ist es gebrochen, das Eis.

»Was soll das gwesen sein, ein Hund?«, ist der erste humorvolle Beitrag, und zugegeben, etwas seltsam sieht er schon aus, der mehrfach im Schnee gewälzte Edgar. Da kleben die Haare eben ein wenig beisammen und stehen in alle Himmelsrichtungen.

Für weiteres Amüsement wird also gesorgt:

»A Hund kanns net gwesen sein, eher a Faschingsperücken!«

»Aber nur wennst als Kingkong gehen willst!«

Das Gelächter ist groß, die Versuchung des Metzgers auch:

»Männchen mit ähnlicher Frisur sind ja hier auf der Piste keine Seltenheit, sogar als Skilehrer.«

»Mit Kindergruppen?«, ist die Frage, und da nickt er natürlich erfreut, der Willibald.

»Die Schiachperchten kann dann nur der ältere Thuswalder Bub gwesen sein. Ein feiner Kerl, so wie sein Vater!«

»Im Gegensatz zum Jüngeren, dem Suam. Die zwei sind ja wia Tag und Nacht!«

»Ein kleiner Verrückter ist er aber schon auch, der Laurenz – so wie euer Hund«, ergänzt ein anderer.

»Aber im Gegensatz zum Laurenz is das Haustier hoffentlich noch nicht ausgwachsen? Da is ja bald deine Meersau größer, gell, Lisl!«, ertönt eine Stimme aus dem Dunkel.

Dann tritt der fehlende, gerade eben erst zu Fuß eingetroffene Teilnehmer aus dem Schatten der Flutlichtanlage: Heinrich Thuswalder. Und genau deshalb ist sie hier, die Djurkovic: »Muss man sagen Männern ein ums andre Mal: Kommt nix auf Größe an!«, sorgt sie für Stimmung. Herzlich ist die gegenseitige Begrüßung, und nicht ganz so erfreut wird im Hinblick auf das einsame Herz des Robert Fischlmeier Willibald Adrian Metzger registriert. Dann ist Danjela Djurkovic gleich für das nächste Gelächter verantwortlich: »Und jetzt will ich probieren, schaut ja Herumgerutsche wirklich nix schwer aus. Also, welche Stock kann ich nehmen?«

Lustig haben sie es jetzt, die Herren.

»Na, leicht is so ein Stock nicht, fast vier Kilo!«, erklärt der Erste.

»Außerdem schaut dein Hund mehr nach Hund aus, als du nach Eisstockschiaßen!«, der Zweite. Mitten hinein in diese gute Stimmung legt Danjela Djurkovic ihren Arm um die Schulter des Ersten, ein schmächtiges, um einen Kopf kleineres Männlein, und erklärt: »Heb ich Stock noch locker, selbst wenn sitzt du obendrauf!«

»Na, dann pack mas!«, erklärt Heinrich Thuswalder.

Acht Herren und eine Dame müssen sich nun in zwei Mannschaften teilen, was erst dank der freiwilligen Spielverzichtserklärung des Metzgers kein unmögliches mathematisches Problem mehr darstellt. Höchstens ein zwischenmenschliches, denn wer will schon eine Anfängerin in der Gruppe haben. Fairnesshalber landet also der Kalcher-Uri im einen und die Djurkovic, natürlich gewählt von Heinrich Thuswalder, im anderen Team.

Zwecks Annäherung wird eine selbstverständlich vorhandene Ersatzdaube auf das Mittelkreuz des Spielfeldes gelegt, dann geht es los, und es passiert das Unmögliche.

43

»Entweder du lügst, oder dein Stock ist magnetisch«, meint Heinrich Thuswalder begeistert. Eine andere Erklärung scheint auch in Anbetracht dessen, was da vom ersten Versuch an von einer selbst erklärten Anfängerin mit der, wie sie betont, »schlechteren Hand!« aufs Eis gezaubert wird, nicht denkbar.

»Is nix der Stock magnetisch, sondern bin ich magisch!«, entgegnet Danjela Djurkovic vergnügt und ist überzeugt, sie nach all den Jahren voll zig sinnloser demütigender Bauch-Bein-Po- und all den anderen neu benannten, übertreuerten Haltungsturneinheiten endlich gefunden zu haben, ihre Sportart: Eisstockschießen.

Fasziniert beobachtet der Metzger nicht nur seine Herzdame, sondern auch die so unscheinbare und vor allem offene, herzerfrischende Art des Heinrich Thuswalder, dem Herrn dieses Skigebiets, ja dieses Ortes. In einfacher Kleidung steht er hier: dicke Strickweste, grauer Janker, blaue Skihaube, Bergschuhe und eine fast modellgetreu Willibalds aktuellem Beinkleid entsprechende olivgrüne Cordhose. Kein protziges Markenemblem, keine gebleichten Zähne, keine gefärbten Haare, keine gestraffte Haut. Ein ganz gewöhnlicher Mensch ist er äußerlich, dieser Thuswalder. Und wie ein kleiner Junge freut er sich über die Führung seiner Mannschaft, springt bei jedem Spielzug vor Aufregung am Fleck, ballt vor Freude seine Fäuste, klatscht in die Hände, nur dieses ständige euphorische Umarmen seiner Danjela könnte er sich gemäß Willibald sparen.

Anfangs ist es Begeisterung, die ihr von allen Seiten entgegengebracht wird, nach dem zweiten maßgeblich durch sie gewonnenen Spiel reduziert sich diese allgemeine Verzückung allerdings auf genau die Hälfte. Die vier Herren der Gegenmannschaft verlieren nämlich zusehends an Laune und der Metzger an Vertrauen in den weiteren friedlichen Ablauf des Abends – was schließlich zu einer frühzeitigen Unterbrechung führt.

»Jetzt trinken wir erst einmal was!«, schlägt zum Glück einer der angehenden Verlierer vor, und weil es das klare Ziel ist, durch Alkoholeinfluss der weiblichen Glückssträhne ein Ende zu setzen, setzen sich alle kuschelig unter den Heizstrahler. »Na, hat da wer ein bisserl in Schnee griffen? Schaust mir halt gar net aus wie a Brettelrutscherin«, wird Danjela Djurkovic schließlich auf ihren Gips angesprochen.

»Stimmt Rutschen, aber war Bierkiste!« Kurz schildert sie den Vor- beziehungsweise Rückwärtsfall während des Glühbirnenwechselns und erntet Begeisterung.

»A Weibsn, die selber Glühbirnen wechselt, Glühwein trinkt und auf Bierkisten umatanzt, des gfallt mir!«

»Punsch!«, wird korrigierend eingegriffen.

»Wuascht, Hauptsach Alkohol!« Worauf selbstredend von Heinrich Thuswalder der Vorschlag kommt:

»Sollen wir unterschreiben?«

Es folgt ein kollektives Prost, dann wird einer der zum Eintragen der Spielstände vorgesehenen Stifte gezückt und auf Wanderschaft geschickt.

»Ich bin der Walter, schau: W-a-l-t-e-r!« Sehr kindlich anmutend prangt dieser erste Schriftzug nun am rechten Arm der Danjela Djurkovic. Nach dem Eintrag von Heinrich Thuswalder kommt es zur nächsten Übergabe, Lisl ist, gefolgt von Edgar, unter dem Traktor hervorgesprungen, reißt den Stift an sich, verewigt sich, dekoriert von selbstgemalten Blümchen, mit »Lisl«, übergeht die lautstarke Forderung nach Weitergabe des Schreibzeugs, setzt erneut an und hinterlässt unterhalb ihres Namens, diesmal dekoriert von einem entzückend gezeichneten Pfotenabdruck, den Schriftzug »Edgar«. Danjela lacht, Lisl lacht. »Glaubst du mir, bist du richtig liebe junge Dame!«, stellt die Djurkovic fest.

»Geht's jetzt endlich weiter, ich bin dran. Also: Ich bin der Franz, woat, Franz is so kurz, des geht quer!«

»Meiner nicht!«, ergreift nun auch der Metzger ein wenig trotzig die Initiative und verewigt sich demonstrativ in Blockbuchstaben und in voller Länge vom Ellbogen bis Daumeneinschluss.

»Willibald Adrian! No, da host du's a net leicht ghobt in da Kindheit, mit so an Nomen, oder? Oiso, reich uma, Willi«, der Stift wird übergeben, »i bin da Josef, J-o-s-i, mit Herz!«, ein unförmiges, eher an zwei Brüste erinnerndes Symbol wird aufgemalt.

»I bin der Karl!«, wandert der Stift nun weiter.

»Wie Karl Schrothe?«, hakt der Metzger nach.

»Genau, nur dass i mit Schroth nix anfangen kann, außer für mei Gwehr!«

»Und i bin da der Sepp – ober net der Kalcher. Der wird, wenn sie ihn gefunden haben, das Quartier wechseln und bei dir so schnell nicht unterschreiben können!«

»Quartier wechseln müssen wir alle einmal.« Unübersehbar bekommt der Urgroßvater glasige Augen. Lisl Kalcher reagiert blitzartig, dreht sich schwunghaft um, packt den alten Kalcher fürsorglich unter der Achsel, zieht ihn aus der verbalen Schusslinie und ein Taschentuch aus ihrer Hosentasche. Jetzt wird geredet, da ist sie sich offenbar sicher.

Dem Metzger allerdings verschlägt es die Sprache. Denn unmittelbar vor ihm findet ein Taschenzaubertrick seinen einsamen Zuschauer, und dieser Zuschauer ist er. Nicht weil er der Einzige ist, dem es auffällt, was der Griff ins Innere des Hosensacks ans Tageslicht befördert, sondern weil er der Einzige ist, dem sich das Magische, ja Geisterhafte dieses Moments offenbart. Ein Moment, an dessen Ende eine weitreichende Erkenntnis steht. Kein Verlust ist es, der da mit dem Herausziehen des Taschentuchs einhergeht, sondern ein Auftauchen, ein kleines zwar, aber von großer Wirkung, eines, das dem Metzger wie eine Heimkehr erscheint, wie eine Aufforderung und zuletzt eine Frage, die zu all den ohnedies schon offenen eine weitere hinzufügt.

Beschwingt fällt es also aus der Tasche heraus und landet plump, wie der kleine Dumbo, zwischen ihm und dem Heizstrahler im Schnee. Langsam und unauffällig greift Willibald Adrian Metzger hinter sich, beugt sich ein wenig rückwärts, dann hat er es, und vertraut fühlt es sich an. Ist es also zurückgekehrt wie ein Verstoßener, sein ehemaliges Eigentum: Bläulich schimmern die verschieden großen Ohren des kleinen gläsernen Elefanten in seiner Hand.

Die große Frage ist: Wie kommt er hierher, wer ist für seinen Quartierwechsel aus den Händen der kleinen Anna in die Hände der großen Lisl verantwortlich? Der vorm Spital in seinem silbernen Van wartende Laurenz Thuswalder? Maria Kaufmanns Spielplatzbekanntschaft Hannelore Berger? Die kleine Anna selbst? Ist sie vielleicht sogar hier? Gibt es also eine Verbindung zwischen Maria Kaufmann und diesem Ort? Welche?

»Quartier wechseln müssen wir alle einmal«, wiederholt der alte Kalcher, lässt sich von seiner Urenkelin bereitwillig abführen, und weil Edgar kräftige Signale erkennen lässt, mitlaufen zu wollen, übergibt Danjela die Leine und bittet strahlende Kinderaugen um seine verlässliche Überstellung in Zimmer 202.

Man blickt den Dreien hinterher, und ein wenig hat die Runde an Gesprächigkeit verloren. Nun gilt es, die Gelegenheit zu nützen, der von Traude Fischlmeier angedeuteten Stammtischmentalität der Männer Raum zu geben, weiß

Willibald Adrian Metzger, fasst seinen ganzen Mut und wagt einen Blindflug:

»Ja, ja, der Quartierwechsel! Wie es wohl der Maria Kaufmann geht?« Nachdenklich, betroffen ist sein Ton.

Danjela Djurkovic blickt ihn völlig entgeistert an, auch die Herren wirken erstaunt. Heinrich Thuswalder ergreift das Wort: »Du kennst die Maria?«

Also doch, jetzt spürt er vor Aufregung den Herzschlag bis hinauf in seine Schläfen, der Willibald: »Ja, wir wohnen im selben Viertel. Schlimm, was mit ihr passiert ist.«

»Ja, schlimm!«, »So schnell kann's gehen!«, »Traurig ist das, so traurig!«, »Vor allem für den Bernhard, jetzt, wo der Erich tot ist, hat er gar niemand mehr!«, sind die Reaktionen.

»Nicht nur für den Bernhard ist das traurig. Die Maria hat doch von einem Neuen noch ein zweites Kind kriagt!«, weiß Sepp.

»Von einem Neuen wiss man nix, vom Kind schon!«, weiß Walter besser.

»Schwanger werden ohne Mann? Das funktioniert auch nur, wenn man Maria heißt!«, weiß Josef am besten. Ein Aufflackern des Frohsinns kündigt sich an. Beim Metzger allerdings hat sich zu den pochenden Schläfen ein Schweißausbruch dazugemischt. Mit einem Zug entleert er seinen Becher, in der anderen Hand liegt umschlossen der Glaselefant. Anders wird ihm jetzt, denn jetzt ist auch alles anders, mit einem Schlag. Aus Einzelteilen wird ein Ganzes, langsam beginnt sich ein Kreis zu schließen. Erich Axpichl und Maria Kaufmann waren ein Paar, Bernhard heißt das gemeinsame Kind. Auf dem Spielplatz hat der Metzger einen großen und stämmigen Mann beobachtet, der zuerst fotografiert und dann einen bei Anna und Maria

Kaufmann stehenden Jungen mit den Worten »Berni, her da!« zu sich rief.

Er hat Erich Axpichl also zweimal gesehen, da ist er sich sicher: einmal auf dem Spielplatz mit Jacke, Schirmkappe und Sonnenbrille und einmal im Edelweiß mit Jacke, allerdings ohne Schirmkappe und Sonnenbrille. Wobei im Fall der ersten dieser beiden Begegnungen aufgrund der Tarnung von sehen nicht die Rede sein kann. Umgekehrt allerdings erscheint es dem Metzger jetzt nicht unwahrscheinlich, im Edelweiß von Erich Axpichl wiedererkannt worden zu sein. Vielleicht wurde ja auch er auf dem Spielplatz fotografiert. War die Begründung im Edelweiß also nur ein Vorwand: »Eines kann ich dir versichern, über einen Thuswalder flieg ich hundertprozentig nicht ungestraft drüber!« Eines daran stimmt allerdings: Ungestraft ist Erich Axpichl wirklich nicht davongekommen.

Chronologisch lässt Willibald Adrian Metzger die Ereignisse Revue passieren: Maria Kaufmann verabschiedet auf dem Spielplatz den gemeinsamen Sohn Bernhard in Richtung Erich Axpichl, kurz danach erstickt beinah Maria Kaufmanns Tochter Anna. Der zum Glück anwesende Obdachlose Karl Schrothe rettet der Kleinen das Leben.

Zum jetzigen Zeitpunkt sind sowohl Karl Schrothe als auch Erich Axpichl tot, der eine mit Sicherheit ermordet, der andere womöglich. Das Einzige, was Maria Kaufmann von den beiden unterscheidet, ist die Tatsache, den Sturz vom Dach des Krankenhauses haarscharf überlebt zu haben. Vom Dach eines Spitals, vor dessen Pforte Laurenz Thuswalder in einem silbernen Van geparkt und gewartet hat. Was hat er dort gemacht, warum hat er gewartet? Wollt er die kleine Anna besuchen, hat von Maria Kaufmanns Unglück erfahren und war einfach zu betroffen, um weiterzufahren? Wollt er die kleine Anna besuchen und war noch gar nicht bei ihr oben gewesen? Hat er jemand anderen besucht, und seine Anwesenheit war Zufall? Und jetzt wird ihm gleich noch eine Spur heißer, dem Willibald, denn erstens war er ja selbst dabei, hat Maria Kaufmann mit diesem sich ergebenden Gesicht am Fenster vorbeifliegen gesehen, und zweitens: Wer sagt, dass Maria Kaufmann in genau diesem Moment überhaupt noch am Leben ist?

Unbeirrt von jeglicher mittlerweile neben ihm stattfindenden Erheiterung setzt er fort: »Und Erich Axpichl? Wie kann man jemanden so dermaßen nicht mögen, um ihm so etwas Grausames anzutun?«

»Na ja, mir fallert schon ein paar Leute ein, die gern zur Beerdigung vom Axpichl gegangen wären, wie er noch glebt hat!«, weiß Walter und zählt sich offenbar selbst zur Gruppe dieser Menschen.

»Auch wennst ihn nicht magst, Walter, müssen ihn andere recht gern ghabt haben. Weil der muss schon irgendwen sitzen ghabt haben ganz oben, so wie der immer davonkommen is. Könnt's euch erinnern, mit welchem Zunder der als aktiver Skifahrer regelmäßig die Serpentinen herauf zum Trainingscenter gebrettert ist. Einmal Rennfahrer, immer Rennfahrer!«, weiß der, der auf Danjelas Gips dann nicht mehr als Fredl unterschrieben hat, und ein Raunen der Zustimmung geht durch die Reihen.

»Bis es ihn dann endlich erwischt hat. Abgschossen ist er worden, auf seiner Maschine!«, weiß Sepp.

»Sagt man!«, betont Walter. »Abgschossen von einem Vater mit Sohn in einem alten VW-Käfer! Einfach lachhaft das Ganze im Nachhinein! Der Sohn auf der Stelle tot, der Vater seither mit Beinprothese, der Erich so gut wie unverletzt. Offiziell schuld war natürlich der Vater, der ohne

Stoppen trotz Nachrang auf die Bundesstraße gebogen sein soll. Aber was weiß man!«

»Ja, ja, hast einmal den Nachrang, hast ihn im schlimmsten Fall auch vor dem Gesetz! Prost«, weiß schließlich Franz, worauf Sepp sein Punschhäferl hebt, es ihm einige gleichtun, und er gebetsartig zu rezitieren beginnt:

»O Alkohol, o Alkohol,
daschst unser Feind bist, wiss ma wohl.
Doch in der Bibel steht geschrieben,
Du sollscht auch deine Feinde lieben!«

Der allgemeinen Erheiterung folgt ein völlig unvermutet ausbrechender kleiner Disput, weil Sepp nun der Auffassung ist, dass, wenn 100 km/h auf der Bundesstraße erlaubt sind, man diese je nach Können auch ausreizen dürfen solle. Und wieder macht die Djurkovic das Spiel:

»Wenn geht um Höchstgeschwindigkeit und willst du was ausreizen, zum Beispiel Nerven von Hintermann, dann fährst du am besten in Dreißigerzone dreißig.«

Gelächter, Disput beendet. Der Metzger tastet sich weiter voran:

»Aber jetzt ernsthaft, traut hier jemand dem Sepp Kalcher einen so grausamen Mord zu? Der hat auf mich so nett gewirkt.«

»Aber sicher trau ich dem Sepp Kalcher zua, dass er den Erich Axpichl kopfüber durch den Fleischwolf dreht wia a Schweinsschulter. Der Sepp Kalcher ist doch a gelernter Schlachter!«, weiß Franz.

Man sieht sich an, kämpft gegen den drängenden Lachreiz und verliert. Jetzt scheint es also endgültig lustig zu werden, befürchtet Willibald Adrian Metzger und täuscht sich. Denn Heinrich Thuswalder bleibt ernst, schaut in die Runde und schlägt mit der Hand auf den Tisch: »Ja, verdammt noch mal! Anders wird mir bei dieser Volksbelustigung. Wie kann man nur so reden, immerhin ist ein wirklich grausamer Mord passiert! Wer weiß, wen's noch alles erwischt! Was stimmt nicht in diesem Ort? Macht sich da keiner Sorgen?«

Das sitzt. Schlagartig wird es ruhig.

Eine Zeit lang bleibt es bedrückend still, dann ergreift Walter das Wort: »Was soll nicht stimmen? Also ich mach mir keine Sorgen, Heinrich. So wie der Axpichl mit seiner Frau und seinem Buam umgangen is, da gfriert einem das Herz. Des passt also recht guat mit der Schneekanon. Wenn i der Sepp wär, wär der Axpichl schon weitaus früher faschiert worden, des kannst mir glauben. Der ist doch arm dran, der Bernhard: Zuerst muss er dabei zuaschauen, wia sei Mama von ihrem Mann und ihrer Schwiegermutter, der alten Axpichlerin, aus dem Haus geekelt wird und bis zur Scheidung beim Kalcher Unterschlupf suacht; dann muss er dabei zuaschauen, wia sei Mama das Sorgerecht verliert, weil ja sie diejenige war, die auszogen und dann sogar in die Stadt wegzogen is; dann springt sei Mama vom Dach und liegt seither im Tiefschlaf; ja, und jetzt stirbt ihm auch noch der Vater weg! Grad jetzt, wo die alte Axpichlerin, die Hex, endlich unter der Erd ist.«

»Ist so schrecklich! Was passiert jetzt mit Bernhard?«, steht Danjela Djurkovic die Rührung im Gesicht.

»Na, der wird wohl oder übel zu seiner Tante kommen, ist ja sonst niemand über!«, mischt Heinrich Thuswalder nun wieder mit und wird umgehend von Walter ergänzt:

»Da gibt's dann ein gewaltiges Beben im Ort, das sag ich euch, so rotieren wird die alte Axpichlerin unter der Erd!«

»Weil?«, will der Metzger wissen.

»Darüber reden die Leut im Ort zum Glück genauso

ungern wie über die Todesfälle der Kalcher-Familie. Und die Jungen wissen gar nix mehr davon!«

Eine kurze Pause legt er ein, der Schalk ist mittlerweile aus allen Gesichtern gewichen, dann erklärt er: »Die Axpichlerin war nicht nur die Mutter vom Erich, sondern auch von der Agnes Kalcher!«

»Und warum darf man nicht darüber reden?«, wundert sich der Metzger.

Nun übernimmt wieder Sepp die Rolle des Wortführers: »Weil die Axpichlerin die Agnes zur Welt gebracht hat, da war sie grad drauf und dran, im Skilauf eine ganz Große zum werden. Alles hat's probiert, um des Kind auf natürliche Weise zu verlieren, aber die Agnes wollt halt unbedingt auf die Welt kommen. Grob is die Axpichlerin mit der Agnes umgangen, da krieag ich heut noch das Frösteln. Des war für alle ein Glücksfall, dass die Agnes dann recht bald amol zu ihrer Ziehmutter kemman is! Wenn du a so a feine Ziehmutter hast, die dich so gern hat wie später ihr eigenes Kind, da brauchst keine leibliche Mutter mehr, die dich verachtet. Mit den Erfolgen im Skifahren wars dann für die Axpichlerin aber vorbei.«

Unweigerlich landet der Metzger in seinen Gedanken auf dem Friedhof, bei dieser seltsamen Szene am Grab von Aloisia Axpichl, und stellt nachdenklich fest: »Und diese Ziehmutter ist Traude Fischlmeier!«

Da erntet er natürlich erstaunte Blicke:

»Na, da kennt sich ja wer schon ganz schön aus bei uns im Ort!«, meint Heinrich Thuswalder schmunzelnd, und der Metzger ärgert sich über seine unbedachte Wortmeldung. »Dann ist Erich Axpichl Halbbruder und Fischlmeier Robert Ziehbruder von Agnes Kalcher!«, schließt sich Danjela Djurkovic nun den Erörterungen an.

»Ja, Geschwister wie Pech und Schwefel. Der hat am meisten mitgelitten, der Robert, wie es den Kalchers so schlecht gegangen ist. Und dass er den Mann von der Agnes, den Sepp Kalcher, jetzt als Mörder suchen muss, ist sicher das Letzte, was er sich gwünscht hat!«

44

Ich weiß nicht mehr, was ich tun soll, wer mir helfen könnte. So schön war das mit Edgar in der Scheune, nur daliegen, ihn streicheln, den Großen zuschauen, wie sie Spaß miteinander haben, und endlich ein wenig den Bernhard vergessen können, die Isabella, die Mama und den Papa. Und jetzt geht das nicht mehr, jetzt ist es noch schlimmer geworden! Wie soll ich das alles allein herausfinden, soll ich einfach fragen?

Urli hat zwar vorhin einen der Momente gehabt, wo seine Augen ganz klar sind und man glaubt, alles ist wieder so wie früher.

»Hast recht, lassen wir die alten Knacker allein!«, hat er zu mir gesagt, wie ich ihn von der Eisstockbahn weggebracht hab, aber ich weiß, das dauert nicht lange, und man hat plötzlich wieder das Gefühl, er ist da und zugleich weg. Und genauso geht es mir jetzt mit Papa, er ist da und zugleich weg. Warum bin ich auch mit Edgar in das Zimmer gegangen. Wenn ich in ein Gästezimmer muss, das grad vermietet ist, dann schau ich mich sonst nicht um, das gehört sich nicht. Aber wie soll das gehen, ohne zu schauen, wenn Edgar gleich auf das Bett hüpft und mich anbellt, als sollte ich mich dazusetzen und ihn streicheln. Wie soll das gehen? Und dann

ist es mir aufgefallen. Wo haben die das her? Von Oma? Aber das kann nicht sein, Oma weiß doch gar nichts davon, das war unser Geheimnis, und bald ist es auch das von Ada. Soll ich sie einfach fragen, soll ich ...

45

»Lisl, bist du da drinnen?«

Es ist eine sehr fürsorgliche Stimme, die Willibald Adrian Metzger und Danjela Djurkovic vom Gang entgegenklingt. Vor Zimmer 204 steht Agnes Kalcher, Halbschwester des ermordeten Erich Axpichl, klopft, horcht, rüttelt an der Tür und erhält keine Antwort.

»Lisl, komm raus, ich weiß doch, dass du da drinnen bist. Das war heut ein schwerer Tag für dich, aber ...«

Agnes Kalcher unterbricht, blickt ihren Gästen entgegen und erklärt: »Verzeihung, wir sind gleich weg, dann haben Sie Ihre Ruhe!«

Überraschend freundlich wirkt sie auf einmal.

»Ist alles in Ordnung?«, erwidert der Metzger mit besorgter Miene.

»Alles in Ordnung. Unsere Lisl ist manchmal ein bisschen bockig und sperrt sich dann wo ein. Die meisten Verstecke kennen wir schon.« Ihre Stimme wird kurz lauter: »Gell, Lisl! Aber bitte lassen Sie sich von uns nicht aufhalten, Sie haben an Ihrem letzten Abend ja sicher noch was vor!«

»Ja, gehen wir noch hinauf auf Bürglalm!«, schwärmt Danjela.

»Zum Reini? Fein! Wenn man einmal oben ist, is das ganz was Gmütliches«, erklärt Agnes Kalcher, dann wird sie wieder lauter. »Hast ghört, Lisl, die gehen heut noch zum Reini, machen wir das auch wieder einmal? Lisl, mach auf! Komm, wir gehen jetzt zu den andern rüber, spielen was, malen ein bisschen, du kannst in Ruhe schreiben, ein Pudding ist auch noch da.«

Danjela Djurkovic und Willibald Adrian Metzger heben die Hand zum Gruß und verschwinden zwei Türen weiter in Zimmer 202. Eigentlicher Zweck des Besuchs, denn es ist bereits kurz vor 19 Uhr: Edgar füttern, schnell noch aufs WC gehen, Geldbörsen holen, warme Unterwäsche anziehen und ab zum Treffpunkt.

Kaum fällt die Tür ins Schloss, bleibt der Metzger allerdings wie angewurzelt stehen, denkt kurz nach und nimmt schließlich sein ausschließlich für den privaten Gebrauch gedachtes Mobiltelefon zur Hand. Draußen auf dem Gang sind nach wie vor die verzweifelten Versuche Agnes Kalchers zu hören, ihre Enkelin aus Zimmer 204 herauszulocken.

»Kannst du meine Rufnummer unterdrücken, schnell!«, wird Danjela das Telefon gereicht, denn in solchen Belangen ist ihm seine Holde haushoch überlegen.

Wenige Sekunden später drückt er auf das grüne Hörersymbol und widmet sich der Anrufliste, so weit reichen seine Fähigkeiten. Er muss nicht lange suchen, um die gewünschte Zahlenreihe ohne Namenseintrag zu finden, und stellt mit dieser bereits schon einmal gewählten Rufnummer erneut die Verbindung her.

»Wen rufst d…!«

»Pssssssst!«, wird Danjela forsch unterbrochen, dann passiert genau das, was er im Stillen gehofft hat. Draußen auf dem Gang ertönt eine Melodie. Wie erhofft, wird abgehoben. Ein »Hallo?« ist zu hören, sowohl in Zimmer 202 als auch vor dem Zimmer 204, dasselbe anonyme »Hallo« wie Tage zuvor im Park. Sie führt also hierher, die in Annas Zeichenblock notierte Nummer. Und es war Agnes Kalcher, die damals den Anruf entgegengenommen und bei der sich der Restaurator namentlich vorgestellt hat. Ist Agnes Kalcher ihm gegenüber deshalb so zurückhaltend? Warum? Weil er hier als Gast aufgetaucht ist? Warum hat sie sich damals so erstaunt erkundigt, wo er die Nummer herhätte, und schließlich abrupt aufgelegt? Maria Kaufmann und Agnes Kalcher waren also in Verbindung, nur ist das nicht naheliegend, wo doch Maria Kaufmann während der Scheidung von Erich Axpichl bei Agnes Kalcher gewohnt hat? Was daran ist ein Geheimnis? Nachdenklich setzt sich der Metzger, gefolgt von Danjela, aufs Bett und schüttet sein Herz aus. »Immer mehr Spuren führen hierher, und nichts ergibt einen Sinn!«

Die Verzweiflung ist ihm anzusehen, woraufhin Danjela Djurkovic behutsam seine Hand nimmt: »Hörst du auf denken, machen wir uns schöne Abend und fahren wir morgen nach Hause. Haben wir probiert, kennt hier keiner Karl Schrothe, und Rest is nix unser Problem.« Genau das ist der Irrtum.

Kurz nach 19 Uhr begegnet der Metzger vor den Toren des Gasthofs Kalcherwirt dann dem schier Unglaublichen, und das gleich zweimal. Im Gegensatz zur zweiten ist die erste der beiden Überraschungen durchaus schön anzusehen: Strahlend vor Glück steht Sophie Widhalm in ihrem weißen Skianorak neben Toni Schuster in seiner gelben Zweitjacke, und ja, Toni Schuster hat, was ihm weniger einen Griff nach unten als vielmehr einen Griff zur Seite abverlangt, seinen Arm um die Hüfte der Dame gelegt. Ein zugegeben etwas bizarres Bild, muss sich der Metzger jetzt eingestehen, und es ist nicht der doch deutliche Größenunterschied, der ihn da in Staunen versetzt. Denn grotesk ist das schon, derart ungebremst auf genau jenes motorisierte Feinbild Nummer eins abzufahren, dem man kurz zuvor noch auf offener Straße den Tod gewünscht und diesbezüglich auch einen vielversprechenden Beitrag geleistet hat.

Es dauert also, bis sich der Metzger mit dem Gedanken, dieses seltsame Bild entspringt keiner Traumwelt, sondern der Realität, anfreunden kann. Und da täuscht er sich natürlich schon wieder, denn diese Realität erscheint zumindest den beiden vom Pfeil des Amor Getroffenen wie der Schönste aller Träume.

»Auf zur Bürglalm«, erklärt Toni Schuster freudetrunken. »Zuerst geht's rauf, dort verdrückt man Kaiserschmarrn mit Apfelmus und Zwetschkenröster, oder Schinkenfleckerl mit Bergkäse, oder beides, bekommt anschließend eine Rodel und donnert dann wieder hinunter.«

Ein Jubel entschlüpft Danjela Djurkovic, ein Anflug von Zynismus dem Metzger: »Und wie wollt ihr donnern? Du mit Knochenbruch, du mit Streifschuss?«

»Ihr sitzt auf der Rodel vorne, wir Rekonvaleszenten sitzen hinten, das geht schon«, mischt sich Toni Schuster wieder ein. »Mensch, Willibald. Ich hab heut verdammt viel Glück gehabt«, dabei drückt er Sophie Widhalm an sich. »Also wenn das kein Grund zum Feiern ist, wann dann?«

»Ich versteh nur Wandern? Gutes Stichwort übrigens, das Hinaufwandern wird mit deinem Streifschuss nämlich auch nicht grad ein Honiglecken!«

»Wer hat denn hier was von Hinaufwandern gesagt?«, erklärt Toni Schuster, dann durchschneidet ein Höllenlärm die Stille, und der Metzger traut seinen Augen nicht: »Was für ein Albtraum?«

In diesem Fall sogar Alptraum, denn was den Metzger nun in den Bergen erwartet, wird er sein Lebtag nicht mehr vergessen.

46

»Da steig ich garantiert nicht ein! Ich geh zu Fuß«, erklärt er so strikt wie möglich.

»Einsteigen können wir sowieso nicht. Im Unterschied zur Rodel sitzen hier nämlich die Rekonvaleszenten vorne, und wir sitzen überhaupt nicht, sondern wir stehen. Also, rauf mit uns!«

Gebieterisch geht seine Halbschwester voran und ergänzt: »Jetzt zier dich nicht so. Erstens fährt das Ding wirklich langsam, zweitens kann man sich wunderbar festhalten, und drittens hast du ja deine neue neonfarbene Haube auf, da sieht uns sowieso jeder, selbst bei dichtem Nebel, also was soll passieren.«

Wie gesagt, die Häme ist die Sprache des Neiders.

»Auf was wartest du, die Larve ist abmarschbereit – das ist völlig ungefährlich!«, wird ihm nun auffordernd eine Hand entgegengestreckt. Widerstand zwecklos, sieht der Metzger ein und besteigt unsicher den Rücken des wartenden Ungetüms. »Obendrauf mag es vielleicht ungefährlich sein, aber unten drunter: Gnade Gott!«, sind seine letzten

Worte, dann geht es los. Wie gesagt, Laurenz Thuswalder ist ein Macher, und sein Freund Rupi, der Liftwart, fährt nicht nur Motorschlitten, sondern auch Pistenraupe.

Dann heult er auf, der Sechs-Zylinder-Ottomotor. 490 PS setzen mit einer Trunksucht von 20 bis 30 Litern pro Stunde, da freuen sich die Tannen, 8,5 Tonnen in Bewegung. Dass das kein Pirschgang wird, ist ihm klar, dem Willibald, aber dass im Vergleich dazu selbst der Höllenlärm im Edelweiß der Kategorie Exerzitien zugerechnet werden kann, hat er nicht angenommen. Angenommen wird hingegen mit großer Dankbarkeit das ihn umgebende Geländer der Transportgalerie, auch weil neben dem unwegsamen Gelände allein schon das Gefährt dermaßen vibriert, jede überteuerte Rüttelplatten-Beauty-Straffungs-Technologie wird da zur Lachnummer. Lachhaft ist auch die Tempoankündigung seiner Anverwandten, denn von »langsam« kann nicht die Rede sein. Vielleicht ist es der Fahrtwind, der sich auf das Geschwindigkeitsempfinden des Willibald derart beschleunigend auswirkt, vielleicht ist es der flatternde Ohrenschutz seiner Pelzmütze, vielleicht ist es das beinah psychedelische, dem Mund seiner Halbschwester entweichende Schreien, eines steht jedenfalls fest: Das Letzte, woran Willibald Adrian Metzger jetzt denken möchte, sind ein Kaiserschmarrn oder Schinkenfleckerln.

Einen Teil der Fahrt legt die Pistenraupe auf dem für sie vorgesehenen Terrain zurück, dann führt der Weg eine verschneite, holprige Zufahrt entlang, nicht aufwärts, sondern sich ziemlich geradlinig und glücklicherweise seitlich einer abgelegenen Hütte nähernd. Glücklicherweise deshalb, weil mit einer Pistenraupe genau dieselbe Forststraße zu befahren, die Urlauber in Vorfreude auf die zu erwartende Kohlenhydratdröhnung zuerst hinaufmarschieren und dann sowohl fest als auch flüssig abgefüllt wieder hinunterflitzen, könnte unter Umständen ziemlich bedrückend enden. Wobei, ein Fußgänger möchte man angesichts entgegenkommender blunzenfetter Rodler wahrscheinlich auch nicht sein. Johlend, als wären sie bereits vor Betreten des Zielorts alkoholisiert, entsteigen Sophie Widhalm, Danjela Djurkovic und Toni Schuster dann oben angekommen der Pistenraupe, nur der Metzger braucht ein wenig, bis er abgestiegen ist. Weich sind seine Knie, flau sein Magen, dumpf seine Ohren.

»Na, da wird's ja heut noch wer gewaltig lustig haben!«, orakelt der Liftwart zum Abschied, wen auch immer er damit gemeint hat, dann überlässt er seine Fahrgäste ihrem Schicksal.

Die Hütte wird genau dem gerecht, was sich ein Winterurlauber von einer abgelegenen Einkehr in den Bergen wohl erwartet. Hier kommt man mit Skiern gar nicht hin, außer natürlich es sind Tourenski. Heller Rauch steigt aus dem Schornstein, und schon allein der Bauweise wegen ist ihr die alpine Gemütlichkeit auf den Leib geschrieben. Ganze übereinandergeschichtete Holzstämme bilden die Außenmauern, dazu ein Holzschindeldach, ein Herzerlbalkon, doppelte Holzfenster mit hölzernen Fensterläden, vor der Hütte stapelweise Brennholz, ein paar verwaiste Tourenskier und, als wäre es ein Bikertreff, eine Reihe geparkter Motorschlitten. In der Hütte ein offener Kamin, rustikale alte Holztische, knarrende Holzsessel, Holzlüster über den Tischen, da entflammt das Herz des Naturverbundenen – viel mehr entflammen darf hier herinnen allerdings nicht.

Und angeheizt wird schon gar nichts, außer der Ofen. In Reinis Bürglalm gibt es weder einen Après-Ski-Trubel noch eine künstlich hochgezüchtete, unmissverständlich paarungsorientierte Gute-Laune-Stimmung. Statt einer Schlagerradiobeschallung mit dem Realitätsbezug eines Liebhabers halluzinogener Pilze, einem von Dauerbummbumm unterlegten *Sierra Madre*, *Zillerthaler Hochzeitsmarsch* oder *Who the fuck is Alice* entströmt den Boxen Musik, die selbst Einheimische der Kategorie Volksmusik zuordnen. Sprich: Zither-, Gitarren-, Ziehharmonika-, Hackbrett-, Klarinetten- und Streichinstrumentenklänge sowie mehrstimmige Gesänge.

Wer hier eintritt, hat maximal zehn Minuten und einen Vogelbeerschnaps später einen Entspannungspegel erreicht, als säße man im Anschluss an einen friktionsfrei überstandenen Heiligen Abend endlich gemütlich beisammen bei einem Doppler Rotwein.

Ja, das ist Urlaub!, muss sich der Metzger nun heimlich eingestehen und ordert den nächsten Hochprozentigen.

»Gehört Vogelbeere mir, weil trinkst du nix so viel, musst du noch rodeln!«, setzt ihm Danjela Djurkovic vorsorglich ein Limit, und gut ist das, denn die Vorsorge und die harten Zeiten sind ein recht harmonisches Pärchen.

Und gerade wenn es um das Beziehungsverhältnis zweier Menschen geht, ist das mit der Harmonie ja wahrlich kein Honiglecken. Diesbezüglich bekommt Toni Schuster nun eine Kostprobe, die ihm nach nicht einmal 24-stündiger Bekanntschaft unmissverständlich verdeutlicht: Er hat es hier mit einer ganz gewaltigen Zicke zu tun. Denn anders ist es nicht zu erklären, dass der gerade die Bürglalm betretende Edelweißbesitzer Jo Neuhold schnurstracks an ihm vorbeispaziert, den erhaltenen freundlichen

Gruß trotz Augenkontakt unerwidert lässt, dafür diversen anderen Gästen zuwinkt, kurz an einem Tisch mit zwei Herren Platz nimmt, danach sichtlich mitfühlend von Hüttenwirt Reini geherzt wird und mit ihm in der Küche verschwindet.

»Was ist mit dem los?«, zeigt sich Sophie konsterniert: »Gestern bist du noch der bejubelte Held der Nacht, heut bringt der Affe nicht einmal ein Hallo zustande, ich fass es nicht.«

Toni Schuster zeigt sich unaufgeregt und sorgt für Erheiterung: »Das is mir dermaßen egal, da interessiert mich der Lurch in den Ecken hier mehr. Meine Güte, hat der Herr Neuhold eben ein bisserl eine Störung in der Memorycard!«

»Gute Idee, Memory. Wir könnten uns zur Überbrückung eine Runde genehmigen?«, schlägt Sophie Widhalm vor, und dieser Vorschlag kommt nicht von ungefähr. Denn erstens wird es laut Wirt und angesichts der vollen Hütte ein wenig dauern, bis sich eine große gusseiserne Pfanne auf den Tisch verirrt, und zweitens hat Sophie Widhalm nicht nur ihren Toni Schuster im Auge, sondern auch den hinter der Eckbank aufgetürmten Stapel Gesellschaftsspiele. Da trifft sie beim Metzger allerdings genau auf den Richtigen, denn was Gesellschaftsspiele betrifft, verhält sich das Anschwellen seiner Lust diametral zur Libido eines italienischen Ministerpräsidenten, sprich: tote Hose.

»Um Gottes willen! Da bin ich in etwa so gut wie im Voltigieren!«, verkündet er also entsprechend begeistert und meint: »Ich widme mich lieber anderen Dingen mit einem V und einem O am Anfang – Prost!«, und unten ist sie, die erste Hälfte vom zweiten Vogelbeer.

»Aber Scrabble wäre doch lustig!«, steht Toni Schuster

nach kurzem Blick auf den Spielestapel nun seiner Auserwählten zur Seite.

»Scrabble!«, wagt der Metzger erneut einen Rettungsversuch. »Ich widme mich lieber anderen Dingen mit einem S und einem C am Anfang – Prost!«, und weg ist er, der Schnaps. »Das kann man aber wunderbar zu viert spielen!«, kontert Toni Schuster, und schon steht sie auf dem Tisch, die grüne Schachtel.

»Fein.« Sophie Widhalm also ist begeistert.

»Na fein!«, kommt es fast einstimmig aus dem Mund der beiden anderen. Danjela Djurkovic und die deutsche Sprache stehen ohnedies seit eh und je auf Kriegsfuß, was den Metzger üblicherweise freut, denn wenn er eines ganz besonders liebt an seiner Danjela, dann ihren Akzent.

Scrabble also, ein Spiel, in dem es darum geht, mit Buchstabensteinen auf einem Spielfeld Worte zu bilden. Im Grunde keine Hexerei, natürlich vorausgesetzt, sie ist nicht allzu mangelhaft, die Rechtschreibkenntnis.

»Na, ist doch perfekte Idee für Rechtspopulisten und besser als Grenzschutz: Lasst du für Aufenthaltsbestätigung spielen ein paar Ausländer Scrabble in deutsche Sprache, und ruckzuck kannst du abschieben nach Lust und Laune. Wär ich längst ausgewiesen!«, stellt Danjela Djurkovic nach ein paar Durchgängen sichtlich lustlos fest und meint: »Glaub ich, könnte auch gut schmecken Marillenbrand, was meinst du, Willibald?«

»Ich meine, wir sitzen da mit einem fleischgewordenen Lexikon beisammen!«, ist seine Antwort, denn ein wenig packt ihn der Ehrgeiz jetzt schon. Was Toni Schuster da in seinem knallgelben, den gestählten Oberkörper definierenden Langarmshirt aufs Spielbrett zaubert, und vor allem in welcher Geschwindigkeit, das hätte man ihm trotz seiner bereits deklarierten Alkoholabstinenz auf Anhieb nicht unbedingt zugetraut. Wodurch sich im Metzger einmal mehr der Verdacht erhärtet: Zum Krenreiben ist das mit der Menschenkenntnis.

»Du übst heimlich?«, stellt nun auch Sophie Widhalm fest.

»Wieso heimlich! So wie andere einmal die Woche Kegeln gehen, geh ich eben Scrabbeln«, entgegnet Toni Schuster wie selbstverständlich.

»Genau, und geht Papst heimlich in Moschee, und geht Vegetarier heimlich in Steakhaus, und geht Ungläubiger heimlich über Wasser – und geht Wirt endlich mit gusseiserne Pfanne zu Tisch sieben!«, äußert Danjela Djurkovic schließlich in Anbetracht des herannahenden Kaiserschmarrens ihre Erleichterung. So landet also eine herrlich duftende Sünde samt den ebenso lasterhaften Beilagen wie Apfelmus, Zwetschkenröster, Staubzucker und einem Kännchen Rum auf dem Tisch.

»Phantastisch!«, ist wenig später das einhellige Urteil, auch über das zum Festmahl gereichte Getränk: Milch, nicht warm, sondern gut gekühlt.

»Steht dir übrigens gut, der Damenbart«, wagt der Metzger, da ist die Pfanne bereits vollständig geleert, ein Kompliment, und wäre er nun mit seiner Danjela allein, es käme ihm vielleicht der Gedanke, ihr den weißen, schaumigen Schnauzer wegzuküssen.

»Muss ich sowieso auf Klo, geh ich gleich rasieren!«, steht Danjela Djurkovic nun auf, unmittelbar gefolgt von dem ebenso seinem Harndrang gehorchenden Toni Schuster. So marschieren also zwei Teileingeschränkte, beide mit jeweils angewinkeltem rechten Arm, der männliche klein und muskulös, der weibliche groß und voluminös, in Richtung Erleichterung.

»Unsere zwei Patienten!«, erklärt Sophie Widhalm liebevoll und kann sich ob des skurrilen Bildes ein Schmunzeln nicht verkneifen, und da ist sie nicht die Einzige. Denn einige der anwesenden Gäste schicken dem davongehenden Pärchen nicht minder amüsierte, allerdings deutlich weniger liebevolle Blicke nach. Jene beiden jungen Männer, bei denen Jo Neuhold vorhin kurz Platz genommen hatte, sitzen belustigt vor ihren Käsespätzle, selbstverständlich nicht mit Milch, sondern mit Bier, und da braucht Sophie jetzt gar nicht viel zu verstehen, ihr reichen allein schon die höhnisch verzogenen Fratzen der Beteiligten, um zu wissen, worüber sie sich ergötzen.

»Na, die haben auch ihren Karl!«, stellt sie verärgert fest, und auch wenn dem Metzger jetzt völlig klar ist, dass seine Halbschwester mit »Karl« umgangssprachlich »Spaß« gemeint hat, drängt sich seinem inneren Auge zwangsweise ein deutlich weniger unterhaltsames Bild auf.

Und weil sein Hirn in letzter Zeit sowieso Höchstarbeit leistet und noch nebenbei darauf gedrillt ist, zur Abendstunde Buchstaben, Zeichen und Zahlen hin und her zu schieben, und weil er außerdem grad eines der beiden möglichen in der Riege der 102 Buchstabensteinchen des Scrabblespiels vorhandenen Ks sowie eines der sechs möglichen As vor sich liegen hat, schiebt er die Teller, Gläser und das auf dem Tisch liegende Telefon Toni Schusters etwas zur Seite, schnappt sich den Buchstabenbeutel, leert ihn unter dem erstaunten Blick seiner Halbschwester aus und sucht sich das R und das L.

KARL steht nun also vor ihm, zwar nicht leibhaftig, an eine Auferstehung kommt alles Weitere dann allerdings doch beinah heran, was nicht allein daran liegt, dass sich einige Tische weiter die beiden Burschen erheben und die Toilette ansteuern.

47

Nein, er hat kein Problem in puncto Größe, der Toni Schuster, schon gar nicht auf der Toilette. Alles, was ihm diesbezüglich zum Thema Scham einfällt, sind die sich schlagartig von einem anfänglich süffisanten Lächeln in eine beschämte Ungläubigkeit verziehenden Gesichter der neben ihm stehenden groß gewachsenen Kollegen. Dazu muss er nur die Hose aufknöpfen und sich dem eigentlichen Zweck seines Pissoirbesuches widmen.

Er wird sie eben nicht los, seine tierische Natur, der Mann. Größere Hörner, prächtigere Federn, mächtigere Hauer, das Grundkapital des Überlebens ist die Potenz, nicht die moralische, nicht die musische, nur die maskuline, sprich Eier. Und wer keine Eier hat, den rettet einzig eine dicke Brieftasche, so die Theorie. Natürlich ist die Dimensionierung männlichen in der Hose verborgenen Besitztums erstens fortpflanzungstechnisch völlig unerheblich und zweitens noch lange kein Synonym für Fruchtbarkeit, ein paar Jährchen eine aus Demonstrationsgründen zu enge Jeans, und so ein Mannsbild versteht unter Nachwuchs nur noch die trotz Rasur hoffnungslos sprießende Körperbehaarung. Nur interessiert dieses Wissen am Urinal wirklich keinen. Hier geht es rein um den animalischen Urinstinkt. Und das liegt im wahrsten Sinn des

Wortes schlichtweg auf der Hand: Da nutzt das größte Leerzeichen nichts, so wie der Urin stinkt, stinkt auch der Urinstinkt zum Himmel.

Hier auf dem Häusel ist er also wie auf der Piste und auf der Straße zumeist unangefochten die Nummer eins, der Toni Schuster. Und weil man allein schlecht eine Nummer eins sein kann, ist er anfangs nicht unzufrieden über die beiden eintretenden Besucher. Lange währt das Glück allerdings nicht, denn wie sich die doch kräftig gebauten Recken unmittelbar neben ihn vor der Rinne aufbauen, ihn sozusagen in die Zange nehmen, verunsichert ihn nun doch ein wenig. Auch ist er es zwar gewöhnt, vorwiegend von Männern mit dem Thema Größe konfrontiert zu werden, der Toni Schuster, auf die Körpermitte bezogen stellt Derartiges allerdings eine Premiere dar:

»Na bum! Skistecken brauchst du keinen!«, erfolgt also von links außen die für diese Umstände höchst seltene Kontaktaufnahme, gefolgt von einem: »Und was hat der Arm? Beim Snowboarden einen Baum touchiert?«

»Nein, beim Skifahren einen Idioten planiert!«, erwidert Toni Schuster möglichst gelassen.

»Ja, Planiertwerden, das geht schnell, vor allem, wenn man wo im Weg herumsteht!«, ist nun von rechts außen die seltsame Antwort, gefolgt von: »Und, bist wenigstens gut einquartiert? Sporthotel Kamptner? Schenningerhof? Gasthof Kalcherwirt? Scheibelhofer-Alm?«

»Was würdet ihr mir denn empfehlen, als Einheimische?«

»Am Schönsten ist es immer daheim, was meinst?«

Blickkontakt herzustellen wäre jetzt völlig unpassend, weiß Toni Schuster.

Die dunklen Fliesen der von ihm bestrahlten Wandseite

verraten allerdings genug, und wirklich sympathisch sind sie nicht, die darin abgebildeten Spiegelbilder, sein eigenes natürlich ausgenommen.

Toni Schuster wendet sich der Rinne ab, da sind den beiden gerade mal ein paar zwanghafte Tropfen entwichen, wäscht sich die Hände, nimmt im Anschluss so lange den Trockner in Betrieb, bis garantiert jeder einzelne Finger von jeglicher Feuchtigkeit befreit ist, und dann ist er sich aufgrund des immer noch nicht zu hörenden Plätscherns im Hintergrund sicher: So lang können sich gleich zwei Herren im Fall einer drängenden Blase nicht Zeit lassen, und nach Prostatapatienten sehen die beiden Jungspritzer jetzt auch nicht unbedingt aus. Dieses Pärchen frequentiert das WC nicht des Pinkelns wegen.

So steuert Toni Schuster also grußlos dem Ausgang zu.

»Na, dann noch viel Spaß!«, wird ihm hinterhergerufen.

»Wer zuletzt lacht, lacht am besten!«, ist seine Erwiderung.

Es dauert nicht lange, und er hat alle Steine beisammen:

KARL SCHROTHE steht es in hölzernen Lettern nun auf den Tisch geschrieben. Schlecht in Deutsch war er ja nie, der Willibald, und ein Auge für Details hat er auch, das verlangt sein Beruf.

Eindringlich betrachtet er die einzelnen Steine. Zwei Worte sind es, bestehend aus zwölf Buchstaben, nur drei davon sind Vokale, eine äußerst konsonantenreiche Kombination also. Trotzdem klingt der Name eindeutig deutsch. Auf Hochtouren arbeitet es, das Hirn des Willibald, vergleicht im Geiste, zählt durch, und während dieser stillen Übung wird es im Inneren des Restaurators eng für den eben erst verdrückten Kaiserschmarren. Zwölf Buchstaben und drei Vokale sind es nämlich da wie dort.

»Na, da ist ein bisschen Stimmung wie bei Tabellenletzte!«, bemerkt die zurückgekehrte Danjela Djurkovic, nimmt Platz, analysiert die Situation, und weil sie dem Rechtspopulismus zwar an Sprachkenntnis unter-, an geistiger Flexibilität aber deutlich überlegen ist, weiß sie auf Anhieb, was hier im Gange ist.

»Hallo? Seid ihr noch da? Hab gar nicht gewusst, dass die Kombination Vogelbeere – Rum so eine kontemplative Wirkung hat«, äußert Sophie Widhalm ihre Unruhe. Ein wenig unheimlich ist ihr diese völlige Regungslosigkeit der beiden nun nämlich schon. Dann kommt Bewegung auf, zumindest innerhalb der Buchstaben, dann beginnt der Akt, von dem Willibald Adrian Metzger längst schon ahnt, wohin er führt.

Zuerst wird dem KARL SCHROTHE das letzte H entnommen und unter den Karl gelegt, dann das O, das letzte R, das S und das T.

HORST steht nun in der zweiten Reihe. In Kombination mit den verbliebenen Buchstaben der oberen Reihe bringt es eine Wirklichkeit ans Licht, die nun absolut jeden Ursprung haben kann. Jeden, bis auf einen: Zufall.

Ein kurzer Wechsel noch, Danjela Djurkovic drückt ihren Zeigefinger auf das R, schiebt es von Position drei auf Position sieben, und aus dem KARLCHE wird ein KALCHER.

Karl Schrothe, der Name des kürzlich verstorbenen Obdachlosen, ist nichts anderes als ein Anagramm des vor zwei Jahren verstorbenen Horst Kalcher, was für den Metzger bedeutet: Karl Schrothe war Horst Kalcher, der Vater dreier, dann zweier Töchter. Und genau dieser Horst Kalcher hat seine Töchter zu Vollwaisen werden lassen, um woanders Karl Schrothe werden zu können, sein zu müssen, wie auch immer. Er war die letzten zwei Jahre nicht dort, wo er hingehörte, an jenem einzigen Ort, an dem er tatsächlich gebraucht worden wäre, als starke Schulter und schützende Hand, als Teil einer vom Leben schwer in Mitleidenschaft gezogenen Familie.

Es ist angerichtet, alles hängt zusammen, weiß er nun, der Metzger. Ein ungutes, schauriges Gefühl nimmt ihn in Beschlag, denn: Was kann so schlimm sein, einen Menschen zu derartigen Schritten zu bewegen?

Toni Schuster kommt zurück, und obwohl er von all dem nun nichts mitbekommen hat, den tatsächlichen Grund des Wochenendausfluges seiner drei Begleiter auch gar nicht kennt, spricht er dem Metzger und der Djurkovic aus der Seele: »Wir sollten hier verschwinden!«

Nur Sophie ist etwas verwundert: »Warum?«

Kurz nimmt er Platz: »Bitte nicht hinsehen: Da, die beiden Herren, die gerade von der Toilette kommen und so vertrottelt herübergrinsen. Kann ein Zufall sein, aber rückblickend auf den heutigen Morgen hab ich doch irgendwie ein dummes Gefühl!«

»Na, dann lassen wir diesen Samstagabend eben etwas früher zu Ende gehen!«, erklärt Sophie.

48

Puff – zuerst geht die Luft aus, dann geht es ins Verderben, so läuft das normalerweise. Und geübt wird heute, an jenem Tag der Woche, auf den ein stattlicher Teil der Bevölkerung dieses Landes hinarbeitet, um in dem Wissen, am nächsten Morgen nicht zur Arbeit zu müssen, auszugehen, mit Freunden etwas zu unternehmen, mit der Familie beisammenzusitzen oder mit Freunden etwas zu unternehmen, um nicht mit der Familie beisammensitzen zu müssen. Ein Feiertag also, auch für ihn. Lustig ist das.

Frau hat er keine, Kinder hat er keine, zumindest weiß er nichts davon, richtige Freunde auch nicht, die Bars und Diskotheken dieser Gegend hat er längst satt, diejenigen, die sie frequentieren, auch. Er weiß trotzdem etwas mit sich anzufangen, etwas maximal Unterhaltsames und zugleich höchst Sinnvolles: Puff, Übung macht schließlich den Meister. Folglich steht bei ihm Samstagnacht nur eines auf dem Programm: Trainieren.

So hält sich sein Ablauf also für gewöhnlich an folgenden Plan: Bis 23 Uhr werden irgendwo drei kleine Bier konsumiert, danach wird in den Wagen gestiegen, mit Adleraugen ein bisschen in der Gegend herumgefahren, bis er die geeignete Serpentine findet, und davon gibt es hier ja in Hülle und Fülle. Es muss jedes Mal eine neue Stelle sein, weit genug von der vorhergehenden entfernt. Sollen ja auch schön die Einsatzkräfte eines anderen Dienstkreises in das Vergnügen kommen. Mindestens fünf Mal woanders, dann darf er wieder sozusagen vor der eigenen Haustür. Das kostet zwar Kilometer, bringt aber Sicherheit.

Der motorisierte Untersatz wird uneinsichtig in einer

Forststraße geparkt, die warme Kleidung übergestülpt, ein wenig durch den Schnee gestapft, ein übersichtliches Plätzchen bezogen und gewartet. Er widmet sich nicht jedem Fahrzeug, je kleiner, desto unruhiger, spuruntreuer, dankbarer. Die Insassen sind am besten gleichgeschlechtlich, noch besser Männer zwischen 18 und 28. Diesbezüglich hat er ab 24 Uhr auf den Straßen dieser Gegend eine Auswahl wie ein Fischhändler in einem Zuchtbecken. Mobile Burschenschaften treiben sich da in einer Häufigkeit durch die Nacht, als ginge es fix an jedem Freitag zum Jahrgangs-Kameradentreffen. Lange anvisieren, so lautet die Devise, warten, warten, warten, bumm, dezent ist das Krachen, dank Schalldämpfer, und puff, draußen ist die Luft, ein Reifen reicht. Der getroffene Wagen kommt ins Schlenkern, was in einer Kurve nicht von langer Dauer ist, dann wird der Radius ausgereizt und es geht abwärts, ohne tödlichen Ausgang. Eng muss sie sein, die Kehre, damit das Tempo schön herausgenommen ist, nicht wirklich gefährlich steil bergab darf es gehen, mit ausreichend Auslauf, kein Baum, Mast oder zugefrorenes Gewässer im Weg, soll ja schließlich keiner umgebracht werden beim Trainieren, außerdem geht es um den Erlebnisfaktor, für beide Seiten. Vor drei Wochen zum Beispiel, das war schon ganz großes Kino, diese vier Burschen.

»Scheiße, haben wir jetzt ein Glück gehabt!«, dröhnte es durch die Abendstille, »wenn wir den Reifenplatzer ein Stück weiter oben gehabt hätten, wären der Wagen und wir jetzt hin!«

Zufrieden nahm er ein Fernglas zur Hand, beobachtete das weitere Geschehen und staunte nicht schlecht. Menschen und deren Verhalten sind eben unvorhersehbar, genau das ist der Reiz, das Vergnügen.

»Pech haben wir gehabt!«

»Wieso?«

»Weil mir die Konservenbüchse auf den Sack geht. Ich hätt mich lieber ein paarmal öfter überschlagen und einen Alten, der kapiert, dass das nix ist für einen Mann, so ein Schrottkübel. Mir reicht an Lächerlichkeit schon unsere Familienkutsche, ein Fiat Multipla. Zum Kotzen!«

»Na, dann verpassen wir ihm noch ein paar!«

Lange dauerte es nicht, und vier kräftige Burschen dreschen auf einen gebrauchten VW Lupo ein.

»Und jetzt? Wenn der Wagen so aussieht, können ja wir nicht ohne Kratzer nach Hause kommen!«

»Kein Problem!«, war die Antwort, dann sprachen die Fäuste. Und einen Spaß dürften sie dabei gehabt haben, die vier Haudegen, dagegen sind Bud Spencer und Terence Hill die reinsten Missionare. Ihr helles Gelächter klingt ihm heute noch in den Ohren.

Ewig schad wäre es gewesen um diese Jungs. Wie gesagt, wenn es ums Töten geht, sucht er sich andere Kurven.

Heute aber ist alles ein wenig anders. Kurven gibt es zwar genug, nur mit dem Reifenplatzer wird das nicht so einfach bei einer Rodel. Für Spaß ist trotzdem gesorgt. Warm eingepackt liegt er am Rand der Schindlgruben und wartet.

49

Es ist ein Holzschlitten, wie ihn der Metzger aus seiner Kindheit kennt. In Verbindung mit ausreichend Schnee kam es nämlich vor, dass sich sein Vater mit wahrlich Überraschendem zu Wort meldete: »Komm, Bub, jetzt werden wir ein bisserl schwitzen!« Er war eben schon in jungen Jahren als angehender Übergrößenkandidat zu erkennen, der Willibald, und wenn es ein paar Lichtblicke in der Erinnerung an seinen Vater gibt, dann diesen. Eine Glückseligkeit war da seinem alten Herrn ins Gesicht gegraben, als wäre sie unter der Schneedecke verborgen, die Wiedergutmachung für all die fehlende liebevolle Zuwendung das übrige Jahr hindurch. Wie ein Befreiter ist ihm der Fremde erschienen, der da lachend sein allein auf dem Schlitten sitzendes schwergewichtiges Kind unbeirrt durch das winterliche Weiß zog, außer natürlich es ging bergab, da hat sich der Senior immer vorne dazugesetzt.

Passives Schlittenfahren ist für den Metzger also nichts Neues. Aktiv allerdings ist alles Bevorstehende nun eine Premiere.

»Was, ich soll vorne sitzen?«

»Na bin ich einarmig, brauch ich Säule zum Festhalten. Und rutscht du noch ein wenig vor, weil gibt hinten sonst große Schleifspur«, fordert Danjela Djurkovic deutlich mehr Sitzfläche ein, gefolgt von:

»Is aber schon logisch, dass Lenken nach rechts heißt Rausstrecken von rechte und nix linke Fuß! Und wenn hast du gelenkt, hebst du beide Füße hoch, weil sonst muss ich anschieben sogar, wenn geht bergab! Und kannst du dann ruhig ein bissi legen Oberkörper zurück auf mich, bin ich nix zerbrechlich. Außerdem geht schneller!«, was dem hoch konzentrierten Metzger schließlich die Bemerkung abringt:

»Und kannst du dann ruhig ein bissi Respekt vor der Nachtruhe der Tiere des Waldes zeigen!«

»Gut, bin ich still, aber nur wenn geht ab morgen gelbgrüne Pelzmütze über in Besitz von optisch rechtmäßige Eigentümerin! So, und jetzt gibst du Gas, weil sonst kommen wir an bei Kalcherwirt gerade rechtzeitig zu Frühstück!«

Sophie Widhalm und Toni Schuster sind zwar bereits außer Sicht-, allerdings noch nicht außer Hörweite, denn deutlich zu vernehmen ist er, der gelegentlich ausgestoßene vergnügte Juchzer. Ansonsten ist die hin und wieder von einer Laterne erhellte Rodelstrecke menschenleer. Die Nacht ist einmal mehr sternenklar, und ruhig ist es, fast märchenhaft schön. Geschmeidig gleiten die Kufen durch den Schnee, ab und zu kratzt der Schlitten über eisige Stellen oder kleine Steine, ansonsten aber geht es recht beschaulich dahin.

Lange dauert es allerdings nicht, und für die Tiere des Waldes ist es vorbei mit dem Schlummer. Aus dem Hintergrund durchschneiden hochtourige Motorengeräusche die Nacht und kommen, dem Geräusch nach zu urteilen, mit erheblicher Geschwindigkeit näher. Dann tauchen die Lichter wie funkelnde Augen hungriger Raubtiere in der Dunkelheit auf. Immer heller und größer wird das auf den Weg geworfene Spiel mehrerer Lichtkegel, immer lauter wird der Motorenlärm, immer langsamer der Holzschlitten.

»Ich fahr mal zur Sicherheit rechts ran!«, meint er noch, da verkündet die zurückblickende Danjela: »Glaub ich, ist rechts ran zu wenig!«. Dann stemmen sich vier Absätze in den Schnee.

»Runter!«, brüllt Willibald Adrian Metzger, springt von dem gestoppten Untersatz, packt seine Danjela unter der Achsel und zieht sie energisch vom Rand des Forstweges hinein in die erste Baumreihe des Waldes. Haarscharf, mit einem Höllentempo rast der erste Motorschlitten, gefolgt von zwei weiteren, an ihnen vorbei, nur um kurz danach zu bremsen und umzukehren.

»Vollidiot!«, entfährt es der Djurkovic, »Mist!«, flucht der Metzger, denn für derartige Situationen fehlt es ihm in puncto Wehrhaftigkeit eindeutig an abrufbarem Handlungsrepertoire. Jetzt stehen sie da, die beiden, hinter sich den unwegsamen, tief verschneiten Wald, vor sich die Augen bedrohlicher Bestien. Direkt leuchten ihnen die Scheinwerfer ins Gesicht, nur wenige Meter entfernt sind die drei Motorschlitten stehen geblieben, mehrmals wird Gas gegeben, ein teuflisches Lachen dröhnt unter den verdunkelten Helmen hervor.

»Na, kommt ihr, Scheißkerle!«, brüllt Danjela Djurkovic in die Nacht und erweist sich damit für den erstarrten Willibald Adrian Metzger völlig überraschend als wahre Lehrmeisterin. Denn erneut wird Gas gegeben, diesmal jedoch, um hangabwärts weiterzufahren.

Danjela Djurkovic reagiert als Erste: »Müssen wir hinterher!«

Und ja, jetzt lässt er es laufen, der Metzger, jetzt ist es vorbei mit der Gemütlichkeit, jetzt kommt jedes Kilo zur Geltung. Entsprechend rasch nimmt der Schlitten Fahrt auf, wie ein eingespieltes Team strecken die beiden je nach Erfordernis beinah synchron das richtige Bein in den Schnee, nehmen gekonnt jede Kurve. Je länger die Fahrt dauert, desto sicherer wird sich der Metzger zwar in Hinblick auf die Gerätebeherrschung, desto unsicherer wird er sich allerdings in Hinblick auf die Strecke.

»Sind wir richtig?«, brüllt er nach hinten.

»Na, quer durch Wald wird nix gehen!«, ist die Antwort.

Trotzdem fehlt von Sophie und Toni jede Spur, auch die Motorengeräusche haben sich mittlerweile auf ein entferntes leises Summen reduziert.

Kurz wird das Gefälle schwächer, die Strecke geradliniger, der Schlitten langsamer, die Forststraße enger, der Wald dichter, dann sind sie weg.

»Stopp!«, gibt der Metzger nun das Kommando.

In der Ferne leuchten die Lichter des Kalcherwirts, direkt vor ihnen glitzert die frisch präparierte Schindlgruben.

»Danjela, wir sind jetzt auf der Piste. Ich kann mir nicht vorstellen, dass die beiden einfach die ganze Strecke durchfahren, ohne ein einziges Mal auf uns zu warten. Und schneller als die Motorschlitten können sie auch nicht sein!«

Die Lichter in der Ferne erhalten Zuwachs. Direkt neben dem Kalcherwirt wird durchgestartet, dann setzen sich drei Motorschlitten in Bewegung, ein Vierter sticht von der anderen Seite der Schindlgruben dazu. Diesmal hangaufwärts.

50

»Weg hier! Wir müssen weg!«, ertönt es aus dem Dunkel.

Im Hintergrund bremsen sich zwei Rodler ein, und dem Metzger fällt ein Stein vom Herzen.

»Wo wart ihr?«

»Da drinnen. Schnell!«

Toni Schuster und Sophie Widhalm stehen längst auf ihren Beinen und peilen den dichten Wald an. Mühsam ist es, mit den sperrigen Holzrodeln tief ins Dickicht vorzudringen.

»Ein Stück noch, beeilt euch!« Sophie Widhalm gibt das Tempo vor, schiebt energisch die Äste zur Seite und schließlich ihren Körper hinter einen Baum.

»Das muss reichen, und jetzt runter!«

Dann kauern, verborgen hinter mächtigen Tannen, vier erwachsene Menschen angsterfüllt im Schnee. Lange dauert es nicht, und die Motorschlitten biegen von der Piste ab, herein auf die Forststraße, bedächtig ist die Geschwindigkeit und verstärkt die Leuchtkraft. Denn zusätzlich zu den beiden Scheinwerfern erhellt nun jeweils ein drittes Licht die Nacht. Suchend werfen vier Halogentaschenlampen im Wald ihre Schatten, und jedem der Anwesenden ist klar: Was hier gerade passiert, ist kein Spiel mehr.

»Puuutt – putt putt putt putt!«, ertönt ein gehässiger Lockruf durch die Nacht: »Ja, wo sind sie denn, unsere Konservenbüchsen? Sagt, wollt ihr nicht nach Hause fahren, ganz nach Hause, anstatt hier beerdigt zu werden?« Dann knallt es dumpf, nur wenige Meter entfernt zersplittert ein Ast, die Motoren werden gedrosselt, lautlos wird verharrt, aufmerksam in den Wald hineingehorcht und wieder mit den Worten: »Ja wo sind sie denn?« für ein kleines Stück die Fahrt aufgenommen.

Langsam bewegen sich die Motorschlitten vorbei, die Forststraße hinauf, und immer wieder dasselbe Ritual: ein Anhalten, ein Ruf, ein Schuss, ein Horchen, geduldig im Tempo, glasklar in der Absicht.

Es dauert, und es sind bange, endlose Minuten, bis sie endlich außer Sichtweite sind.

»Verdammt, die sind bewaffnet! Wir warten noch kurz, und wenn sie das nächste Mal starten, hauen wir ab!«, flüstert Toni Schuster den anderen zu.

»Und wenn sie genau dann zurückkommen?«, gibt der Metzger zu bedenken. »Ich würde vorschlagen, wir warten, bis sie die Suche aufgeben und endgültig hinunterfahren.«

»Und wenn sie gar nicht mehr hier vorbeikommen, sondern eine andere Route ins Tal nehmen oder sich aufteilen?«, wendet nun wieder Toni Schuster ein.

»Dann hab ich lieber ein bisschen umsonst gefroren als mir den Tod geholt.«

Einhellig wird schließlich zumindest die Kauerstellung aufgegeben und auf den Rodeln Platz genommen. Kurz erörtert Sophie, wie vorhin trotz Vorsprungs, voller Fahrt und Motorenlärm aus dem Hintergrund Danjelas Ruf: »Na, kommt ihr, Scheißkerle!« nicht zu überhören war, worauf Toni Schuster auf Anhieb Gefahr im Verzug ortete, eine Vollbremsung einleitete und per pedes zwecks Tarnung den Wald anpeilte: »Ich kann es zwar niemals beweisen«, erklärt er, »aber nach dieser Einlage jetzt bin ich mir absolut sicher, dieser komische Auftritt von Jo Neuhold, diese Typen und derjenige, der heute Morgen Erich Axpichl hingerichtet und mich angeschossen hat, haben etwas miteinander zu tun. Vielleicht ist der Mörder ja sogar dabei. Wahrscheinlich ist durch meine Verhaftung bekannt geworden, wer ich bin.«

»Ja, aber woher haben sie gewusst, dass wir uns auf der Bürglalm aufhalten«, rätselt Sophie.

»Na, überlegst du, wer hat alles Ahnung, wem hast du alles erzählt?«, rätselt Danjela.

»Agnes Kalcher und ihre Enkelin Lisl«, entgegnet der Metzger nachdenklich.

»Und Laurenz Thuswalder natürlich, der das alles ausgemacht hat«, ergänzt Sophie Widhalm.

»Derselbe Laurenz Thuswalder, der mir vorhin auf der Piste und mit seinem silbernen Van in der Stadt vor dem Kinderspital begegnet ist...«, stellt der Metzger fest und wird von Toni Schuster unterbrochen: »So einen Van, der zumindest laut Kennzeichen in diese Gegend gehört, hab ich übrigens auch gesehen!« Es folgen die Erzählung vom Fund des toten Obdachlosen in der Busstation und ein Ausbruch des Erstaunens.

»Hab ich dich jetzt richtig verstanden«, meldet sich Sophie zu Wort. »Du hast denjenigen gefunden, wegen dem wir überhaupt hierhergereist sind: Karl Schrothe? Und jetzt hocken wir gemeinsam im Wald?«

»Das ist ja dann wohl ein Zufall der anderen Art«, ergänzt der Metzger.

»Eher Schicksal!«, weiß Toni Schuster und ergreift die Hand Sophie Widhalms.

»Wenn ich jetzt Robert Fischlmeier wäre, und es käme mir zu Ohren, dass du nicht nur zum Zeitpunkt des Todes von Erich Axpichl, sondern auch zum Zeitpunkt des Todes von Karl Schrothe zufällig ganz in der Nähe warst, ich würde dich ohne mit der Wimper zu zucken erneut verhaften!«, zeigt der Metzger unverblümt seine Skepsis.

»Ich mich auch!«, entgegnet Toni Schuster. »Und den Robert Fischlmeier gleich dazu, weil der hat auch gewusst, dass wir zur Bürglalm fahren, erinner dich, Sophie, hinter uns ist er gestanden vorm Polizeirevier!«

»Verdammt, wir haben also den Teufel im Nacken sitzen?«, spricht Sophie jedem hier aus der Seele. Als hätte sie Dämonen beschworen, rasen wenig später selbige an ihnen vorbei. Toni Schuster springt kurz danach aus dem Wald, läuft auf die Piste und blickt hinterher: »Sie fahren ins Tal, wir können los!« lautet sein Kommando. Wenig später halten zwei Holzschlitten vor den Toren des Kalcherwirts an, und der Metzger schickt seine Begleiter zwecks Ideenaustausches ins Zimmer 202. Selbst steuert er schnurstracks das danebenliegende Wohnhaus der Familie Kalcher an.

Es ist weit nach 22 Uhr, im Haus brennt noch Licht. Ein kurzes, verhaltenes Pochen reicht, und hektisch nähern sich Schritte der Eingangstür.

»Wer ist da?« Besorgt klingt sie, die Stimme Agnes Kalchers.

»Willibald Adrian Metzger. Ich wohne bei Ihnen im Hotel!«

»Ich weiß. Nur, was wollen Sie um diese Uhrzeit! Ist niemand an der Rezeption?«

Kurz zögert er, der Metzger, und doch weiß er, was zu tun ist.

»Ich will mich mit Ihnen über Ihren Sohn Horst Kalcher, besser gesagt Karl Schrothe, unterhalten.«

Es dauert, absolut still ist es hinter der Tür, dann wird geöffnet. Agnes Kalcher kommt zum Vorschein, das aufschwingende Türblatt streift beinah ihr blasses Gesicht. Kerzengerade steht sie im Vorzimmer und blickt mit eiskalter Miene an ihrem Gegenüber vorbei hinaus in die Nacht.

Wortlos dreht sie sich um, geht den Gang entlang und verschwindet in der Küche. Willibald Adrian Metzger tritt ins Haus, schließt die Tür und folgt ihr. An die Arbeitsfläche gelehnt erwartet sie ihn, nun sucht ihr Blick den seinen, tief und beängstigend, als wollte er sich unauslöschlich in seinem Inneren, in seinen schlimmsten Träumen verankern. Schwer fällt es dem Metzger, aber um den ihm wortlos entgegenschlagenden Argwohn zu durchbrechen, muss er diesem Blick standhalten, möglichst liebevoll und unaufgeregt. So stehen die beiden voreinander, starren sich an und schweigen. Geduldig ist er, der Willibald, voll Respekt vor dieser so leidgeprüften Frau, und nur allein seine Augen lässt er sprechen, denn bevor er nichts mehr unausgesprochen lässt, will er zuallererst wissen: Was hat Agnes Kalcher von sich aus zu sagen, was sind ihre ersten Worte? Es ist still. Draußen fährt ein Wagen vor.

Da geht es ihm wie einem Säugling. Vollständig gesättigt verabschiedet sich Edgar unbeirrbar ins Land der Träume. Neben dem Bett liegt also ein regungsloser Hund, im Bett liegen die beiden Damen, und am Fußende sitzt Toni Schuster. Wie idyllisch auch immer das aussehen mag, es ist nichts anderes als der Ausdruck reinster Verzweiflung.

»Keine Nacht länger bleib ich hier!«, verkündet Sophie Widhalm, »wir sollten abreisen. Sofort!«

»Ich glaub, das ist sinnlos!« Toni Schuster wirkt überraschend abgeklärt: »Wenn uns wirklich jemand Angst einjagen oder gar Schaden zufügen möchte, kann er das von nun an jederzeit und überall. Überlegt mal: Die Polizei hat unsere Daten aufgenommen, ebenso unsere Quartiergeber. Ist doch ein Klacks herauszufinden, wo wir wohnen.«

»Rufen wir an Stefan Thuswalder wegen Hilfe, haben wir Karte?«, grübelt die Djurkovic vor sich hin.

»Keine gute Idee. Willibald hat seinen Bruder samt Wagen vor dem Spital gesehen, ich hab diesen Wagen hinter der Busstation gesehen, Laurenz Thuswalder hat dafür gesorgt, dass uns die Polizei gehen lässt, und er hat dafür gesorgt, dass wir uns zur Bürglalm bringen lassen, um von dort aus durch die Nacht zu rodeln. Vielleicht stimmt ja auch was mit den Thuswalders nicht.«

»Und was sollen wir jetzt machen?« Sophie Widhalm ist verzweifelt: »Wir haben nichts in der Hand. Und zur Polizei gehen können wir vergessen, denn vielleicht stimmt ja auch was mit Robert Fischlmeier nicht!«

»Wir müssen, glaub ich, nirgendwo mehr hingehen.« Toni Schuster deutet zur Terrassentür hinaus. Ein silberner Familyvan ist vorgefahren.

Das Ticken der Küchenuhr durchschneidet auf eine seltsam bedrohliche Art und Weise die Stille. Agnes Kalcher löst den Augenkontakt und blickt zu Boden, was in gewisser Weise das erste kleine Nachgeben bedeutet. Auch der Metzger blickt sich nun um, denn geheuer war ihm dieses gegenseitige Fixieren jetzt nicht, fast ein wenig, als stünde er vor einer Zeitbombe. Bedrückend ist die Stimmung, da nutzt auch die sehr farbenfrohe, fröhliche Atmosphäre nichts. Von überall, von den Wänden, den Buche-massiv-Küchenkästen, sogar von den Fensterscheiben lachen bunte Gemälde, eindeutig aus Kinderhand. Zwei Sonnen mit Füßen und Händen, die mit einem Rucksack entlang einer von drei lachenden Sonnenblumen gesäumten

Straße marschieren; zwei kleine Sonnen, die, begleitet von drei Fischen, in einem Boot durchs Wasser rudern; drei Sonnen, die mit großen lachenden Mündern am Himmel stehen, während unten, Hand in Hand, zwei Mädchen in der Wiese stehen und nach oben blicken. Auf dem Küchentisch liegen unaufgeräumt einige Kartenspiele, ein Memory, ein Pferdequartett, ein Malkasten mit Wasserfarben, einige fertige und einige angefangene Blätter sowie ein gebundenes gelbes Notizbuch mit einer gelben Sonne darauf. Sonnen, so weit das Auge reicht, und das in finstrer Nacht.

Es dauert, schließlich hebt Agnes Kalcher den Kopf, sieht ihrem unerwünschten Besucher erneut in die Augen, und nichts von der positiven Strahlkraft der sie umgebenden Himmelslichter ist in ihrem Gesicht wiederzufinden. Willibald Adrian Metzger kann sich nicht erinnern, jemals so hasserfüllt angesehen worden zu sein.

»Mein Sohn ist tot. Reicht euch das noch nicht?«

Das also sind sie, ihre ersten Worte, und sie sagen viel. Sie sind Eingeständnis und Rätsel zugleich. Besonders irritierend scheint dem Metzger neben der abgrundtiefen Verachtung vor allem dieses »euch«, wo er doch völlig allein mit Agnes Kalcher in der Küche steht. »Was die anderen wollen, weiß ich nicht, Frau Kalcher. Ich kenn ja diese anderen nicht einmal, ich sehe nur, dass Ihnen diese anderen offenbar nichts Gutes wollen, ansonsten würden Sie mir nicht mit so viel Abscheu entgegentreten. All das bestätigt meinen Verdacht, der Obdachlose Karl Schrothe könnte keines natürlichen Todes gestorben sein! Und glauben Sie mir: Ich möchte diese ganze Geschichte einfach furchtbar gern verstehen. Mein Besuch hier hat sich für meine Angehörigen und mich nämlich gerade zu einer ernsthaften Bedrohung entwickelt. Ein Besuch, hinter dem im Grunde eine gute Absicht steckt.«

Nun mischt sich Zweifel in ihre Mimik, und der Metzger erspart sich jedes weitere Taktieren.

»Vor einigen Tagen wurde ich im Park Zeuge, wie ein obdachloser junger Mann, regelmäßiger Bewohner einer Gartenbank, zum Lebensretter der kleinen Anna Kaufmann wird. Ohne sein Eingreifen wäre das Mädchen am Spielplatz vor den Augen ihrer Mutter Maria Kaufmann erstickt. Anna verliert dabei ihr Täschchen, ich finde darin eine Nummer, rufe an, Sie heben ab, Frau Kalcher, wie ich mittlerweile weiß, und legen sofort wieder auf. Ich bringe das Täschchen ins Spital und werde Zeuge, wie sich Maria Kaufmann vom Dach stürzt. Ich unterhalte mich mit dem Obdachlosen, will ihn später erneut besuchen, finde aber nur seine Habseligkeiten, darunter eine Postkarte Ihres Gasthauses. Am nächsten Morgen wird der Obdachlose tot in einer Busstation gefunden. Man erklärt mir, er hätte keine Angehörigen, was ich genauso wenig glauben kann wie seinen und Maria Kaufmanns natürlichen Tod. Die Postkarte war mein einziger Ansatzpunkt, um mehr über den jungen Mann herauszufinden, deshalb bin ich hier. An einem Ort, an dem mich Ihr Halbbruder Erich Axpichl, der am Tag von Annas Unglück ebenso auf dem Spielplatz anwesend war, um seinen Sohn Bernhard in Empfang zu nehmen, im Edelweiß kurz und klein schlagen will. Auch Erich Axpichl ist mittlerweile tot, ermordet, laut Polizei von Ihrem Mann Sepp Kalcher.

Ich bin also überzeugt, der Obdachlose Karl Schrothe war Ihr bereits vor Jahren beerdigter Sohn Horst Kalcher. Warum also kämpft Ihr Sohn unter einem anderen Namen tagtäglich auf der Straße ums Überleben, während seine

Familie in guten Verhältnissen lebt? Warum hat er laut Polizei keine Angehörigen? Und warum muss er zweimal sterben, um endgültig tot zu sein?«

51

Herrlich – jetzt stehen ihm doch ein wenig die Härchen im Nacken. Da weiß wer deutlich mehr, als es der Gesundheit dieser Person zuträglich ist. Da hat diesen Metzger das Schicksal zu einem ganz schlechten Zeitpunkt mit den ganz falschen Menschen zusammenkommen lassen. Von nun an muss umdisponiert werden, das steht fest, und zwar im Eiltempo.

Er muss also die besprochene und von ihm erhoffte Alternative in Angriff nehmen, denn diese Alternative ist beinah perfekt:

Heute darf Ada laut Agnes wieder einmal beim Urgroßvater schlafen. Und wenn schon wer ein ebenerdiges, extra von außen zugängliches Zimmer hat, dann ist das natürlich ein Angebot, dem man unmöglich widerstehen kann. Es wird also einen kleinen Wandertag geben, und meine Güte, er muss ja nur noch abdrücken, je nachdem, wer alles dabei ist.

Sepp Kalcher jedenfalls ist fix besetzt.

Willenlos wirkt er da im Hintergrund, und das ohne allzu große Gewaltanwendung. Vielleicht weiß er einfach, dass es heute für ihn zu Ende geht.

»Wirst nicht viel spüren, versprochen!«, dann nimmt er ihm das Bewusstsein und lädt ihn auf den Motorschlitten.

52

Sichtlich erschöpft hat der Metzger mittlerweile bei Tisch Platz genommen. Agnes Kalcher zögert ein wenig, dann setzt sie sich zu ihm, blickt ihn eindringlich an, holt tief Luft und zeigt eine Reaktion, mit der er nicht gerechnet hätte.

»Das ist lieb von Ihnen, dass Sie's gut meinen«, beginnt sie. »Trotzdem, Herr Metzger, Ihr Verhalten kommt mir komisch vor: Sie tauchen hier plötzlich auf, stellen mir solche Fragen und werfen mir Vermutungen und Vorwürfe an den Kopf. Nur: Ich hab nicht um Ihre Hilfe gebeten! Meine Angelegenheiten sind meine und Ihre die Ihren. So soll es auch bleiben.«

Ihre Worte sind fest, ihr Blick allerdings ist unsicher, und genau das betrachtet Willibald Adrian Metzger als Einladung, um fortzufahren.

»So soll es vielleicht, aber kann es ganz gewiss nicht bleiben. Bei unserer Abfahrt von der Bürglalm sind wir gerade beinah die Opfer eines Verrückten geworden. Womöglich desselben Verrückten, der heute morgen Erich Axpichl ermordet, Toni Schuster angeschossen und Ihren Mann ins Gefängnis gebracht hat. Ihr Verhalten, Frau Kalcher, hinterlässt umgekehrt also auch bei mir ein komisches Gefühl, denn die Einzigen, die gewusst haben, dass wir uns auf der Bürglalm befinden, sind Sie, Laurenz Thuswalder und der Sohn Ihrer Ziehmutter, Robert Fischlmeier.«

»Wegen dem Robert, dem Laurenz und mir müssen Sie sich wirklich keine Sorgen machen, für die leg ich die Hand ins Feuer.«

Zum ersten Mal taucht eine unverbindliche Freundlichkeit auf in ihrem verhärmten Gesicht, die unübersehbar nichts weiter als ein Vorhang ist. Entsprechend unbeirrt fährt der Metzger fort:

»Warum ist Ihr Sohn Horst Kalcher im Jahr 2010 zum ersten Mal und im Jahr 2012 als Karl Schrothe zum zweiten Mal verstorben, warum ist er 2010 sozusagen lebendig begraben worden? Warum täuscht ein Mann, der bei einem Autounfall seine erstgeborene Tochter und seine Frau verliert, den eigenen Tod vor und macht damit seine zwei übrigen Töchter zu Vollwaisen?«

Nur noch mit viel Aufwand gelingt es Agnes Kalcher, Haltung zu bewahren. Sichtlich bemüht zieht sie die Mundwinkel zu einem sanften Lächeln hoch. Willibald Adrian Metzger nimmt eines der bemalten Blätter zur Hand, hebt es hoch und meint: »Hat Ihr Sohn sterben müssen, um anderen das Leben zu retten? War er doch an all den Anschlägen schuld, die auf die Projekte Heinrich Thuswalders verübt worden sind, hat er sich so aus der Affäre gezogen?«

Agnes Kalcher kämpft, ihre Mundwinkel haben zu zucken begonnen. Schwer fällt es dem Metzger, überhaupt noch fortzufahren. Dennoch wird er den Eindruck nicht los, dieses Bollwerk an emotionaler Zurückhaltung nur durch schonungslose Geradlinigkeit überwinden zu können. Er dreht sich um und deutet auf das Bild mit den drei lachenden Sonnen und den zwei Mädchen, die Hand in Hand darunter stehen.

»Wie haben Sie das alles nur ertragen, Frau Kalcher: den beiden Mädchen, Ada und Lisl, so einen positiven, hoffnungsvollen Umgang mit dem Schmerz, mit dem Verlust zu vermitteln und gleichzeitig zu verschweigen, dass eine der drei verlorenen Sonnen noch am Leben ist?«

Agnes Kalcher hat zu weinen begonnen, den Kampf aber noch nicht aufgegeben. Seltsam ist dieses Bild: Tränen rinnen ihr über die vom Schmunzeln angehobenen Backen und suchen sich abwärts ihren Weg hinein in die Falte des hochgezogenen, fortwährend zitternden Mundwinkels. Von dort tropfen sie herab und versickern zwischen ihren regungslos auf dem Tisch liegenden Händen auf einem der Wasserfarbenbilder. Es ist keine Handlung, die er überlegt durchführt, es passiert ihm einfach, dem Metzger: Ungebeten legt sich seine linke Hand als Versuch des Trostes auf ihre rechte. Ohne zu zucken, lässt Agnes Kalcher die Berührung zu.

»Frau Kalcher!«, flüstert er. »Sie haben einen Ihrer Enkel verloren, Ihre Schwiegertochter, Ihren Sohn, Ihr Mann wird wegen Mordes gesucht, ich nehme an, Sie haben zusätzlich zu einem greisen Urgroßvater und zwei Enkeln nun auch noch Anna Kaufmann und Bernhard Axpichl zu betreuen, und Sie bewahren doch mit aller Gewalt Ihre Haltung. Wovor haben Sie solche Angst?«

Nun bricht die Mauer. Agnes Kalcher dreht die Hand unter der des Metzgers um, umfasst die seine, langsam sinkt ihr Kopf auf den Tisch, bis er schließlich mit der Stirn auf Willibalds Handrücken liegen bleibt. Zügig suchen sich ihre Tränen den Weg durch die Finger, dann beginnt sie zu sprechen, leise, brüchig: »Glauben Sie, er hat leiden müssen? Ich wünsch mir so, dass wenigstens sein Tod schöner war als sein Leben. Ich wünsch mir's so sehr.«

»Ich glaub nicht, dass er leiden musste, ich nehme an, er ist eingeschlafen.« Er unterbricht, lässt Agnes Kalcher weinen, beruhigend wirkt es nun, das Ticken der Küchenuhr. Schließlich setzt er fort: »Frau Kalcher, was kann es für eine Bedeutung haben, dass kurz vor Maria Kaufmanns

Selbstmord Laurenz Thuswalder in einem silbernen Wagen vor dem Spital wartet und dann genau dieser Wagen neben der Busstation und der Leiche Ihres Sohnes gesichtet wurde?«

Nun zuckt sie, die Hand, ungläubig klingt ihre Stimme: »Laurenz Thuswalder?«

Sie hebt den Kopf, blickt dem Metzger unvermittelt in die Augen: »Ich schätz, ich hab keine Wahl und werd Ihnen vertrauen. Bin ich in guten Händen, bin ich...?«

Dann klopft es.

Ihr Blick wird fest. Blitzschnell wischt sie sich die Tränen aus dem Gesicht, steht auf und geht entschlossen zur Tür.

»Wer ist da?«, hört er, der Willibald, da nimmt er gerade das auf dem Tisch liegende Notizbuch mit der gelben Sonne zur Hand.

»Ich bin's, Agnes!« Aufgeregt und ernst wirkt die männliche Stimme.

»Ist was passiert?« Agnes Kalcher öffnet die Tür, da blättert Willibald Adrian Metzger gerade das Notizbuch durch und traut seinen Augen nicht.

»Agnes! Der Reini hat beim Pistenpräparieren zwei Leut den Wanderweg in Richtung Bürgljoch hinaufgehen gsehen. Er war sich nicht sicher, aber er meint, es könnt dein Schwiegervater gwesen sein, mit einem Rucksack und mit, mit...« Kurz bricht er ab, als fiele es ihm schwer, das Unvermeidliche auszusprechen: »Agnes, geh mal schnell schauen, ob die Kleine im Bett liegt!«

»Ada«, kraftlos klingt die Stimme Agnes Kalchers. Eilige Schritte sind zu hören, eine Tür wird aufgerissen, dann zerreißt ein schmerzerfüllter Schrei die Stille des Hauses. Willibald Adrian Metzger stockt der Atem. Erfüllt von einer unglaublichen inneren Schwere, erhebt er sich und tritt zur Küchentür hinaus ins Vorzimmer. Völlig überrascht, als würde er ihn durchleuchten wollen, blickt ihm Laurenz Thuswalder entgegen, nickt, dann sieht er an ihm vorbei. Auch der Metzger dreht sich um.

Mit müden, angsterfüllten Augen stehen Lisl Kalcher, Anna Kaufmann und Bernhard Axpichl im Stiegenaufgang.

Blass im Gesicht kommt Agnes Kalcher zurück ins Vorzimmer und erklärt mit bemüht gefasster Stimme: »Sie sind weg! Beide! Was soll ich jetzt machen?«

»Keine Sorgen sollst dir machen, Agnes. Die Lisl bleibt bei den Kindern, und wir brechen auf, sofort! Weit können's noch nicht sein! Die haben wir gleich!«

Entschlossen läuft Lisl Kalcher die Treppe herunter zur Garderobe, schlüpft im Pyjama in ihren Schneeoverall und barfuß in die Bergschuhe.

»Lisl, das geht nicht, bis die Traude heroben is, dauert des z'lang, und drüben im Hotel is niemand mehr, der auf die Kinder aufpassen könnt.«

Ein ganz ungutes Gefühl nimmt den Metzger nun in Beschlag. Keine Sekunde kann er hier weiter tatenlos herumstehen.

»Doch!«, entgegnet er.

53

Zwei silberne Fahrzeuge sind es also, die in einem Höllentempo den höchsten Punkt der Forststraße anpeilen, ein Familyvan des Thuswalder-Fuhrparks und Sophie Widhalms Geländewagen.

Undenkbar wäre es gewesen, nach seiner flammenden Rede, der Äußerung seines Mitgefühls, dem kurzen Moment der Nähe und schließlich in Anbetracht dieser plötzlich schwierigen Situation Agnes Kalcher im Stich zu lassen. Zu dieser unguten Situation zählt auch das Auftauchen Laurenz Thuswalders. Und gerade weil Laurenz Thuswalder Agnes Kalcher ausreden wollte, das Angebot eines sichtlich am Berg Erfahrungslosen in Anspruch zu nehmen, hat er hartnäckig auf sein Mitkommen bestanden, der Willibald.

»Auf eigene Verantwortung, weil Kindergarten sind wir keiner!«, war die patzige Antwort.

Kurz wurde dem Metzger dann auch noch in Zimmer 202 nach Verlautbarung seines Vorhabens einhellig das vollkommene Delirium attestiert, anders könne man sich so einen Irrwitz nicht erklären, dann aber kam sie zum Tragen, die geschlechtersolidarische Einhelligkeit: Weiblicherseits, weil Danjelas Argument, die Kinder bräuchten in dieser so schwierigen Situation unbedingt liebevolle Erwachsenenbetreuung, von Sophie nichts entgegengesetzt wurde; männlicherseits, weil Toni Schuster den Halbbruder seiner Sophie unter keinen Umständen allein ausrücken lassen wollte – woraufhin ihm Sophie dann freimütig die Benützung ihres Geländewagens ans Herz legte.

»Und wo ist Waffe so wie bei ihm?«, verkündete Danjela

zum Abschied, deutete auf das Lederetui an Toni Schusters Gürtel und rüstete den Metzger schließlich mit ihrem für Bindehäute gar nicht so erfrischenden Deospray auf.

So brachen sie also alle auf: Danjela und Sophie ins Kalcher-Wohnhaus, um sowohl auf Anna und Bernhard als auch aufeinander aufzupassen; Willibald Adrian Metzger, Toni Schuster, Agnes Kalcher, Lisl Kalcher, der direkt aus dem Dienstschluss unaufhaltsam dazugestoßene Kellner Franz und Laurenz Thuswalder, um Ada samt Urliopa heimzuholen.

Auf jenem kleinen Parkplatz angekommen, von dem aus es dank einer durch eine Schranke versperrten Forststraße nur noch zu Fuß weiter Richtung Bürgljoch geht, wird an jeden der Beteiligten eine entzündete Fackel ausgehändigt, einige Expeditionsteilnehmer sind zusätzlich im Besitz einer Taschenlampe, und Toni Schuster hat sogar eine Stirnlampe dabei. Sicherheitshalber werden Telefonnummern ausgetauscht und sofort eingespeichert, man weiß ja nie, dann geht es los.

Kurz nach der ersten Rechtskurve bleibt Laurenz Thuswalder stehen und erklärt gehetzt: »Verdammt, Funkgeräte! Was ist, wenn wir oben kein Netz haben, dann nutzen uns die Handys gar nichts! Ich hab zwei im Auto. Sekunde.«

Er läuft das kurze Stück zurück zum Auto, verschwindet in der Nacht und taucht wenige Minuten später wieder auf, tatsächlich mit zwei Funkgeräten in der Hand. Eines wird nach einer kurzen Einweisung und einem Test dem Metzger übergeben, das andere behält er selbst.

Dann geht es wirklich los. All das, was sich der Metzger heute dank Gondel an Kräften gespart hat, wird ihm nun unerbittlich abverlangt. Heilfroh ist er da, nicht mehr als die ihm zugeteilte Zusatzausrüstung bei sich zu tragen, denn bei dem von der dreizehnjährigen Lisl Kalcher vorgelegten Tempo fällt jedes Gramm zu viel ins Gewicht. Ein Tempo, dem sichtlich nur Laurenz Thuswalder und Agnes Kalcher folgen können, ohne dabei einen Schuldenstand auf ihren Sauerstoffkonten anzuhäufen, und das, obwohl sie zusätzlich, maximal vom Echo erwidert, lautstark nach den Vermissten rufen. Die schlimmsten Übersäuerungserscheinungen aber zeigt nach nur fünfzehn Minuten bergauf Franz Kellner, zwar nicht im Blut, sondern berufs- und folglich alkoholbedingt im Magen, das Resultat ist ein ähnliches.

»Wir müssen uns teilen!«, erklärt er erstmals an diesem Abend, in der Hoffnung, gemeinsam mit Willibald Adrian Metzger in etwas gemütlicherem Tempo die Nachhut bilden zu können. Eindrucksvoll erhält er den Beweis, dass sie, wie allseits bekannt, zuletzt stirbt, die Hoffnung. Vor der Hoffnung nämlich sterben alle anderen: Keine zwei Meter entfernt zersplittert wie aus dem Nichts der Ast einer Tanne. Nur ein Pfeifen war zu hören, und jeder hier ist sich sicher: Der nächste Treffer sitzt.

So ändert sich also schlagartig das Tempo, aus dem Eil wird ein Laufschritt, aus den Fackeln ein kopfüber in den Schnee gestecktes Zischen, aus der Gruppe ein zerstreuter, im Geäst in Deckung gegangener Haufen.

»Verdammt«, brüllt Laurenz Thuswalder, »da schießt wer auf uns!«

»Das ist nichts Neues«, erwidert der Metzger einige Meter entfernt.

»Genau das war nämlich unser Dessert nach deiner freundlichen Bürglalm-Einladung!«, ergänzt Toni Schuster aggressiv, während Kellner Franz direkt hinter ihm die paar Dienstachtel zu viel würgend der Natur übergibt.

Dann ertönt der nächste dumpfe Knall und dringt der erste Aufschrei durch die Nacht. Agnes Kalcher krümmt sich hinter einer Tanne, stolpert gebückt, beide Hände auf ihren Bauch gepresst, auf den Weg heraus, flüchtet hinter einen Holzstapel in Deckung, und ein einziges durch Mark und Bein gehendes Wort sucht sich Gehör: »Oma, Oma, Oma, Oma, Oma ...!«

Lisl hat sich aus dem Wald herausgelöst. Verzweifelt bricht sie ihr so langes Schweigen, stürmt den Weg hinunter und auf den Holzstapel zu. Erneut ist ein Knall zu hören, sie stolpert kurz, rappelt sich wieder hoch und läuft unbeirrt weiter, auf ihre Großmutter zu.

Willibald Adrian Metzger erstarrt. Wer auch immer dort im Wald auf der Lauer liegt, schießt sogar auf Kinder. Still ist es geworden, keiner wagt ein weiteres lautes Wort, geschweige denn, sich vom Fleck zu rühren. Zumindest anfangs. Dann aber knackst es im Gehölz. Dass es Toni Schuster an einem nicht mangelt, nämlich an Testosteron, hat er ja schon zur Genüge feststellen dürfen, der Metzger, dass da aber auch noch eine bedenkliche Portion Dummheit mit im Spiel ist, ist ihm allerdings neu.

Toni Schuster hat die Schnauze voll.

»Meinetwegen soll er mich abknallen, dieses Schwein, aber Kinder gehen hier keine drauf, das schwör ich dir bei meinem Leben!«, flüstert er wutentbrannt in sich hinein. Franz Kellner ist, wenn es nicht um Mokka, sondern tatsächlich darum geht, Initiative zu ergreifen, ja auch nicht unbedingt zimperlich, dieser Feuerwehrhauptmann Toni Schuster allerdings ist, wahrscheinlich allein schon von Berufs wegen, komplett lebensmüde.

»Keine Sekunde länger bleib ich hier wie auf dem Präsentierteller hocken und warte, bis es endlich irgendeinen von uns erwischt. Ich brauch dein Handy.«

Kellner Franz zückt ein schwarzes Lederetui, zieht behutsam das schwarze Pendant zu Sophies weißem Mobilfunk-Heiligtum heraus und erklärt: »Höhenmesser, Hangneigungsmesser, GPS, Knotenguide, SOS-Funktion, alles drauf, was darf es sein?«, will schon zu wischen anfangen und wird panisch gestoppt. Er weiß schon, der Toni, dass diesem Gerät, ähnlich seinem Taschenmesser, eine abenteuerliche Multifunktionalität attestiert wird, was er jetzt jedoch braucht, kann dieses Ding aus dem Stegreif, ohne Downloads und ohne Berührung.

»Borg's mir, und dann schau, dass du zum Metzger runterkommst!«

Kellner Franz zögert: »Borgen, wofür?«

»Willst du hier lebend rauskommen, ja oder nein? Also her damit!«

Zögerlich, als ginge es um Kindesentzug, wechselt das Telefon den Besitzer: »Aber pass gut drauf au...!«

Mehr bringt Franz Kellner als weitere Reaktion nicht zustande, denn Toni Schuster hat sich bereits in Bewegung gesetzt. Energisch springt er hinter den Bäumen hervor, betritt den Weg, was lichttechnisch in Kombination mit seiner blitzgelben Skijacke, einer sternenklaren Nacht und einem Mond, dem das Ende seines zweiten Viertels anzusehen ist, der Bühnenbeleuchtung eines Soloprogramms gleichkommt, und startet durch, hoch konzentriert den Blick auf den Hang gegenüber gerichtet. Und ein Soloprogramm ist es tatsächlich, denn auf Hilfe braucht er erst gar nicht zu hoffen, der Toni Schuster. Im Grunde hat sich im Vergleich zu seinem morgendlichen Schindlgruben-Auftritt an seiner Vorgehensweise auch nicht wirklich viel verändert: Flink ist er, im Zickzack bewegt er sich, und auch der Widersacher ist derselbe. Nur die Bewegungsrichtung unterscheidet sich, und zwar gewaltig, denn eine Flucht sieht anders aus: »Jetzt hol ich dich!«, brüllt er durch die Nacht und stürmt auf seinen unsichtbaren Gegner zu. Keine zehn Meter ist er gelaufen, da kommt es zur erhofften Reaktion, zum Glück auch, was den Erfolg betrifft. Denn anstelle eines Kopfschusses staubt der Schnee ein paar Meter vor ihm auf.

»Daneben. Anfänger!«, gratuliert Toni Schuster lautstark und mit pochendem Herzen. Dann schlägt er einen letzten Haken und steigert seine im Edelweiß demonstrierte Flugrolle auf ein fast übermenschliches Niveau. Als wollte er bei einem Comic-Superhelden Anleihe nehmen, erhebt er sich mit seinem gesunden, vorwärtsgestreckten Arm in die Lüfte und köpfelt hinein in den Wald. Weich ist die Landung, flink platziert er das ihm geliehene Smartphone mit dem Display nach oben im Schnee, robbt hinein ins Innere des Dickichts und freut sich: Teil eins der Mission ist somit erfüllt. Er hat ihn. Problemlos war es in der Finsternis zu lokalisieren, das Mündungsfeuer der auf ihn gerichteten Waffe.

54

Nur unweit des Metzgers regt sich etwas im Geäst, Schnee fällt von den Zweigen, eindeutig bahnt sich wer den Weg durch den Wald. Fest umklammert der Restaurator den in der Jackentasche verstauten Deospray.

»Psst!«, dringt es an sein Ohr. Zwei Äste werden zur Seite gebogen, und der Kellner Franz kommt zum Vorschein. Unüberhörbar. Was für entsprechende, zischend formulierte Verärgerung sorgt: »Verdammt, wollen Sie, dass er uns alle abknallt!« Franz Kellner ist völlig außer Atem, die Augen angsterfüllt, die Schweißperlen stehen ihm auf der Stirn. Da deutet ihm der Metzger noch, in Deckung zu gehen, zersplittert neben dem Neuankömmling in Kopfhöhe ein Ast. »Dort rüber!«, flüstert der Restaurator, und zwei in Bauchlage durch den Schnee gleitende Herren verschwinden gut verborgen und dennoch mit Sicht auf den Weg in einer kleinen Senke zwischen zwei mächtigen Tannen. Es entgeht ihnen also nicht, das Leuchten am Waldesrand.

Dieser Saukerl ist also gar nicht weit entfernt, geschätzte hundert Meter, weiß Toni Schuster nach Sichtung des Mündungsfeuers. Wo genau, das gilt es nun herauszufinden. Ein Stück noch hinein in den Wald, dann kann er sich aufrichten, sein eigenes Handy präparieren, in die Jackentasche stecken und den weiteren Weg in Angriff nehmen. Große Schritte sind es nun, die ihn vorwärtstragen, leise zählt er mit. Bei neunzig angekommen geht es zurück in eine gebückte Haltung, was bei Toni Schuster auch wirklich weit unten ist, und Richtung Waldrand. Jetzt heißt es gewaltig aufpassen.

Spielend leicht findet sein Daumen im Inneren der Jackentasche die gewünschte Taste, dann drückt er ihn, den Knopf mit dem grünen Hörersymbol.

Keine drei Sekunden später erhellt ein Licht die Nacht. Und dank des großen Displays ist es ein unübersehbares Strahlen, wie eine Sternschnuppe am nächtlichen Firmament macht es im Schnee auf sich aufmerksam. Jetzt kann er seinen Gegner zusätzlich zum Mündungsfeuer bereits akustisch orten. Dumpf ist der Knall, eindeutig die Reaktion: »Verdammt!«

Toni Schuster überquert unbemerkt die Straße, während sich der Attentäter erneut versucht. Dann ist sie unterbrochen, die Verbindung. Jedem Zeitalter seine Götzen, und einmal mehr beweisen auch diese ihre Sterblichkeit. Klirrend verteilen sich gläserne und metallische Einzelteile im Geäst.

»Hab ich dich!«, dringt es aus dem Wald.

Ähnliches denkt sich Toni Schuster, heilfroh, sein Multifunktionsmesser bereits einsatzbereit in der gesunden Hand liegen zu haben.

»Das, das, das, war ...!« Franz Kellner kann es nicht fassen. »Meine ganzen Kontakte, meine ...!«, flüstert er.

»Meine Güte, das war nur ein Handy!«, kann sich der Metzger jetzt nicht zurückhalten.

»Weißt du, was das Teil kostet, hast du die geringste Ahnung ...?«

»Ja genau, fangen Sie jetzt bitte noch zu weinen an, und wir stehen erneut unter Beschuss! Lassen Sie sich lieber was einfallen.«

»Hast du ein Telefon, rufen wir die Polizei an!«

»Natürlich, anrufen werde ich nach dieser Lektion jetzt wen!« Genervt ist er, der Willibald, und weit davon entfernt, sich verkriechen zu wollen. »Was bitte ist los in diesem Ort? Wer hat hier dermaßen große Geheimnisse, die, ohne mit der Wimper zu zucken, anderen das Leben kosten sollen?«

Was immer der Grund dieses Anschlages ist, eines steht

für den Metzger fest: Sie wurden nicht hier heraufgeführt, um nach Ada und dem Urgroßvater Johann Kalcher zu suchen.

Hinter einem Baum versteckt klärt Toni Schuster die Lage, durchaus erstaunt darüber, wer da einige Meter schräg vor ihm mit einem weißen Overall und einem schallgedämpften Gewehr im Schnee liegt. Hochkonzentriert und die Waffe fest im Anschlag, blickt sein Gegner durch das Zielfernrohr. Einige Meter abseits und schon ein Stückchen näher zu Toni Schuster sitzt eine ihm unbekannte Person, mit Rebschnüren gefesselt und Klebebändern zum Schweigen gebracht, zappelnd an einen Baum gebunden. Viel Phantasie braucht Toni Schuster jetzt nicht, um zu ahnen, wer dieser Herr sein könnte.

Kurz überlegt er, dann ist ihm klar: Er kann keine Voraussage treffen über den Ausgang der bevorstehenden Auseinandersetzung, folglich muss er den Gefangenen zuerst befreien. Behutsam setzt er einen Fuß vor den anderen, weit ist es nicht, und das Gezappel des Gefesselten kommt ihm als Geräuschkulisse zugute. Dort angekommen, nimmt er Blickkontakt auf, hält sich dabei vielsagend den Zeigefinger vor den Mund und die ausgeklappte Klinge seines Messers in die Luft, schneidet die Rebschnüre durch und deutet dem Befreiten, noch sitzen zu bleiben.

Dann geht es um alles. Einige Schritte legt er noch vorsichtig zurück, heftig pulsiert es in seinen Ohren, schließlich ist es so weit: Ohne zu zögern, wiederholt Toni Schuster aus dem Stand den vorhin erprobten Sprung und landet diesmal weder rollend noch im Schnee.

Ein Ächzen dröhnt durch die Nacht, ein Schuss löst sich, und hätte der Schuss die Reichweite, er würde wahrscheinlich irgendwo oben am Bürgljoch einschlagen, so biegt es das Rückgrat des Heckenschützen durch. Die Frage, die sich Toni Schuster allerdings nach dem mittlerweile zweiten Messerhieb stellt, ist: Hat er die Klinge seines Multifunktions-Alleskönners überhaupt ausgeklappt? Denn alles, was die beiden gezielten Angriffe auf die Flanke seines Gegners bisher ausgelöst haben, sind seltsame Kicherlaute. Beim dritten Versuch mischt sich zusätzlich noch eine Wortmeldung dazu: »Maximal kitzeln kannst du mich damit!« Dann kommt Bewegung auf neben und unter Toni Schuster. Neben ihm stürmt der eben erst Befreite durch den Wald, hinunter Richtung Weg, unter ihm dreht sich sein Gegner völlig problemlos in die Rückenlage, grinst bis über beide Ohren, erklärt: »Du schon wieder! Meine Hochachtung: Du hast wirklich Schneid, dein Wandertagsfeitel natürlich ausgenommen!« Dann erweist sich der Größenunterschied als Nachteil, denn durch die ungünstigen Hebelverhältnisse und sein mangelndes Gewicht wird Toni Schuster spielend leicht abgeschüttelt, wie ein Rechtsstaat von Lobbyisten.

So stehen sich also zwei Männer gegenüber, einer mit einer Schusswaffe, einer mit einem Taschenmesser in der Hand. Viel Zeit zu überlegen bleibt Toni Schuster nun nicht.

»Das muss ich dir schon sagen, du Knirps. Meine Bewunderung ist dir gewiss. Wir hätten Freunde werden können. Aber versprochen: Ich komm zu deiner Beerdigung.«

»Der Schütze ist Stefan Thuswalder!«, brüllt Toni Schuster nun aus voller Kehle, »und Sepp Kalcher ist unterwegs zu euch!«

Das ist das Stichwort, jetzt heißt es reagieren. Schräg vis-à-vis des Metzgers löst sich eine Gestalt aus dem Wald und nimmt Tempo auf. Laurenz Thuswalder also ist aufgebrochen und stürmt hinauf, dorthin, wo eben der heldenhafte Ruf Toni Schusters zu hören war.

Willibald Adrian Metzger springt ebenso auf. So schnell seine Beine ihn tragen, läuft er, gefolgt vom Kellner Franz, den Weg hinunter zum Holzstapel.

Und auch am Waldrand unterhalb des Schützen tut sich was. Taumelnd bricht Sepp Kalcher aus dem Dickicht heraus.

»Agnes!«, brüllt er durch die Nacht.

»Opa, wir sind hier!«, ist die Erwiderung.

»Ja, Lisl, meine Lisl!«, überschlägt sich seine Stimme.

Der Metzger erreicht, gefolgt vom Kellner Franz, den Holzstoß zuerst und findet ein herzzerreißendes Bild vor: Agnes Kalcher und ihre Enkelin sitzen Schulter an Schulter im Schnee, die Hände fest umklammert, den Oberkörper an den Holzstoß gelehnt. Lisl dürfte im Gegensatz zu ihrer Großmutter unverletzt geblieben sein. Bei Agnes Kalcher aber ist die Jacke im Bereich des Bauchraums bereits blutdurchtränkt. Zu Fuß scheint ein Aufbruch von hier nicht mehr möglich, und aufgebrochen werden muss schnell.

»Frau Kalcher!« Willibald Adrian Metzger geht vor den Kalcher-Damen auf die Knie. »Ich weiß zwar nicht, in welcher grauenhaften Mission Stefan Thuswalder unterwegs ist, was ich aber weiß, ist: Wir sollten hier verschwinden, so schnell wie möglich.«

»Aber Ada und Urliopa!«

Lisl Kalcher spricht. Groß sind ihre Augen.

In Anbetracht einer geladenen Waffe gehen selbst einem Multifunktionsmesser die Funktionen aus. Und weil dieser Umstand bei Stefan Thuswalder offensichtlich großes Amüsement hervorruft, er folglich seine Überlegenheit ein wenig auskostet, bleiben Toni Schuster ein paar Sekunden Zeit, sich Gedanken zu machen. Ausreichend Zeit, denn noch ehe Stefan Thuswalder die Schusswaffe zum Einsatz bringen kann, zückt Toni Schuster seine Stirnlampe und leuchtet ihm mit den Worten: »LED-Scheinwerfer, wie auf deinem Auto!« direkt ins Gesicht.

Die Aussicht aufs Bürgljoch war allerdings schöner. Ein an sich apartes, nun zu einer diabolisch grinsenden Fratze verzogenes Gesicht ist zu sehen.

»Mann, bist du gut!«, kichert Stefan Thuswalder, dabei sausen kräftige Hiebe mit dem Schaft seines Gewehrs ziellos durch die Luft. Nur die Faustschläge und die neuerliche Messerattacke von Toni Schuster sitzen, einziger Wermutstropfen dabei ist die abermals völlig ausbleibende Wirkung. Er hat ja schon viel erlebt, so etwas allerdings fällt genau in jene Kategorie, bei der er vorhin für seinen Hechtsprung Anleihe genommen hat: »Was bist du, ein Mutant?«, entkommt es ihm. Auch das Vorhaben, seinen Gegner zu Fall zu bringen und dadurch den Verlust seiner Waffe zu provozieren, scheitert trotz mehrmaliger kräftiger Rempler hangabwärts. So heftig Stefan Thuswalder auch gegen die Stämme der hohen Tannen prallt, nichts als ein beängstigendes Kichern ist zu hören. Dann allerdings wird er schlagartig ruhig.

»Stopp!« Stefan Thuswalders Bruder Laurenz ist aufgetaucht, der Zopf hat sich gelöst, wüst hängen ihm die Dreadlocks ins Gesicht, sein Kopf ist nach vorn, seine Arme sind leicht zur Seite gestreckt. Als stünde ein finales

Duell bevor, so wartet er nun neben Toni Schuster. Einzig der Halfter fehlt, was insofern ein ohnedies unnötiges Utensil wäre, da Laurenz Thuswalder zur Überraschung Toni Schusters bereits einen Revolver in der Hand hält.

»Sprich dein Abendgebet«, schmettert er seinem Bruder entgegen.

»Laurenz?« Blinzelnd blickt Stefan Thuswalder in die Richtung seiner Bedrohung, ein ungläubiger Unterton liegt in seiner Frage, blass ist sein Gesicht, kirschrote runde Tupfen vergrößern sich auf seinem weißen Overall. Eine Zeit stehen die beiden einander wortlos gegenüber, Toni Schuster ist zur Seite getreten.

Schließlich hat Stefan Thuswalder sein Sehvermögen zurück.

»Laurenz?«, wiederholt er. Langsam hebt dieser die Hand, den Revolver auf seinen Bruder gerichtet. Dann drückt er ab, zwei Mal. Stefan Thuswalder zuckt, bleibt regungslos im Schnee stehen, aus zwei Löchern in seinem Oberkörper strömt Blut und färbt seinen Overall endgültig in ein tiefes Purpur. Den Mund geöffnet, lässt er die Waffe fallen, senkt langsam den Blick, betrachtet ungläubig die Wunden, seine Hände fassen an den Brustkorb und streichen sanft über die offenen Stellen:

»Es tut weh!«, flüstert er, dann sinkt er in die Knie.

Ein sonderbarer Zustand hat von Toni Schuster Besitz ergriffen, weit entfernt von Gefühlen wie Befriedigung, Zufriedenheit, Erleichterung. Noch nie hat er einen Menschen sterben gesehen – was ihm auch umgehend die alles entscheidende Frage ins Gedächtnis ruft, denn viel Zeit bleibt dazu nicht mehr: »Ada und der alte Kalcher, wo sind die beiden?«

Stefan Thuswalder hebt langsam den Kopf, blickt seinen

Bruder an, der noch immer die Waffe auf ihn gerichtet hat, und flüstert: »Da musst du schon ihn fr...«

Ein drittes Mal durchzuckt es seinen Oberköper. Dann sinkt er seitlich behutsam in den Schnee.

55

Drei Schüsse sind zu hören, oben im Wald.

»Ich will nicht, dass Ada und dem Urliopa was passiert!« Tränen kullern Lisl Kalcher über die Wangen,

»Mach dir keine Sorgen, Lisl, die passen schon gut aufeinander auf!« Liebevoll ist der Ton Agnes Kalchers.

»Und weißt du«, beginnt der Metzger, »wir werden Ada und deinen Urgroßvater wahrscheinlich hier nicht finden. Wir wurden nur hergelockt, um, um ... Frau Kalcher, wir sollten so schnell wie möglich verschwinden!«

Agnes Kalcher blickt dem Metzger entkräftet in die Augen: »Ich bin zu müde, einfach zu müde für diese ewige Davonlauferei! Das ist schon ganz richtig so, dass wir da jetzt wieder beisammensitzen. Vielleicht hat Sie der Himmel gschickt, vielleicht hat Sie der Horst gschickt, damit das endlich ein End hat. Alles ist richtig, was Sie gesagt haben in der Küche, alles. Nur eines stimmt nicht!«

Sie umfasst die Schulter ihrer Enkeltochter, zieht sie noch näher zu sich heran und beginnt zu erzählen:

»Lisl, du bist jetzt groß genug, um die Wahrheit zu erfahren. Ja, der Papa ist tot, aber er ist nicht so wie die Mama und die Isabella bei einem Autounfall gestorben, sondern erst vor Kurzem in der Stadt!«

Sepp Kalcher trifft ein, sinkt auf die Knie, stützt sich im Schnee auf, den Blick auf den blutroten Bauch seiner Frau gerichtet:

»Meine Güte, Agnes, du gehörst hier weg!«

Agnes Kalcher tastet suchend nach seiner Hand, drückt sie an ihre Wange und erklärt: »Jetzt laufen wir nicht mehr weg, Sepp. Bevor uns was passiert und wir nicht mehr reden können, müssen die Kinder wissen, was los ist.«

Lisl Kalcher ist kein Erstaunen anzusehen, ruhig hebt sich ihr Brustkorb, ruhig bleiben ihre Augen, ruhig streicht sie ihrer Großmutter über die Hand, bereit, alles aufzunehmen. Mit viel Frieden in ihrer Stimme setzt Agnes Kalcher fort:

»Mit allem haben'S recht, Herr Metzger, nur nicht mit einem: Der Horst ist nicht davon, weil er mit den Anschlägen auf die Thuswalders was zu tun hat. Er ist davon, weil er das, was von seiner Familie über war, retten wollt...«

»Agnes, das kannst du alles noch erzählen, wenn wir in Sicherheit sind!«, unterbricht sie Sepp Kalcher, »wir müssen dich runterbringen!«

»Aber Sepp, ich schaff das nicht bis zum Parkplatz!«

»Wetten, du schaffst das!« Sepp Kalcher ist aufgesprungen. »Ich komm gleich wieder!«, und weg ist er.

»Und jetzt gehen wir!«, erklärt Laurenz Thuswalder.

»Was hier vorgeht, interessiert mich aber mehr.« Toni Schuster denkt gar nicht daran, das Weite zu suchen. »Warum ist Erich Axpichl ermordet worden, warum wird Sepp Kalcher als Sündenbock missbraucht? Und warum meint dein Bruder, ich soll dich fragen, wo die kleine Ada und ihr Urgroßvater sind?«

Unruhig ist es geworden zwischen den Tannen, über die

Wipfel streicht ein böiger Wind und bringt die mächtigen Bäume ins Schwanken. Breitbeinig, mit hängenden Armen, in der rechten Hand immer noch die Waffe haltend, steht Laurenz Thuswalder im Schnee und blickt auf seinen regungslosen Bruder.

»Das hättest du ihn schon alles selber fragen müssen, woher soll ich das wissen.« Er wirkt unruhig. Dann beugt er den rechten Arm, klappt die Trommel seines Revolvers aus, wühlt mit der anderen Hand in seiner Jackentasche herum, entnimmt ihr Munition und lädt nach. Ruhig, aber keineswegs entspannt ist sein Ton: »Ganz abgesehen davon: Ich hab aus Notwehr meinen eigenen Bruder erschießen müssen, glaubst, das geht mir nicht nahe, da muss ich mich wirklich nicht von dir verhören lassen wie von einem Polizeischüler! Und so nebenbei hab ich dir grad das Leben gerettet.«

Dann steckt er die Pistole ein, hebt das Gewehr seines Bruders auf und wendet sich dem hinter ihm stehenden Toni Schuster zu: »Und jetzt muss ich mich um die andern kümmern.«

Nur ist da halt weit und breit kein Toni Schuster mehr zu sehen, nicht einmal seine kleiner werdende Rückseite.

Sepp Kalcher ist also unterwegs, um die schnellstmögliche Hilfe zu holen.

»Ach, Lisl«, setzt Agnes Kalcher fort, »du wolltest das nie, dass aus den Almen Skipisten werden, wir die Viecher hergeben, dass es vorbei ist mit unserer Ruhe hier – und dann haben wir doch alles verpachtet. Ich weiß noch, wie traurig du warst, wie du uns Vorwürfe gemacht hast, zu Recht. Hast ja nicht gwusst, warum. Weißt noch, wie der Papa und die Mama so gegen das Projekt der Bürgljoch-

Skischaukel vorgangen sind, wie wir die Gründe für die Pisten nicht hergeben wollten und alle gegen uns waren? Für die ganzen Brandanschläge haben's uns verantwortlich gmacht, schlimm war das, aber kein Vergleich zu dem großen Unglück von der Mama und der Isabella. Das war sicher die schwerste Zeit in unserem Leben ...!« Agnes Kalcher muss husten und hält sich mit schmerzverzerrtem Gesicht ihren Bauch. Dann ergreift sie etwas Schnee, nimmt einen Teil in den Mund, legt sich den Rest auf die Stirn und setzt fort: »Kurz nach dem Begräbnis, das haben wir dir nie erzählt, is ein Briefumschlag in der Post glegen mit einem Foto drinnen von der leeren Aufbahrungshalle, und hinten hat wer drauf gschrieben: Verpachten kann Leben retten. Wir haben das zwar alles dem Robert gezeigt und waren uns dann einig, dass sich wahrscheinlich wer einen bösen Scherz erlaubt hat. Den Leuten im Ort haben wir damals alles zuatraut, nur einen Mord halt nicht. Trotzdem wollten wir nix riskieren und haben die Verträge unterschrieben, zumindest befristet. Die Einzigen, die uns in der schweren Zeit wirklich gholfen haben, waren dann die Thuswalders selber. Dann is die Schindlgruben baut worden, die Rennen sind losgangen, und, und ...!«, und dann wird Agnes Kalcher unterbrochen.

»Es ... es war mein Bruder, ich kann es nicht fassen, ich weiß nicht, warum, ich ...!« Laurenz Thuswalder ist aufgetaucht.

Sofort stürzt er auf Agnes Kalcher zu:

»Agnes, es tut mir so leid, es ...!«

»Wo ist Toni?«, unterbricht ihn der Metzger.

»Keine Ahnung. Ich bin, nachdem ich ihm das Leben gerettet und meinen eigenen Bruder erschossen hab, sofort heruntergelaufen. Und jetzt bin ich hier!«

Letzteres gilt unüberhörbar auch für Sepp Kalcher, denn nur ein Kurve weiter, genau hinter der kleinen Kapelle, vor der er seiner Frau Agnes bei strahlendem Sonnenschein im engsten Familienkreis einst das Jawort gegeben hat, stand der Motorschlitten, mit dem er von Stefan Thuswalder hierhergebracht wurde. Weit musste er also nicht laufen.

Laurenz Thuswalder weiß, was zu tun ist: »Wir müssen dich jetzt auf den Motorschlitten heben, Agnes, es wird wehtun. Sepp, du vorne, Agnes in der Mitte, und du ...«, langsam kniet er sich hin, umfasst beide Hände von Lisl Kalcher und erklärt ihr in liebevollem Ton: »... du musst jetzt ganz stark sein. Du wirst hinten sitzen, das geht sich aus, und dann klammerst du dich links und rechts ganz fest an deinen Großvater, die Oma zwischen euch, dann bist du für sie eine Stütze!«

»Ja, unsre Lisl, eine ganz große Stütze is sie für uns!« Agnes Kalchers Stimme ist leise geworden, leichenblass ist ihr Gesicht.

Auch dem Metzger ist jetzt mit einem Schlag die Farbe aus dem Gesicht gewichen. Immer noch steht er hinter dem ritterlich vor Lisl Kalcher knienden Laurenz Thuswalder und traut seinen Augen nicht.

Der Ausblick ist gigantisch, die weiteren Aussichten allerdings sind eine einzige Katastrophe. Für Toni Schuster war es ja schon verwunderlich, dass Laurenz Thuswalder zur Suche nach einem kleinen Mädchen und einem greisen alten Mann offenbar bewaffnet ausrückt. Was will er in den Bergen erlegen, aufgetaute Mammuts? Der Akt des Nachladens im Anschluss an die Tötung des Bruders war dann aber doch eine Spur zu viel des Guten. In Ermangelung der für eine Flucht notwendigen Zeit sah Toni Schuster also keine andere Möglichkeit, als hinter dem dicken Stamm und den tief reichenden Ästen der nächst gelegenen Tanne unterzutauchen.

Natürlich hat Laurenz Thuswalder nicht direkt neben sich gesucht, sondern angenommen, sein Mitstreiter hätte Reißaus genommen. Das gesamte Umfeld wurde durchforstet, während Toni Schuster jede Geräuschentwicklung des aufkommenden Windes und des nach ihm Suchenden nutzte, um die Tanne Stück für Stück weiter hinaufzuklettern. Und da hockt er jetzt und wird irgendwie das Gefühl nicht los, nicht nur für den erschossenen Stefan Thuswalder könnten die Dinge gerade anders verlaufen sein als geplant. Schnell ist Toni Schuster vom Baum herunten, betrachtet den regungslos im Schnee liegenden Körper und hält die Lupe seines Multifunktionsmessers über den leicht geöffneten Mund.

56

Ah – es tut weh, verdammt weh. Seine Brust spannt, als würde sie aufbrechen wollen. Nie hätte er gedacht, dass sich Schmerz so anfühlt und gleichzeitig so müde macht. Die Einstiche und die Treffer kümmern ihn nicht, damit könnte er laufen bis zum letzten Herzschlag. Es ist das brennende, schneidende Gefühl, beginnend in seiner Körpermitte, das sich die linke Seite hinauf- und den linken Arm hinunterzieht und ihn nicht mehr aufstehen, nicht einmal mehr die Augen öffnen lässt. Schwer fühlt es sich an, sein Herz, und drückt nach allen Seiten, als wollte es heraus. Unmöglich, es ist einfach unmöglich: Sein Bruder hat auf ihn geschossen, mehrmals, ohne zu zögern. Sein leibhaftiger Bruder, für den er bis jetzt alles zur vollständigen Zufriedenheit erledigt hat, dem er, wo und wann es nur ging, den Rücken und den Weg freigehalten hat, dieser Bruder ist ihm nun in den Rücken gefallen. Genau in jenem Moment, in dem seine Hilfe zum ersten Mal nötig gewesen wäre. Sie waren zu dritt, Laurenz hätte diesen Zwerg einfach nur abknallen müssen, er hätte erklären können, er sei zu spät gekommen und dieser Schuster bereits tot gewesen. Aber nein, Laurenz hat sich anders entschieden. Noch schlimmer: Laurenz ist nur mit einer einzigen Absicht hier aufgetaucht, mit der Absicht, den eigenen Bruder zu töten. Für das Warum braucht er keine Erklärung. Sich reinzuwaschen, die eigene weiße Weste zu wahren und schließlich alles an sich zu raffen, das war sein Ziel.

Weich ist der Schnee, einladend, was auch immer diese unendlich große Müdigkeit bedeuten mag, ob sie der erste Teil des Sterbens ist oder einfach nur das, was andere Verbitterung nennen. Nichts ist mehr so, wie es war. Nichts. Und nichts wird ihn daran hindern, etwas gegen dieses seltsame Gefühl des Schmerzes zu unternehmen. Wenn er schon untergehen soll, dann nicht allein. Und ja, dieser Gedanke wiederum ist durchaus unterhaltsam. Langsam spürt er sie wieder, seine Lebensgeister.

57

Kniend verharrt Laurenz Thuswalder noch ein Weilchen vor Lisl Kalcher, streicht ihr über den Kopf, dann steht er auf und greift Agnes Kalcher unter die Achsel. Auch Franz Kellner legt Hand an, nur der Metzger kommt nicht weg vom Fleck. Es gibt ja Körperregionen, die selbst im unbekleideten Zustand nicht unbedingt zu den einsehbarsten zählen. Fußsohlen zum Beispiel. Nur: sich hinknien und dabei die Fußsohlen zur Gänze am Boden halten, geht sich beim besten Willen nicht aus, selbst für Artisten. Heiß ist ihm um die Ohren, dem Willibald, und das liegt nicht allein an den gelbgrünen Ohrenschützern seiner warmen Haube. Die größten Kleinigkeiten können sich nämlich, von Wanderlaune gepackt, jederzeit von den Kleinigkeiten befreien und als die größten überbleiben, unübersehbar und von bedrohlichen Ausmaßen. Wenn, angenommen, so ein Kieselstein vom Schotterweg aufbricht, um sich auf die Reise zu machen, entsteht dort nicht wirklich eine Lücke, zumindest keine, die auffällt. Wenn er allerdings andernorts wieder auftaucht, im Vollkornbrot zum Beispiel, sieht das mit der Lücke gleich ganz anders aus.

Nur noch Wut ist es, die den Metzger nun in Beschlag nimmt. Wie gesagt, Laurenz Thuswalder hat die Bloßstellung seiner Schuhsohlen beendet und sich aus dem Knien emporgedrückt, sozusagen auf die Fersen gemacht, und eben genau die rechte seiner beiden Fersen gibt Willibald Adrian Metzger dank einer kleinen neonfarbenen Orangefärbung nun Auskunft darüber, wer heute auf einen Kurzbesuch in Zimmer 202 vorbeigeschaut hat. Er klebt eben hervorragend, nicht nur im Gehörgang, er klebt offenbar noch deutlich nachhaltiger im tiefen Profil eines Bergschuhs, so ein Silikonstöpsel. Nur hält er da weniger dicht. Verräterisch war sein Leuchten, wodurch der Metzger nun zwei Dinge weiß.

Erstens: Auch wenn Laurenz Thuswalder offenbar nicht derjenige ist, der auf andere zielt, ins Visier nimmt er sie trotzdem. Zweitens: Auch wenn er gerade auf seinen Bruder geschossen hat, Laurenz und Stefan Thuswalder sind ein Team.

Laut heult der nun voll besetzte Motorschlitten auf, kurz winkt Laurenz Thuswalder den Kalchers hinterher, dann kommt er zum Holzstoß zurück.

»Alles gut«, erklärt er zufrieden. »Jetzt müssen wir nur noch Ada und den alten Kalcher finden.«

Wie angewurzelt bleibt er stehen, der Willibald, zu keiner Reaktion imstande. Auch Franz Kellner wirkt antriebslos.

»Na, meine Herren, wir dürfen die Kalchers jetzt nicht im Stich lassen!«

Willibald Adrian Metzger muss sich aufraffen und gegen sein Naturell ankämpfen, es liegt ihm einfach nicht, in puncto Gewalt die Initiative zu ergreifen. In diesem Fall und in Anbetracht der geschulterten Waffe seines Gegenübers ist es ihm allerdings lieber, der Erste zu sein. So überzeugt wie möglich tritt er mit in die Manteltaschen gesteckten Händen vor und meint: »Stimmt, wir dürfen die Kalchers jetzt nicht im Stich lassen!«

Da ist dem Kellner Franz noch die absolute Bewegungsunlust anzusehen, zückt der Metzger den Deospray seiner Danjela, schickt ein Stoßgebet zum Himmel, hofft auf ausreichend Dosendruck und drückt den Zeigefinger bis zum Anschlag. Dann zischt es feinzerstäubt, und ein Brüllen folgt als Antwort. Was gut für die Achseln ist, muss eben noch lange nicht gut für die Augen sein.

Den völlig ratlosen, panischen Gesichtsausdruck Franz Kellners kommentiert der Metzger mit: »Die Thuswalder-Brüder sind ein Team, und jetzt weg hier.«

»Sind Sie sich sicher?«, ist die Frage des Kellners, da ist der Restaurator bereits drinnen im Gestrüpp. Und gut ist dieser prompte Aufbruch, denn so ein Deo- ist kein Pfefferspray.

»Verdammt, was soll das. So wartet doch!«, sind kurz danach die von Laurenz Thuswalder mit Ärger der Nacht anvertrauten Worte.

»Du atmest, wunderbar!«, stellt Toni Schuster beim Anblick der angelaufenen kleinen Glasfläche der Lupe seines Multifunktionsmessers fest: »Hast du gehört, was dein Bruderherz gesagt hat: Ich hätte dich selber fragen sollen. Wirklich Zeit dazu hat er uns allerdings nicht gelassen, oder? Ich finde, wir sollten uns bemühen, diese kleine Plauderei nachzuholen, was meinst du?«

Stefan Thuswalder nickt nicht nur, er bewegt sogar seine Lippen: »Du musst mich runterbringen, bevor ich verblut!«

»Wie soll ich das machen, gemeinsam Ski fahren wie heut Morgen ist, schätz ich mal, nicht drin«, stellt Toni Schuster nüchtern fest.

»Lass dir was einfallen, Wiffzack!«, ist die Antwort, zittrig hebt sich sein Kopf, kurz öffnet er die Augen und blickt auf seinen blutüberströmten Körper. »Und versprochen, hoch und heilig: Ich warte!«

Dann ist es wieder da, wenn auch nur ganz leise, dieses durch Mark und Bein gehende dämonische Lachen.

»Wir müssen uns teilen!«, stellt der Kellner Franz nun zum zweiten Mal fest und schlägt diesmal gleich auf eigene Faust einen Haken hangaufwärts. Und weil er in diesem Fall von der eingeschlagenen Richtung noch weniger hält als vom Teilen, nimmt der Metzger die ihm verbliebene Option dankend an und gibt sich möglichst lautlos der ohnedies von ihm bevorzugten Variante hin, also bergab.

Wahrscheinlich sieht er des Abends nach Dienstschluss gelegentlich den einen oder anderen Actionreißer zu viel, der alleinstehende Kellner Franz, denn so ad hoc auf die Idee zu kommen: »Wir müssen uns teilen!«, bedarf schon einer entsprechenden telegenen, besser aber noch persönlich erlebten Vorkenntnis. Und weil es ihm eben an Zweiterem mangelt, hört man es Rascheln im Geäst, als hätte nun tatsächlich oben, im nur noch spärlich vorhandenen Restgletscher des Bürgljochs, ein Mammut seinen Auftauprozess heil überstanden.

Lange dauert es also nicht, und erneut sind Schüsse zu hören. Willibald Adrian Metzger stockt der Atem: Franz Kellner ist gewiss nicht der Letzte in der Runde, auf den es Laurenz Thuswalder, warum auch immer, abgesehen hat. Die Äste schlagen ihm ins Gesicht, immer wieder stolpert er, fällt auf die Knie, zu langsam kommt er voran, viel zu langsam. Ohne Rücksicht auf eine mögliche Enttarnung kehrt er auf den Weg zurück. Höchstens zehn Minuten, länger kann es nicht dauern, bis der Parkplatz auftaucht. Heftig geht sein Atem, bleiern schwer sind seine Füße, die Angst sitzt ihm in den Knochen. Als befände er sich in einem Tunnel, nichts als Finsternis vor sich, so irrt er durch die Nacht, der Willibald. Dann hört er ein Rauschen.

58

Anna Kaufmann, im Stockbett unten, und Bernhard Axpichl, im Stockbett oben, bräuchten im Grunde keine Aufsicht, schon gar keine doppelte. Heilfroh ist Bernhard, dass nach den schrecklichen Ereignissen auf dem Spielplatz wieder alles gut ist mit seiner Schwester und sie jetzt vielleicht sogar bleiben kann, ohne jemals wieder weg zu müssen. Den Tod seines Vaters muss er erst einordnen, das braucht Zeit; dass die Anna aber jetzt so richtig bei ihm sein kann, darauf braucht er sich nicht einzustellen, keine Sekunde:

»Sind zwei Halbgeschwister, wenn sie nur die Mama gemeinsam haben, eigentlich richtige Geschwister?«, will er von den anwesenden Erwachsenen wissen, und obwohl Sophie Widhalm diesbezüglich die Fachfrau wäre, antwortet Danjela Djurkovic: »Viel wichtiger als Frage, ob seid ihr Viertel-, Halb- oder Ganzgeschwister, ist Frage: Seid ihr Freunde?«

»Kann ich den Berni heiraten?«, gibt die kleine Anna diesbezüglich Auskunft, und so entzückend die Wortmeldung auch sein mag, ein wenig spürt sie jetzt doch einen kleinen Ärger, die Danjela. Insgeheim hat sie nämlich gehofft, die zwei Minuten Schweigen aus der unteren Stockbettetage könnten bedeuten: Anna ist endlich eingeschlafen.

Dem ist also nicht so. Blätter haben sie bemalt, und zwar in dermaßen hohem Unfang, da werden sie demnächst heftig Konkurrenz bekommen, die Sonnen in der Kalcher-Küche, Kronen haben sie gebastelt und schließlich gemeinsam den Tisch gedeckt, fürs Frühstück. Mittlerweile ist es weit nach Mitternacht, und die Einzigen, die schwere Anzeichen von Müdigkeit zeigen, sind bereits volljährig.

Das ändert sich, schlagartig.

Denn so oft kommt es nicht vor, dass Robert Fischlmeier das Blaulicht einschalten darf.

»Ja, wo ist er denn, der Willibald Adrian!«, tönt es laut unter seiner rechten Achsel, dann rauscht es wieder. Es dauert ein wenig, bis der Metzger diesen Spuk zuordnen kann. Panisch greift er an seine Brust und weiß, worauf er mittlerweile längst vergessen hat: das Funkgerät. Laurenz Thuswalder versucht also Kontakt aufzunehmen. Unbeirrt läuft der Restaurator weiter. Und wieder rauscht es: »Wo ist der Metzger?« Diesmal bleibt die Frage nicht folgenlos, sondern zieht einen aus größerer Distanz abgegeben Schuss nach sich.

»Verdammt, Willibald, wirf es weg! Er versucht dich über den Lärm des Funkgeräts zu orten!«

Hinter ihm ist Toni Schuster aufgetaucht, ebenfalls im Laufschritt, und zumindest innerlich kann der Metzger kurz durchatmen. Paarweise fühlt sich so ein Verfolgtwerden nämlich deutlich besser an, wobei es natürlich schon darauf ankommt, um wen es sich bei diesem Partner handelt.

Ein Funkgerät landet im Wald, und einige schweigsame, schweißtreibende Minuten später erreichen die beiden den Parkplatz. Völlig außer Atem, aber erleichtert stützt sich der Metzger auf die Motorhaube des Geländewagens seiner Halbschwester.

»Rein in die gute Stube!« Toni Schuster öffnet die Wagentür, hurtig wird eingestiegen, und los geht's. Reserviert hat er schon beim Einparken, der Toni, das ist eben eine seiner Marotten, einen Wagen prinzipiell so abzustellen, dass es beim Wegfahren nur mehr den Vorwärtsgang gibt. Den ersten legt er jetzt ein, wundert sich noch, dass das trotz Gaspedal bis zum Anschlag mit der Beschleunigung nicht unbedingt optimal hinhaut und warum es überhaupt so rumpelt. Beim zweiten Gang hat er schon einen leisen Verdacht, bei der ersten Kurve weiß er es dann: »Verdammt, er hat die Funkgeräte nur geholt, um uns die Reifen aufschlitzen zu können!«

Und weil sich der Bremsweg auf Schneefahrbahn und Alufelgen erheblich verlängert, dürfen sie endlich alle zeigen, wie wunderschön sie sich aufblasen können, die Airbags. So bleiben, ganz im Gegensatz zur einsam am Wegesrand stehenden Tanne, die beiden Insassen unversehrt. Zeit, um sich auf allfällige Blessuren durchzutesten, bliebe sowieso keine, denn der nun abgegebene Schuss ist im Vergleich zum letzten deutlich näher gerückt. Klirrend zerspringt die Fensterscheibe links hinten.

»Verdammt. Jetzt sitzen wir auf dem Präsentierteller!«, zeigt sich Toni Schuster erstmals ein wenig ratlos.

»Jetzt bleibt uns nur mehr der Sarg!«, stellt der Metzger nüchtern fest und denkt dabei ganz und gar nicht, so wie Toni Schuster, an die möglicherweise bevorstehende eigene Beerdigung.

Ihren Polizistenonkel Robert hat sie natürlich eingespeichert, in ihrem Handy, die Lisl Kalcher. Und weil sich die Oma vor ihr so gut beim Opa festhält, konnte sie bereits unterwegs den nötigen Anruf tätigen.

»Wer spricht, die Lisl?«

Er hat es einfach nicht glauben können, der Robert Fischlmeier, dass seine kleine Lisl endlich wieder nicht nur zum Essen den Mund aufmacht. Alles andere musste er dann aber zweimal hören, so unglaublich waren die Schilderungen.

Fast zeitgleich erreichen sie den ausgemachten Treffpunkt, das Wohnhaus der Familie Kalcher. Robert Fischlmeier mit zwei weiteren Dienstwagen, dahinter ein Einsatzfahrzeug der ortsansässigen Rettung, Lisl Kalcher mit ihren beiden Großeltern, darunter ein hochtouriger Motorschlitten.

Unüberhörbar also ist die Ankunft. Danjela Djurkovic, Sophie Widhalm, Bernhard Axpichl und Anna Kaufmann stürmen aus der Eingangstür, gegenüber im Gasthof Kalcherwirt gehen einige Lichter an, Menschen treten auf den Balkon, andere vors Haus, in kürzester Zeit also hat sich die nächtliche Stille zu einer stattlichen Abendveranstaltung entwickelt, in deren Mittelpunkt sozusagen als Hauptattraktion die schwer verletzte Agnes Kalcher steht. Umgehend wird sie in den Rettungswagen verfrachtet und abtransportiert – mit Sepp Kalcher. Denn Lisl vertritt so lange standhaft ihr Argument, dass ja jetzt eh der Onkel Robert da wäre, der als Polizist natürlich wisse, wie es weiterginge, und sich schon um alles kümmern werde, bis Sepp Kalcher endlich zu seiner Frau in den Rettungswagen steigt.

So bildet sich also ein wissbegieriger Kreis rund um Robert Fischlmeier, hoffend auf eine Aussage hinsichtlich der Frage, wie denn so ein: »Der Onkel Robert weiß schon, wie es jetzt weitergeht«, aussehen könnte. Viel weiß er jedenfalls nicht, der Onkel Robert, das steht fest, denn ziemlich verdutzt starrt er in die Nacht. Dann hat er sie, seine Erleuchtung.

»Da ist ein Licht!«, entfleucht es ihm verwirrt.

»Muss heißen: Ist mir Licht aufgegangen!«, korrigiert

ihn Danjela Djurkovic in großer Sorge um ihren Willibald. Robert Fischlmeier allerdings hat bereits seinen rechten Arm gehoben und deutet Richtung Schindlgruben-Abfahrt.

»Dort oben bei der Katzentücke. Und es bewegt sich!«, ergänzt er.

»Ist das dein Ernst?«, will Toni Schuster sicherheitshalber noch wissen, da hat der Metzger den Zündschlüssel längst abgezogen, öffnet die Tür und lässt sich seitlich aus dem Wagen fallen, was insofern eine ziemlich einfache Übung darstellt, da der Wagen mit beiden rechten Reifen in einer Senke und folglich entsprechend schief steht.

Ein aufgerichteter, aus der Grube gestiegener Metzger reicht da also problemlos mit seinen Armen bis hinauf aufs Wagendach. Er muss sich sogar bücken, um nicht gesehen zu werden – was ohne Erfolg bleibt. Erneut ertönt ein Schuss und durchstößt das Blech der linken Wagenseite.

Unbeirrt fährt der Metzger fort, ganz sein Ziel vor Augen. Nur ein paar Handgriffe sind vonnöten, und Toni Schuster bleibt vor Staunen die Luft weg.

Ja, in puncto Nostalgie ist der Restaurator eben genau der Richtige. Warum Dinge, solange sie nicht kaputt sind, wegschmeißen, wenn sie noch ihren Zweck erfüllen? Und meine Güte, ein paar Macken sind vertretbar, die hat jeder. Im Grunde sind es auch genau diese Macken, die den Unterschied ausmachen, die das Individuum aus der Masse herausheben, die mit einem Schlag unter Beweis stellen, wie ungesund, vielleicht sogar tödlich Perfektion und Makellosigkeit sein können – denn eine Dachbox mit intaktem, in den Hebemechanismus verankertem Deckel: Gnade Gott, kann man da nur sagen.

So aber steht es nun bereit, das Rettungsboot, fast von selbst ist es vom Dach gerutscht.

»Vorne einsteigen!«, befiehlt er, der Willibald, kramt noch schnell das wohl Wichtigste aus Horst Kalchers Nachlass heraus, nimmt schließlich selbst Platz, und aus einer Box wird ein Bob.

Dann übernimmt der Pilot. Und diesem ist die Vorfreude auf das nun Folgende bereits ins Gesicht geschrieben. Was gibt es auch Schöneres, als seinem Henker völlig überraschend aus der Schlinge zu rutschen. So, wie sich die Fahrt hinein in die Dunkelheit nach nur wenigen Metern allerdings entwickelt, hat das ganze Unternehmen mit Rutschen eher weniger zu tun. Die Kombination aus Geschwindig- und Holprigkeit hat stattdessen eine eher sporadische Bodenhaftung zur Folge. Beinah wie ein Flugobjekt fühlt es sich an, das Gefährt. Einzig an den Landungen muss noch gearbeitet werden.

»So heftig ist mir der Hintern schon lang nicht mehr versohlt worden!«, grölt Toni Schuster vergnügt vom Vordersitz aus. Dann hebt er ab, der Deckel, springt über eine Böschung und landet völlig überraschend, da haben sich die Insassen schon auf gröbere Schmerzen eingestellt, butterweich. Darum ist ja beim Skifliegen die zu bespringende Schneefläche nicht eben, sondern äußerst respektierlich geneigt. Wer zum Beispiel den kritischen Punkt, auch genannt K-Punkt, einer Sprungschanze deutlich überspringt, also jenen Bereich, ab dem die Hangneigung abnimmt, darf sich in der Luft bereits den Gedanken an eine kleinere Garderobe hingeben, denn sie werden sich mit Sicherheit auf die Konfektionsgröße auswirken, die beim ersten Bodenkontakt wirkenden stauchenden Kräfte. Je steiler das Gelände, desto schmerzfreier die Landung, schmerzhaft wird dann möglicherweise erst der Aufprall nach unkontrollierter Weiterfahrt.

Die Landung der beiden Herren klappt also problemlos, was insofern auf der Hand liegt, da es sich bei jenem Bereich, auf den der Skiboxbob gerade seitlich hereingesprungen ist, um einen der pechschwarzen Abschnitte der Schindlgruben-Abfahrt handelt. Die sogenannte Katzentücke. Katzentücke deshalb, weil eben nicht sicher ist, ob selbst Katzen dort auf allen vieren landen. Ebenso unsicher ist, wie sich die nach links führende Weiterfahrt in Anbetracht der beängstigenden Hangneigung auf die Gesundheit auswirkt.

»Links!«, brüllt Toni Schuster, und zwei Beine stemmen sich völlig wirkungslos in den Schnee.

»Links und rechts gleichzeitig!«, berichtigt der Metzger.

Der Schnee spritzt ihnen ins Gesicht, heftig massiert es die Fußsohlen, die Beine vibrieren, die Backen schwingen, sowohl vorne oben als auch hinten, und dann gelingt den beiden Herren, was hier nur Könner sturzfrei zustande bringen: Sie bleiben stehen, im steilsten Stück der Abfahrt, den Oberkörper vorgebeugt, die Beine gespreizt, dazwischen die obere Hälfte der Dachbox.

»Ehrlich gesagt: Uns fehlt was!«, stellt Toni Schuster fest, setzt seine Stirnlampe auf, was ihm von hinten ein: »Ehrlich gesagt: Schön, dass du jetzt draufkommst!« einbringt. Hell wird die Nacht, und ganz sicher ist er sich nicht, der Willibald, ob er jemals wieder freiwillig in dem Deckel Platz nehmen will.

»Verdammt, ist das steil!«

»Weiter geht's, und immer schön bremsen!«, lautet das Kommando von vorn.

Und, wie gesagt, weiter geht es, nun mit kontrollierter Geschwindigkeit und vor allem mit Sicht.

»Ganz schön viel los da unten!«, bemerkt Toni Schuster wenig später, da stellt sich der Metzger bereits die Frage, wie viel an Restprofil wohl auf den Sohlen seiner neuen Winterstiefel beim Aussteigen noch übrig sein wird. Eine stattliche Zahl an Menschen und Fahrzeugen hat sich da neben dem festbeleuchteten Gasthof Kalcherwirt versammelt. Einsatzfahrzeuge, wie der Metzger einige Höhenmeter weiter unten erkennen kann. Und weil aufgrund der Blendwirkung von Toni Schusters Stirnlampe die beiden Skiboxbobfahrer im Gegenzug nicht erkannt werden können, sind es wiederum einige Höhenmeter weiter unten schon jede Menge verdutzt in ihre Richtung starrende Gesichter und knapp vorm Ziel jede Menge bekannte Gesichter. Dann durchbricht ein Aufschrei der Erleichterung die Stille: »Himmel sei Dank, Willibald!« Spätestens jetzt weiß Willibald Adrian Metzger, warum ein Abfahrer wohl diesen Irrwitz betreibt, sich nach Ertönen eines Piepssignals von einem Starthäuschen aus in völlig zurechnungsfähigem Zustand freiwillig in den gar nicht so unwahrscheinlichen Tod zu katapultieren: um nach Passieren der Ziellinie den Aufschrei der Erleichterung über die nicht unbedingt zu erwartende Unversehrtheit zu hören, um diesen Moment zu empfinden, in dem ihm klar wird: Irgendwer hätte mich vermisst, und sei es aus Mangel einer eigenen dahinschmachtenden Familie nur ein einsamer, die Fanklubfahne schwenkender Schlachtenbummler.

Warm wird ihm also ums Herz, dem Willibald, wie seine Danjela den Deckel samt Insassen nun erstmals in ernste Sturzgefahr bringt, nur für diese eine Umarmung.

Und auch Toni Schuster ergeht es ähnlich, allerdings

nicht ohne die Frage über sich ergehen lassen zu müssen: »Das ist ja der Deckel von, von … Wo ist denn der Wagen?«

Und weil er der Antwort: »Du hast doch Vollkasko?« lautstark ein: »Ich weiß, wer uns garantiert sagen kann, wo Ada und der Kalcher Urgroßvater zu finden sind!« folgen lässt, dauert dieser Begrüßungsakt nicht lange, und Toni Schuster steigt um.

59

»Ich nehm dich nicht mit, Lisl, unter keinen Umständen!«, erklärt Robert Fischlmeier und erhält zum Abschied ein ebenso Striktes: »Aber du holst mich dann dazu, versprochen!«

So sind es also sechs bewaffnete Männer, einer davon mit Multifunktionsmesser, die sich, aufgeteilt auf zwei Dienstfahrzeuge, diesmal dank Robert Fischlmeiers Schlüsselbund von einer Schranke nicht abhalten lassen und in einem Höllentempo die Forststraße hinaufrasen. Ein kurzer Zwischenstopp, genauer gesagt eine Notbremsung, muss trotzdem eingelegt werden: Wer rechnet um diese Uhrzeit auch mit einem Spaziergänger. So kommt er also erneut mit dem Leben davon, der sichtlich verstörte Kellner Franz, womit sich der mobile Eskortservice des Stefan Thuswalder auf sieben Personen erhöht.

Ein quer liegender Baumstamm ist es, vor dem der Abzuholende angelehnt sitzt, um seines bereits hohen Blutverlusts wegen das vermutlich endgültige Einschlafen zu verhindern. Direkt erfreut lächelt er Toni Schuster entgegen.

»Du bist zäh, das muss ich dir lassen!«, meint genau dieser und erhält als Antwort: »Ich hab ja gesagt, ich warte!«

Ungefragt nimmt Willibald Adrian Metzger in der Küche der Familie Kalcher das mit »Lisl« beschriftete Notizbuch zur Hand, blättert es vor aller Augen durch und erklärt: »Lisl, ich glaub, ich hab was für dich!«

Dann legt er den Aktenkoffer aus Karl Schrothes Nachlass daneben, holt eines der unzähligen Notizhefte hervor und schlägt es auf. Genau dieselben Zeilen für Zeile mit Zahlen, Zeichen und Ziffern beschrifteten Seiten kommen zum Vorschein.

Tapfer war sie bis jetzt, die dreizehnjährige Lisl, besonnener und tatkräftiger als so mancher Erwachsene, jetzt aber drückt es ihr die Tränen in die Augen: »Das ist von Papa!«

»Papa!«, flüstert sie nach einer kurzen Pause erneut, dann weint sie und wiederholt es dabei ohne Unterbrechung: »Papa, Papa, Papa, Papa …« Keiner der anwesenden Erwachsenen, weder der Metzger, die Danjela, deren Hand sich nun zärtlich um die Schulter des Mädchens legt, noch Sophie sind zu einem Wort des Trostes fähig. Nur Bernhard Axpichl findet den einzig richtigen Ansatz. »Und was steht da jetzt?«, will er wissen.

Und weil Lisl Kalcher heilfroh darüber ist, dass Bernhard Axpichl trotz des Verlustes seines Vaters irgendwie ganz der Alte zu sein scheint, beginnt sie zwar noch schluchzend, aber trotzdem zu erzählen.

»Das ist das Geheimnis von Papa und von mir, das haben wir uns ausgedacht, und das bring ich grad der Ada bei.«

Sie nimmt einen Zettel zur Hand, notiert abwärts verlaufend das Alphabet, dann beginnt sie die Übersetzung danebenzuschreiben. Pro Buchstabe zwei Möglichkeiten. Aus dem A zum Beispiel wird ein Stern oder die Ziffer 7, aus dem B wird ein Rufzeichen oder der Buchstabe X, das C ist ein Ist-gleich-Zeichen oder ein Smiley, das D ein Plus und A ohne Querstrich, also ein Dach.

»Und das Z«, nun spricht sie laut mit, »ist ein Größer-Zeichen oder ein Alpha. Ganz einfach.«

»Ganz einfach!«, wundert sich Danjela Djurkovic, »könnte ich mir bei besten Willen nix merken, und ganz ehrlich, bin ich sicher, hätte auch große Problem Einstein!«

Was offenbar für die kleine Anna Kaufmann ein Stichwort zu sein scheint. Munter beginnt sie zu singen, die Küchenuhr zeigt mittlerweile zwei Uhr.

»Wir gehen auf große Fahrt, Vollgas beim Raketenstart, in die Wolken rein – kleine Einsteins ...«

Bernhard Axpichl lässt sich nicht zweimal bitten und stimmt mit ein:

»Superschnell – erkunden wir die Welt,
laden euch mit ein – kleine Einsteins.
Das ist unsere Einsatz, Achtung cown-town ...«

Energisch stupst er Lisl Kalcher an, und verhalten, aber doch gibt sie ein:

»fünf – vier – drei – zwei – eins!« von sich.

Dann singen alle drei:

»Alle Mann zum Rocket, Maschinen startklar!«

Ein aus Kindermund ansteigener langer Ton ist zu hören, und los geht's, wieder von vorne:

»Wir gehen auf große Fahrt, Vollgas beim Raketenstart, in die Wolken rein – kleine Einsteins ...«

»Einmal noch Kind sein dürfen!«, geht es dem Metzger

durch den Kopf. So sehr Kind, dass selbst die kleinste Melodie wieder Kraft genug besitzt, wenigstens für einen kurzen Augenblick den größten Schmerz vergessen zu lassen. Einzig irritierend an diesem Gesang fällt dem Metzger dabei der seltsame ihm von den Kindern zugeworfene Blick auf, so als verstünden sie nicht, warum hier keiner der Erwachsenen mitsingt. Da steht man als kinderloser oder bereits mit größeren Kindern gesegneter Erdenbürger in puncto Aktualität einfach auf verlorenem Posten.

»Was singt ihr da?«, will der Metzger wissen.

»Das ist eine Kinder-DVD, die kleinen Einsteins, die kennt doch jeder, die schau ich immer mit der Mama!«, erklärt die kleine Anna.

»Und ich schau die mit dir, wenn ich bei euch bin!«, erklärt Bernhard Axpichl.

»Und ich früher mit Ada und Papa!«, erklärt Lisl kleinlaut, und zurück ist er, der Schmerz.

Dann sitzen sie wieder still bei- und vor allem nebeneinander, die drei Kinder, und der Metzger kann die Augen nicht lassen von diesem so einträchtigen Anblick. Er schaut und schaut und fängt schließlich zu denken an, rechnet, wie alt sie sein könnte, die kleine Anna, ruft sich das Todesjahr von Horst Kalcher in Erinnerung, weiß, dass Maria Kaufmann nach der Scheidung von Erich Axpichl, also etwa ein Jahr vor und wenige Monate bis nach Horst Kalchers Tod, hier bei den Kalchers gewohnt hat, grübelt, warum die zurzeit mamalose Anna Kaufmann überhaupt hier gelandet ist, grübelt, warum Agnes Kalcher ihren Kontakt zu Maria Kaufmann verheimlichen will, grübelt, ob Maria Kaufmann vielleicht sogar schon vor ihrer Scheidung von Erich Axpichl zu einem Kalcher-Familienmitglied etwas engere Kontakte gepflegt haben könnte, sieht sich Lisl Kalcher und Anna Kaufmann näher an und ist sich sicher. Kein Obdachloser ist ungestüm über seine roten Moonboots stolpernd als Retter vom Pavillon durch die tief verschneite Wiese heruntergestürmt, zu einem fremden Kind, sondern ein Vater zu seiner Tochter.

60

Wie versprochen wurde Lisl Kalcher in Begleitung des Metzgers abgeholt, um dem Verhör beiwohnen zu können, immerhin geht es um ihre Schwester und ihren Urgroßvater. Unerwarteterweise ergab sich allerdings eine für alle höchst unangenehme Wartezeit, da der vom ortsansässigen Arzt mit ein paar Infusionen notversorgt und gleich mitsamt der Bahre auf einen Tisch gelegte Stefan Thuswalder erst dann mit dem Verhör beginnen wollte, wenn ihm auch sein Vater gegenübersitzt. Das ist nun der Fall.

Unübersehbar steht Heinrich Thuswalder die Verachtung ins Gesicht geschrieben. »Sprich!«, ist alles, was er zu sagen hat.

»Fischlmeier, leg dein Handy auf den Tisch und nimm das jetzt auf!«, ordert Stefan Thuswalder.

Dann geht es los, und keiner der hier Anwesenden hätte jemals gedacht, derartig Grauenhaftes mit so unverblümter Gleichgültigkeit formuliert zu Gehör zu bekommen.

»Na, was sagst du, Vater!« Stefan Thuswalder deutet auf seinen blutüberströmten Overall, »da hat sich dein Vorzeigesohn wohl ein wenig im Ton vergriffen! Die Einschüsse stammen von ihm.« Dann lacht er gehässig. »Soll ich dir ein paar Geschichten über deinen lieben Laurenz erzählen, ja?«

Er schweigt und erhält keine Antwort.

»Soll ich?«, brüllt er, muss husten und spuckt Blut.

Schwer geht sein Atem, eine Zeit braucht es, bis er zur Ruhe kommt:

»Wenn ich fertig bin, willst du dich umtaufen lassen, das versprech ich dir. Also: Was glaubst du, wie wir die Axpichl-Gründe bekommen haben? Weißt du noch, wie der Erich Axpichl damals mit seinem Motorrad den kleinen Buben ins Jenseits und seinen Vater in den Rollstuhl geschickt hat? Eine traurige Geschichte!« Er lacht zynisch, und eine unfassbare Übelkeit nimmt Willibald Adrian Metzger in Beschlag.

»Da ist er bei uns auf der Matte gestanden, ganz klein, der große Skistar, und wir haben das Malheur ausgebügelt mit unseren Kontakten, da hast du damals plötzlich nix mehr zu melden gehabt, nicht wahr, Fischlmeier! Dafür hat uns der Axpichl den Verkauf seiner heruntergewirtschafteten Gründe zugesichert und versprochen, den Kalcher, den er eh nicht leiden konnte, ein bisschen zu ärgern, damit der verpachtet. Nur hat sich der Horst Kalcher eben nicht ärgern lassen. Also mussten wir selber aktiv werden. So, und weißt du, wie wir jetzt die Kalcher-Gründe bekommen haben?«

Er legt eine Pause ein, deutet auf Lisl Kalcher und erklärt: »Schickts die Kleine raus, dann erzähl ich weiter!«

»Niemand schickt mich raus!«, schmettert ihm Lisl Kalcher energisch entgegen und wird sich nach dem nun Folgenden endgültig von ihrer Kindheit verabschieden.

»Ist dein Leben!«, stellt Stefan Thuswalder nüchtern fest, grinst gehässig und setzt fort: »Zuerst haben wir, damit der Druck wächst, die Lifte der Skischaukel und die Bürgljoch-Gondelbahn zu bauen begonnen, ohne Kalcher-Unterschrift, weil die Kalcher-Gründe haben ja nur die Abfahrten betroffen, nicht die Seilbahn. Parallel dazu haben der Laurenz und ich was schiefgehen lassen bei unseren eigenen Projekten, die Bergstation, die Passage, die Reithalle in Flammen gesetzt, alles natürlich im Namen von Horst Kalcher. Erstens sind wir bestens versichert, und zweitens fällt das unter Werbebudget, oder, Papa? Jedenfalls hat das gewirkt, da war er dann ganz schnell untendurch im Ort, der liebe Horstl. Meine Güte, sind das alles blinde Affen bei uns, so leicht zu manipulieren. Bis auf den Horst. Stur war der, meine Güte, nur wegen den paar Almen. Nur war das schon eine ausgmachte Sache mit den Sponsoren und Verbänden, dass wir in der Region eine neue Weltcupstrecke anlegen. Also: Wenn uns wer unser Kind wegnehmen will, nämlich die Skischaukel samt Schindlgruben, dann nehmen wir dem auch ein Kind weg und die Mutter noch dazu. Und weißt du, wer die Idee dazu gehabt hat: dein so ruhmreicher Laurenz Thuswalder, da is er selber grad Vater gworden. Die Drecksarbeit hab natürlich ich gmacht: warten, bis die Marianne die Isabella von der Schul abholt, und dann einen Spitzentreffer landen, kurz vor der Kehre 17, dort, wo es so richtig schön hoffnungslos bergab geht. So einfach geht's. Auf der Stelle waren die beiden erledigt. Ein kleines Brieferl hinterher, und der Horst hat den Pachtvertrag unterschrieben, zwar nur auf drei Jahre befristet, aber immerhin. Und dann haben wir zugschaut, wie du so wie immer den heiligen Samariter spielst, Vater ...«

Stefan Thuswalder muss nun lachen, deutlich ist zu

sehen, wie aus dem Einschuss im Bauchraum erneut Blut quillt. Heinrich Thuswalder steht auf, holt aus und schlägt seinem Sohn mit der Handfläche ins Gesicht: »Du Ausgeburt der Hölle!«

Stefan Thuswalder lacht erneut: »Spar dir dein Theater. Ich weiß noch, wie du dich über die Unterschrift gefreut hast. Dein: ›Gute Arbeit, Jungs!‹, hab ich heut noch im Ohr. Wie wir das gemacht haben, war dir ja egal, Hauptsache, erfolgreich. Von dir kann man was lernen, das muss ich zugeben: Zuerst vorsätzlich Existenzen ruinieren und dann beim Wiederaufbau helfen, das machen die entwickelten mit den unterentwickelten Ländern so, das machen alle Staaten so, die kriegführenden Ländern Waffen liefern, das machen die großen Banken so, ja, und der alte Thuswalder beherrscht das auch! Oder, Vater? Im Existenzenruinieren sind deine Buben halt ein bisserl effektiver! Und, bist stolz?«

Still ist es im Raum, der Ekel steht jedem der Zuhörer ins Gesicht geschrieben, einzig Lisl Kalchers Blick ist wie eingefroren, eiskalt sieht sie Stefan Thuswalder in die Augen. Ein unsicheres Lachen huscht über sein Gesicht, dann setzt er fort: »Dann ist die Skiarena eröffnet worden, ein riesiges Tamtam, und was schenkt uns der Himmel? Den Wärmeeinbruch. Wir haben uns fast zu Tode präpariert, ein Horror war das, auch weil der Horst natürlich dahintergekommen ist, was da innerhalb von Stunden alles an Chemie im Schnee, also auf seiner läppischen Wiese gelandet ist. Und beim Herumschnüffeln hat er unser Lager entdeckt, die Einkaufslisten, und herausgefunden, dass wir für die top Schneeverhältnisse im Skigebiet, nachdem das Wasser den Speichersee verlassen hat, illegal ein paar verbotene, aus abgetöteten Bakterien hergestellte Proteine unters Wasser mischen, damit sich der Gefrierpunkt erhöht und das Wasser früher friert. Meine Güte, in andern Länder ist das gang und gäbe. Egal, jedenfalls hat der Horstl dem Laurenz damals wutentbrannt angekündigt, zu den Medien zu gehen und die Pacht, die übrigens in diesem Jahr ausläuft, nicht zu verlängern. Da ist uns dann der Kragen platzt, gell, Lisl!«

Unverändert ist Lisl Kalchers Blick, ruhig beginnt sie zu sprechen: »Warst du das?«

»Is doch nix passiert, oder?«

Robert Fischlmeier hat sich erhoben, seine Dienstwaffe gezogen und hält sie Stefan Thuswalder an die Stirn: »Was ist passiert?«

Stefan Thuswalder lacht auf. »Du Idiot, ich sterb grad, was willst du damit. Hock dich wieder hin. Also: Ich hab den Horst so an einen Baum gebunden, dass er schön auf die Straße sieht, hab gewartet, bis die Lisl mit dem Radl vorbeifährt, direkt auf die Kalcher-Kurve zu, also dort, wo schon die Marianne und die Isabella abgsprungen sind, und hab ihn gefragt, wie das so ist für ihn: zu wissen, dass er, nur weil er die erste Pacht nicht unterschrieben hat, schon seine Frau und seine Tochter auf dem Gewissen hat. Dann hab ich ihm zugeflüstert...« Stefan Thuswalder flüstert nun tatsächlich, als wollte er für alle die Spannung heben. »...›Horst Kalcher‹, hab ich gesagt, ›von nun an wird es für dich und deine ganze Sippschaft, genauso wie grad mit der Lisl, nur noch bergab gehen. Die anderen kommen exakt genauso lange mit dem Leben davon, wie du die Pacht verlängerst und dichthältst. Geht das rein in dein Hirn?‹ Meine Güte, ihr hättet ihn sehn sollen, den Horst, wie er sich gewunden hat, wie er geflennt hat...«

Erneut muss er belustigt abbrechen, und dem Metzger kommt der Gedanke, das, was er hier zu sehen bekommt, könnte es sein: das Böse in Reinkultur. Direkt vor seinen Augen verabschiedet sich der Ansatz, der allem, was Menschen ein Verbrechen verüben lässt, eine psychologische Herkunft, eine Ursache, eine verständliche Erklärung zu geben versucht, sei es ein selbst erfahrenes Leid, eine Kränkung, sei es die missratene Kindheit, Rache oder auch nur die simple Gier. Die Deutung dessen, was er nun vor Augen hat, ist keine Frage der Perspektive, hier hat für den Metzger nur die ganz simple Erklärung Gültigkeit: Stefan Thuswalder hat seine helle Freude am Leid, am Niedergang der anderen.

»… wie er unter dem Klebeband um Hilfe zu rufen probiert hat, der Idiot!«, setzt Stefan Thuswalder fort, »und immer näher bist du der Kurve mit dem gusseisernen Erinnerungskreuz, das die Gemeinde gspendet hat, gekommen, Lisl, näher und näher und näher und …!«, er reißt seine Augen auf, legt eine theatralische Pause ein und ergänzt: »… und nix ist passiert! Übrigens, auch das war, wie alles, die Idee vom Laurenz. Er war der Mann für die Theorie, ich für die Praxis. Jedenfalls hab ich dann als kleine Draufgabe die Lisl ein paar Stunden eingsperrt.« Er blickt dem Mädchen in die Augen, und sie hält ihm stand. »Damit sich der Papa so richtig in die Hosen scheißt – war ja gar nicht so schlimm in der dunklen Kammer, oder, Lisl? Ja, und dann ist der Horst auf der Suche nach seiner Tochter mit dem Motorschlitten verunglückt, und wir alle haben ihm das abgenommen, dem Hundling – das ist der Teil eins der Geschichte. Na, was sagst, Vater, das war doch schon mal recht ordentlich, oder? Was ist jetzt: Bist du stolz auf deine Buben?«

Still ist es im Raum, Heinrich Thuswalder schweigt, kreidebleich ist sein Gesicht, dann bekreuzigt er sich.

»Die Turnübung bringt dir gar nix, Vater. Und vor Teil zwei bringt's mir mein letztes Bier und eine Gulaschsuppen!«

61

»Danjela?«

»Anna, bitte musst du endlich schlafen.«

»Das riecht nach Käse!«

»Is aber nur Gips. Muss ich wechseln, hast du recht. Gehst du auf Wandseite, dann riechst du nix mehr! – Au, is meine Bauch nix Trittleiter!«

»Hihi!«

»Pst, musst du leise sein, kleine Kichererbse, weil schläft Berni schon da oben in Stockbett!«

»Danjela?«

»Anna, bitte, wenn machst du so weiter, können wir gehen direkt zu Frühstück!«

»Kann ich jetzt den Berni heiraten oder nicht?«

»Und rückst du ein bisschen rüber, weil fall ich sonst runter, macht patsch, gibt Erdbeben, und ganze Ort wacht auf.«

»Hihi, nicht der ganze Ort.«

»Wieso?«

»Der Bäcker ist schon munter, der macht jetzt das Brot!«

»Gescheite Mädchen.«

»Also?«

»Was?«

»Heiraten?«

»Tut mir leid, aber geht nix Geschwister heiraten. Nur, warum willst du heiraten, wenn ist eh schon dein Bruder?«

»Weil wenn man heiratet, bleibt man für immer zusammen. So wie du und dein Mann.«

»Is Willibald aber nix meine Mann!«

»Aber dein Bruder ist er auch nicht?«

»Nein.«

»Dann bleibt ihr also nicht immer zusammen!«

»–!«

»Danjela? Schläfst du schon?«

»Nein, denk ich nur nach. Weißt du, heißt auch heiraten nix unbedingt, dass bleibt man …«

»Dass bleibt man was?«

»Andere Thema: Glaubst du, würde mir passen Hochzeitskleid?«

»Kommt auf die Größe an.«

»Hihi, Anna, bist du lustig!«

»Pst, Danjela, du musst leise sein, der Berni wacht sonst auf!«

»Also, glaubst du, würde mir passen?«

»Zum Gips auf alle Fälle!«

»Psst, Anna! Hast du gehört, war Geräusch in Nebenzimmer!«

62

Ein Rülpser durchdringt den Raum. »Ah, herrlich. Schade um die vielen Biertschis, auf die ich in Zukunft verzichten muss!«

Stefan Thuswalder hat sich unter dem Ekel aller satt gegessen und geht ins Finale:

»Wunderbar, weiter mit dem Spaß. Der Horst war also tot, und die Lisl haben wir natürlich sofort gehen lassen. Zwei Probleme sind später aufgetaucht. Erstens: Der Horst, der Schuft, hat, wie ihm damals von seinen Eltern die Gründe überschrieben worden sind, sofort die Lisl als Erbin eingesetzt, was heißt, sie ist die Eigentümerin, darf aber erst, sobald sie volljährig ist, darüber verfügen. Bis dahin verwaltet ihr Erbe ein Testamentsvollstrecker, das ist in ihrem Fall ihr Opa, der Sepp Kalcher, der Sturkopf. Das heißt, wenn die Pacht in diesem Jahr ausläuft, ist wieder komplett offen, wie es weitergeht.

Zweitens. Wir haben nicht gwusst, was der Horst alles seiner Familie erzählt hat. Deshalb wird seit einiger Zeit die Lisl von unseren Sponsoren verwöhnt, mit den neuesten Skiern zum Beipiel, und wir haben auch ein paar wichtigen Leuten ein funkelnagelneues Telefon zukommen lassen. Seither hören wir mit, ja, auch bei dir, Fischi, und bei dir, Vater. Und weil wir auch bei der Agnes mithören, die regelmäßig mit Maria Kaufmann telefoniert, ist uns die Auferstehung vom Horstl zu Ohren gekommen, und die braucht keiner hier im Ort. Wir haben also zur Sicherheit den Erich Axpichl in die Stadt gschickt und Fotos machen lassen, darauf den Horst erkannt und sind am selben Tag noch hingefahren.

Zuerst hab ich mir die Maria im Spital vorgeknöpft, draußen hat der Laurenz im Wagen gewartet, hab ihr auf der Dachterrasse am Beispiel der Familie Kalcher geschildert, wie schnell so einer Mutter mit Tochter ein Unglück passieren kann, und ihr das Angebot unterbreitet, in ihrem Fall, lieb, wie ich bin, eine Ausnahme zu machen, also: Mutter oder Tochter. Da ist dann die Maria gleich vor meinen Augen vom Dach gesprungen, Wahnsinn, oder, und für mich war im Prinzip gar nichts zu tun – irgendwie schad! Dafür hab ich mir dann den Horstl, diesen Sandler, zur Brust genommen, bewusstlos gemacht, ihm mit Tabletten und Alkohol ein allerletztes Schläfchen in einer Busstation gegönnt und mir mit dem Laurenz das Schläfchen auch in aller Ruhe angesehen. Als kleines Präsent haben wir dann der Agnes ein Foto gschickt von der Leich – ist doch wichtig, dass eine Mutter erfährt, wie es ihrem Buben so geht.

Ja, und durchs Abhören ist uns dann der Metzger samt seiner Truppe aufgefallen. Im Grunde unbedeutende, neugierige Menschen. Menschen, die dann plötzlich beim Kalcherwirt auftauchen und sich nicht heimschicken lassen.

Jedenfalls war der Plan vom Laurenz, wie wir alle Mitwissenden samt Testamentsvollstrecker mit einem Schlag beseitigen können, einfach genial. Jeder im Ort weiß, wie sehr der Sepp Kalcher den Erich Axpichl verachtet für all das, was seiner Familie von ihm angetan worden ist. Jetzt hat sich auch noch die Maria, die nach der Scheidung bei den Kalchers gewohnt und sich wahrscheinlich um den traurigen Witwer Horst gekümmert hat, vom Dach gestürzt, und zwar genau an dem Tag, an dem der Erich in der Stadt war, um den Bernhard abzuholen, also rastet der Sepp endgültig aus, läuft Amok, gibt dem Erich die Schuld an dem Selbstmordversuch, bringt ihn um, flüchtet, lockt seine Frau herauf zu der Kapelle, wo die beiden geheiratet haben, indem er vorgibt, Ada und sein Vater wären Richtung Schindljoch unterwegs, erschießt seine Frau, dann sich und setzt dem gemeinsamen bitteren Leben ein Ende, alles dokumentiert in diesem Abschiedsbrief!« Stefan Thuswalder zieht einen blutdurchtränkten Briefumschlag aus der Beintasche seines Overalls. »Den hätte ich ihm dann ganz einfach neben die Waffe gelegt. So logisch, so simpel wär das gewesen, und dann läuft alles dermaßen schief, nicht nur wegen den beiden!«, er deutet auf Toni Schuster und Willibald Adrian Metzger. »Sondern wegen Laurenz. Denn die Tragik an der ganzen Geschichte ist: Anstatt dass mein Bruder, für den ich alles getan hab, mir da oben hilft, will er mich offiziell zum Einzeltäter machen, so seine weiße Weste behalten und eines Tages Alleinerbe werden«, kurz setzt er ab, so was wie Rührung ist ihm anzusehen: »und bringt mich um!«

Er atmet tief ein, stickig ist die Luft mittlerweile geworden, und erklärt: »Ich glaub, da lässt sich nichts mehr machen, was denken Sie, Herr Doktor? Ich krepier grad, oder? Und es ist mir egal«, brüllt er, »wollte eh schon immer wissen, wie das ist und was danach kommt. Nur: Als alleiniger Sündenbock trete ich nicht ab!«

Stefan Thuswalder muss husten, Blut rinnt aus seinen Mundwinkeln, er schaut auf seinen Körper, kann kaum noch die Arme heben und legt seine Hände gefaltet auf den Bauch: »So liegt man da, oder!« Irgendwie zufrieden blickt er zu seinem Vater: »Jetzt kennst du sie so richtig, deine beiden Buben. Na, hab ich ja doch noch was Gutes getan, ganz am Ende, oder? Armer Vater, so ein Imperium und keine Erben!« Erneut grinst er und erhält eine Antwort:

»Keine Sorge, wer das alles hier übernimmt, steht längst

fest. Auch wenn Robert Fischlmeier offiziell nur eine Mutter hat, hat er trotzdem einen Vater!«

Jetzt lacht Stefan Thuswalder ausnahmsweise nicht, schließt die Augen und erklärt in bestimmtem Tonfall: »Und jetzt lasst mich allein, beim Sterben muss mir hier keiner zuschauen! Oder willst du mir zum Abschied noch was sagen, Vater, wie zum Beispiel: Toll hast du das gemacht, mein Junge, so stolz bin ich auf dich!«

»Ich verfluche den Tag, an dem ihr geboren wurdet!«, erklärt Heinrich Thuswalder und blickt auffordernd zu Robert Fischlmeier: »Finde den anderen!«

Dann dreht er sich um und verlässt das Verhörzimmer der örtlichen Dienststelle.

»Wie lang dauert das eigentlich, bis man abkratzt, weiß das hier irgendwer?«

»Hängt von dir ab, wenn du willst, kann's ganz schnell gehen«, erklärt Robert Fischlmeier, tritt zum Tisch vor und legt seinem Halbbruder die Dienstwaffe auf die Brust.

»Stopp!« Es ist ein Brüllen von beängstigendem Ausmaß, das nun den Raum erfüllt. Lisl Kalcher ist aufgesprungen, hochrot im Gesicht, »Wo sind Ada und mein Urliopa?«

Stefan Thuswalder hat die Augen geschlossen und seine Hände auf die Waffe gelegt, als wäre sie ein Rosenkranz:

»Die finden sich zwar morgen früh ganz von allein, ich sag's aber trotzdem, weil du gar so ein liebes Mädl bist …«

Danjela Djurkovic ist aufgestanden. Unüberhörbar dringt aus der offenen Tür zu Lisls Zimmer ein dumpfes Klopfen, nicht rhythmisch und metallisch, eher hölzern, klanglos, so als würde der Wind einen Ast an die Fassade des Hauses schlagen. Vorsichtig blickt sie durch den Türrahmen in den erhellten Raum. Der Mond wirft sein Leuchten durch die alten doppelten Holzfenster und hinterlässt seltsame, lang gezogene Schatten. Aus jeder der vielen kurzen Stofftiernasen wird ein langer Rüssel, aus dem Rüssel des Elefanten ein gefährlicher Drachenschwanz, aus dem Fensterkreuz ein mächtiger auf den Teppich gemalter Hügel Golgata. Bedrohlich sieht es aus, das Mahnmal des Todes, und genau vom Ursprung dieses Schattenspiels dringt auch das Pochen in den Raum. Danjela Djurkovic tritt in das Zimmer, blickt konzentriert zum Fenster hinaus, dann kann sie es sehen. Zwischen zwei leeren Blumenkisten ragen zwei Hölzer über das äußere Fensterbrett, bewegen sich und erzeugen dieses dumpfe Geräusch. Wie ein leises Klopfen hört es sich an, als wollte jemand sagen: »Kommt, lasst mich herein!« – was auch absolut dem Ansinnen entspricht.

Viel Phantasie braucht sie jetzt nämlich nicht, die Danjela, um sich zu den beiden Hölzern den Rest der dazugehörigen Leiter vorzustellen. Gar keine Phantasie braucht sie, um herauszufinden, wer sich auf Umwegen ins Kalcher-Wohnhaus Zutritt verschaffen möchte. Denn mitten ins Gesicht sieht sie ihm, dem späten Gast. Wäre er schon im Zimmer, sie würde ihn versteckt inmitten der Armee aus Stofftieren gar nicht entdecken mit seinen Fransen. So aber ist alles eindeutig. »Alle Kinder runter! Sophie, kommst du mit Küchenmesser!«, brüllt sie, da hat Laurenz Thuswalder bereits mit seinem Skihandschuh die Scheibe des rechten Außenfenster-Flügels durchbrochen.

Ohne zu zögern, stürmt Danjela Djurkovic auf das Fenster zu, reißt das Innenfenster zu sich ins Zimmer hinein auf, da hat Laurenz Thuswalder bereits seinen Arm durch das gebrochene Außenfenster gefädelt, um es ebenfalls zu öffnen. Fensterscheiben einschlagen kann sie auch, die Danjela, vor allem mit ihrem Oberarmgips samt Daumeneinschluss, und ihren Arm einfädeln kann sie ebenso, ganz wunderbar sogar dank der fixierten 90-Grad-Beuge, und zwar beim ersten durchbrochenen Flügel hinaus und beim zweiten wieder herein. Da kann er ruckeln, was er will, der Laurenz Thuswalder, und mittlerweile blutig vom zerbrochenen Glas ist sein Arm, ganz im Gegenteil zu dem der Danjela. Ein Außenfenster geht eben nach außen auf, und wenn so ein Schwergewicht wie die Djurkovic eine stabile Hartschale um den sich schließenden Rahmen der beiden Fenster schlingt und sich mit vollem Körpereinsatz dagegenlehnt, ist es vorbei mit jedem Besuchswunsch. Ein Fluchen ist zu hören, ein »Ich bring euch alle um!« durchdringt die Nacht, heftig zieht er mit einem Arm am Holzrahmen, während in der anderen Hand eine Pistole zum Vorschein kommt, und Danjela weiß, was zu tun ist.

Ruckartig zieht sie ihren Gips heraus, gibt zuerst die beiden Fensterflügel und schließlich auch Laurenz Thuswalder frei. Zu spät kommt seine Reaktion, mit einer Pistole in der Hand lässt es sich ja auch wirklich schlecht irgendwohin greifen, und weil so ein altes Fenster nicht dazu gedacht ist, einem heftigen Zug von außen standzuhalten, bricht er heraus, der Flügel. Dann fällt sie, die Waffe, zwei Arme rudern in der Luft, zwei Lider spreizen sich auf, bis zwei Pupillen vollständig sichtbar vom Weiß des Augapfels umrandet werden, und zwei Menschen sehen sich an, einer hoffnungslos, der andere voll Hoffnung. Auf und ab schlagend, mit dem Fensterrahmen in der Hand, verliert Laurenz Thuswalder den Kampf gegen die Schwerkraft:

»Is jetzt vielleicht nicht unbedingt richtige Flügel!«, flüstert Danjela Djurkovic hinterher, wartet, bis sie sich der harten Landung auch völlig sicher ist, wartet weiter, da steht bereits Sophie Widhalm neben ihr, bis sie sich auch von der mit einer harten Landung einhergehenden möglichen Bewegungslosigkeit überzeugt hat, dann startet sie los, während Sophie weiter Laurenz Thuswalder im Auge behält, zur Rückseite des Hauses.

Die Pistole ist sofort gefunden, anders geht es Laurenz Thuswalder mit seinem Bewusstsein.

63

Tief geschlafen wurde gerade in Gondel Nummer eins, als in der örtlichen Dienststelle ein einzelner Schuss die Nacht durchbrach. Und es war ein friedlicher Schlaf, einer, den nur zwei miteinander zustande bringen, die zwar jeder für sich ein einzelner Mensch, aber trotzdem zusammen eins sind: der Urliopa an die Seitenwand gelehnt, Adas Kopf auf seinem Schoß. Wie auch immer die beiden diese Anordnung trotz Fesselung hinbekommen haben, ist dem hinter Robert Fischlmeier stehenden Willibald allerdings ein Rätsel.

»Morgen ist meine Hochzeit, ich muss doch irgendwo die Ringe haben!«, ist die erste Reaktion des alten Kalcher, nachdem er im Anschluss an Ada von seinen Fesseln befreit wurde.

»Das hat schon was miteinander zu tun, Hochzeit und Fessel, da hast du recht, aber weißt du, deine Frau, die Resi, ist bald seit zwanzig Jahren beim...«, meint es Robert Fischlmeier in sehr kindlich gehaltenem, verniedlichendem Tonfall wahrscheinlich gut, muss aber angesichts des überraschend heftigen Schlages in seine Magengrube würgend unterbrechen. Grimmig blickt Ada, die Fäuste geballt, ihrem Onkel entgegen.

»Ich hab die Ringe auf dem Nachtkästchen liegen gsehen, Urliopi, wenn wir zu Hause sind, schauen wir gleich, okay!«, erklärt sie, nimmt ihren Urgroßvater bei der Hand und steigt mit ihm aus der Gondel, als hätten sie einfach nur zur Entspannung ein wenig drinnen gesessen.

»Schau dir das an, Urli, da oben die Sterne, so viele sieht man heute!«

Der alte Kalcher bleibt stehen, schaut lange in den Himmel, umarmt die kleine Ada und meint schließlich: »Ich glaub, ich weiß schon, wo die Ringe sind – und die Resi!«

Ganz groß wirkt sie plötzlich auf den Willibald, die kleine Ada, wie sie da neben ihrem Urgroßvater steht. Und nichts von dieser vielleicht gut gemeinten Würdigung eines alten Menschen, die dennoch einer Herabwürdigung gleichkommt, liegt in ihrem Verhalten. Kein Mensch, der ein ganzes Leben auf seinen Schultern trägt, verdient es, wie geistig und körperlich altersschwach er auch immer sein mag, eines Tages angesprochen zu werden, als rede man mit einem Säugling, Wellensittich oder Hund, so sieht das der Willibald, und so sieht das ganz offensichtlich auch die siebenjährige Ada Kalcher.

»Bringst du mich jetzt heim?«, fragt sie ihren Urgroßvater, dann nimmt sie ihn behutsam bei der Hand und führt ihn zum Wagen.

Robert Fischlmeier wird den Rest der Nacht in der Küche des Hauses seiner wenn auch nicht leiblichen, aber dennoch auf immer und ewig einzigen Schwester verbringen, über ihm die schlafenden Kinder und ein wacher Greis.

Er wird unter Sonnenblumenbildern sitzen und diese so erschreckenden Wahrheiten nicht glauben können, wird ein wenig die innigen Umarmungen dieses Prachtweibes Danjela Djurkovic mit Willibald Adrian Metzger verdauen müssen und wird sich schließlich die beiden Sätze seines Vaters Heinrich Thuswalder in Erinnerung rufen. »Keine Sorge, wer das alles hier übernimmt, steht längst fest. Auch wenn Robert Fischlmeier offiziell nur eine Mutter hat, hat er trotzdem einen Vater!«

Zwei Sätze, von denen ihm der Inhalt des ersten völlig neu ist.

Heißt das, der Ort wird nun endlich erfahren, aus wessen Lenden er stammt, heißt das, aus der Thuswalder- wird eines Tages eine Fischlmeier-Citypassage, heißt das, er kann, wenn er Lust hat, das Wetter ändern und all denen, die den Kalchers, also seiner Familie, grundlos das Leben zur Hölle gemacht haben, nur um sich von der Herrschaft des Wintersports das Leben diktieren zu lassen, auch moralisch eine Lektion erteilen?

Kurz vor drei zeigt die Küchenuhr, und Robert Fischlmeier lächelt.

»Ich bin streichfähig!«, erklärt der Metzger.

»Auch streichelfähig?«, will Danjela Djurkovic wissen und kuschelt sich in den wie für sie geschaffenen Bogen zwischen Willibalds zur Seite gelegtem Oberarm und seinem Oberkörper.

Liebevoll legt sich die kräftige Hand des Restaurators auf den Kopf seiner Danjela und beginnt mit den so einzigartig sanften, sich in ihr Haar grabenden Bewegungen, deren Wirkungsweise problemlos mit der eines Schlafpulvers mithalten kann. Nur zwei Minuten später hört er ihren gleichmäßigen Atem, der Metzger, zehn Minuten später spürt er die ersten Anzeichen einer gewissen Gefühllosigkeit in seinen Fingern, ist ja nicht gerade leicht, dieser so einzigartige kroatische Schädel, und trotz der Bitternis der Ereignisse erfüllt ihn jetzt ein stilles Glück. Kein größeres Geschenk hätte ihm zuteilwerden können als dieses Leben zu zweit. »Alles ist gut!«, geht es ihm durch den Kopf. Nicht nur, weil er überlebt hat an diesem Abend, nicht nur, weil Sophie Widhalm den Rest dieser Nacht garantiert nicht schlafend verbringen wird, nicht nur, weil ihm selbst kaum etwas Besseres hätte passieren können, als diesem Helden Toni Schuster zu begegnen, sondern weil er das sichere Gefühl hat, durch die Reise hierher für das Leben anderer genau das Richtige getan zu haben. Eine Reise, die in der Entscheidung ihren Ursprung nahm, nicht auf einen Menschen herab-, sondern ihn ansehen zu wollen.

Behutsam streicht er seiner Danjela durchs Haar, bettet vorsichtig ihren Kopf in ihr Kissen, geht zum Fenster und blickt nachdenklich in die Nacht. Es ist nicht vorhersehbar, dieses Dasein, zu keiner Stunde, an keinem Tag. Was auch immer es für Geschichten sind, dessen vorläufiges Ende ein Leben auf der Straße bedeutet, ein Leben inmitten und doch am Rand der Gesellschaft, es sind Geschichten von Menschen, die auf ihrem Weg allesamt vielleicht einmal genau da gestanden haben, wo er selbst gerade steht, der Metzger, inmitten einer vermeintlich abgesicherten, alltäglichen, rundum glücklichen Existenz, inmitten des größten Geschenks, das ein Leben bereithalten kann: dem Dasein nicht unter, sondern mit Menschen.

Agnes Kalcher wird durchkommen, sie und Sepp Kalcher werden ihren Enkelinnen Ada und Lisl erzählen, dass sie auch für die kleine Anna richtige Großeltern sind und das leere Bett von Isabella in Zukunft wieder belegt ist; sie werden gemeinsam mit Lisl und Ada unter dem steinernen Engel ein Loch in die Erde graben, die Urne Karl Schrothes über den leeren Sarg Horst Kalchers stellen und im Gegenzug die Schachtel mit all den alten Fotos heraufholen aus ihrem Verlies; sie werden nach der Beerdigung des Kalcher-Urliopas Agnes' rüstige Ziehmutter Traude Fischlmeier zu sich auf den Kalcherhof nehmen, weil die Mädels das leere Zimmer nicht ertragen, weil sie einfach spüren, dass die Tante Traude zu ihnen gehört, und weil Agnes' Bruder Robert Fischlmeier als neuer Herr über das Skigebiet gar nicht mehr nachkommt mit der jeweils gründlichen Testphase aller plötzlich aufgetauchten Heiratswilligen; sie werden, ohne zweimal nachzudenken, das Angebot von Heinrich Thuswalder annehmen und sich, um Agnes Kalcher komplett freizuspielen, eine Filialleitung des Sportgeschäfts finanzieren lassen, ebenso wie die rollstuhlgerechte Umgestaltung des Kalcher-Wohnhauses, und damit Annas Mutter Maria Kaufmann ein neues Zuhause geben.

Lisl Kalcher wird in mühevoller Detailarbeit jedes Notizbuch ihres Vaters übersetzen, sie wird Dinge ans Tageslicht befördern, die sie den Menschen, auch einigen dieses Ortes, bisher nie zugetraut hätte, sie wird durch diese Dinge dem querschnittgelähmten Häftling Laurenz Thuswalder Informationen über Geschäftsbeziehungen, finanzielle Verwicklungen und stille Vereinbarungen abringen, die die Menschen dieses Ortes nie für möglich gehalten hätten. Sie wird das Leben, das ihr Vater als Obdachloser geführt hat, kennenlernen, wird anhand seiner Aufzeichnungen miterleben, wie der Verlust dessen, was einem Menschen am liebsten ist, auch alles andere mitreißen kann, wofür es sich zu leben lohnt. Sie wird den Augenblick miterleben, an dem ihr Vater, seinen Einkaufswagen durch die Straßen schiebend, plötzlich seine eigene Tochter vor Augen hatte, an dem er nicht mehr anders konnte, als in Anna und Maria Kaufmann auch sie, Ada, Isabella und ihre Mutter Marianne, zu erkennen, an dem ihn die Sehnsucht jede Nähe suchen hat lassen, bis zu jenem Zeitpunkt im Park, wo er seiner eigenen Tochter das Leben retten und sich, ohne es zu wissen, selbst endgültig aus dem Leben verabschieden sollte. Sie wird lesen, wie stark sein Wunsch war zurückzukommen, jeden Tag, und sie wird zusehends mit Bernhard Axpichl, der es in einem Haus mit sechs Frauen ja gar nicht so leicht hat, zusammenwachsen.

Sophie Widhalms Geländewagen wird die Heimreise nicht antreten können, was Sophie insofern nicht stört, da Heinrich Thuswalder versichert hat, für jeden materiellen Schaden aufkommen zu wollen. Tonis Honda Civic wird somit heillos überladen sein, und Willibald Adrian Metzger wird mit Danjela Djurkovic und Edgar, ganz ohne jemanden zu vergrämen, sein Versprechen wahr machen können und den Urlaub als Bahnreisender beenden. Waagrecht, versteht sich, denn wenn ein geschlossenes Abteil komplett leer ist, kann man schon einmal alle zur Verfügung stehenden Sitze in Anspruch nehmen, die Vorhänge zu- und die Schuhe ausziehen.

64

Draußen schneit es, der verstümmelte Engel hat seine hölzernen Finger wieder, der Weihwasserkessel wartet also auf fleischige, und in der Werkstatt wartet neue Arbeit, unter anderem ein, so wurde zumindest behauptet, einst von kaiserlichem Hintern erstberittenes Schaukelpferd.

»Wer's glaubt, wird selig!«, hätte Willibald Adrian Metzger den Kunden gern wissen lassen und sich dann doch entschieden, der regen Phantasie des betagten Herrn nicht die Flügel zu stutzen.

Was er schon alles hier in der Werkstatt gehabt haben soll, er könnte Bücher schreiben, der Willibald: Spiegelschränke, die majestätischen Häuptern ihr Antlitz zeigten, den Raumteiler eines später zum Papst gewählten Bischofs, den Betschemel des letzten Kaisers, das Kinderbettchen des ersten Bundespräsidenten.

»Wo bleibst du denn!«, tönt es herein in seinen Gewölbekeller.

»Ich komm ja schon!«, ruft er zurück, der Metzger, und dass ihm jetzt die große Freude anzuhören ist, kann nicht behauptet werden.

Gern geht er mit seiner Danjela da jetzt wirklich nicht hin, trotz der anwesenden Lilli. Diesbezüglich braucht er sich allerdings keine Hoffnung zu machen, denn wenn Trixi, Sophie und Danjela versammelt sind, wird die kleine Lilli Matuschek-Pospischill, solange sie nicht völlig selbstständig laufen kann, wohl kaum in seinen Armen landen.

Alle sind sie schon da. Der Hausherr Toni Schuster öffnet die Tür. Groß ist die Wohnung, überraschend gefällig eingerichtet, bis auf die auffällig vielen das Thema »motorbetriebene Fahrzeuge« aufgreifenden Dekorationsgegenstände. Die Versammlung findet im Wohnzimmer statt, dunkles Parkett, darauf ein riesiger weißer Langhaarteppich, ein Königreich für den zum Glück zu Hause gebliebenen Edgar. Daneben ein schwarzes, frei im Raum stehendes Ledersofa, da hätte eine Großfamilie Platz, davor ein gläserner Couchtisch samt liebevoll angerichteten Brötchen. Bis auf die stillende Trixi Matuschek-Pospischill und den antialkoholischen Toni Schuster hat wenig später jeder eine elegant geformte kleine Flasche Bier in der Hand, und das am frühen Nachmittag.

Abstrakte Gemälde schmücken die weißen Wände, über dem schwarzen Sofa prangt eine schwarz bemalte Leinwand mit dem in leuchtend gelben Blockbuchstaben aufgetragenen Schriftzug »Rosi«, dieses Kunstwerk hätte er wahrscheinlich auch zusammengebracht, der Willibald, und genau gegenüber hängt das tischplattengroße Bildnis des wohl mächtigsten, von der größten jemals dagewesenen Zahl an Freiwilligen erwählten und längstregierendsten Diktators dieses Planeten: ein Fernsehapparat. In diesem Fall ein Flachbildschirm. Darum ist man schließlich hier, um im Kollektiv mit Alkohol in der Hand in die Glotze zu starren, früher ganz simpel genannt: gemeinsam Fernsehen, heute bezeichnet als Public-Viewing.

Sich am morgigen Tag zu treffen sähe er ja ein, der Willibald, morgen geht es schließlich um etwas, aber heute? Was soll an einem Abschlusstraining interessant sein, schlimm genug, dass so etwas überhaupt übertragen wird. Dabei weiß er ja noch gar nicht, der Metzger, dass für eine Piste, die in wenigen Augenblicken zum letzten Mal dem alpinen Skizirkus als Manege dient, der Begriff Abschlusstraining gar nicht besser gewählt sein könnte.

Dann siegt sie doch, die televisionäre Anziehungskraft. Ist ja auch irgendwie spannend, den Kalcherwirt auf dem Bildschirm zu sehen, die Bürglalm, die Stelle, an der sie mit ihrem Skiboxbob über die Böschung hinein auf die Schindlgruben gesprungen sind, die Katzentücke, den Zielschuss, immer wieder sieht man Vertrautes, aus der Frontalen, aus der Sicht eines Rennfahrers, aus der Vogelperspektive. Der Reporter erzählt vom zum Glück ausgebliebenen Föhneinbruch, dankt dem Wettergott, schwärmt über die phantastisch präparierte Piste, kein Wort von der auch heuer möglicherweise dem Schnee, der Natur und somit jeder Lebensform, auch dem Menschen, verabreichten Überdosis Ammonium- und Natriumchlorid. Unübersehbar bringt die Kamera immer wieder dieselben Sponsoren ins Bild, Werbeeinschaltungen mit Bier trinkenden und Tiefkühlkost verzehrenden Skistars sorgen für kurze Unterbrechungen, es folgen Interviews mit diversen bekannten Persönlichkeiten, Berichterstattungen über die dank der Promidichte unzähligen Vergnügungsveranstaltungen, Analysen von Rennen des Vorjahrs, Analysen vom Lauf des Vorjahressiegers, Analysen vom Lauf des Vorjahressiegers im Vergleich zum Lauf des Zweit- und Drittplatzierten, dann geht es los, das Training.

Wenig später läutet Toni Schusters Handy: »Ja, Robert, wie ausgemacht: Alle sind jetzt da!«

Toni Schuster legt auf, wendet sich an seine Gäste und erklärt: »Es ist so weit! Robert Fischlmeier lässt euch alle herzlich grüßen und freut sich, in diesem Augenblick mit uns verbunden zu sein, bei diesem so großartigen Ereignis!«

»Was ist an Abschlusstraining für Abfahrtslauf bitte großartiges Ereignis?«, lästert sie noch ein wenig, die Danjela, dann nimmt sie an Lautstärke und Tonhöhe zu, die Stimme des Kommentators.

»Wo bleibt die Startnummer drei. Warum bleibt da die Zwischenzeit nicht stehen?«, und ja, jetzt spürt auch er so etwas wie Spannung aufkommen, der Metzger.

Den Damen stehen entsetzt die Münder offen, als gäbe es bereits nach nur drei Läufern den ersten Ausfall samt Hubschraubereinsatz. Geflogen muss nicht werden, ein Ausfall von bleibendem Ausmaß aber ist es trotzdem.

Die Kamera bringt die Startnummer drei ins Bild. Unversehrt steht der Läufer am Rand der Piste, schüttelt den Kopf und sieht ungläubig in den Himmel, als hätte er eine Erscheinung, als wäre er Zeuge eines Wunders. Auch der Kommentator klingt ähnlich, fassungslos zuerst, dann panisch, von einer Katastrophe ist die Rede, von einem heimtückischen Anschlag. Entsetzte Gesichter sind zu sehen, gehetzt und hilflos über die Piste laufende Gestalten, jeder Einsatz gegen den gewaltigen, nicht zu stoppenden Widersacher scheint vergeblich. Dann kommt sie ins Bild, die ins Gefecht gezogene, schwer bewaffnete Armee der Hochländer: Schneelanzen und Schneekanonen sind zu sehen, und sie feuern, umgeben vom strahlend blauen Himmel, aus allen Rohren.

Hand in Hand mit seiner Danjela versinkt er im Wohnzimmersofa des Toni Schuster, der Metzger, prostet Robert Fischlmeier aus der Ferne zu und weiß: Auch wenn es sie nicht gibt, jene irdische oder gar überirdische Gerechtigkeit, die alles aufrechterhalten soll, es gibt zumindest Menschen mit Rückgrat.

Niedergeschlagen klingt sie, die Stimme des Kommentators, dann wird trotz herrlicher Wetterbedingungen in Anbetracht der ersten auftauchenden hellbraunen Flecken die Menschheit über das davonschwimmende Heiligtum in Kenntnis gesetzt.

»Würd ich sagen, ist ins Wasser gefallen, Rennwochenende!«, meint Danjela Djurkovic, und lachen muss er, der Metzger, über die erste wirklich treffende Analyse dieses Nachmittags, denn das, was der Schindlgrube da trotz des blauen Himmels zu Leibe rückt, ist Regen.

65

»Was für eine Wohltat. Das wird jetzt die erste Nacht, in der ich wieder unfallfrei durchschlafen kann.«

»Wie meinst du?«

»Ist er jetzt herunten oder nicht, der Gips? Also rück schon her, du Göttin, und zeig mir dein blasses Händchen. Und, bist du froh?«

»Wieso froh?«

»Dass er jetzt herunten ist natürlich?«

»– – –«

»Danjela? Schläfst du da gerade ein, in meinem Arm?«

»Nein, denk ich nur nach.«

»Das heißt also, du schläfst gleich ein. Dann sag schnell: Bist du jetzt froh?«

»Denk ich genau darüber nach, Willibald.«

»Wie kann man da darüber nachdenken müssen, wenn man endlich so einen Klumpen losgeworden ist. Das muss doch herrlich sein.«

»Vielleicht bin ich eines Tages für dich auch Klumpen, und bist du froh, wenn wirst du mich los?«

»Uiuiui, was war denn da Schlimmes drinnen im Abendessen. Wie kannst du nur so etwas denken.«

»Na ja, wirst du bald fünfzig und hab ich noch nix gesehen bei dir Spur von Midlife-Crisis. Vielleicht bist du Spätzünder.«

»Genau, Madame Djurkovic, du hast mich ertappt. Ich hol den Führerschein nach und bestell mir einen Hummer. Das ist mein Traum. Meine Güte! Und deswegen bist du nicht sicher, ob du den Gips noch gern ein bisserl länger oben gehabt hättest.«

»Nein, nicht deswegen, sondern wegen Anna Kaufmann.«

»Was bitte hat die kleine Anna Kaufmann mit dem Gips zu tun?«

»Na, hat sie gesagt, will sie heiraten Bernhard. Haben wir also geredet über Hochzeit. Hab ich sie gefragt, ob würde mir passen Hochzeitskleid. Hat sie zuerst gesagt ›Kommt auf Größe an‹ und dann hat sie gemeint: Hochzeitskleid würde, wenn ist weiß, aber auf jeden Fall passen zu Gips!«

»– – –«

»Willibald? Sag, schläfst du, oder stellst du dich ein bissi leblos?«

»Nein, ich denk nur nach.«

»Wegen Spätzünder?«

»Nein, um Gottes willen, du wirst mich nicht los!«

»Na, dann denkst du ruhig weiter, weil muss Mannsbild ja nicht immer nur sein Spätzünder, wenn geht um Midlife-Crisis.«

Jede Seite ein Verbrechen.

REVOLVER BLATT

Die kostenlose Zeitung für Krimiliebhaber. Erhältlich bei Ihrem Buchhändler.

Online unter www.revolverblatt-magazin.de

f www.facebook.de/revolverblatt